Biblioteca

DANIELLE STEEL

Biblioteca

DANIELLE STEEL

DESTINOS ERRANTES

PLANETA DeAGOSTINI

Colección: Biblioteca Danielle Steel
Director editorial: Virgilio Ortega
Coordinación: Pilar Mora
Realización: Macarena de Eguilior
Diseño cubierta: Hans Romberg
Realización gráfica: Noemí Reyes

Título original: *Wanderlust*
Traducido de la edición original de Delacorte Press, Nueva York, 1986
Traducción: Mª Antonia Menini

ISBN: 84-395-8901-8
Depósito legal: B. 5.348-2001

Imprime: Cayfosa-Quebecor, S.A.
Santa Perpètua de Mogoda (Barcelona)
Distribuye: Logista
Aragonés, 18 - Polígono Industrial Alcobendas
28108 Alcobendas (Madrid)
Printed in Spain - Impreso en España

A mis más queridos vagabundos,
que preferirían mil veces el
Amazonas o Manchuria,
y ciertamente el Orient Express,
a un paseo por Central Park.
Ambos iniciaron mi vida
de maneras distintas.
Al uno le di
el comienzo mismo de mi existencia,
y al otro todo el resto:
mi padre John
y mi marido John.

Y a una chiquilla muy, pero que muy especial,
mi pequeña y preciosa Victoria.
Quiera Dios que no te alejes demasiado de mí
a medida que pase el tiempo;
lo suficiente para satisfacer la sed de tu alma.

Con todo mi amor,

D. S.

Destinos errantes

Errar, errar,
vagar,
caminar sin rumbo,
afán de pasear,
bailar,
volar,
ser,
búsqueda de la
libertad,
necesidad de ver,
de ir,
de encontrar
y buscar,
de hacer,
mi sed tan fácilmente apagada
cerca de casa,
y la tuya tan sublime,
tan soberbia
y maravillosa,
subiendo a la cima de las montañas,
cacerías de tigres
y elefantes,
y osos que bailan
y estrellas lejanas
y viajes a Marte,
y todo
tan salvaje,
y enorme
y libre,
mientras vagas por el mundo,
vagando,
vagando sin cesar,
y después, lo mejor de todo,
cuando, satisfecho,
colmado
y finalmente feliz,
regresas
lentamente
a casa,
junto a mí.

1

El sol penetraba a raudales a través de las grandes vidrieras, arrancando destellos de luz de todos los objetos de la casa. La repisa de nogal labrado de la chimenea de uno de los dos salones frontales brillaba como un espejo, y sus rosetones y bustos femeninos habían sido perfectamente lustrados con aceite. La alargada mesa de marquetería del centro de la estancia era no menos hermosa, aunque apenas se la podía ver bajo los montones de tesoros pulcramente apilados encima de ella desde hacía varias semanas: figuras de jade, enormes bandejas de plata, manteles de encaje, dos docenas de soberbios cuencos de cristal tallado y por lo menos, tres docenas de saleros y pimenteros de plata y catorce candelabros de plata. Los regalos de boda estaban pulcramente alineados sobre la mesa como en espera de una inspección, y al final de la mesa había un cuaderno y una pluma estilográfica negra para escribir el nombre del donante y su correspondiente regalo a fin de que la novia pudiera dar las gracias cuando tuviera tiempo. Una de las doncellas quitaba diariamente el polvo de los regalos y el mayordomo se encargaba de que la plata se limpiara con la misma asiduidad que todo el resto de la mansión Driscoll. Se respiraba una atmósfera de comedida opulencia, de riqueza evidente, pero jamás ostentosa. Los pesados cortinajes de terciopelo y las cortinas de encaje del salón frontal impedían las miradas de los curiosos al igual que el alto muro que rodeaba la casa, los árboles y los bien cuidados setos. El hogar de los Driscoll era algo así como una fortaleza.

Una voz femenina llamó desde el vestíbulo principal, justo al otro lado de la escalinata. La voz, apenas un susurro, pertenecía a una esbelta joven de finas caderas, largas piernas y hombros delicadamente esculpidos que, en aquel momento, acababa de entrar en el salón. La joven lucía una bata de raso de color de rosa, llevaba el cabello cobrizo recogido en un moño y no aparentaba más de veintitantos años. La suavidad del raso contrastaba con la severidad de su semblante. Permaneció de pie, contemplando la mesa cargada de regalos mientras sus ojos recorrían muy despacio los tesoros, y después se acercó a la mesa para leer los nombres que ella misma había anotado: Astor, Tudor, Van Camp, Sterling, Flood, Watson, Crocker, Tobin... Eran la flor y nata de San Francisco, de California..., de todo el país. Nombres magníficos, gente estupenda y regalos impresionantes que, sin embargo, la dejaron completamente fría mientras se acercaba a la puerta vidriera para echar un vistazo al jardín. Estaba tan impecablemente cuidado como cuando ella era pequeña. Siempre le habían gustado los tulipanes que solía plantar su abuela cada primavera, con su abigarrada mezcla de colores, tan distintos de la vegetación de Honolulú. Siempre le tuvo mucho cariño a aquel jardín. Exhaló un profundo suspiro, pensando en todo lo que tenía que hacer aquel día, y después dio una despaciosa media vuelta sobre un delicado tacón de raso, entornando los ojos intensamente azules. Los regalos eran preciosos, desde luego, y también lo sería la novia..., siempre y cuando encontrara un instante para irse a probar el traje. Audrey Driscoll se contempló la delicada muñeca en la que lucía el reloj de brillantes de su madre. Tenía un pequeño cierre de rubíes que le encantaba.

Había dos doncellas en la planta baja, un mayordomo, una camarera que se encargaba de los dormitorios del piso de arriba y una cocinera en el piso inferior con una doncella y una ayudante, dos jardineros y un chófer. En total, diez personas que mantenían a Audrey muy ocupada. Llevaba catorce años dirigiendo la casa, desde su llegada de Hawai. Cuando sus padres murieron en Honolulú, ella tenía once años y Annabelle siete. No tuvieron más remedio que trasladarse allí. Recordó la brumosa mañana de su llegada, cuando Annabelle asió fuertemente su mano y rompió a llorar, presa del terror. Su abuelo envió al ama de llaves para que las recogiera en las islas, y ésta y Annabelle se pasaron toda la travesía mareadas. En cambio, Audrey no. Ella se encargó de cuidar a la señora Miller, la anciana ama de llaves, cuando, cuatro años más tarde, murió a causa de una gripe. La señora Miller, a su vez, le enseñó a Audrey todo cuanto hay que saber para llevar una casa tan hermosa como aquélla, cumpliendo a rajatabla las instrucciones del abuelo. Audrey fue una alumna aventajada y ahora gobernaba la casa a la perfección.

El susurro de la bata de raso fue el único rumor que se oyó en el desierto salón cuando Audrey se dirigió apresuradamente al comedor, se sentó junto a la mesa vacía y pulsó discretamente el timbre de jade y rubíes que tenía al lado. Desayunaba allí todas las mañanas, a diferencia de su hermana, que lo hacía en su dormitorio, en una bandeja cubierta con un lienzo de hilo impecablemente almidonado.

Inmediatamente apareció una sirvienta vestida con un uniforme gris y delantal, puños y cofia blanca.

—¿Qué desea, señorita Driscoll? —dijo, mirando nerviosamente a la alta joven, sentada en la silla Reina Ana que siempre ocupaba al pie de la mesa.

—Sólo café esta mañana, gracias, Mary.

—Sí, señorita Driscoll.

Tenía unos ojos azules fríos como el hielo y casi nunca sonreía. Todo el mundo le tenía miedo, menos los que la conocían más a fondo, los que se acordaban de la chiquilla que corría por el césped, los juegos infantiles, cuando iba en bicicleta, la vez que se cayó del pino de Australia; pero de eso Mary no sabía nada. Era una chica de la misma edad de Audrey y sólo conocía a la mujer de mano dura, fuertes ideas y un espléndido sentido del humor, oculto en unos ojos intensamente azules. Estaba allí para quien supiera encontrarlo, pero pocos lo conseguían. Ella era tan sólo la señorita Driscoll, la solterona.

La llamaban la hermana solterona. Annabelle era la belleza de la casa y nadie se esforzaba en disimularlo. Edward Driscoll lo decía siempre. Annabelle poseía la etérea belleza rubia de un ángel, aquel aire de absoluta fragilidad tan en boga en los años treinta, en los veinte y muchos siglos atrás. Annabelle era la princesita, la niña. Audrey recordaba cómo la estrechó en sus brazos y trató de consolarla cuando sus padres murieron en la travesía de regreso de Bora-Bora. Su padre era un amante de las aventuras y su madre le seguía a todas partes por temor a que la abandonara si no lo hacía. Al fin, le siguió hasta el fondo del océano. Los restos del naufragio no se encontraron jamás. El barco se hundió durante una tormenta a los dos días de haber zarpado de Papeete, y las niñas se quedaron solas en el mundo, exceptuando al abuelo. La pobre Annabelle se quedó muerta de miedo al verle y Audrey le apretó la mano con tanta fuerza que le dejó los dedos blancos mientras él las miraba con el ceño fruncido. Audrey sonrió para sus adentros al evocar la escena. El anciano les metió el miedo en el cuerpo, o, por lo menos, lo intentó..., sobre todo, a la pequeña Annie.

Le sirvieron el café en una cafetera de plata con mango de marfil, que había venido con ella desde Honolulú, junto con otros tesoros pertenecientes a sus padres. A su padre todo aquello le importaba un bledo y cuanto su madre se llevó consigo desde el continente se quedó en las cajas de embalaje. A él le gustaba recorrer el mundo y reunir amorosamente las fotografías en álbumes a la vuelta de sus viajes. Audrey los guardaba ahora en unos estantes de su habitación. Su abuelo no quería verlos porque sólo le servían para recordarle la pérdida de su único hijo, *el Loco,* tal como él le llamaba siempre. Una vida desperdiciada, dos vidas desperdiciadas... y dos niñas pequeñas que le habían endilgado. Fingía constantemente sentirse molesto con aquel estorbo e insistía en que las chiquillas hicieran algo de provecho. Exigió que Annabelle aprendiera a coser y a bordar, cosa que hizo la niña, pero con Audrey no consiguió sus propósitos porque a ésta no le gustaba ni coser ni dibujar y aborrecía la jardinería y la cocina. Era un caso perdido con las acuarelas, no sabía componer poemas, odiaba los museos y no digamos la música. En cambio, le encantaban la fotografía, los libros de aventuras y los relatos de tierras lejanas. Asistía a las conferencias de absurdos y extraños eruditos, y a veces se iba a la playa y con los ojos cerrados aspiraba el perfume del mar, pensando en las lejanas regiones besadas por el Pacífico. Por lo demás, llevaba muy bien la casa, tenía muy buena mano con la servidumbre, revisaba los libros de su abuelo cada semana, mantenía la casa bien abastecida y cuidaba de que nadie sisara ni un centavo. Hubiera podido dirigir un negocio, pero no había nada para dirigir. Sólo la casa de Edward Driscoll.

—¿Está ya listo el té, Mary?

Sin consultar el reloj, sabía que eran las ocho y cuarto y que su abuelo bajaría de un momento a otro, vestido como cada mañana, como si todavía tuviera que acudir a su despacho. Soltaría un gruñido, miraría a Audrey con cara de pocos amigos, tal como siempre hacía, se negaría a hablar con ella, la miraría con rabia un par de veces, se tomaría el té, leería el periódico, se comería un par de huevos pasados por agua y una tostada, se tomaría otra taza de té y después le daría los buenos días. Audrey no se inmutaba ante su comportamiento, no le hacía ni caso. Empezó a leer el periódico a los doce años y discutía las noticias con él siempre que tenía ocasión de hacerlo. Al principio, el abuelo la miró con cierta condescendencia, pero después se percató de las muchas cosas que había asimilado su nieta y de lo sensatas que eran sus opiniones. Tuvieron su primera discusión política importante el día en que ella cumplió los trece años. Audrey se pasó una semana sin dirigirle la palabra a su abuelo para gran deleite de éste. El anciano se sintió tremendamente orgulloso de ella, y una mañana, a la hora del desayuno, Audrey encontró su propio periódico esperándola sobre la mesa. Desde entonces, la muchacha lo leía cada mañana y, cuando a su abuelo le apetecía hablar con ella, le comentaba con mucho gusto cualquier tema que le hubiera llamado la atención. Después ambos empezaban a discutir sobre todo cuanto leían, desde la política mundial a las noticias locales, sin olvidar los reportajes sobre las fiestas organizadas por sus amigos. Casi nunca estaban de acuerdo en nada y ésta era la razón de que Annabelle no quisiera desayunar con ellos.

—Sí, señorita. El té ya está listo.

La doncella uniformada de gris lo dijo casi rechinando los dientes, como si se preparara para un ataque del enemigo, cosa que, en efecto, se produjo a los pocos minutos. Las cuidadosas pisadas del abuelo resonaron en el vestíbulo cuando sus zapatos, impecablemente lustrados, abandonaron por un instante una alfombra persa antes de pisar la del comedor. Profirió un gruñido mientras apartaba un poco la silla para sentarse y miró fugazmente a Audrey antes de desdoblar meticulosamente el periódico. La doncella le sirvió el té y él la miró con furia antes de tomar cautelosamente un sorbo. Para entonces, Audrey ya estaba enfrascada en la lectura de las noticias, sin prestar la menor atención a los rayos del sol que iluminaban su cabello cobrizo y las delicadas manos que sostenían el periódico. Por un instante, el abuelo la miró, subyugado por su belleza, tal como a menudo le ocurría aunque ella no lo supiera. El hecho de que no diera a todo eso la menor importancia le confería un encanto singular. A diferencia de su hermana, que no pensaba en otra cosa.

—Buenos días.

Transcurrieron treinta largos minutos antes de que las palabras brotaran de su boca sin que apenas se le moviera la inmaculada barba blanca. Sus ojos azules eran como un retazo de cielo estival completamente en contradicción con sus ochenta primaveras. La doncella pegó un brinco al oír su voz. No soportaba servirle el desayuno, de la misma manera que Annabelle no soportaba comer con él. Sólo Audrey parecía impermeable a sus bruscos modales. Se hubiera comportado de la misma manera si él le hubiera sonreído y besado la mano y le hubiera dedicado palabras bonitas cada mañana. La lengua de Edward Driscoll ignoraba las palabras bonitas. Nunca las había usado más que con su mujer, pero ésta llevaba muerta veinte años y él fingía haberse endurecido por este motivo, lo cual era en cierto modo verdad. Era un hombre elegante y extremadamente pulcro que antaño caminaba muy erguido y ahora conservaba muchos vestigios de su antigua apostura; tenía el cabello blanco como la nieve, una poblada barba y unos poderosos y anchos hombros. Caminaba con paso cauteloso, pero decidido, y utilizaba un bastón de ébano con regatón de plata que sostenía en una fuerte mano mientras gesticulaba enérgicamente con la otra. Exactamente tal y como lo estaba haciendo en aquellos momentos.

—Supongo que habrás leído la noticia. Le han nombrado candidato, los muy imbéciles. Son todos unos malditos imbéciles.

Su voz tronó en el comedor de paredes revestidas de madera mientras la joven doncella temblaba y Audrey trataba infructuosamente de disimular una sonrisa, mirándole a los ojos con los suyos intensamente azules.

—Pensé que te interesaría leerlo.

—¿Que me interesaría? —replicó el abuelo—. Afortunadamente, no tiene ninguna posibilidad. Hoover volverá a ganar. Pero ellos hubieran tenido que nombrar a Smith y no a este idiota.

Acababa de leer en la columna de Lippman la noticia de la nominación de Franklin Roosevelt en la convención demócrata de Chicago. Y Audrey ya se imaginaba la reacción del abuelo. Era un firme partidario de Herbert Hoover, a pesar de que aquel año había sido el peor de toda la Depresión. Sin embargo, el anciano no quería reconocerlo. Aunque hubiera ingentes ejércitos de parados hambrientos en toda la nación, él seguía pensando que Hoover era un hombre estupendo. A ellos no les había tocado la Depresión y, por consiguiente, no acertaba a imaginar en qué medida había alcanzado a otros.

La política de Hoover había provocado, en cambio, la «deserción» de Audrey, como Edward Driscoll la llamaba.

Esta vez, Audrey votaría por los demócratas y se alegraba mucho de que hubieran nominado a Roosevelt.

—No va a salir elegido, ¿te enteras? Así que no pongas esta cara de satisfacción —dijo Edward Driscoll, poniendo, enfurecido, el periódico sobre la mesa.

—Puede que sí. Y la verdad es que haría mucha falta —Audrey se puso muy seria, pensando en la grave situación económica del país. Al abuelo no le gustaba hablar del asunto porque el hecho de hacerlo equivalía a echarle implícitamente la culpa a Hoover. A Annabelle no le importaba lo que dijera, pero Audrey era distinta—. Abuelo —añadió, plenamente consciente de la reacción que iba a provocar—, ¿cómo puedes decir que aquí no pasa nada? Estamos en mil novecientos treinta y dos, las cuentas de los bancos acaban de bajar en Chicago poco antes de la convención demócrata, la gente está sin trabajo y se muere de hambre por las calles. ¿Cómo demonios puedes ignorar todo eso?

—¡Él no tiene la culpa! —replicó el anciano, descargando un puñetazo sobre la mesa.

—¡Y un cuerno no la tiene! —dijo Audrey con una vehemencia no exenta de ironía.

—¡Audrey! ¡Modera tu lenguaje!

Audrey no se disculpó pues le pareció que no tenía por qué hacerlo. Ambos se conocían bien y ella le quería mucho a pesar de sus ideas políticas.

—Te apuesto ahora mismo a que Franklin Roosevelt saldrá elegido —dijo la joven sonriendo mientras él la miraba con rabia contenida.

—¡Tonterías! —contestó el abuelo, haciendo un gesto despectivo con su mano; era republicano de toda la vida.

—Cinco dólares a que sí.

—¿Sabes una cosa? —dijo Edward Driscoll, entornando los ojos—. A pesar de todos mis esfuerzos, tienes los modales de un camionero.

Audrey Driscoll soltó una carcajada y se levantó. Su bata de raso con las chinelas a juego y los pendientes de brillantes que lucía en los lóbulos de las orejas no eran precisamente cosas muy propias para un camionero. Como el reloj, los pendientes pertenecían a su madre y ella siempre los llevaba.

—¿Qué vas a hacer hoy, abuelo?

El viejo hacía pocas cosas. Se veía con los amigos, almorzaba en su club, el Pacific Union, y, al volver a casa, hacía la siesta todas las tardes. A los ochenta y un años, se lo tenía bien ganado. En otros tiempos había sido uno de los principales banqueros de San Francisco, pero hacía diez años que se había retirado y ahora llevaba una vida muy tranquila en la que le acompañaban sus dos nietas que pronto se reducirían a una sola. La víspera le confesó a un amigo que la marcha de Annabella no le importaba demasiado. Era la belleza oficial, pero Audrey tenía más temple. La necesitaba porque con Annabelle jamás había hecho buenas migas. Audrey siempre se interponía entre ambos, más que nada para proteger a su hermana menor. Annie era la chiquilla que Audrey había heredado de su madre, y nunca la dejó en la estacada ni pensaba hacerlo jamás. Quería organizarle una boda por todo lo alto.

Edward Driscoll miró a su nieta a los ojos.

—Me voy al club y supongo que tú y tu hermana iréis a gastaros mi dinero a Ransohoff.

Fingía estar preocupado, pero, a pesar de la Depresión, no lo estaba en absoluto. Había invertido el dinero con tanta sabiduría que los malos tiempos no le producían el menor quebranto.

—Se hará lo que se pueda —dijo Audrey sonriendo.

Apenas compraba nada para sí misma, pero Annabelle aún necesitaba algunas cosas para su ajuar. Siete damas de honor asistirían a la boda y Audrey sería la principal. El traje de novia en encaje antiguo francés con incrustaciones de perlas, un cuello muy alto que encuadraría el delicado rostro de Annabelle y un velo del mismo encaje antiguo y tul francés colocado sobre el dorado cabello era un modelo de J. Magrien. Audrey estaba tan contenta como Annie del efecto del velo y el traje. El único problema era conseguir que Annabelle acudiera a las pruebas. Faltaban tres semanas para la boda en la iglesia episcopaliana de San Lucas y aún quedaban muchos detalles por resolver.

—Ah, por cierto, Harcourt vendrá a cenar esta noche —dijo Audrey, que siempre procuraba avisar a su abuelo por la mañana.

Edward Driscoll solía molestarse mucho cuando se encontraba con algún rostro desconocido, e incluso conocido, a la hora de cenar sin que se le hubiera avisado. Miró a su nieta al oírla mencionar el nombre de su futuro nieto político. No podía creer que Audrey no estuviera celosa. Parecía imposible. Al fin y al cabo, Annabelle tenía sólo veintiún años mientras que Audrey tenía veinticinco y, en opinión de la gente, no era la más guapa de las dos. Procuraba pasar desapercibida, llevaba el cabello recogido hacia atrás y nunca se aplicaba colorete en las mejillas, ni rímel en los ojos ni barra en los labios para acentuar su sensualidad. Nada de todo eso le interesaba. Nunca había tenido ningún pretendiente serio. Hubo algunos a lo largo de los años, pero el abuelo siempre los espantaba. Aunque, a decir verdad, a ella le daba igual porque todos le parecían sedentarios y aburridos. A veces, soñaba con un hombre como su padre, con alma aventurera y pasión por los lugares exóticos, pero jamás había conocido a nadie que fuera así. Y Harcourt tampoco le gustaba, aunque era ideal para su hermana.

—Guapo chico, ¿verdad? —preguntó el abuelo, mirándola en un intento de descubrir algo inexistente, pese a que ella conoció a Harcourt primero e incluso había ido a bailar con él una o dos veces. Se lo cedió con mucho gusto a su hermana y, contrariamente a lo que pensaban los demás, no suspiraba por él ni se arrepentía de haberlo perdido. Nunca hubiera colmado las ansias de su corazón y dudaba que alguien lo consiguiera alguna vez. Lo que más deseaba, lo encontraba en las fotografías que solía tomar y en los viejos álbumes de su padre. En su fuero interno se parecía mucho a él. E incluso las fotografías que tomaba eran del mismo estilo, con la misma percepción y el mismo anhelo de lo insólito y lejano—. Harcourt será un buen marido para Annabelle.

Su abuelo lo decía siempre para pincharla y para ver su reacción. Seguía pensando que Audrey cometió un error al cedérselo a su hermana. Aún no comprendía por qué razón lo había hecho. Nadie lo entendía, pero a Audrey le importaba un comino; estaba acostumbrada a mantener sus sueños en secreto, unos sueños que, de todos modos, eran imposibles. Su lugar estaba allí, llevando la casa del abuelo y cuidando de él. En aquel instante, esbozó aquella sonrisa suya tan característica que se iniciaba en los ojos y bajaba poco a poco a los labios, dándole la apariencia de alguien que intentara reprimir una carcajada. Al verla, la gente se preguntaba siempre cuál debía ser el resto del chiste, como si ella supiera algo que los demás ignoraban, como si hubiera algo más. Y lo había. Había mucho más en Audrey Driscoll, sólo que nadie lo sabía. Ni siquiera su abuelo sospechaba la hondura de sus sueños ni el ansia que sentía de seguir las huellas de su padre. No estaba hecha para la vida de las mujeres de su tiempo, bien lo sabía ella. Antes hubiera preferido morir que sentar la cabeza y casarse con Harcourt.

—¿Por qué piensas que será un buen marido? —preguntó, mirando con una perversa sonrisa a su abuelo—. ¿Porque es republicano como tú?

Edward Driscoll picó el anzuelo. Se le ensombrecieron los ojos y estaba a punto de contestar cuando oyó un suspiro a su espalda. Era Annabelle, envuelta en una nube de seda azul y encajes color crema; el cabello se le derramaba en cascada sobre los hombros. La muchacha miró a Audrey con expresión de angustia. Medía casi veinticinco centímetros menos que su hermana mayor, se la veía extraordinariamente nerviosa y agitaba las manos como si fueran dos pajarillos. Era muy distinta de Audrey, en quien tenía depositada toda su confianza.

—¿Ya estáis hablando de política de buena mañana?

Su cubrió los ojos con una mano como si le doliera algo y Audrey se echó a reír. Se pasaban el rato hablando de política y disfrutaban discutiendo para desesperación de Annabelle que no sentía el menor interés por el tema y estaba harta de sus peleas.

—Franklin D. Roosevelt ganó anoche la nominación en la convención demócrata de Chicago. Pensé que te gustaría saberlo.

Audrey la quería tener siempre informada, pese a constarle que el asunto la traía sin cuidado.

—¿Por qué? —preguntó Annabelle, mirándola desconcertada.

—Porque derrotó a Al Smith y a John Garner —contestó Audrey mientras su hermana sacudía la cabeza con gesto de hastío.

—No... Quiero decir, ¿por qué me iba a gustar?

—¡Porque es importante para el país! —Audrey la miró con los ojos encendidos de cólera. No le permitía a su hermana que fuera tan estúpida, aunque sabía perfectamente que era un caso perdido. A Annabelle sólo le interesaba su cara y su vestuario—. Puede ser el próximo presidente del país, Annie. Tienes que prestar atención a estas cosas.

Hubiera querido ser más amable con ella, pero su voz tenía un tono cortante. Deseaba despertar el interés de su hermana por los asuntos del mundo, pero no había manera de conseguirlo. Ambas eran tan distintas que, a veces, no parecían hermanas. Incluso el abuelo lo decía.

—Harcourt dice que el interés por la política resulta vulgar en una mujer.

Annabelle sacudió sus rizos dorados y miró con expresión desafiante a su hermana, mientras Edward Driscoll la contemplaba fascinado. Era una criatura sorprendentemente bonita, muy parecida a su madre. En cambio, Audrey era como su padre. Si éste no hubiera..., pero de nada servía pensar en eso ahora... Aquellos malditos lugares dejados de la mano de Dios. Había estado en todas partes, desde Samoa a Manchuria, ¿y de qué le había servido al final?

—Además —añadió Annabelle—, no me parece correcto que habléis de política a la hora del desayuno. Es malo para la digestión.

Edward Driscoll se quedó mudo de asombro y Audrey tuvo que apartar el rostro para disimular una sonrisa. Luego, volvió de nuevo la cabeza y miró a su abuelo a los ojos. Éste la acarició con la mirada en un silencioso gesto de cariño.

—Os veré a las dos a la hora de cenar. Y también a Harcourt —dijo Edward Driscoll, dando media vuelta para dirigirse a la biblioteca mientras Audrey contemplaba su espalda.

Estaba un poquito más encorvado que hacía un año, pero apenas se notaba. Era un hombre fuerte y orgulloso y Audrey estaba en deuda con él. Tendría que pagarle con el resto de su vida o tal vez con su propia persona durante los años que él viviera. La necesitaba para llevar la casa. Audrey miró a su hermana menor, pensando que a ésta le quedaban aún muchas cosas por aprender. Sin embargo, Annabelle se negó en redondo a que su hermana la enseñara a gobernar una casa, alegando que Harcourt sólo quería que se dedicara a ponerse guapa y pasarlo bien; él ya se encargaría de todo lo demás. En opinión de Harcourt, era «vulgar» que una mujer asumiera demasiadas responsabilidades, decía Annie, sin percatarse de los dardos que arrojaba contra su hermana. Audrey se limitaba a mirarla con expresión divertida, pensando que los puntos de vista de Harcourt sobre la «vulgaridad» le importaban un pimiento.

—No olvides que hoy tienes que ir a probarte el traje de novia —le recordó Audrey a Annabelle, abandonando el salón en compañía de su hermana en el preciso momento en que la puerta de la biblioteca se cerraba de golpe. Audrey sabía que su abuelo se había encerrado allí para fumarse un cigarro y descansar un rato antes de que el chófer le llevara al Pacific Union Club. Permanecería sentado con la mirada perdida en la distancia, soñando en los viejos tiempos, leyendo cartas de amigos y preparando mentalmente las respuestas que escribiría aquella misma tarde. Poco más le quedaba por hacer, a diferencia de Audrey que tenía que ayudar a su hermana y organizar una boda de quinientos invitados.

—Hoy no me apetece ir al centro, Aud. Ayer tarde hizo mucho calor y aún me duele la cabeza.

—Lástima. Tómate una aspirina antes de salir de casa. Faltan sólo tres semanas para la boda. ¿Viste los regalos que se recibieron ayer?

Audrey tomó firmemente del brazo a su hermana y la acompañó al salón frontal. La alargada mesa se llenaba de hora en hora de regalos de amigos suyos y de Harcourt.

—Oh, Dios mío —exclamó Annabelle en tono quejumbroso—. ¡Cuántas notas de agradecimiento tendré que escribir!

—¡Y tú fíjate en los regalos tan preciosos que te han enviado! Alégrate y deja de quejarte.

Audrey más parecía la madre de Annabelle que su hermana mayor. Llevaba catorce años prestándole toda su atención. Incluso se matriculó en un centro superior de la cercana localidad de Mills para no alejarse demasiado de ella. Por su parte, Annabelle no quiso seguir estudiando tras finalizar sus clases con la señorita Hamlin. Nadie esperaba que lo hiciera puesto que todo el mundo estaba de acuerdo que la inteligente era Audrey mientras que ella era la guapa.

—¿De veras tengo que ir hoy? —preguntó Annabelle, mirando con expresión suplicante a su hermana.

Audrey la obligó a subir al piso de arriba para vestirse y, después, le hizo escribir media docena de notas de agradecimiento mientras ella se vestía. Ya estaban listas cuando el chófer acudió a recogerlas a las diez y media en el Packard azul oscuro que el abuelo reservaba para su uso. Era un hermoso día estival de la primera semana de julio con un cielo tan azul como el de las Hawai.

—¿Te acuerdas todavía, Annie? —preguntó Audrey mientras el automóvil las llevaba al centro de la ciudad.

La preciosa rubia del vestido blanco de lino y la enorme pamela se limitó a sacudir la cabeza. Los recuerdos de su infancia se habían desvanecido, a diferencia de las fotografías de los álbumes de su padre. Eran el único elemento que conectaba a Audrey con el pasado, pero a Annabelle no le interesaban. Se le antojaban extraños y le daban incluso un poco de miedo. A Audrey, en cambio, le encantaban. Casi podía aspirar el perfume de aquellos lejanos lugares, contemplando las fotografías de las montañas de China y los ríos del Japón, y de las gentes enfundadas en quimonos, que empujaban unos carritos muy raros, pescaban en la orilla del río y la miraban a una como si estuvieran a punto de romper a hablar en su propio idioma. A veces, de niña, Audrey se quedaba dormida con los álbumes sobre las rodillas, soñando que estaba en uno de aquellos exóticos lugares; y ahora, cuando hacía alguna fotografía, aunque la escena no tuviera ningún interés especial, siempre captaba algo insólito y exótico.

—¿Aud? —dijo Annabelle, mirando a su hermana mientras el automóvil se acercaba al establecimiento de J. Magrien. Audrey se sobresaltó y la miró sonriendo. Había dejado volar la imaginación, lo cual era insólito en ella. Se hallaba siempre tan ocupada y ahora tenía tantas cosas que hacer con motivo de la boda de Annie—. ¿En qué pensabas?

—No lo sé —contestó Audrey, apartando la mirada.

Pensaba en una fotografía de su padre en China, tomada hacía veinte años. Le tenía un especial cariño y en ella se veía a su padre, riéndose montado en un asnillo.

—Se te veía tan feliz —dijo Annabelle, mirándola con inocencia.

Audrey sonrió y apartó los ojos de la ventanilla para mirar a su hermana.

—Debía de pensar en ti..., en la boda...

Ambas hermanas descendieron del automóvil y algunos peatones se las quedaron mirando. No era frecuente ver un Packard en los tiempos que corrían. Casi todo el mundo los había tenido que vender. Annabelle entró en el establecimiento con expresión extasiada y Audrey la siguió con la mirada perdida, como si acabaran de arrancarla de un remoto lugar, de la fotografía en la que pensaba durante el trayecto en automóvil, y la hubieran dejado de golpe en aquel sitio tan mundano y complaciente. La sensación le pareció extraña y, en aquel momento, una sinfonía de perfumes franceses invadió su olfato, y los guantes, sombreros y blusas de seda parecieron danzar ante sus ojos, todos muy bonitos y todos carísimos. Audrey pensó de repente en lo absurdo e insensato que era todo... y en lo injusto. Había en la vida cosas mucho más importantes: personas que no se podían permitir el lujo de comer o de comprar ropas de abrigo para sus hijos en invierno; barrios de chabolas llenas de gentes sin hogar, y ella estaba allí con su hermana menor, comprando elegantes prendas y un traje de novia que costaba más que toda una carrera universitaria.

—¿Te encuentras bien? —le preguntó Annabelle, mirándola un instante en el probador donde se estaba poniendo el traje. Por un momento, le pareció que el rostro de Audrey adquiría un tinte verdoso, y así fue, en efecto. El contraste entre lo que veía y lo que pensaba casi le produjo un mareo.

—Estoy bien. Es que aquí hace mucho calor, eso es todo.

Dos dependientas corrieron por un vaso de agua y, mientras una abría el grifo y otra sostenía el vaso, comentaron en susurros lo que todo el mundo pensaba.

—Pobrecilla..., se muere de envidia de su hermana... Pobrecilla..., es la solterona.

Audrey no oyó esas palabras, pero ya las había oído suficientes veces. Estaba acostumbrada a ellas y le traía sin cuidado, incluso aquella noche cuando se sentó a conversar en el salón con Harcourt Westerbrook IV, mientras esperaba que Annabelle bajara del piso de arriba y que el abuelo regresara del club. Éste llegó tarde, cosa insólita en él, y Annabelle se hizo esperar mucho, lo cual era completamente previsible en ella. Siempre llegaba tarde y siempre con la cara arrebolada, menos cuando Audrey se encargaba de todo.

—¿Ya está preparado el viaje de luna de miel?

Con Harcourt, no podía hablar de otra cosa que no fuera la boda. Con cualquier otro hombre, hubiera comentado la nominación de la convención demócrata, pero conocía muy bien la opinión de Harcourt sobre las mujeres que hablaban de política con los hombres. Audrey se preguntó de qué habrían hablado la vez que ambos fueron a bailar. Quizá de la música. ¿O acaso Harcourt pensaba que las conversaciones sobre este tema también eran vulgares? Se le escapó la risa, pero en seguida logró reprimirla. Harcourt le estaba describiendo con todo detalle los planes del viaje de luna de miel. Tomarían el tren hasta Nueva York y allí embarcarían en el *Île de France* rumbo a El Havre; desde allí, seguirían hasta

París en tren, se dirigirían a Cannes donde pasarían unos días y después recorrerían la Riviera italiana, visitarían Roma, se irían a Londres y regresarían en barco a casa. Pensaban estar ausentes un par de meses y, aunque el viaje parecía muy bonito, no era el que a Audrey le hubiera gustado hacer. Ella hubiera viajado a Venecia para tomar el Orient Express hasta Estambul. Se le iluminaron los ojos sólo de pensarlo, pero el monótono zumbido de la voz de Harcourt la devolvió a la realidad. Le estaba diciendo algo sobre un primo suyo que vivía en Londres, que les había prometido concertarles una audiencia con el rey. Audrey fingía estar enormemente interesada. En aquel instante, entró el abuelo y miró a Harcourt con expresión enfurruñada. Intuyendo su intención de comentar que nadie le había advertido de que había invitados a cenar, Audrey se le acercó, le tomó de un brazo y lo acompañó hasta Harcourt, esbozando una encantadora sonrisa.

—¿Recuerdas que te dije que Harcourt vendría esta noche?

El abuelo la miró un instante con los ojos entornados y entonces le pareció recordar algo.

—¿Fue antes o después de que hicieras todos aquellos estúpidos comentarios sobre Roosevelt?

El abuelo la miró con cierto hastío no exento de benevolencia, mientras ella se reía y Harcourt contemplaba la escena escandalizado.

—Una desgracia, ¿no se lo parece, señor?

—No importa. Hoover será reelegido.

—Así lo espero.

Otro ardiente republicano, pensó Audrey, mirándoles asqueada.

—Como eso ocurra, destruirá el país para siempre.

—¡No empieces con tus estúpidas teorías! —tronó el abuelo, quedándose sin público en cuanto Annabelle apareció en escena, luciendo un vestido de seda tornasolada de color azul pálido. Parecía una figura salida de un cuadro y estaba preciosa con sus grandes ojos azules, sus delicados rasgos y el cabello rubio enmarcándole el rostro. Harcourt se quedó embobado al verla y sólo le quitó los ojos de encima para dirigirle a Audrey una mirada de reproche mientras los cuatro se encaminaban hacia el comedor.

—No dirías en serio lo de Roosevelt.

—Pues claro que sí. Ése es el peor año que ha vivido nuestro país y todo gracias a Hoover.

Audrey hablaba con una seguridad que no admitía discusión, pero Annabelle la miró con ojos suplicantes mientras tomaba del brazo a Harcourt.

—No hablaréis de política esta noche, ¿verdad?

Los grandes ojos tenían casi un aire de candor infantil.

—Pierde cuidado —contestó Harcourt, dándole unas palmadas en la mano.

Audrey se rió y el abuelo le guiñó un ojo. Audrey se moría de ganas de saber lo que habrían dicho los socios del club. Aunque casi todos ellos eran republicanos, la conversación de los hombres era siempre más interesante que la de las mujeres. Exceptuando los hombres como Harcourt que se negaban a comentar temas serios con las mujeres. Le parecía agotador parlotear y sonreír sin cesar, tal como lo hizo Annabelle a lo largo de la velada. Cuando, al final, Harcourt se fue, Audrey lanzó un suspiro de alivio. Annabelle subió al piso de arriba casi flotando en el aire como un angelito, y Audrey subió más despacio, tomando del brazo a su abuelo y dándole tiempo para que subiera la escalera con el bastón. Estaba tan guapo y elegante como siempre. Audrey pensó que ojalá algún día encontrara a un hombre como él. Sabía por las fotografías que, en sus buenos tiempos, había sido un mozo con mucha clase, una mente brillante y de fuertes convicciones. Hubiera podido vivir muy bien con alguien como él. Y, si no fácilmente, por lo menos muy dichosa. Audrey se detuvo en el pasillo con su abuelo. Era casi tan alta como él, ahora que los años le habían encorvado un poco.

—No te arrepientes de nada, ¿verdad, Audrey? —le preguntó el anciano con insólita dulzura.

Sus ásperos modales habían desaparecido por completo. Quería conocer los sentimientos de Audrey. Quería estar seguro, para su paz espiritual, de que su nieta mayor no lamentaba haberse dejado escapar a Harcourt.

—¿Arrepentirme de qué, abuelito?

No le llamaba así desde que era pequeña, pero en aquel momento, el nombre brotó sin ninguna dificultad de su boca.

—De lo de... del joven Westerbrook. Hubieras podido tenerle para ti —Edward Driscoll hablaba en voz baja, como temeroso de que alguien pudiera oírle—. Primero salió contigo. Y tú eres la mayor. Algún día serás una esposa mucho mejor que ella. No es que sea mala chica, pero es muy joven. Y él no la entendía.

Audrey le miró sonriendo, conmovida por su preocupación.

—Todavía no estoy preparada para casarme. Y, de todos modos, no era el hombre apropiado para mí.

—¿*Por qué* no estás preparada todavía? —preguntó el abuelo, apoyándose fuertemente en el bastón, en el pasillo en sombras.

Estaba cansado, pero aquello era extraordinariamente importante para él.

—No lo sé —contestó Audrey, exhalando un suspiro—. Pero sé que hay otras cosas que tengo que hacer primero.

¿Cómo se lo hubiera podido explicar? Quería viajar, tomar fotografías, hacer unos álbumes maravillosos como los de su padre...

—¿Cómo qué? —preguntó el viejo, asustado por sus palabras. Le sonaban a algo que le había costado un hijo—. ¿No se te habrá metido en la cabeza ninguna tontería, verdad?

—No, abuelito —Audrey quería tranquilizarle. Era lo menos que podía hacer por él—. Ni siquiera sé lo que quiero. Lo único que sé es que no quiero a Harcourt Westerbrook. De eso estoy absolutamente segura.

Edward Driscoll asintió con la cabeza y la miró fijamente a los ojos.

—En tal caso, me parece bien.

¿Y si no hubiera sido así? ¿Y si hubiera querido a Harcourt?, se preguntó Audrey mientras le daba a su abuelo un beso de buenas noches antes de dirigirse a su habitación. Permaneció de pie frente a la puerta, pensando en sus palabras. No sabía por qué las había dicho, pero estaba segura de que eran verdad. Quería hacer algo, visitar lugares, conocer otras gentes, ver montañas y ríos, aspirar otros perfumes y saborear comidas exóticas. Mientras cerraba la puerta a sus espaldas, comprendió que jamás hubiera podido ser feliz con Harcourt, y tal vez con nadie. Necesitaba alimentar su alma con cosas más sublimes y puede que algún día siguiera las huellas de su padre: tomaría fotografías, haría los mismos viajes misteriosos y viajaría en los mismos trenes como en un regreso a aquel pasado que reflejaban los álbumes... acompañada por él.

2

La mañana del veintiuno de julio, Audrey se encontraba de pie en el vestíbulo principal de la casa, consultando el reloj y esperando casi instintivamente que el carillón del comedor diera la hora. El automóvil los aguardaba fuera y suponía que los invitados ya debían estar esperándoles en la iglesia. A su lado, el abuelo golpeaba el suelo con el bastón mientras los ojos de los criados les acechaban por todas partes, acechando el momento en que Annabelle descendería por la escalinata. La espera mereció la pena porque, cuando la muchacha bajó, fue como una visión, envuelta en una nube blanca. Parecía una princesa o una reina de cuento de hadas; llevaba los delicados pies enfundados en unos zapatos de raso color crema y el rubio cabello adornado por una diadema de encaje antiguo y diminutas perlas. Su cintura parecía tallada en marfil y sus ojos bailaban de contento. Era la chica más bonita que jamás se hubiera visto, pensó Audrey, mirándola con ternura y orgullo.

—Estás preciosa, Annie.

Las palabras no alcanzaban a expresar sus sentimientos, pero a Audrey no se le ocurrían otras capaces de hacerlo. Las interminables pruebas habían merecido la pena. El traje le sentaba de maravilla. Audrey lucía un vestido de seda color melocotón con adornos de encaje beige antiguo mientras que las restantes damas vestían del mismo color, pero en un tono más claro. El cálido color se conjugaba muy bien con su cabello cobrizo y hacía resaltar el tono cremoso de su piel y el intenso azul de sus ojos.

—Tú también estás muy guapa, Aud —dijo Annabelle.

En realidad, nunca lo pensaba, pero era cierto. Casi nunca pensaba en Audrey porque siempre la tenía a mano.

Audrey la miró satisfecha de los muchos meses de trabajo y de los años de amor que le había dedicado. Annabelle creció como lo que tenía que ser y ahora se iba a convertir en la esposa de Harcourt y viviría feliz en Burlingame. Era lo más adecuado para ella, lo que de veras quería. Sería una esposa perfecta y sentaría la cabeza. Sentaría la cabeza... Esas palabras le martillearon la mente y le provocaron un estremecimiento de angustia. Siempre había odiado aquellas palabras, sentar la cabeza. Le sonaban a algo así como morir.

—¿Eres feliz, Annie? —preguntó, mirando a su hermana a los ojos.

Llevaba muchos años cuidándola, vigilando que saliera de casa abrigada, que tuviera a mano su muñeca preferida cuando se iba a la cama por la noche, que no tuviera pesadillas y que no estuviera sola, que sus amigos fueran amables con ella, que fuera a una escuela que le gustara. Audrey se batió con uñas y dientes para conseguirlo. Annabelle no quiso ir a la escuela de Katherine Branson, situada al otro lado de la bahía, sino a la de la señorita Hamlin. Audrey se encargó siempre de todo, incluso del menor detalle del soberbio traje de novia que ahora lucía su hermana. Y quería que fuera feliz. Siempre lo quiso, tal vez demasiado, y la mimó probablemente mucho más de lo que lo hubieran hecho sus padres porque siempre parecía una chiquilla desvalida. Incluso ahora. Audrey le escudriñó el rostro para cerciorarse de que Annie hacía de veras lo que más deseaba.

—Le quieres, ¿verdad?

Annabelle soltó una carcajada que resonó en el vestíbulo como una campanilla de plata. Envuelta en el elegante velo, se vio reflejada en el espejo y pensó que el traje era una pura maravilla.

—Pues claro que le quiero, Aud —contestó Annabelle en tono evasivo—. Más que nada en el mundo.

—¿Estás segura?

El matrimonio le parecía a Audrey un paso trascendental. En cambio, Annabelle ni siquiera parecía asustada, sino tan sólo nerviosa.

—¿Hum?

Annabelle se arregló el velo mientras Edward Driscoll bajaba los peldaños de la entrada, tomando del brazo al mayordomo.

—¿Annie?

A Audrey se le encogió el estómago mientras miraba a su hermana. ¿Y si... no fuera una elección acertada? ¿La habría empujado ella sin querer a tomarla? ¿Lo habrían hecho otras personas, insistiendo en que el chico era un buen partido? ¿Y eso qué más daba? Ella no se hubiera dejado convencer por estas consideraciones, pero Annabelle...

Su hermana menor se volvió a mirarla con una radiante sonrisa y, por un instante, Audrey se tranquilizó.

—Te preocupas demasiado, Aud... Éste es el día más feliz de mi vida —ambas se miraron fugazmente a los ojos. Audrey tuvo que reconocer que su hermana parecía feliz de verdad. Pero, ¿lo era lo bastante? Una sonrisa se dibujó de repente en sus labios. Annabelle tenía razón. Se preocupaba demasiado. Porque el matrimonio era para ella un paso extraordinariamente importante. Se preguntó cómo era posible que Annabelle no estuviera asustada. Tomó la mano de su hermana y la estrechó con fuerza en la suya enfundada en un suave guante de cabritilla color crema—. Te echaré de menos, Aud...

Audrey también lo había pensado. Le parecería raro no tenerla consigo. Durante catorce años, la había cuidado como si fuera su propia hija y ahora iba a perderla. Mientras en la calle se escuchaba el rumor de un tranvía, se sintió más la madre de la novia que una dama de honor.

—Burlingame no está muy lejos, ¿sabes?

Ambas hermanas se miraron con lágrimas en los ojos y, al final, Audrey se inclinó para abrazar a Annabelle procurando no arrugarle el velo.

—Te quiero, Annie... Espero que seas feliz con Harcourt.

Annabelle se limitó a sonreír y, mientras se encaminaba hacia la puerta, susurró:

—Pues claro que lo seré.

Sonó la bocina del Rolls-Royce del abuelo, quien miró impaciente a Annabelle cuando la muchacha se acomodó en el automóvil, envolviéndolos a los tres con su vaporoso traje.

—¿Quieres que se pasen todo el día esperándote en la iglesia? —ladró el abuelo, apretando con fuerza el puño del bastón. Sin embargo, se veía a las claras que estaba profundamente conmovido. Annabelle le recordaba demasiado a una novia que había vivido hacía veintiséis años. Aquélla era incluso más bonita..., la chica que se casó con su hijo Roland. El parecido con Annabelle era impresionante. Creyó haber retrocedido en el tiempo cuando, de pie al lado de Audrey, contempló a Annabelle pronunciando el sí mientras miraba con ternura a Harcourt.

Las lágrimas resbalaron lentamente por las mejillas de Audrey y sus ojos se volvieron a nublar cuando, más tarde, el abuelo sacó a la novia a bailar un vals durante la recepción. Nadie hubiera dicho que el anciano necesitaba un bastón para caminar y él también pareció olvidarlo mientras evolucionaba elegantemente con la novia hasta entregarla por fin a su marido. Por un instante, el anciano se desconcertó. Después se alejó despacio y con paso cansino.

—¿Me concede este baile, señor Driscoll? —le preguntó súbitamente Audrey, rozándole un brazo.

Ambos se miraron con cariño. Era como si la partida de Annabelle les hubiera unido todavía más, tal como a veces ocurre en los matrimonios cuando se casan los hijos.

Tras evolucionar un poco con él por la pista, Audrey le acompañó a un sillón empleando el tacto suficiente como para que no se sintiera un anciano achacoso. Le dijo que ella tenía que atender a ciertos detalles de la fiesta. Todo el mundo comentó lo espléndida que había sido la recepción y, cuando Annabelle se marchó por fin bajo una lluvia de pétalos de rosas y arroz, luciendo un vestido blanco de lana, Audrey se sintió inmensamente feliz. Después se despidió de los últimos invitados y se fue con su abuelo en el Rolls.

Parecía que hubieran transcurrido siglos desde que habían salido de casa aquella mañana. Audrey se sentó exhausta delante de la chimenea de la biblioteca, mientras la niebla envolvía inexorablemente la ciudad y se escuchaban, a lo lejos, las sirenas de los barcos.

—Ha sido bonito, ¿verdad, abuelo?

Audrey ahogó un bostezo y tomó un sorbo del jerez que el abuelo le había servido. Los invitados consumieron litros y más litros del champaña de su bodega privada, discretamente llevado al hotel, pero ella bebió muy poco y ahora, mientras recordaba la boda de su hermana, el jerez la tranquilizó. La chiquilla a la que había cuidado durante tantos años se había ido súbitamente. Ella y Harcourt pasarían la noche en una *suite* del hotel Mark Hopkins y, por la mañana, tomarían un tren con destino a Nueva York, donde les aguardaba el *Île de France* en el que se trasladarían a Europa. Audrey prometió acudir a despedirles a la estación y, al pensarlo, experimentó una punzada de envidia, no por lo que ambos compartían, sino por el viaje que se disponían a emprender. El itinerario no era enteramente de su gusto, pero, aun así, les envidiaba. Le remordió en el acto la conciencia y miró al abuelo como temerosa de que le hubiera leído el pensamiento. Sus ansias de marcharse eran injustas, pero algunas veces el deseo de ver tierras nuevas era casi irresistible. A veces, las noches que se pasaba hojeando los álbumes de su padre no le bastaban. Quería algo más, quería ser una de las personas que la miraban desde las fotografías de las descoloridas páginas.

—Tendríamos que hacer un viaje juntos cualquier día de éstos.

Las palabras le brotaron de la boca sin que pudiera evitarlo.

—¿Un viaje? —preguntó el abuelo, mirándola asombrado—. ¿Adónde?

En agosto, pensaban ir al lago Tahoe. Tal como lo hacían siempre. Sin embargo, el anciano intuyó inmediatamente que ella se refería a otra cosa y su forma de hablar le recordó la de Roland.

—A Europa quizá, como hicimos en mil novecientos veinticinco..., o a las Hawai...

Y, desde allí, a Oriente, hubiera querido añadir, pero no se atrevió a hacerlo.

—Y eso, ¿por qué? —Edward Driscoll la miró hastiado, pero no era hastío lo que sentía, sino temor. No le importaba perder a Annabelle, pero no hubiera soportado quedarse sin Audrey. La vida hubiera sido distinta sin ella, sin sus aptitudes, sin su inteligencia, sin su manera de percibir las cosas y sin las maravillosas batallas en que se enzarzaban desde hacía casi dos décadas—. Soy demasiado viejo para irme a viajar por medio mundo.

—Pues, entonces, vayamos a Nueva York.

Los ojos de Audrey se iluminaron y, por un instante, su abuelo estuvo a punto de compadecerla. La pobre muchacha no podía hacer gran cosa por su cuenta y casi todas sus compañeras de estudios llevaban casadas mucho tiempo y tenían dos o tres hijos, y maridos que podían llevarlas adonde quisieran. Audrey aún no había encontrado al hombre que tal vez no apareciera jamás y, en cierto modo, Edward Driscoll se sentía culpable. Era extraño que no hubiera encontrado a nadie. Estaba demasiado ocupada llevando la casa y cuidando a su hermana. Pero ahora ésta se había ido y él no lo lamentaba. Contempló el agraciado rostro de Audrey y su melena cobriza derramándose sobre sus hombros, libre ya del sombrero de seda color melocotón. Era una muchacha encantadora, una mujer deliciosa, pensó para sus adentros.

—Bueno, ¿qué dices?

Audrey le miró expectante, pero él había olvidado la pregunta.

—¿Qué digo de qué?

Se le veía molesto y confuso. Audrey comprendió que

debía de estar un poco cansado después de la larga jornada. A lo mejor, había bebido más de la cuenta, aunque no estaba borracho en absoluto.

—¿Por qué no vamos a Nueva York, abuelo? —preguntó esperanzada—. Podríamos ir en septiembre, a la vuelta del lago.

—Pero, ¿qué necesidad hay de que vayamos? —sin embargo, el abuelo conocía muy bien aquella ansia. También había sido joven una vez y tenía una esposa, aunque nunca les tuvo demasiada afición a los viajes. Aquell gusanillo lo tenía Roland, su único hijo, y sólo Dios sabía de dónde lo habría sacado. Audrey lo debía llevar asimismo en la sangre, pensó Edward Driscoll con tristeza, pero él no le permitiría ceder a aquel capricho—. Nueva York es un lugar insalubre, hay demasiada gente y queda muy lejos. Te encontrarás mejor cuando vayamos al lago, Audrey. Ya lo verás —Edward Driscoll consultó el reloj y se levantó tambaleándose ligeramente. Había sido un gran día para él, aunque no quisiera reconocerlo—. Me voy a la cama y será mejor que tú hagas lo mismo, cariño. La boda de esta niña te ha dado mucho que hacer.

Mientras subía la escalera con su nieta, le dio una palmada en un brazo, cosa insólita en él. Después, desde la ventana de su dormitorio, contempló la ventana iluminada del de Audrey y se preguntó qué estaría haciendo y en qué pensaría. Se hubiera asombrado de verla sentada ante la mesita de su tocador, con la mirada perdida en la lejanía y el collar de perlas en la mano, soñando en el viaje que hubiera querido realizar alrededor del mundo y en las fotografías que hubiera tomado por el camino. Su abuelo, aquella casa, su hermana, la boda, todo cayó en el olvido. Al final, Audrey sacudió la cabeza para volver al presente, se levantó, se desperezó y se desnudó. Minutos después, se deslizó entre las frías sábanas de su cama y cerró los ojos, procurando no pensar en todo lo que tenía que hacer al día siguiente. Había prometido encargarse de los asuntos de Annabelle durante su ausencia: de la nueva casa, de los pintores, del mobiliario que les iban a enviar, de los regalos de boda. Lo haría todo ella, como siempre. La fiel Audrey. Se quedó dormida, soñando con Annabelle y Harcourt... y con que tenía una casa en una isla tropical mientras el abuelo le gritaba desde lejos: «Vuelve..., vuelve». Pero ella no pensaba hacerlo.

3

A pesar de las tres semanas que pasó en la casa de verano que tenían los Driscoll en el lago Tahoe, Audrey consiguió tenerlo todo a punto para Annabelle y Harcourt cuando éstos regresaron a finales de septiembre. En la preciosa casa de piedra que Harcourt había comprado les aguardaba un reducido, pero eficiente equipo de sirvientes. Las habitaciones se habían pintado en los colores que quería Annabelle, los muebles estaban en su sitio, el automóvil ya había sido entregado y Audrey se había encargado incluso de que lo pusieran en marcha de vez en cuando para que la batería no se apagara.

—Desde luego, tu hermana sabe llevar una casa, ¿eh? —comentó Harcourt al día siguiente de su vuelta.

Annabelle le miró sonriendo. Se alegraba de que estuviera contento. Temía que se enojara con ella por dejarlo todo en manos de Audrey, pero, si ésta lo sabía hacer tan bien, ¿por qué no hacerlo? Harcourt estaba de acuerdo. Sin embargo, justo en aquel momento, en California Street, nadie alababa las cualidades domésticas de Audrey. El abuelo se quejaba de que los huevos estaban demasiado cocidos, de que el té era una porquería y de que hacía varias semanas que no desayunaba a su gusto. Tenían una nueva cocinera y

Edward Driscoll despotricaba, diciendo que no era tan buena como la anterior.

—¿Es que no puedes encontrar una cocinera como es debido para esta casa? ¿Tengo que comer así el resto de mi vida o acaso quieres matarme?

Audrey reprimió una sonrisa al oír esa parrafada. El abuelo le repetía cada día lo mismo y no habría más remedio que buscarle una sustituta a la cocinera que él tanto aborrecía. Aquella mañana, Audrey estaba mucho más preocupada por algo que acababa de leer en el periódico. El salario medio semanal había bajado a menos de diecisiete dólares de los veinticcho que era hacía apenas tres años, y en todas partes había cientos de parados que hacían cola en los puntos de distribución gratuita de alimentos. Cinco mil bancos habían quebrado, más de ochenta mil industrias habían cerrado y otras tantas personas se habían suicidado. La situación del país era cada vez más desastrosa. Y las estadísticas del periódico de la mañana eran aterradoras. El producto nacional bruto había bajado a la mitad de su nivel de hacía tres años. Audrey frunció el ceño y tomó un sorbo de café.

—Yo no sé cómo puedes ignorar lo que está pasando, abuelo.

Estaba furiosa con él y con lo que le ocurría al país y con su constante defensa de Herbert Hoover.

—Si dedicaras más atención a lo que ocurre en esta casa y un poquito menos a los asuntos del mundo, tendríamos una cocinera más competente y yo podría desayunar como Dios manda.

—La mayoría de la gente ni siquiera desayuna. ¿Acaso no lo sabes? —Audrey tenía ganas de pelea, pero al abuelo no le importaba. Es más, en su fuero interno, se divertía—. El país va camino del desastre.

—Eso ya hace muchos años que ocurre, Audrey. No es una novedad; y ni siquiera es un problema exclusivo de este país —Edward Driscoll señaló el periódico con un dedo—. Aquí dice que Alemania está llena de parados y lo mismo sucede en Inglaterra. Ocurre en todas partes. ¿Qué quieres que haga? ¿Que me quede sentado en casa llorando?

Ahí estaba lo malo, nadie podía hacer nada.

—Por lo menos, podrías votar con inteligencia.

—No me gusta eso que tú llamas inteligencia —contestó él, mirándola con rabia.

Cuando se conocieron los resultados de las elecciones y se supo que Roosevelt había derrotado a Hoover, llevándose un sesenta por ciento de los votos, Edward Driscoll se puso hecho una furia y tuvo una acalorada pelea con su nieta. Ambos seguían discutiendo todavía la noche en que Annabelle y Harcourt acudieron a cenar con ellos y se marcharon muy temprano. Annabelle dijo que las conversaciones sobre política le daban dolor de cabeza, pero, en un aparte, consiguió confiarle a Audrey su secreto. Esperaba un hijo para mayo. Audrey se alegró muchísimo al pensar que iba a ser tía. Era extraño, se dijo, mientras subía aquella noche con el abuelo al piso de arriba, oyéndole lamentarse en voz baja de la derrota de Hoover. Sin embargo, en aquellos instantes, no le escuchaba. Sólo pensaba en Annabelle y en su hijo. Annie tendría veintiún años cuando naciera el niño..., veintiún años y todo lo que siempre había querido. Ella, en cambio, a los veinticinco, no tenía nada en absoluto. Empezó a deprimirse cuando llegó la temporada de las lluvias. Incluso los libros que leía le parecían tristes. Sin embargo, el embarazo de Annabelle no le dejaba demasiado tiempo para la tristeza. Tenía un montón de cosas que hacer, comprar la canastilla del bebé, preparar su habitación, contratar a una niñera y encargarse de todo lo que Annie no podía hacer debido a su estado. El día en que el abuelo cumplía ochenta y un años, nació el niño, un saludable y rollizo bebé que no le causó demasiados problemas a su madre. Audrey fue la primera en verles, después de Harcourt, claro, y luego cuidó de que en la casa todo estuviera a punto cuando Annie y su hijo abandonaron el hospital, dos semanas más tarde.

Un día, Audrey se encontraba en el cuarto del niño, doblando un montón de mantitas azules y haciendo un pequeño inventario del nuevo mundo de Winston cuando Harcourt apareció en la puerta.

—Pensé que te encontraría aquí —le dijo, clavando los ojos en los de su cuñada, como si quisiera confesarle algo; Audrey apartó el rostro, confusa. En general, tenían muy pocas cosas que decirse el uno al otro. Audrey trataba, sobre todo, con su hermana—. ¿Nunca te cansas de hacerle las cosas? —preguntó, entrando en la habitación mientras ella dejaba el montón de mantas azules, sacudiendo la cabeza y sonriendo.

—Pues la verdad es que no. Llevo mucho tiempo cuidándome de todo.

—¿Y piensas seguir haciéndolo siempre?

La pregunta era tan extraña como su tono de voz. Al verle acercarse, Audrey se preguntó fugazmente si estaría bebido.

—Nunca lo he pensado. Me gusta cuidarme de las cosas de Annie.

—¿Ah, sí?

Harcourt enarcó una ceja y se le acercó tanto que Audrey sintió su aliento en el rostro. De repente, él extendió la mano y le acarició una mejilla. Después, le rozó los labios con un dedo y trató de estrecharla en sus brazos. Por un instante, Audrey se desconcertó y no le rechazó; después, se apartó rápidamente para esquivar sus labios, pero éstos le rozaron el sedoso cabello. En el momento en que intentaba escapar, él la asió las muñecas con sus fuertes manos.

—¡Ya basta, Harcourt!

—No seas mojigata. Tienes veintiséis años, ¿es que piensas interpretar toda la vida el papel de solterona?

Las palabras la ofendieron más que sus manos. Su cuñado le tomó la cabeza y la inclinó hacia un lado para poder besarla. De nada sirvieron las protestas de la joven. Al final, Audrey consiguió rechazarle.

—¡Ya *basta*, Harcourt! —se apartó de él casi sin resuello y se dirigió instintivamente al otro lado de la habitación; la cuna del niño se interponía entre ambos—. ¿Estás loco?

—¿Acaso es una locura quererte? Hubiera podido casarme contigo, ¿sabes?

Pensó que ojalá lo hubiera hecho, a pesar de su difícil

carácter, de sus malditas ideas políticas, de los libros que leía y de su refinada educación. Él le hubiera dado otras cosas en que pensar. Por lo menos, Audrey tenía más temple que su mujer. Ya estaba harto de Annabelle y de sus constantes gimoteos infantiles. Lo que Harcourt necesitaba era una mujer. De las de verdad. Como Audrey.

—Estás equivocado —dijo la joven, mirándole con dureza—. Te casaste con mi hermana y nunca hubieras podido casarte conmigo.

—¿Por qué no? ¿Te consideras demasiado superior a mí, señorita Sabelotodo? ¿Demasiado inteligente quizá? —Harcourt se enfureció al pensarlo. Le constaba que su cuñada era mucho más inteligente que la mayoría de personas que él conocía, tanto hombres como mujeres, pero esa idea no le gustaba ni un pelo—. No eres más que una mujer que espera al hombre adecuado, cometiste un gran error al rechazarme, Audrey Driscoll.

—Puede que sí —Audrey reprimió una sonrisa. Su cuñado era un hombre ridículo e indudablemente inofensivo. Lo lamentaba por Annie. De súbito se preguntó si Harcourt se habría dedicado a asediar a otras mujeres pertenecientes a su círculo de amistades. Esperaba que no porque, de lo contrario, en seguida correría la voz—. En cualquier caso, Harcourt, ahora estás casado con Annabelle y tienes un hijo precioso. Te aconsejo que te comportes como un padre de familia, no como un pobre insensato o un don Juan de vía estrecha.

Mirándola con rabia, Harcourt le asió por un brazo desde el otro lado de la cuna.

—Eres una estúpida... —dijo. Y, tras una pausa, habló con la frialdad del hielo: —¿Sabes que estamos solos en la casa, Audrey? Todos los criados están fuera.

Audrey sintió que un estremecimiento le recorría la columna vertebral. Pero no quería tenerle miedo a Harcourt. Era un pobre idiota y un niño mimado que seguramente no querría hacerle daño ni cometer una tontería. La joven no iba a permitirlo y así se lo dijo en un arranque de ira que obligó a Harcourt a soltarle el brazo de golpe mientras Audrey se alisaba la chaqueta del traje azul oscuro y tomaba el bolso y los guantes de encima de la mesa donde los había dejado.

—No se te ocurra volver a hacerlo, Harcourt. A nadie. Y a mí, todavía menos —mirándole con los ojos entornados, Audrey añadió: —Porque, en tal caso, me llevaría a tu mujer y a tu hijo a casa con tanta rapidez que lo ibas a lamentar para toda la vida. No mereces tenerlos aquí, si te portas de este modo. Hazme caso, y medítalo.

De pie en la puerta, le miró muy seria, enojada todavía con él por la estupidez que había cometido.

Harcourt la miró con ojos vacíos y Audrey se percató de que estaba ligeramente bebido, aunque no lo bastante como para disculpar su conducta.

—No sabe amar —dijo Harcourt. Pensó que, a lo mejor, él tampoco, pero intuía que su cuñada sí sabía y que en ella se encerraban muchas cosas que todos ignoraban y que se desperdiciarían tal vez para siempre—. Annabelle es una niña mimada, egoísta e inútil, y tú lo sabes. La culpa la tienes tú por haberla tratado como una chiquilla durante toda la vida.

—Puede que madurara si tú fueras más amable con ella —dijo Audrey, sacudiendo la cabeza.

Harcourt se encogió de hombros y se apoyó en la cómoda, sin dejar de mirar a su cuñada. Se preguntó si le iba a contar a su mujer lo ocurrido, aunque, en realidad, le daba igual. Alguien se lo diría al fin porque había habido otras mujeres. Llevaba algún tiempo tonteando. Desde hacía muchos meses, estaba harto de Annie. No hablaba de otra cosa más que del niño. Incluso se había trasladado a otro dormitorio para estar más cerca de él. Quizás ahora las cosas cambiaran, pero él ya se había acostumbrado a la variedad. Sus pequeñas aventuras con las amigas de su mujer o las esposas de sus amigos daban un poco más de emoción a su vida. Miró a Audrey y decidió herirla en lo más vivo—. ¿Sabes por qué Annie es tan infantil, Aud? Porque tú la criaste así. Siempre se lo diste todo hecho. Y lo sigues haciendo. Ni siquiera sabe sonarse la nariz sola. Siempre espera que alguien le haga las cosas. Quiere que la cuiden constantemente porque tú la mimaste durante toda la vida, y ahora espera que yo haga lo mismo y nadie puede estar a la altura de lo que tú hiciste. Ni siquiera eres humana. Eres una especie de máquina que gobierna casas, compra cortinajes y contrata sirvientes.

Eran unas palabras duras, pero, en cierto modo, verdaderas. Había mimado a Annabelle desde que sus padres murieron, y tal vez hizo demasiado por ella. Más de una vez había pensado en ello. Pero, ¿qué otra cosa hubiera podido hacer? ¿Dejar que se abriera camino ella sola? No hubiera tenido valor para hacerlo, pobrecilla. A Audrey se le llenaron los ojos de lágrimas al recordar los sollozos de Annabelle cuando sus padres murieron. Fue espantoso para las dos.

—Era muy pequeña cuando nuestra madre murió.

Audrey enderezó los hombros y trató de reprimir las lágrimas como si tuviera obligación de justificarse ante su cuñado. Pero, ¿y si él tuviera razón? ¿Y si hubiera estropeado a Annie para toda la vida? Harcourt la había llamado máquina. Una máquina de comprar cortinajes y contratar sirvientes. ¿Sería cierto? ¿No había en ella el menor rasgo humano? ¿Era así como la veía la gente? En su angustia, olvidó de golpe que él la había visto de muy distinta manera hacía unos momentos. Humana y deseable. La palabra *máquina* la había herido en lo más profundo de su ser.

—Hace más de catorce años que vuestra madre murió y tú se lo sigues haciendo todo. Fíjate... —Harcourt abarcó con un gesto de la mano los montones de mantas, botitas y jerseys—, lo sigues haciendo, Aud. Ella no hace nada ni para mí ni para sí misma y ni siquiera para el niño. Lo haces todo *tú*. Es como si me hubiera casado contigo —volvió a mirarla con lascivia y Audrey echó a andar rápidamente por el pasillo para que no volviera a acercársele. No quería forcejear con él y no quiso escucharle mientras bajaba corriendo la escalera que conducía al recibidor. Harcourt la miró desde arriba mientras ella abría la puerta—. Algún día te arrepentirás, Audrey. Algún día te cansarás de mimarla y de cuidar al abuelo y de llevar las casas de todo el mundo menos la tuya propia. Cuando ocurra, avísame. Te estaré esperando.

Audrey le contestó dando un portazo y corrió sin resuello hasta el automóvil; un sollozo le estalló de golpe en la garganta en cuanto puso el vehículo en marcha para dirigirse al Camino Real.

¿Y si Harcourt tuviera razón? ¿Y si toda su vida se redujera sólo a eso? Cuidar al abuelo y a Annabelle. Tenía veintiséis años, y carecía de vida propia, aunque la verdad es que esto no le importaba. ¡Se hallaba siempre tan ocupada! Volvió a experimentar una punzada de angustia al recordar las palabras de su cuñado. Siempre estaba ocupada, comprando cortinajes y contratando sirvientes... y doblando las mantitas infantiles de los demás. Carecía de vida propia. Y, últimamente, ni siquiera disponía de tiempo de cultivar su afición a la fotografía. Llevaba meses sin tocar la cámara, y sus sueños de aventuras y viajes seguían esperando. ¿Por qué? ¿A qué esperaba? ¿A que muriera el abuelo? ¿Y si viviera quince o veinte años más? Podía vivir hasta los cien años. Su tatarabuelo vivió hasta los ciento dos y sus bisabuelos hasta los noventa y tantos. Entonces, ¿qué? ¿Cuántos años tendría ella? Habría desperdiciado media vida y el pequeño Winston ya sería mayor. Por primera vez en toda su existencia, le pareció que la vida había pasado de largo y se sintió atenazada por un terror que estuvo a punto de estallar cuando, al llegar a casa, se encontró al abuelo, agitando el bastón mientras reprendía a dos criados y al mayordomo. Aquella tarde, el chófer había destrozado el automóvil al chocar con un tranvía que doblaba la esquina y el abuelo le despidió en el acto, ordenándole que bajara y poniéndose él mismo al volante. Lo había dejado aparcado fuera de cualquier manera y ahora miró a Audrey con el rostro arrebolado, agitando el bastón en su dirección.

—¿Y a *ti* qué te pasa? ¡Ni siquiera me sabes contratar a un chófer como es debido!

Lo tenía a su servicio desde hacía siete años y siempre se había mostrado satisfecho de él hasta aquella tarde. Audrey los miró a todos con los ojos inundados de lágrimas y luego subió los peldaños de la escalera de dos en dos, recordando las palabras de Harcourt. Sólo servía para eso, sólo la querían para contratar y despedir criados y para llevar la casa. Sus sueños no eran más que una vaga quimera. Se tendió en la cama sollozando y se quedó asombrada cuando el abuelo llamó con los nudillos a la puerta al cabo de un rato. Jamás había visto a Audrey en aquel estado y tenía miedo. Algo debía de haberle ocurrido a su nieta, pero ésta no se lo podía contar. No tenía la menor intención de traicionar a Harcourt. Y, por otra parte, lo que más la preocupaba en aquel instante eran las cosas que acababa de aprender. Sabía que tenía que hacer algo. Y antes de que fuera demasiado tarde.

—¿Audrey? Audrey, mi niña querida... —el abuelo entró cautelosamente en la estancia y ella se incorporó en la cama con los ojos llorosos y enrojecidos y el vestido azul marino torcido. Llevaba puestos todavía los bonitos zapatos azul marino y blanco—. ¿Qué te ocurre, cariño?

Audrey sacudió la cabeza en silencio sin dejar de llorar. ¿Cómo se lo iba a decir? ¿Cómo se iba a marchar? Sin embargo, sabía que tenía que hacerlo en seguida. Ya no podía esperar más. Ya era hora de que se alejara de las criadas y del mayordomo y de los huevos pasados por agua y de los rituales del desayuno y de Annabelle e incluso de su encantador sobrino. Tenía que alejarse de todos ellos, antes de que fuera demasiado tarde.

—Abuelo... —le miró a los ojos y trató de sacar fuerzas de flaqueza. El anciano se sentó cuidadosamente en el borde de la cama, intuyendo que le iban a confiar alguna noticia inesperada. A lo mejor, Audrey se iba a casar, pensó, aunque no acertaba a imaginar con quién. Siempre estaba en casa con él, excepto en las contadas ocasiones en que salía a cenar con alguna de sus amigas de la escuela de la señorita Hamlin o se iba a cenar a casa de Harcourt y Annabelle, en Burlingame—. Abuelo... —repitió Audrey, casi atragantándose. Se lanzó sin más, sabiendo que le iba a causar un profundo dolor. Pero el abuelo había sobrevivido a otras cosas; a la muerte de su hijo y, antes, a la de su mujer—. Me marcho, abuelo.

Al principio, el anciano no pareció entenderla. Después, la comprendió y habló con el mismo tono mesurado que utilizó con Roland hacía mucho tiempo y en aquella misma habitación.

—¿Adónde?

—No lo sé todavía... Tengo que pensarlo. Pero sé que tengo que irme... A Europa... Sólo por unos meses...

Lo dijo en un susurro y, por un instante, el anciano cerró los ojos y pensó que las palabras de la muchacha lo iban a matar. No podía permitirlo, no podía. Había vivido demasiado y, al fin, todos hacían lo mismo. Le destrozaban a uno hasta que no podía resistirlo más. No era rentable querer a la gente tanto como él quería a su nieta, pero no podía evitar hacerlo. Emitiendo un gemido de dolor, extendió una mano y, cuando Audrey se arrojó en sus brazos, la estrechó con fuerza, pensando que ojalá pudiera retenerla a su lado para siempre. Sin embargo, Audrey deseaba con toda el alma alejarse de él.

—Perdóname, abuelo, sé lo que debes sentir. Pero te prometo que volveré... Te lo juro. No ocurrirá como con mi padre.

Sabía lo que pensaba el anciano. Éste se limitó a asentir con la cabeza, en silencio, mientras dos solitarias lágrimas le resbalaban lentamente por las mejillas.

4

El tren de Chicago salía de la estación de Oakland, y Annabelle, Harcourt y el abuelo se empeñaron en ir a despedirla. Audrey decidió no tomar el avión para poder saborear mejor cada momento de su viaje hacia el este. Annabelle se pasó el rato charlando mientras el transbordador cruzaba la bahía de San Francisco; por su parte, Harcourt la miró varias veces con intención, como si estuviera a punto de atraerla a sus brazos y darle un largo y apasionado beso de despedida delante mismo de su mujer. Audrey se hubiera reído de la expresión de su cara de no haber sido por la inquietud que le inspiraba el abuelo, el cual llevaba varios días insólitamente apagado y aún no había abierto la boca aquella mañana. No dijo nada mientras tomaba el té, no se comió el huevo, a pesar de la excelente cocinera que Audrey acababa de contratarle, y ni siquiera había abierto el periódico. Estaba muy triste y Audrey se preocupó por él mientras cerraba la última maleta y contemplaba por última vez su habitación. Temía que su partida le provocara al abuelo un ataque al corazón o que incluso decidiera morirse. Pero, por una vez en sus vidas, se las tendrían que arreglar solos sin ella. Sencillamente durante un par de meses, el tiempo suficiente para que viera un poco de mundo y satisficiera sus ansias de viajar. Le prometió mil veces a su abuelo que volvería en seguida, pero él no la creyó.

—Regresaré a casa en septiembre o, todo lo más, en octubre, abuelo... Te lo juro.

El anciano la miró y sacudió la cabeza, diciendo que había oído aquellas mismas palabras hacía mucho tiempo y que Roland nunca regresó a casa de sus vagabundeos por el mundo. Jamás.

—Eso es distinto, abuelo.

—¿De veras? ¿Y por qué? ¿Qué te inducirá a volver, Audrey? ¿El sentido de la obligación para conmigo? ¿El sentido del deber? ¿Es eso lo que te inducirá a regresar?

Habló casi con amargura y, sin embargo, cuando Audrey se ofreció para quedarse, no quiso que anulara el viaje. Sabía lo mucho que significaba para su nieta y sabía asimismo que, por el bien de su Audrey, tenía que permitírselo, por mucho que a él le doliera. De repente, se sintió muy viejo, como si algo que hubiera mantenido a raya durante muchos años le hubiera vencido súbitamente. Siempre había temido que, algún día, ella le dejara. Aquel día, la muchacha seguiría las huellas de su padre. Se le parecía enormemente y siempre estuvo muy encariñada con aquellos malditos álbumes. Ahora los había dejado en su habitación para irse a vivir las aventuras de su padre con su cámara Leica al hombro.

Audrey abrazó al abuelo en la estación, percatándose de lo frágil que era, y se arrepintió de su fuga, pensando que ojalá Harcourt no la hubiera empujado a hacer balance de su vida. ¿Con qué derecho lo hizo? Sin embargo, en cierto modo se lo agradecía. Tenía que hacerlo, era absolutamente imprescindible... para su propio bien. Necesitaba hacer algo para su propio bien, no por el del abuelo o el de Annie. Lo recordó apretando con fuerza las manos del abuelo y no pudo contener las lágrimas cuando éste la abrazó. Le miró muy emocionada mientras los demás permanecían a cierta distancia. Se sentía como una chiquilla que se dispone a abandonar el hogar por primera vez. Recordó de repente el dolor de su partida de Hawai, a la muerte de sus padres.

—Te quiero, abuelo... Volveré a casa muy pronto, te lo prometo.

El anciano tomó suavemente el rostro de su nieta entre las manos y besó en silencio las mejillas surcadas por las lágrimas. Había perdido todo rastro de dureza y la angustia que sentía había dejado al descubierto todo su amor.

—Cuídate mucho, nenita. Vuelve cuando estés preparada para hacerlo. Te estaremos esperando.

Habló en voz baja y fue su manera de decirle que ya se las arreglaría sin ella. No estaba muy convencida de ello, pero comprendía que la muchacha tenía derecho a la libertad. Se había dedicado por entero a él en el transcurso de los últimos quince años y ahora le correspondía disfrutar un poco de la vida. Aunque a él no le hacía gracia que viajara sola, Audrey insistía en que estaban en 1933 y en la era moderna no había razón para que no pudiera ir sola por el mundo. Además, sólo viajaría por Europa. Quería ponerse en contacto con amigos de su padre que vivían en París y en Londres, en Milán y en Ginebra. En todas partes había personas a las que podría recurrir, pero, en aquellos instantes, sólo tenía ojos para el abuelo. Le vio bajar lentamente del tren con el bastón en la mano y el sombrero en la cabeza y permanecer orgullosamente de pie en el andén, con los ojos clavados en los de ella. Cuando, por fin, el tren se puso en marcha, la miró sonriendo. Era su regalo de despedida, una forma de bendecir su aventura. Harcourt no la abrazó con demasiada fuerza cuando le dio el beso de despedida, y Annabelle no paró de hablar, comentando que no sabría qué hacer si la niñera de Winston se fuera o la doncella del piso de arriba la dejara plantada. Harcourt tenía razón. Había hecho demasiado por todos ellos. Y ahora le tocaba la vez a ella. Agitó una mano todo el rato que pudo. Después, el tren tomó una curva y todos desaparecieron de su vista como un espejismo.

Tardó dos días y dos noches en llegar a Chicago, y se pasó todo el rato leyendo las novelas que llevaba consigo. Tenía un compartimiento privado con salón y sofá-litera.

El primer día terminó *Muerte en la tarde* de Ernest Hemingway y se llenó de emoción leyendo las descripciones de las corridas de toros que tanto la intrigaban. A continuación, leyó *Un mundo feliz*, de Aldous Huxley. Ambos le parecieron muy adecuados para su aventurero estado de ánimo. Apenas habló con nadie mientras atravesaba el país. Sólo bajaba de vez en cuando del tren para estirar las piernas, comer cosas indigeribles en los restaurantes de las estaciones y chupar después los caramelos que se compraba; leía hasta muy entrada la noche en su compartimiento del tren. Se lo pasaba muy bien y, por primera vez en su vida, no tenía que pensar más que en sí misma. No se veía obligada a organizar comidas ni aprobar menús, regañar a las sirvientas o vestirse para la cena. En el transcurso del vieje, llevó una falda gris de franela, combinada con las distintas blusas que se compró. Empezó con una blusa de crespón de seda color de rosa y un collar de perlas que el abuelo le regaló al cumplir los veintiún años. El tercer día se puso una blusa de seda gris y la última noche otra de seda blanca. La noche en que se detuvieron en Denver se puso un chaquetón de zorro, pero la temperatura fue aumentando conforme el tren avanzaba. Estaban a mediados de junio y, al llegar a Chicago, Audrey se puso un vestido de hilo blanco y unos zapatos blancos comprados especialmente para el viaje con una tira azul marino cruzando el empeine. Eran la última moda y se sintió muy elegante al descender del tren con un gran sombrero inclinado hacia un lado y el cabello cobrizo enmarcándole el rostro. Se llevó todo el equipaje al La Salle Hotel donde pasó la noche antes de volver a tomar el tren a la mañana siguiente para recorrer el corto trayecto hasta Nueva York. Al llegar, se emocionó muchísimo. Hubiera deseado echarse a reír en plena calle. Incluso el dolor de dejar a los suyos se había amortiguado.

Volvió a angustiarse cuando habló con el abuelo, pero sólo un poco. Éste contestó al teléfono con aspereza para disimular su soledad.

—¿Con quién hablo? —ladró el abuelo.

Audrey esbozó una sonrisa, con la mirada fija en la ventana de la habitación del hotel.

—Soy yo, abuelo —repitió Audrey—. No es posible que me hayas olvidado tan pronto.

—Estaba escuchando a Walter Winchell en la radio —Audrey calculó rápidamente la diferencia de horario y comprendió que le mentía. No quería que ella supiera que estaba sentado al lado del teléfono, rezando para que ella le llamara—. ¿Dónde demonios estás?

—En Chicago. En el La Salle Hotel.

Antes de irse, le dejó el itinerario aproximado en el que figuraba el La Salle.

—¿Qué es eso? ¿Una pensión de mala muerte?

—¡No, por Dios! —Audrey se echó a reír. Se sentía muy lejos de casa y sufría por la soledad del abuelo—. Está cerca de una calle que llaman el Loop. Tú te alojaste aquí una vez. Me lo dijiste tú mismo.

—No lo recuerdo —pero la joven sabía que sí. Se mostraba áspero para desahogarse de la soledad que sentía sin ella—. ¿Cuándo te vas a Nueva York?

—Mañana por la mañana, abuelo.

—Bueno, pues, no salgas del compartimiento. No te imaginas la basura que habrá en ese tren. Tienes reservado compartimiento, ¿verdad?

—Pues, claro, abuelo —contestó Audrey, conmovida por su solicitud.

—Muy bien. No salgas de él —de repente, el anciano asumió un tono de voz humilde y casi suplicante—. ¿Me llamarás desde Nueva York?

—En cuanto llegue.

El abuelo asintió en silencio. Hubiera querido darle las gracias, pero no sabía cómo hacerlo. Incluso le agradecía que le hubiera llamado desde Chicago.

—¿Dónde te alojarás en Nueva York?

—En el Plaza, abuelo.

—Me parece bien —silencio—. Cuídate mucho, Audrey.

—Lo haré, abuelo. Te lo prometo. Y tú también. No te acuestes muy tarde.

—¡Ten mucho cuidado en ese tren! —le repitió el abuelo—. ¡No salgas del compartimiento!

Pero, como es lógico, ella no siguió sus consejos cuando al día siguiente, tomó el Broadway Limited. La intrigaba demasiado el vagón-salón con su barra llena de alegres y parlanchines viajeros. El vagón-restaurante era asimismo muy lujoso y la comida servida por un camarero de frac, fue deliciosa. Audrey compartió la mesa con una pareja en viaje de luna de miel y con un respetable abogado de Cleveland, que había dejado mujer y cuatro hijos en casa. Pese a ello, le preguntó a Audrey si podría verla en Nueva York e incluso le ofreció su taxi para trasladarse de la Penn Station al hotel, pero Audrey declinó el ofrecimiento, tomó un taxi y empezó a fotografiar todo cuanto veía. Inclinada hacia adelante en el enorme asiento del vehículo, fotografió los rascacielos y a los viandantes, captando ángulos curiosos, extraños sombreros y expresivos rostros. Su habilidad con la cámara era extraordinaria, y estaba completamente enfrascada en su tarea cuando el taxi se detuvo frente a la entrada del hotel. Había varios cabriolés detenidos junto al bordillo. Mientras pagaba la carrera, el taxista la miró con curiosidad.

—¿Es una turista o una profesional? —le preguntó.

Estaba desconcertado. La chica era atractiva y vestía con mucha elegancia, pero, por otra parte, se la veía muy experta en el manejo de la cámara.

—Un poco de las dos cosas —contestó Audrey sonriendo mientras el conserje tomaba el equipaje.

—¿Quiere dar una vuelta por Nueva York? —preguntó el hombre, esperanzado.

—Pues, sí —Audrey consultó el reloj—. Páseme a buscar dentro de una hora.

Era una preciosa tarde soleada y disponía de mucho tiempo para conocer la ciudad.

El taxista prometió volver y cumplió su palabra. Una hora más tarde, Audrey, volvió a subir al vehículo y descubrió cosas que jamás había visto en ninguno de sus anteriores viajes a Nueva York, entre ellas, el Empire State

Building y St. John the Divine. Consiguió incluso que el taxista la llevara a Harlem donde se entusiasmó haciendo fotos y les compró unos helados a dos chiquillas que habían posado para ella.

Fue un día precioso de un viaje extraordinario. Cuando volvió al hotel, le pareció que lo había visto todo. Gastó seis carretes y fotografió edificios y personas, el barrio de Harlem, el Central Park, el East River, el Hudson, el puente de Jorge Washington, Wall Street y la catedral de San Patricio. Estaba eufórica cuando llamó a su abuelo aquella noche; más tarde, fue a cenar al «21». Era uno de los más célebres locales de Nueva York y uno de los pocos en los que se permitía la entrada a mujeres solas. Audrey se puso un precioso vestido negro y, en cuanto se sentó, se le acercaron dos hombres, pero el camarero les rogó rápidamente que se fueran por donde habían venido. Audrey regresó al Plaza sin acompañante, tal como había salido.

Tenía tres días libres en Nueva York antes de embarcar, y los aprovechó muy bien. Visitó todos los lugares de interés e incluso fue a ver dos películas, ambas protagonizadas por Joan Crawford, una de sus actrices preferidas. Una se titulaba *Gran Hotel,* y en ella intervenía también Greta Garbo, y otra se titulaba *Lluvia,* con Joan Crawford y Walter Huston. Se habían estrenado el año anterior, pero ella no había tenido ocasión de verlas. Salió tan entusiasmada de los cines que, al día siguiente, fue a una sesión matinal de *Ley de divorcio,* protagonizada por Katherine Hepburn.

Callejeó sin cesar y admiró los escaparates de las tiendas. Lo que más lamentó fue no poder entrar en El Morocco, inaugurado hacía un año y medio, y sobre el que Annie le había contado cosas muy divertidas. Su hermana visitó el local durante el viaje de luna de miel y, al parecer, todo el decorado era a base de rayas de cebra y los representantes de la alta sociedad lo frecuentaban a diario, bebiendo y bailando hasta altas horas de la madrugada. Había mujeres bellísimas vestidas con fabulosos trajes de noche, y hombres apuestos y románticos. A Audrey le hubiera gustado ver el ambiente, pero no hubo manera. No conocía a nadie en Nueva York y no le hubiera pasado por la cabeza ir sola aunque le hubieran permitido entrar.

Paseó por las calles, sorprendiéndose de la elegancia de las mujeres y del estilo que tenían los hombres. San Francisco se le antojaba muy provinciano en comparación y así se lo dijo a Annabelle cuando la llamó.

—Qué suerte tienes, Aud. Daría cualquier cosa por estar contigo.

—Aquí llevan unos sombreritos deliciosos y unos vestidos elegantísimos.

Ambas sabían que los «sombreritos divertidos» eran el último grito de la moda aquel año, pero el hecho de verlos por docenas en las cabezas de todas las mujeres constituía un espectáculo incomparable. Todo era mucho más vivo y emocionante que en California. Audrey se alegró de haberse escapado del aburrimiento de San Francisco, aunque fuera por poco tiempo.

—¿Fuiste a El Morocco?

—Pues claro que no —contestó Audrey, soltando una carcajada—. Es imposible. Aquí no conozco a nadie que pueda llevarme.

—A mí me han dicho que a las mujeres guapas y bien vestidas las dejan entrar.

Audrey también lo había oído decir. Era la única manera de mantener el local lleno durante la Depresión. Dejaban entrar a la gente bien vestida para que en el local hubiera ambiente y los habituales lo siguieran frecuentando.

—No creo que pudiera llegar muy lejos sin acompañante.

Lo dijo sin ningún pesar y Annabelle se encogió de hombros desde el otro extremo de la línea. Era una estupidez que Audrey viajara sola como una anciana.

—Puede que sea mejor, Aud —dijo Annabelle al fin, exhalando un profundo suspiro.

No dijo más, pero, por el tono de su voz, Audrey creyó adivinar que Harcourt le habría hecho alguna de las suyas.

—¿Todo bien por aquí? —preguntó Audrey, recordando con afecto a su hermanita. Para ella, Annabelle todavía era una niña—. ¿Ocurre algo?

Parecía una tigresa dispuesta a defender a su cría, pero Annabelle negó que pasara nada y Audrey quiso creerla.

—Estamos bien. Lo que ocurre es que todo es tan difícil sin ti. Yo no sé hacer bien las cosas y...

Había lágrimas en los ojos de Annabelle, pero, afortunadamente, Audrey no podía verlas.

—Lo haces todo muy bien. Ten un poco de paciencia. No se pueden aprender las cosas de la noche a la mañana.

—Harcourt cree que sí —dijo Annabelle con tristeza.

—Los hombres no entienden nada —Audrey sonrió—. Fíjate en el abuelo. Lo estás haciendo muy bien. Te las arreglas estupendamente con el pequeño Winston.

Así era, en efecto. Annabelle parecía una niña que jugara con un muñeco.

—Tengo tanto miedo de fallar en algo...

—Eso no ocurrirá —dijo Audrey, interrumpiéndola—. Tú eres su madre y sabes lo que le conviene —pensó en lo cara que le iba a salir la llamada. Llevaba tan sólo los cinco mil dólares del dinero que sus padres le dejaron al morir y le tenían que durar para todo el viaje—. Será mejor que te deje ahora, cariño. Te llamaré antes de zarpar.

—¿Cuándo sales?

—Dentro de dos días.

Audrey sabía que su hermana no la envidiaba. Se mareaba mucho en las travesías de ida y vuelta a Hawai, y ahora le seguía ocurriendo lo mismo. Harcourt dijo que, durante el viaje de luna de miel, no salió para nada de su camarote del *Île de France*. Sin embargo, se recuperó inmediatamente una vez en París. Chanel, Patou, Vionnet: lo recorrió todo y se gastó una fortuna.

—Cuídate mucho y dale recuerdos al abuelo.

—Nunca me llama —gimoteó Annabelle.

—¡Pues llámale tú, mujer! —dijo Audrey, hastiada. A Annie jamás se le ocurría ir hacia los demás. Siempre esperaba que todo el mundo fuera hacia ella—. Ahora te necesita.

—De acuerdo, le llamaré. ¡Y llámame si te decides a ir a El Morocco!

Audrey se rió para sus adentros mientras colgaba el teléfono. Cuán distintas eran la una de la otra. A Annie no le hubiera gustado lo más mínimo el viaje que ella pensaba efectuar por Europa. Chanel y Patou no figuraban en su itinerario. Tenía otras cosas más importantes que hacer. En cuanto subió a bordo del trasatlántico, sintió que el corazón se le desbocaba. Contempló las cuatro chimeneas del *Mauretania* y comprendió que sus sueños se estaban haciendo realidad. Olvidó incluso los álbumes de su padre. Cuando se instaló en su camarote de la cubierta A, sólo pudo pensar en sus viajes, en sus aventuras, en sus planes. Nadie acudió a despedirla, claro, pero ella subió arriba cuando zarparon y contempló cómo el buque se iba alejando lentamente del muelle mientras los pasajeros arrojaban serpentinas y confetis y llamaban a los amigos que se encontraban en tierra. La sirena del barco ahogó todos los restantes sonidos. A su lado, Audrey vio a una joven pareja tomada del brazo; ella, llevaba un precioso vestido de seda rosa y uno de aquellos sombreritos tan graciosos. Tenía el cabello tan negro como el ala de un cuervo, unos grandes ojos azules y una tez marfileña. Calzaba unos zapatos de lino con tiras cruzadas ribeteadas de oro y, cuando saludó a alguien del muelle, Audrey pudo ver una pulsera de brillantes. Cuando la sirena del barco cesó de sonar, oyó su risa y después la vio besar al hombre que la acompañaba. Éste vestía pantalones blancos de hilo, una chaqueta azul marino y un sombrero ladeado sobre un ojo. Paseaban tomados del brazo, riéndose y deteniéndose de vez en cuando para darse un beso. Audrey se preguntó si estarían en viaje de luna de miel y no le cupo duda de que sí cuando los vio, más tarde, bebiendo champán en el bar antes de la cena. Vio que la miraban y aquella noche ella los miró a su vez desde el otro extremo del comedor. La mujer lucía un espectacular traje de noche muy escotado y el marido iba de esmoquin. Audrey vestía un traje de raso gris que súbitamente la pareció mucho menos sofisticado que cuando se lo compró en San Francisco, hacía unos meses. Pero le daba igual porque lo que más la divertía era mirar a la gente. Al terminar la cena, se echó sobre los hombros la chaqueta de zorro plateado y salió a cubierta. Allí les volvió a ver, besándose a la luz de la luna tomados de la mano. Se sentó en una silla de cubierta y contempló la luna. Sonrió al verlos pasar otra vez y se sorprendió cuando ellos se detuvieron y la mujer le dirigió una sonrisa.

—¿Viaja sola? —le preguntó sin ningún preámbulo.

Sus ojos eran bellísimos y más parecían brillantes azules que zafiros.

—Sí —contestó Audrey, sintiéndose súbitamente muy tímida.

Una cosa era soñar con las aventuras y otra muy distinta emprender sola un viaje, conocer nuevas gentes y tenerles que dar explicaciones. Se sintió muy torpe cuando aquella joven tan exquisitamente vestida se acercó a ella.

—Me llamo Violet Hawthorne y éste es mi marido, James.

Hizo un gesto con la misma mano en la que había lucido una pulsera de brillantes, sólo que ahora llevaba una sortija con una enorme esmeralda y una pulsera a juego. La joven no le explicó a Audrey, sin embargo, que «James» era, en realidad, lord James Hawthorne y que ella era lady Violet, marquesa de nacimiento. Parecía una persona muy sencilla y natural. El marido se acercó para saludar a Audrey y reprender cariñosamente a su mujer por ser tan entrometida, aunque se veía a las claras que estaba muy enamorado de ella y no podía quitarle los ojos de encima.

—¿Están en viaje de luna de miel? —preguntó Audrey, sin poder resistir la curiosidad.

—¿Eso parece? —replicó Violet, echándose a reír al pensarlo—. Qué espanto... Esta mirada de ansiedad que le dice a todo el mundo que estás deseando irte a la cama. Qué tremendo, cariño... —Audrey se ruborizó ante la franqueza de las palabras de Violet—. Pues la verdad es que llevamos seis años casados y tenemos dos hijos que nos esperan en casa. No, nos hemos tomado simplemente unas vacaciones. James tiene un primo en Boston y a mí me apetecía ir a Nueva York porque la ciudad está preciosa en esta época del año. ¿Es usted de Nueva York?

Sonrió al preguntarlo, sin darse cuenta de lo guapa que estaba con su traje de noche blanco, la estola de armiño y las esmeraldas brillando bajo las luces del barco. A su lado, Audrey se sentía una palurda.

—En realidad, soy de San Francisco.

Lady Violet arqueó las cejas. Tenía un rostro muy expresivo y parecía más o menos de la misma edad que Audrey.

—¿De veras? ¿Nació usted allí?

Le encantaba hacer preguntas y su marido solía regañarla por ello.

—¿Quieres dejar de interrogar a la gente, Vi?

Sin embargo, los norteamericanos eran extremadamente tolerantes con ella y contestaban con mucho gusto a todas sus preguntas.

—A mí no me importa —terció Audrey mientras lady Violet se disculpaba.

—Lo siento. James tiene razón. Tengo la mala costumbre de hacer demasiadas preguntas. En Inglaterra, todo el mundo me considera extraordinariamente maleducada. Los norteamericanos lo soportan mejor.

Lady Violet sonrió con picardía y Audrey se echó a reír.

—Repito que no me importa. En realidad, nací en las Hawai y me trasladé a los once años a San Francisco de donde eran naturales mis padres.

—Qué interesante —dijo la aristócrata, sinceramente interesada.

Audrey se percató de que aún no se había presentado. Les tendió la mano y, una vez hechas las presentaciones, James la invitó a tomar una copa de champán con ellos. Era un hombre increíblemente apuesto, de lustroso cabello negro, anchos hombros y finas manos aristocráticas. Audrey tuvo que hacer un esfuerzo para no mirarle tanto, pero era tan guapo que mirarle era como ver a un astro de la pantalla. Ambos formaban una pareja encantadora. Lo tenían todo, eran guapos, vestían bien, eran ingeniosos, tenían joyas maravillosas y una soltura envidiable.

—¿Viaja a Europa a menudo?

Era Violet, que volvía a hacer preguntas; pero, esta vez, James no trató de impedirlo.

—Sólo he estado una vez —confesó Audrey—. Cuando tenía dieciocho años. Fui con mi abuelo. Estuvimos en Londres y en París, y pasamos una semana en un balneario del lago de Ginebra. Después, nos volvimos a San Francisco.

—Probablemente, Evian. Tremendamente aburrido, ¿verdad? —Violet y Audrey se echaron a reír, y James se reclinó en el asiento, sin dejar de contemplar a su mujer. Estaba loco por ella, pensó Audrey, recordando con tristeza a su hermana. Así debería ser el matrimonio, dos personas que se quieren y tienen las mismas aficiones, no dos desconocidos preocupados tan sólo por el efecto que ejercen en los demás. Preferiría quedarse soltera toda la vida o esperar hasta que encontrara a un hombre como aquél. Sin embargo, no envidiaba a Violet en absoluto. Le gustaba verlos juntos—. Mi abuela tenía una vieja casa en Bath. Iba allí a tomar las «aguas» y todos los años me enviaban con ella. La aborrecía con toda mi alma..., sólo que —Violet esbozó una ancha sonrisa, mirando a James— un verano no fue tan horrible como los demás.

—Yo me rompí la pierna cazando en Escocia y me fui allí con mi tía abuela en contra de mi voluntad, aunque reconozco que hubo algunas ventajas. La pequeña lady Vi fue una de ellas...

James dejó la frase sin terminar para que su mujer picara el anzuelo.

—¿Quieres decir que hubo otras?

—Bueno, una mujercita preciosa en la panadería, si no recuerdo mal, y...

—¡James, cómo pudiste hacer eso!

Eran la clase de bromas que a Violet le encantaban. Audrey pasó una deliciosa velada con ellos, riéndose, haciendo comentarios jocosos y hablando de California y de los lugares que deseaba visitar una vez estuviera en Europa.

—¿Cuánto tiempo piensa quedarse, Audrey? —preguntó James, volviendo a llenar las copas con el champán que quedaba en la segunda botella.

—Más o menos, hasta finales de verano. Le prometí a mi abuelo que regresaría entonces. Verá, es que las cosas son un poco complicadas. Vivo con él y tiene ochenta y un años.

—Eso debe ser terrible para usted, querida amiga —dijo James.

Audrey sacudió la cabeza por amor y lealtad y porque, en realidad, siempre le había gustado vivir con él. Sólo que ahora necesitaba cambiar un poco de aires durante algún tiempo.

—Es un hombre maravilloso y la verdad es que nos llevamos muy bien —contestó la joven sonriendo—, aunque a primera vista no lo parezca. Discutimos constantemente sobre política.

—Eso es bueno para la salud. Yo siempre discuto con el padre de Vi. Nos divertimos muchísimo —los tres se rieron alegremente. En una sola noche, se habían convertido en íntimos amigos—. Ahora, cuéntenos sus planes.

—Bueno, primero Londres y después París. Más adelante, me gustaría trasladarme por carretera a la Costa Azul...

—¿Por carretera? —preguntó James, asombrado. Audrey asintió en silencio—. ¿Usted sola o con un chófer?

—Habla usted como mi abuelo —dijo Audrey sonriendo—. Aunque le parezca extraño, soy una conductora excelente.

—Aun así...

James no parecía considerarlo muy conveniente.

—No seas tan anticuado —dijo Violet, agitando la mano en la que llevaba la esmeralda—. Estoy segura de que lo hará muy bien. Y después, ¿adónde?

—Aún no lo sé muy bien. Pensaba pasar algún tiempo en la Costa Azul y luego trasladarme a Italia en tren o por carretera. Quiero ir a Roma, a Florencia, a Milán... —vaciló un instante, pero sus nuevos amigos no parecieron percatarse de ello—, y después, si tengo tiempo, podría pasar unos días en Venecia, regresar en tren a París y, desde allí, a casa.

—¿Y piensa hacerlo todo antes de septiembre?

—Lo que pueda. Hay otros viajes que también quisiera hacer, pero sé que no tendré tiempo. Me hubiera gustado ir a España, quizá a Suiza, Austria, Alemania...

La India, el Japón, China, pensó, riéndose para sus adentros. La atraía el mundo en su totalidad. Era como una gigantesca manzana y ella hubiera querido devorarla a mordiscos, corazón incluido.

—No cree que tenga tiempo de hacer ni la mitad —dijo James con expresión dubitativa mientras Violet miraba a Audrey, intrigada.

—¿Y lo hará todo sola? —preguntó Violet. Audrey asintió—. Es usted muy valiente, ¿sabe?

—No lo creo. Simplemente... —Audrey los miró con candor—, siempre quise hacerlo. Mi padre tenía esta misma afición. Viajó por todo el mundo hasta que, al fin, terminó en Hawai, pero una vez en que viajaba de las Fidji a Samoa y Bora-Bora... Creo que lo llevo en la sangre. Toda mi vida quise viajar, conocer gentes, hacer cosas. Y ahora, aquí estoy.

Miró alegremente a sus nuevos amigos y lady Violet extendió los brazos y la estrechó con simpatía.

—Es usted una chica muy diversida. Y extraordinariamente valerosa. Yo no creo que tuviera el valor de hacer todo eso sin James.

Éste la miró con benevolencia. Estaba deseando acostarse con su mujer y muy pronto Audrey y sus aventuras estarían *de trop*. Sólo tenía ojos para su esposa.

—¿Lo pasa bien, de momento?

—Pues sí —contestó Audrey, sonriendo. Intuyó el creciente interés de James por su mujer y decidió retirarse porque, de todos modos, ya era muy tarde y había sido una jornada muy larga para todos. Se levantó y volvió a estrechar las manos de sus nuevos amigos—. Ha sido una velada encantadora. Gracias a los dos. Y gracias también por el champán.

—¿Y si mañana hiciéramos algo maravilloso? ¿Le parece que almorcemos juntos? —preguntó Violet.

—Me encantará —contestó Audrey—. Hasta mañana, pues.

Les dejó conversando animadamente y se fue a su camarote de la cubierta A. Se divirtió mucho porque no esperaba encontrar a unas personas como aquéllas. En el transcurso de la velada, Violet le dijo que ella tenía veintiocho años y James treinta y tres. Tenían un hijo de cinco años que también se llamaba James y una niña de tres que se llamaba Alexandra. Vivían en Londres todo el año y tenían una casa en el campo. Los veranos los pasaban en Cap d'Antibes. Llevaban una indolente vida de lujos y, sin embargo, no eran altaneros ni engreídos. Eran, por el contrario, simpatiquísimos y, al día siguiente, Audrey esperó con ansia el momento de almorzar con ellos. Al final, los tres pasaron juntos casi toda la travesía. Se convirtieron en un trío inseparable; reían, bailaban, bebían champán, contaban historias, hacían comentarios sobre los demás pasajeros y les invitaban, de vez en cuando, a reunirse con ellos. El trío alcanzó un éxito extraordinario y Audrey se convirtió en íntima amiga de los Hawthorne. La víspera de la llegada fue un poco triste para los tres.

—¿Vendrás a Cap d'Antibes con nosotros? —preguntó Violet—. Te lo pasarías muy bien. Nosotros siempre nos divertimos mucho porque hay por allí una gente estupenda —entre sus amigos preferidos, figuraban naturalmente los Murphy, Gerald y Sara, que daban interminables fiestas, bailes de disfraces y tenían intrigantes amigos. Hemingway había estado allí con ellos una vez, así como el escritor Fitzgerald, Picasso, el novelista John Dos Passos, etcétera. Sin embargo, lo mejor de todo eran los propios Murphy. Los Hawthorne los apreciaban muchísimo y se alegraban de contarse entre sus amigos—. Ven, mujer —dijo Violet, mirándola con ojos suplicantes. Audrey estuvo tentada de decirle que sí—. De todos modos, piensas viajar al sur de Francia.

Organízate las cosas de manera que puedas pasar allí un poco más de tiempo.

—Eso, algo así como dos meses —terció James, riéndose—. ¿Sabes, Audrey? El hermano de Violet estuvo con nosotros siete semanas el año pasado y se divirtió muchísimo —añadió. Después, frunciendo el ceño en gesto de fingida preocupación, le preguntó a su mujer: —No volverá este año, ¿verdad, lady Vi?

—Vamos, James, no empieces otra vez, sabes muy bien que sólo estuvo un par de semanas en julio. Y este año sólo podrá quedarse unos días. Contamos contigo —añadió Violet, dirigiéndose a Audrey—. Estaremos allí hacia el dos o tres de julio. Ven sin más.

—Lo haré —prometió Audrey.

De súbito el verano le pareció mucho más emocionante. Descubriría un mundo completamente nuevo en todos los personajes de Antibes que le habían descrito y las aventuras que compartiría con ellos. Aquella noche, tendida en la litera de su camarote, lo pensó una y otra vez. Un fin de semana en Saint-Tropez, jugar a la ruleta en Monte Carl', tal como decía Vi en un impecable, pero irreverente francés, Cannes, Niza, Villefranche... De sólo pensarlo se emocionaba. Permaneció en vela hasta bien entrada la noche, agradeciéndole a su buena estrella aquel encuentro.

5

Los días en Londres pasaron volando. James y Vi acompañaron a Audrey al hotel Claridge's, presentándola especialmente a su director. Tenía reservada habitación en el Connaught, pero James insistió en que cambiara, sencillamente porque él lo prefería así. No había ningún motivo especial y a Audrey le daba igual un sitio que otro, aunque la presentación de James le garantizaría un tratamiento de excepción. Quiso contárselo en una carta a Annabelle, pero, por fin, la rompió porque no quería suscitar su envidia. Le servían ríos de champán, interminables cestas de fruta y bandejitas de plata con deliciosos bombones, y se pasaba las tardes yendo de compras con lady Vi en un Rolls y asistiendo a fiestas y representaciones teatrales. Vi y James incluso ofrecieron una fiesta en su honor. La presentaron a sus mejores amigos y ella se enamoró de sus hijos y se quedó sin habla al ver la mansión en que vivían. Era enorme y más parecía un palacete que una casa. Ni siquiera en San Francisco había visto nada igual. Casi lamentó irse a París al finalizar aquella semana. Sólo se consolaba pensando en que se reuniría de nuevo con ellos en Antibes, unas semanas más tarde.

París le pareció casi aburrido sin la compañía de Violet

y James. En Patou se compró un sombrerito precioso y otro del mismo estilo que inmediatamente le envió a Annabelle. Aquel año, en París, todo tenía aires de selva. Se compró un traje de noche rayado como una piel de cebra para ponérselo en Antibes cuando visitara a Violet y James e incluso para asistir a alguna de las fabulosas fiestas de los Murphy, en caso de que la invitaran. Era la primera vez en su vida que se sentía totalmente adulta e independiente. No tenía que responder ante nadie ni ser responsable de nada. Podía comer o levantarse de la cama cuando le apeteciera. Recorría Montmartre por la noche, bebía vino tinto al mediodía y paseaba por la orilla izquierda del Sena. Al cabo de dos semanas de sublime libertad, tomó el tren para dirigirse al sur de Francia.

Al final, desistió de ir por carretera, no porque tuviera miedo, tal como había apuntado James, sino porque le daba pereza y le parecía más cómodo ir en tren. Vestía una larga falda azul claro, unas alpargatas y una gran pamela de paja cuando descendió del tren en Niza y vio a Violet y James aguardándola en la estación. Violet lucía un vestido playero blanco, un gran sombrero de paja adornado con una rosa roja y unos zapatitos rojos. James llevaba unas alpargatas como las suyas. Estaban los dos muy morenos y los niños aguardaban con la niñera en el automóvil. Audrey sentó a Alexandra sobre sus rodillas cuando el vehículo se puso en marcha y Violet y James empezaron a entonar una canción francesa entre las risas de todos. Iba a ser un verano feliz porque sus vidas estaban completamente libres de temores y preocupaciones.

Audrey se enamoró en el acto de la casa y de las personas que acudieron a visitar a sus anfitriones, aquella noche. Había artistas y aristócratas, franceses y mujeres de Roma, media docena de norteamericanos y una chica preciosa que se empeñó en bañarse desnuda en la piscina. Esperaban asimismo a Hemingway, pero éste organizó en su lugar una agotadora expedición de pesca en el Caribe. Era exactamente lo que Audrey siempre había soñado. Le parecía increíble que hacía apenas un mes hubiera estado tranquilamente en su casa, cuidando de que los huevos pasados por agua del abuelo no estuvieran demasiado crudos.

Ahora comprendía mejor su obsesión por conocer mundos nuevos. Era una forma de aferrarse a otra cosa distinta, a una vida mejor en la que tendría ocasión de conocer a personas extraordinarias a las que nunca más volvería a ver. Cada una de ellas o había escrito un libro o una pieza de teatro o había creado una obra de arte o pertenecía a una linajuda familia. No eran simples seres humanos, sino los forjadores de un mágico período de la historia del que Audrey era plenamente consciente.

Cada día, al despertar, tenía la sensación de que iba a ocurrir algo especial, y así era en efecto. Comprendió las cosas por las que su padre había vivido y muerto y la emoción sin la cual éste no hubiera podido existir. Los viejos álbumes cobraron vida en su mente, sólo que con mucha más fuerza. Aquélla era su vida, no la de su padre, y todas aquellas personas eran sus amigas. Al igual que su padre, no cesaba de tomar fotografías.

—¿En qué piensas, Audrey? —le preguntó Violet un día en que ambas tomaban el sol en la playa de Antibes—. Sonreías con la mirada perdida a la lejanía. ¿En qué pensabas?

—En lo feliz que soy y en lo lejos que está todo de mi casa.

Audrey miró a su amiga con una sonrisa en los labios. Sabía que se pondría muy triste cuando tuviera que marcharse en otoño. No quería ni pensarlo. Hubiera querido permanecer allí para siempre, pero eso no era posible. Al fin, todos tendrían que volver a casa por mucho que les pesara.

—Te gusta estar aquí, ¿verdad?

—Me encanta.

Audrey se tendió en la arena, enfundada en un traje de baño negro que moldeaba su cuerpo a la perfección. El de Violet era completamente blanco. Ambas formaban una pareja muy curiosa y a Audrey le hubiera gustado mucho que alguien las fotografiara juntas. Tomaba fotos sin cesar, las hacía revelar en un laboratorio de Niza y, luego, todos le decían lo estupendas que eran. Se lo dijo incluso Picasso un día en que ella pasaba las fotografías entre sus amigos. El pintor las estudió con interés y después miró a Audrey con sus penetrantes ojos negros.

—Tiene usted mucho talento, ¿sabe? No debería desperdiciarlo.

La severidad del tono de voz la sorprendió un poco. La fotografía era para ella una afición. Nunca pensó que no tuviera que «desperdiciarla». Las palabras del pintor le llamaron la atención. Todo cuanto ocurría a su alrededor le llamaba la atención y le encantaba.

—¿Por qué no te quedas? —le preguntó Violet.

—¿En Antibes?

—Me refiero a Europa. Parece un lugar muy adecuado para ti.

—Me gustaría mucho, Violet —contestó Audrey, pensando tristemente en la partida—, pero no sería justo.

—¿Por qué?

—Sobre todo, por mi abuelo... Me necesita. Pero puede que algún día...

No quería decir cuándo, pero tal vez el día en que él ya no estuviera. De momento, había saboreado la vida con la que tanto soñara. Con un poco de suerte ya tendría ocasión de volver otra vez.

—No es justo que desperdicies tu vida de esta manera.

—Le quiero, Vi —dijo Audrey, mirando a su amiga—. No te preocupes.

—Pero, ¿y tú? No puedes pasarte así toda la vida, Audrey —Violet la miró con curiosidad—. ¿No te gustaría casarte y tener tu propia vida?

A ella le hubiera sido imposible prescindir de todo aquello. Amaba a James desde hacía mucho tiempo. No hubiera podido imaginar una vida sin él.

—Tal vez. No he pensado demasiado en ello. Ésta es mi vida. Quizá no esté hecha para casarme. Quizá no sea ése mi destino.

Ambas amigas intercambiaron una sonrisa y volvieron a tenderse sobre la arena. Por primera vez en su vida, Audrey pensó que el hecho de no casarse no tenía por qué ser una desgracia. Le resultaba muy agradable sentirse libre, sobre todo allí, en el verano de 1933, en Cap d'Antibes, la bella localidad de la Costa Azul.

Por la noche, acudieron a un baile de disfraces que se celebraba en casa de los Murphy y, como siempre, Gerald Murphy fue el personaje más admirable. Era un hombre apuesto y atildado, elegante como pocos, y tan perfecto en todos los detalles que Audrey hubiera deseado sentarse en un rincón y pasarse toda la noche mirándole. Era una de esas raras personas que despiertan unánime simpatía dondequiera que vayan. Le habían elegido el alumno Mejor Vestido en su promoción de la Universidad de Yale en 1912 y eso que entonces no se conocía de él ni la mitad. Veinte años más tarde, aún era más maravilloso que entonces y su esposa Sara parecía encantadora. Lucía collares de perlas en la playa de Antibes, alegando que eso era «bueno para ellas» y se pasaba horas y horas charlando con Picasso, tocado con su sèmpiterno sombrero negro.

Fue un verano memorable para todos, aunque, para los Murphy, un poco menos. Todavía luchaban contra la tuberculosis de su hijo Patrick, pero, por lo menos, estaban todos allí y cada día traía consigo alguna novedad. Por su parte, Audrey experimentaba asimismo los efectos de aquel mágico embrujo; paseaba por la playa con Violet mientras los niños jugaban a su alrededor o, perezosamente tendida en la arena, compartía historias y confidencias con su amiga. Lady Vi era la hermana que Audrey nunca tuvo, la más responsable, la buena amiga que sólo le llevaba dos años y a la que consideraba su alma gemela. Entre ambas se estaba creando un sólido vínculo de amistad y James se alegraba mucho de ello. Los tres formaban un trío muy bien avenido en el que James nunca mostró el menor interés prohibido por la amiga de su esposa. Era todo un caballero y como un hermano para ella.

—¿Qué harás cuando vuelvas a casa, Aud? —preguntó

Violet, contemplando a la esbelta muchacha del cabello cobrizo.

Sabía lo vacía que era allí su existencia y hubiera deseado que se quedara en Londres con ellos, aunque Audrey insistía en que no era posible. Tenía que regresar a California.

—No lo sé. Supongo que lo mismo de siempre —Audrey miró a Violet y sonrió—. No es tan malo como te imaginas —dijo como si quisiera convencerse a sí misma más que a su amiga—. Ya lo he hecho antes..., llevar la casa de mi abuelo, quiero decir...

Sin embargo, ya nada sería igual. Nunca. Hubiera sido imposible tras pasar aquellos días dorados con personas extraordinarias en un mágico lugar reservado a muy pocos. Pero, ¿por cuánto tiempo? Más tarde o más temprano, todo tendría que terminar. Audrey no lo olvidaba jamás. Por eso quería aprovechar bien el tiempo.

—Me gustaría tanto que pudieras quedarte un poco más...

—En realidad —dijo Audrey, sacudiendo tristemente la cabeza mientras exhalaba un profundo suspiro—, me tendría que ir la semana que viene si quiero completar mi viaje. Quería trasladarme por carretera a la Riviera italiana y después seguir hacia el sur.

—¿De veras te apetece? —le preguntó Violet.

—¿Me lo preguntas en serio? Pues la verdad es que no —contestó Audrey, echándose a reír—. Me gustaría quedarme aquí el resto de mi vida. Pero eso no es muy realista. Por consiguiente, será mejor que regrese poco a poco a la realidad. Sólo Dios sabe cuándo podré volver a Europa.

Su abuelo cada vez sería más viejo y cualquiera sabía cuándo podría Audrey emprender un nuevo viaje. En su última carta, Annabelle le decía que temía volver a estar embarazada. No le apetecía tener otro hijo tan pronto y Harcourt estaba furioso con ella. Al parecer, no había tomado ninguna precaución. La carta de su abuelo era completamente previsible. Audrey casi pudo oír sus gruñidos mientras pasaba las páginas. En ellas, el anciano se quejaba de Roosevelt y le hablaba de distintos acontecimientos locales. Insistía en que Roosevelt no hacía nada por mejorar la economía del país a pesar de sus promesas de un «nuevo pacto», y siempre se refería a él, llamándole «tu amigo FDR» (Franklin Delano Roosevelt) y subrayando el *tu*, cosa que a Audrey le hacía mucha gracia. Lanzó un suspiro al recordarle. Qué lejos le parecía todo aquello, pensó mientras James se acercaba a ellas gesticulando animadamente en compañía de un hombre alto y delgado y con el cabello todavía más oscuro que el suyo. Violet les saludó con la mano y miró a Audrey con una sonrisa de satisfacción.

—¿Sabes quién es ése, Aud? —Audrey sacudió la cabeza, sorprendida ante el entusiasmo de su amiga. Ciertamente, el joven era muy atractivo, pero no más que otros muchos que entraban y salían constantemente de su casa. Violet ya empezó a llamarles por señas en cuanto les vio aparecer en la playa y ahora agitaba el sombrero mientras Audrey se reía—. Es Charles Parker-Scott, el escritor de viajes y explorador. ¿No le conoces? Publica muchas obras en los Estados Unidos. Su madre era norteamericana, ¿sabes?

Audrey se sobresaltó de repente. Pues claro que le conocía, pero se lo imaginaba mucho más mayor que aquel joven. Sin embargo, no le dio tiempo a pensar otras cosas porque Vi se arrojó en sus brazos en cuanto le tuvo a su lado.

—Repórtate, muchacha. No es manera de saludar a un hombre una mujer casada —dijo James, reprendiéndola en broma mientras le daba una palmada en el trasero.

Charles, por su parte, se mostró encantado con el saludo.

—Vamos, James, vete al infierno —contestó Vi mientras el recién llegado la levantaba en vilo y la abrazaba con afecto—. Charles no es un hombre.

Al oír sus palabras, éste simuló ofenderse y la soltó sin contemplaciones sobre la arena.

—¿Qué significa eso de que «no soy un hombre»?

Su acento era decididamente más norteamericano que británico. Audrey recordó haber leído que había estudiado en la Universidad de Yale. Más tarde, él le contó que de niño pasaba todos los veranos con la familia de su madre en Bar Harbor, en el estado de Maine, añadiendo que sentía una fuerte inclinación hacia todo lo que fuera norteamericano:

—Quiero decir, Charles Parker-Scott, que eres casi de la familia —contestó Vi, mirándole tendida en la arena.

Él se sentó a su lado y la abrazó con cariño, pero los ojos se le iban sin querer hacia Audrey. Sentía mucha curiosidad, pero se esforzó por centrar toda su atención en Violet.

—¿Cómo estás, lady Vi?

—Muy bien, Charlie. Pero, ahora que estás aquí, el verano todavía será mejor. ¿Cuánto tiempo te vas a quedar?

—Unos cuantos días, una semana tal vez...

Charles sabía cómo eran sus juergas estivales. Los había visitado otras veces y siempre lo había pasado muy bien con ellos. Era un hombre sorprendentemente apuesto, pensó Audrey, preguntándose por qué razón se lo habría imaginado viejo. Quizá porque había hecho muchas cosas... o porque sus exóticos viajes le recordaban en cierto modo los de su padre.

Tenía un lustroso cabello negro casi azulado, una tez aceitunada, unos grandes ojos castaños y una sonrisa que le iluminaba todo el rostro. Era alto, delgado y aristocrático, y no parecía inglés en absoluto. Más bien español o francés, o italiano quizá. Un príncipe italiano enfundado en un traje de baño de punto azul marino, con unas largas y poderosas piernas, unos brazos perfectos y unos hombros todavía más anchos que los de James. Ambos estudiaron juntos en Eton y eran casi como hermanos. James agarró a su amigo por los hombros y le sacudió un poco.

—Ahora, si mi mujer se está quieta un ratito, te presentaré a nuestra amiga. Tengo el gusto de presentarte a Audrey Driscoll, de California.

Charles clavó en ella sus grandes ojos oscuros y le dirigió una sonrisa capaz de derretir a cualquier mujer. Audrey experimentó el efecto mientras estrechaba su mano. Sin embargo, a ella le interesaban más sus libros y esperaba poder comentarlos con él más adelante. Por la tarde, ambos charlaron largo y tendido antes de que él se fuera a dar una vuelta con James en su automóvil, dejando a Audrey y Violet solas en casa.

—Increíblemente guapo, ¿verdad? —preguntó Vi, muy orgullosa de su amigo.

Audrey se echó a reír. Se pasó la tarde procurando no sentirse torpe y cohibida a su lado, pero Charles era un hombre tan sencillo y natural, que una se olvidaba de su cara. Sin embargo, al principio le fue un poco difícil.

—Es totalmente ajeno a su aspecto —dijo Vi mientras ambas esperaban a James en la galería, tomando una copa de champán, enfundadas en sendos vestidos blancos de seda. Estaban muy morenas y el cabello de Audrey había adquirido unos intensos reflejos rojizos a causa del sol—. Hablé con él de ello una vez y te aseguro que no tiene la menor idea del efecto que produce en la gente. En realidad... —Vi se metió en la boca un puñado de setas asadas y se lo tragó de golpe, sonriendo como una chiquilla traviesa—. Es curioso, ¿verdad, Aud? Es lógico suponer que esté acostumbrado a las mujeres que revolotean a su alrededor en cuanto aparece. Sin embargo, está tan ocupado con sus libros que no creo que le importe.

A Audrey le gustó el detalle. Pero, más que nada, le agradaba su mentalidad. Había leído dos de sus libros y le encantaban. Su otro autor preferido era Nicol Smith, el explorador y escritor por el que Charles sentía auténtica veneración. Por la tarde se pasaron mucho rato hablando de él. Charles le habló de Java, de Nepal y de la India.

—Todos los sitios adonde tú jamás quisieras ir —le dijo Audrey a Vi mientras ésta soltaba un gruñido de desprecio.

—No acierto a imaginar qué puede haber de interesante en estos lugares —dijo Vi—. A mí me parecen horrendos.

Audrey miró sonriente a su amigo y, en aquel momento, apareció James, vestido con una chaqueta blanca de hilo que acentuaba el moreno de su piel y realzaba su cabello negro y sus ojos verdes.

—¿Te estaba diciendo alguna grosería, Aud? —preguntó James, sirviéndose una copa de champán y unas tapas—. Estás preciosa esta noche, lady Vi —añadió, mirando a su mujer—. Siempre tendrías que vestir de blanco, querida.

La besó suavemente en los labios, se comió una seta rellena y se volvió a mirar a Audrey.

Era muy agradable tenerla con ellos, pensó, y ahora que había llegado Charles, se lo iban a pasar todavía mejor. Más tarde, los cuatro se fueron a cenar a un pequeño restaurante de Cannes. Bebieron demasiado vino y se pasaron todo el rato riéndose mientras se dirigían a Juan-les-Pins donde alguien daba una fiesta de la que no se marcharon hasta pasadas las dos. Luego se fueron a otra fiesta en Cap d'Antibes y regresaron a casa a las cuatro, algo menos bebidos que antes y dispuestos a no acostarse para así poder contemplar la salida del sol. James descorchó otra botella de champán al llegar a casa y se la bebió casi toda él solo. Lady Vi se quedó dormida en el sofá hasta que, al fin, James la tomó en sus brazos y se la llevó al piso de arriba entonando una incongruente canción. Dos horas después, cuando el sol empezó a asomar por el horizonte, Audrey y Charles se encontraban todavía solos en la galería.

—¿Qué te ha traído de verdad aquí? —le preguntó él, mirándola muy serio.

Llevaban dos horas conversando sobre los temas que más les gustaban: los viajes a los más lejanos rincones del mundo, el verano en Cap d'Antibes, sus amigos Vi y James... Pero, ahora, Charles la miró muy serio, preguntándose quién sería de verdad, cosa que Audrey también se preguntaba con respecto a él. Era curioso que el destino les hubiera llevado allí a los dos simultáneamente.

Audrey decidió ser sincera con él.

—Necesitaba alejarme.

—¿De qué? —la voz de Charles era como una caricia bajo la dorada luz del sol naciente. Sin embargo, él pensaba que Audrey habría huido de algún hombre. A su edad, ya hubiera podido estar casada—. ¿O mejor debo preguntar de quién? —añadió sonriendo.

—No —contestó ella, sacudiendo la cabeza—. No es

eso... Puede que necesitara huir de mí misma y de las responsabilidades que me impongo.

—Eso parece una cosa muy seria —dijo Charles sin dejar de mirarla. Sentía unos deseos locos de besarla en los labios y acariciarle el largo y elegante cuello con sus dedos, pero reprimió el impulso, por lo menos, de momento.

—A veces, es muy seria —dijo Audrey, lanzando un suspiro—. Tengo un abuelo a quien amo con todo mi corazón y una hermana que me necesita mucho.

—¿Acaso está enferma? —preguntó Charles, frunciendo el ceño.

—No —contestó ella, asombrada—. ¿Por qué lo preguntas?

—Por tu forma de referirte a ella.

Audrey sacudió la cabeza, mientras contemplaba el mar. Pensó en Annabelle y recordó lo que Harcourt le había dicho.

—Es muy joven y creo que yo la he mimado demasiado. Hubiera sido muy difícil no hacerlo. Perdimos a nuestros padres cuando éramos pequeñas y yo la crié.

—Qué extraño —dijo Charles con expresión perpleja.

—¿Por qué dices eso?

—¿Cuántos años teníais cuando vuestros padres murieron...? ¿Fallecieron los dos a la vez?

Audrey asintió en silencio.

—Yo tenía once y mi hermana tan sólo siete... Fue en Hawai. Murieron ambos en un naufragio —aún sufría al recordarlo—. Entonces, nos fuimos a vivir con nuestro abuelo al continente y yo me dediqué a llevar la casa y a cuidar a mi hermana..., tal vez demasiado; por lo menos, eso dice su marido —Audrey miró candorosamente a Charles—. Dice que yo tengo la culpa de que no sepa hacer nada, y puede que sea cierto. Sostiene que sólo sirvo para comprar cortinajes y contratar y despedir criadas —añadió en tono pretendidamente jocoso, aunque inmediatamente se le llenaron los ojos de lágrimas—. Me puse a pensarlo y comprendí que tenía mucha razón. Fue entonces cuando decidí alejarme durante algún tiempo... y vine aquí.

Apartó el rostro, pero Charles le tomó una mano.

—Lo comprendo.

—¿De veras? —preguntó Audrey con ojos llorosos—. ¿Cómo es posible?

—Porque mi vida no ha sido muy distinta de la tuya. En lugar de un abuelo, yo tuve que cuidar de un tío y una tía durante mucho tiempo. Pero ahora han muerto también. Mis padres fallecieron en un accidente, cuando yo tenía diecisiete años y mi hermano doce. Vivimos con nuestros tíos de Norteamérica durante un año, y lo pasamos muy mal. Tenían buena intención, pero no nos comprendían —añadió suspirando mientras apretaba casi imperceptiblemente la mano de Audrey—. Me consideraban demasiado atrevido para mi edad, demasiado independiente y descarado en comparación con mi hermano que no lo era en absoluto. Él quedó traumatizado por la muerte de nuestros padres y, además, nunca gozó de mucha salud.

»Cuando cumplí los dieciocho años, nos fuimos. Regresamos a Inglaterra y yo trabajé en lo que pude... —se le hizo un nudo en la garganta y Audrey se conmovió—. Él sólo vivió otro año. Murió de tuberculosis a los catorce años —Charles miró a Audrey con tristeza—. Siempre me he preguntado si eso se hubiera podido evitar de habernos quedado en los Estados Unidos. Ahora mismo él podría estar aquí si no...

—No digas eso, Charles —Audrey extendió una mano sin pensarlo y le acarició dulcemente la mejilla—. Estas cosas no se pueden controlar. Yo siempre me sentí responsable de la muerte de mis padres. Pero eso es absurdo, la vida no se puede controlar.

Charles asintió en silencio. Era la primera vez que se sinceraba con alguien. Apenas conocía a Audrey, pero le parecía una muchacha afectuosa y comprensiva. Se sintió atraído por ella desde el primer día que la vio. Hubiera querido contarle todos los detalles de su vida, hablarle de Sean, el hermano que perdió...

—Fue entonces cuando empecé a viajar. Después me matriculé en la universidad, pero no podía concentrarme en los estudios. Todo me recordaba a mi hermano, todo el mundo tenía un hermano de su edad. A veces, veía algún niño por la calle que se le parecía. Quería irme a algún sitio donde no recordara a nadie. Y me fui al Nepal y más tarde a la India. Más adelante, pasé un año en el Japón y, a los veintiún años, escribí mi primer libro, me enamoré de esta actividad y la convertí en mi medio de vida.

—Pues lo haces muy bien —dijo Audrey, mirándole a los ojos.

Le halagaba que él hubiera sido tan sincero con ella y se compadecía de sus sufrimientos. De repente, se preguntó qué sentiría si muriera Annabelle y, de sólo pensarlo, se le llenaron los ojos de lágrimas.

—Los viajes son ahora toda mi vida —le confesó Charles mirándola casi con remordimiento.

—No hay nada de malo en ello —dijo Audrey exhalando un suspiro bajo los cálidos rayos del sol mañanero—. En realidad, te envidio. Mi padre recorrió todo el mundo y siempre pensé que a mí me gustaría hacer lo mismo.

—En tal caso, ¿por qué no lo haces?

—¿Y Annabelle? ¿Y el abuelo? ¿Qué sería de ellos?

—Seguramente, se las arreglarían muy bien.

—Ya veremos. Por eso hice el viaje.

—Cap d'Antibes no es precisamente un lugar muy exótico que digamos, amiga mía.

—Lo sé —dijo Audrey. Ambos se echaron a reír—. Pero, si ellos sobreviven a mi actual ausencia, puede que un día me anime a ir a sitios más lejanos.

—Tendrías que ir ahora. Más adelante, te casarás y ya no tendrás ocasión.

Audrey sonrió, pensando que no era probable que esto ocurriera.

—No creo que corra mucho peligro en este sentido.

—¿Hay algo que yo no sé? ¿Alguna maldición familiar? ¿Algún horrible detalle que me has ocultado?

Audrey soltó una carcajada y sacudió la cabeza, agitando su cobriza melena.

—No, es que me parece que no estoy hecha para el matrimonio.

—Sin embargo, acabas de decirme que llevas la casa de tu abuelo desde hace quince años. ¿No lo consideras un entrenamiento suficiente?

—Sí, pero yo no estoy casada con él. Si he de serte sincera —añadió Audrey—, los hombres que he conocido no me atraían demasiado.

—¿Por qué?

Charles se sentía fascinado por ella y por todo cuanto hacía, decía y pensaba. Jamás había conocido a una mujer igual.

—Me causan un aburrimiento mortal. Como mi cuñado, por ejemplo. Tienen ideas preconcebidas sobre lo que deben o no deben hacer las mujeres. Según él, las mujeres no deben discutir de política y ni siquiera pensar en ella. Tienen que servir el té, trabajar para la Cruz Roja, salir a almorzar con las amigas. En cambio, las cosas que realmente me interesan son tabú. La política, los viajes..., recorrer medio mundo, a ser posible con mi cámara fotográfica.

—¿Te gusta la fotografía? —Audrey asintió con entusiasmo—. Apuesto a que lo debes de hacer muy bien.

—¿Qué te induce a suponerlo? —preguntó Audrey, asombrada.

—Eres sensible, probablemente muy observadora. Hace falta una mentalidad especial para ser un buen fotógrafo, un ojo muy agudo y un cerebro muy ordenado.

—¿Y yo soy culpable de todo eso? —preguntó Audrey, riéndose—. En casa se limitan a llamarme solterona.

—Qué estúpidos —dijo Charles, enojándose de repente—. Lo malo es que cuando alguien no se adapta al molde, la gente no lo comprende. En cierto modo, yo tengo el mismo problema. No quiero casarme con la primera que encuentre... Nunca quise hacerlo, y menos después de... —Audrey comprendió que estaba pensando en Sean—. La vida es demasiado corta y efímera. No quiero desperdiciarla, haciéndome pasar por lo que no soy.

—¿Y qué es lo que no eres? —preguntó Audrey, picada por la curiosidad.

—No soy un hombre capaz de sentar la cabeza fácilmente. Llevo la aventura en la sangre. Me encanta lo que hago. Y no hay muchas mujeres dispuestas a comprenderlo. Dicen que sí al principio, pero después te exigen que te quedes en casa. Es como encerrar un león en una jaula. Muchos lo intentan, pero después no saben qué hacer con él. Yo nací para vivir libre. Me encanta este tipo de vida. Me temo que no es fácil domesticarme —Charles esbozó una encantadora sonrisa y a Audrey le dio un vuelco el corazón. Era un hombre maravilloso y conmovedor, y ella le comprendía perfectamente—. Tampoco estoy muy seguro de que me gusten los hijos, y ése es otro inconveniente. Casi todas las mujeres quieren tener dos o tres —Audrey no se atrevió a preguntarle por qué, pero él se lo dijo de todos modos—. Después de lo de Sean, pensé que jamás querría volver a amar a una persona tanto como a él. Era como si fuera mi hijo y no mi hermano, y no puedo soportar su pérdida —los ojos de Charles se llenaron de lágrimas, pero él no trató de disimularlas—. No podría resistir querer de esta manera a mis hijos y perder después a uno de ellos. Es más seguro seguir como estoy. Debo confesar que soy muy feliz —se enjugó una lágrima de la mejilla y miró a Audrey con expresión agridulce—. Eso, a los amigos les ataca los nervios... Violet no puede resistir la tentación de presentarme a todas sus amigas. Desde luego, mi vida resulta muy animada cuando vengo por aquí —vaciló un instante y luego preguntó, acariciando una mano de Audrey, apoyada en la suya—. ¿Y tú, amiga mía? ¿No quieres casarte algún día?

Audrey ya casi había perdido la esperanza, pero no le importaba.

—Hay que renunciar a tantas cosas. Nada de lo que a mí me gusta encaja con un matrimonio convencional.

—¿Y los hijos?

—Ya tengo a Annabelle —contestó ella, lanzando un profundo suspiro. Era lo que realmente pensaba; tenía una hija, aunque no la hubiera dado a luz—. Y también un hijito..., y el abuelo. No necesito hijos propios.

—Sin embargo, no se puede vivir a través de la existencia de otras personas. Te mereces algo más que eso. Hay demasiadas cosas en ti que pugnan por salir a la superficie.

—Y tú, ¿cómo lo sabes? —era como si Charles hubiera intuido con toda exactitud quién era ella—. Tú eres feliz tal como estás. ¿Por qué no puedo serlo yo?

—Porque yo hago exactamente lo que quiero, y tú no. ¿O sí?

Charles apretó con fuerza su mano y la joven comprendió que tenía razón. Sacudió la cabeza. Cumplía con su obligación y hacía todo cuanto podía por las personas a las que amaba, pero no era lo que hubiera deseado hacer.

Esbozó una sonrisa filosófica, consciente de que su amistad con Charles iba a ser duradera.

—Tienes razón, pero, de momento, no puedo obrar de otro modo. Lo único que puedo hacer es disfrutar de este verano y regresar a casa cuando llegue la hora.

—¿Y después? ¿Qué parte de tu vida estás dispuesta a sacrificar?

—Supongo que toda —contestó Audrey con voz entrecortada—. No puedes dar sólo una parte.

Charles lo aprendió con Sean y por eso temía tanto volver a querer a alguien *à tout jamais*, como decían los franceses, con todo el corazón. Llevaba quince años sin amar así y, de repente, había surgido una mujer que parecía comprender todos los entresijos de su alma, tal como él comprendía los de ella. No la buscó y no estaba seguro de que le gustara haberla encontrado. Pero allí estaba, con el lustroso cabello cobrizo iluminado por el sol naciente.

—Mira, ignoro por qué nos hemos conocido, pero creo que me estoy enamorando de ti.

Audrey no estaba preparada para oír esas palabras, y le dio un vuelco el corazón, que casi pareció querer escaparse de su pecho para volar a los pies de Charles.

—Yo..., no sé..., es que... —al no encontrar las palabras, se limitó a asentir en silencio. Charles lo comprendía todo: Harcourt, Annabelle, el abuelo, sus ansias de ver el mundo, de vivir, de ser libre y de tomar fotografías, el sueño distante de poder compartirlo todo con alguien; súbitamente, los caminos de ambos se habían cruzado, pero sólo por unas horas o unos días—. Yo creo que también me he enamorado de ti —balbuceó por fin.

Estaba aturdida y se sentía indefensa por primera vez en su vida. Se inclinó hacia Charles y éste la estrechó en los brazos con tanta fuerza que casi la dejó sin resuello. No cabía duda de que estaba enamorada, pensó mientras él le besaba el cabello.

Cuando levantó los ojos para mirarle, él la besó en los labios como jamás había besado a otra mujer.

En realidad, era una locura. La víspera apenas se conocían y ahora se habían enamorado. Mientras regresaban lentamente al interior de la casa, él le rodeó los hombros con un brazo. Audrey pensó que aquella noche había llegado a un punto decisivo de su vida y que ésta ya nunca podría ser igual a partir de aquel instante.

—Audrey —dijo Charles, de pie ante la puerta del dormitorio de la joven—, tú y yo nos parecemos mucho.

Nunca pensó que pudiera encontrar a una mujer como ella.

—Es curioso, ¿verdad? —observó Audrey.

El hecho le parecía maravilloso y, al mismo tiempo, injusto. Veía en el joven todo lo que más quería, pero, en cuestión de días, le perdería para siempre.

—¿Cuánto tiempo te vas a quedar en Antibes? —preguntó casi en un susurro.

—Todo el que pueda.

Ambos se miraron largo rato a los ojos. Después, asintiendo en silencio con la cabeza, Audrey entró en su dormitorio.

6

Pasó otro idílico fin de semana y Charles aún seguía en casa de Vi y James. Los cuatros se divertían como niños en Antibes. Iban juntos a todas partes, pero Audrey y Charles se las arreglaban para permanecer a solas algún tiempo cada día. Ella se iba siempre a tomar fotografías a alguna parte y Charles procuraba acompañarla. Desde su llegada, parecía que ambos no hubieran hecho sino explorarse mutuamente. Cualquiera hubiera dicho que se conocían de toda la vida.

Mientras Audrey enfocaba una vieja casa de la pequeña localidad de Eze, Charles la contempló con admiración. Había visto sus fotografías y sabía los prodigios de que era capaz con la pequeña Leica que llevaba consigo a todas partes y que tan a menudo utilizaba.

—Algún día, me gustaría trabajar en un libro contigo, Aud. ¿Qué te parecería?

Audrey tomó otras dos fotos y después se volvió a mirarle y le fotografió con una expresión de asombro en el rostro.

—¿Lo dices en serio, Charles? —preguntó.

En pocos días, había cambiado. Se la veía más madura y relajada y sus ojos tenían un aspecto distinto. Vi lo comentaba constantemente con James, el cual insistía en que no ocurriría nada. Charles no era partidario del matrimonio. Llevaba muchos años diciéndolo. Sin embargo, estaba claro que se había enamorado locamente de la chica.

—Pues claro que lo digo en serio. Tus fotografías son fantásticas. Mucho mejores de lo que yo escribo.

—Lo dudo —Audrey se rió de la modestia de Charles. Luego, acercándose a él, le preguntó: —¿Te apetece almorzar? —Vi y James les habían preparado una enorme cesta con comida y la abrieron en la ladera de la montaña, rodeados de flores silvestres con las murallas de Eze a sus espaldas y el Mediterráneo a sus pies. Era un panorama tan pintoresco que Audrey se preguntó si su Leica podría captarlo en todo su esplendor. Se tendió en la hierba apoyada en un codo y miró al joven con una manzana en la mano y una sonrisa en los labios—. Soy muy feliz aquí, Charles.

—¿De veras? —dijo él—. ¿Y cuál crees tú que es el motivo? —preguntó, inclinándose para besarle la punta de la nariz—. ¿Se te ha ocurrido pensar que yo también lo soy? Más feliz de lo que jamás he sido en toda mi vida.

Audrey le miró emocionada mientras él la besaba en los labios.

—¿Qué haremos cuando llegue el instante de regresar?

Estaba preocupada por eso. Tarde o temprano deberían poner fin al idilio, y ella se angustiaba de sólo pensarlo.

—¿Y eso quién va a decidirlo, Cenicienta? ¿Cómo podemos saber cuándo llegará ese momento?

—Yo tengo que tomar el barco el catorce de septiembre.

Para volver por donde había venido. A sus responsabilidades y a sus deberes, junto a Annabelle, que ya empezaba a notar las molestias del embarazo. Su última carta estaba borrosa a causa de las lágrimas que cayeron sobre el papel mientras escribía, y Audrey sentía remordimientos.

—¿Es una decisión irrevocable?

—No —contestó Audrey, exhalando un suspiro—. Pero tú sabes que tengo que volver.

—¿Por qué?

—Lo sabes muy bien.

—No, no lo sé.

Charles quería poner a prueba sus sentimientos. Desde hacía unos días, le rondaba una idea por la cabeza, pero no se atrevía a exponérsela por temor a la reacción de la muchacha. Sin embargo, si pudiera convencerla, la vida de ambos cambiaría por completo.

—Charles —dijo Audrey, mirando a su amigo con una insólita expresión de amargura.

Se pasaban el día riendo, tomando champán y acudiendo a fiestas en compañía de Violet y James, pero sólo durante las pequeñas excursiones que emprendían juntos tenían ocasión de abrirse sus corazones mutuamente.

—¿Por qué estás triste, mi amor? —preguntó Charles, tendido a su lado sobre la hierba con el cuerpo casi en contacto directo con el de la joven.

Audrey sentía por Charles cosas que jamás hubiera imaginado; sin embargo, él no quería acosarla. En aquel instante, la miró con ternura, mientras le cosquilleaba una oreja con una flor de color púrpura que acababa de arrancar.

—No intentes convencerme de que no vuelva a casa. No puedo aplazar el regreso —dijo Audrey.

—¿Por qué no?

—No sería justo que lo hiciera.

—¿Para quién?

—Para el abuelo. Sé lo que pensó cuando me fui, y quiero demostrarle que estaba equivocado.

—¿Sobre qué? —preguntó Charles, perplejo.

—Creo que experimentó una sensación de *déjà vu* —le explicó Audrey—. Temía que yo hiciera lo mismo que mi padre y le prometí que no lo haría. Ahora, no puedo hacerle eso.

—No lo entiendo —dijo él, rozando los labios de la muchacha con los suyos.

Audrey tuvo que hacer un esfuerzo por concentrarse en lo que decía.

—Mi padre se fue y nunca volvió. Por lo menos, con carácter permanente. Prometió hacerlo, pero sus impulsos viajeros fueron más fuertes que sus promesas. Estaba demasiado enamorado de los lugares que visitaba, de las gentes que conocía y de las aventuras que vivía.

Audrey le recordaba como al hombre más atractivo y romántico que jamás hubiera visto. Miró a Charles y pensó que se le parecía mucho.

—¿Y tan terrible es eso?

Charles comprendía muy bien aquellos anhelos porque él llevaba quince años viviendo igual. La única diferencia era que a él no le esperaba nadie en ningún sitio. A ningún ser humano le importaba un bledo dónde estuviera, exceptuando los amigos como Violet y James. Nadie derramaba lágrimas cuando se iba ni esperaba su regreso con ansia. En cierto modo, envidiaba a Audrey. Le hubiera gustado tener una esposa sólo por eso. Pero por lo demás...

—No puedo hacerle esta mala jugada —dijo Audrey en voz baja.

—¿Y tú? ¿Puedes abandonar tus sueños, Aud?

—Éste es mi sueño —contestó ella—. Mucho más que mi sueño, en realidad.

—No es eso lo que me dijiste cuando nos conocimos.

—¡Pues lo es! —Audrey se ruborizó, tratando de recordar lo que dijo la noche en que ambos permanecieron levantados hasta el amanecer, contándose sus sueños y sus vidas.

—Dijiste que querías ver lugares exóticos...

Audrey extendió los brazos para abarcar la impresionante belleza de aquella ladera montañosa, en pleno corazón de los Alpes Marítimos.

—¿Y bien?

—Eso no es lo que tú soñabas... Me parece recordar que estuvimos hablando del Nepal.

Charles bromeaba y quería ponerla en un aprieto, aunque sin exagerar. Era muy hábil en eso, pero ella no le iba a la zaga.

—Eso me basta. De momento.

—Tendré que irme dentro de unos días, ¿sabes, Aud? —dijo Charles súbitamente. Era la primera vez que Audrey le oía hablar de su partida. Se lo quedó mirando con los ojos abiertos de par en par. El idilio tocaba a su fin. Sabía que ello iba a ocurrir, pero no había pensado que fuera tan pronto—. Tengo que escribir un reportaje para el *Times* de Londres.

—¿Ahora? —preguntó Audrey en tono asustado.

—Muy pronto.

—¿Adónde irás?

—A Nankín, Changai, Pekín...

—Dios mío —exclamó Audrey, tratando de sonreír pese a que la felicidad se había alejado repentinamente de su lado—. Qué sitios tan exóticos, ¿verdad?

—Ojalá me pudieras acompañar —dijo Charles, asintiendo con la cabeza.

—Qué más quisiera yo.

Las palabras de Audrey eran completamente sinceras. Aquel viaje, le parecía mágico y fabuloso, pero no podía formar parte de su vida. Por lo menos, de momento.

—Podrías tomar unas fotografías extraordinarias en un viaje como éste. Entre otras cosas.

—¿Cuándo te vas? —preguntó Audrey, extendiendo instintivamente una mano para rozar la de Charles.

Permanecieron inmóviles con las manos unidas bajo el cielo estival, sintiéndose íntimamente muy próximos a pesar del poco tiempo que llevaban juntos.

—No lo sé. Primero tengo un trabajo que hacer en Italia y luego quería tomar el Orient Express en Venecia.

Audrey cerró los ojos al escuchar esas palabras y dos lágrimas le rodaron lentamente por las mejillas cuando los volvió a abrir.

—Eres un hombre afortunado.

—No, no es cierto —dijo Charles, sacudiendo tristemente la cabeza—. La mujer a quien amo estará a medio mundo de distancia... ¿O no es ello cierto?

Comprimió con fuerza la mano de Audrey y ésta se incorporó. Tendría que comportarse como una persona adulta. De nada serviría llorar por lo que no podía tener. Y a Charles no podía tenerle. Hubiera sido absurdo engañarse.

—¿Por qué no vienes después a San Francisco? —le preguntó Audrey sonriendo.

—¿Así, sin más? Oyéndote a ti, todo parece muy fácil.

—¿Y no lo es?

—Puede que lo haga —dijo Charles, besándola otra vez—. Y puede que te lleve conmigo a lomos de un corcel blanco y con una rosa en los labios.

—Sería maravilloso, Charles.

—¿Verdad que sí?

La atrajo de nuevo a su lado, sobre la hierba, y se volvieron a abrazar hasta que las caricias se hicieron demasiado apremiantes y Audrey se apartó mientras el joven la miraba con pesar. La respetaba profundamente, a pesar de que nunca quiso a una mujer con tanta desesperación como a Audrey.

El poco tiempo que les quedaba para estar juntos les obligaba a mostrar una alegría ficticia cuando se encontraban con Vi y James. Las veladas se prolongaban cada vez más y a Audrey le resultaba cada noche más difícil separarse de él para irse a su dormitorio. Sin embargo, no quería cometer una locura antes de regresar a casa. Hubiera tenido que soportar las consecuencias toda la vida, y Charles no quería correr con ella ningún riesgo pese a lo mucho que la deseaba. La quería demasiado.

—Creo que tendré que empezar a tomar duchas frías o a bañarme de noche en el mar, aunque la verdad es que el Mediterráneo no está muy frío que digamos —le dijo Charles una noche, mientros regresaban a casa después de haber asistido a una fiesta en Antibes—. Me vuelves loco, ¿sabes?

—Lo siento, Charles —dijo la joven, mirándole con adoración mientras él la rodeaba con un brazo y la atraía de nuevo hacia sí.

—No hay por qué. Gracias a ti, éstas han sido las mejores semanas de mi vida. Me llevaré estos recuerdos hasta el confín del mundo —contestó Charles, besándole el cabello cobrizo.

Audrey le tenía reservada una sorpresa que él no se esperaba. Había confeccionado un álbum con las fotografías tomadas en Antibes, haciendo copias de las que pensaba quedarse para sí. Se lo iba a regalar antes de que se fuera. De esta manera, lo podría hojear durante el viaje a Nankín. No hubiera querido pensar en ello, pero no tenía más remedio. Faltaban pocos días para la partida de Charles.

La última noche, ambos permanecieron sentados en la galería hasta el amanecer como la primera noche en que se conocieron, hacía apenas unas semanas.

—Parece increíble, ¿verdad? —dijo Charles, tomándole una mano. Vi y James ya se habían ido a acostar hacía mucho rato, pero ellos no tenían ninguna prisa en separarse aquella noche—. Es como si te conociera de toda la vida.

—Me parecerá todo tan raro cuando tú te vayas, tan vacío...

Audrey quería ser completamente sincera con él. Había depositado en él una confianza absoluta y a menudo le revelaba sus más íntimos pensamientos.

Charles la contempló, resistiéndose a abandonar la esperanza de llevarla consigo.

—Te voy a hacer una pregunta, Aud —le dijo muy serio—. Y quiero que reflexiones detenidamente antes de decir que no. ¿Quieres acompañarme? —la joven le miró boquiabierta de asombro—. Sólo hasta Estambul. Podrás regresar a Londres a tiempo para embarcar. Yo tengo que salir de Venecia el tres de septiembre. Tu barco zarpa el catorce. Audrey... —añadió, mirándola esperanzado.

—No puedo hacerlo, Charles —contestó ella, sacudiendo la cabeza.

—¿Y por qué no? Sólo Dios sabe cuándo volveremos a vernos. ¿Puedes dejar todo eso tan fácilmente y desperdiciar cuanto hemos vivido? —Charles se enfureció de golpe con Audrey y empezó a pasear arriba y abajo por la galería donde aguardaban la salida del sol—. ¿Cómo puedes decir que no tan categóricamente? Maldita sea, Audrey, aunque sólo sea por una vez, piensa en ti misma, piensa en nosotros, ¡te lo suplico! Por lo menos, piénsalo un poco —pidió, mirándola angustiado.

Audrey prometió hacerlo, pero, esta vez, no eran sus

obligaciones las que la detenían. Era otra cosa. Temía ir a Venecia con él. Sabía lo que iba a suceder allí y lo que haría cuando estuviera sola con él. Arrojaría por la borda todos los convencionalismos. Ya estaba a punto de hacerlo en Antibes, pero no se atrevía. Hubiera sido una locura. Ir a Venecia sería como arrojarse a un precipicio. Se pasó el rato escudriñando los ojos de Charles y, cuando amaneció, fue a decirle que no podía acompañarle, pero él la acalló con un beso y después empezó a hablarle de Sean y de lo corta que era la vida y del infinito valor que tenía. Audrey comprendió súbitamente cómo era la existencia de Charles. Iba a China para entrevistar a Chiang Kai-chek y escribir un reportaje sobre Changai, amenazada por los japoneses. ¿Y si le mataran? ¿Y si jamás volviera a verle? La idea era espantosa, pensó mientras él volvía a besarla y sus manos le acariciaban los muslos.

—Por favor, Audrey, por favor... Ven a Italia conmigo.

Audrey le miró a los ojos y se percató de lo mucho que lo deseaba. No podía decir que no, ni a él ni a sí misma..., ya no.

Le susurró las palabras mientras él le besaba el cuello y la acariciaba.

—Me reuniré contigo en Venecia antes de que te vayas.

Se asustó de sus propias palabras, pero en cuanto Charles la tomó de nuevo en sus brazos y la estrechó con fuerza, no lamentó su promesa.

Era lo que de verdad quería hacer. Tendría que ser sensata y no cometer locuras. Pero, ¿qué podía ocurrir a fin de cuentas? Serían sólo dos días, antes de que él tomara el tren.

Acordaron no decirles nada a Vi y James y, cuando se fue al día siguiente, Charles le dio un prolongado beso en presencia de todo el mundo y ella le saludó con la mano hasta que el automóvil se perdió de vista. Luego, lady Vi hizo todo cuanto pudo por consolar a Audrey.

—¿Cómo estás? —le preguntó solícita, sirviéndole un fuerte trago como si temiera verla estallar en sollozos de un momento a otro.

Lanzó un suspiro de alivio cuando Audrey tomó un sorbo y se fue tranquilamente a descansar un rato en su habitación. Tendida en la cama, Audrey pensó en Charles y en lo que le había prometido. Porque se lo había prometido. Era una auténtica locura y, sin embargo, no se arrepentía en absoluto de ella. En la Plaza de San Marcos, a las seis en punto del día primero de septiembre. Sólo Dios sabía qué ocurriría después. Pero Audrey sabía que tenía que estar allí con él.

7

El fin de semana transcurrió sin sentir. Charles se fue, llegó el hermano de James y, a los pocos días, lo hizo el de Vi cuando ya el mes de agosto tocaba a su fin. Audrey decidió que ya era hora de marcharse. No les reveló ni a Violet ni a James lo que Charles le había propuesto. Aún no sabía si echarse atrás y temía cometer una insensatez, pero no podía soportar la idea de regresar a los Estados Unidos sin volverle a ver. Tenía que reunirse con él en Venecia aunque sólo fuera para decirle adiós por última vez y entregarle el álbum que había confeccionado para él.

Se despidió de Violet y James con los ojos llenos de lágrimas y lamentó con toda el alma tener que separarse de los niños. En «La Rêve d'Enfants» de Cannes le compró a Alexandra una preciosa muñeca. Y al pequeño James, un gracioso traje de marinero y un barco de vela con el que podría jugar en el estanque de su casa. A Violet le regaló un broche de cristal de roca y ónix y a James una caja de botellas de champán Dom Pérignon. Por último, les regaló un montón de fotografías que les había tomado. Había algunas maravillosas de Violet enfundada en distintos vestidos y fabulosos sombreros, de James en la playa, paseando tranquilamente con Charles, contemplando la puesta de sol con lady Vi o mirándola con tanta ternura que a Audrey le asomaron las lágrimas a los ojos cuando reveló la foto. Eran un hermoso recuerdo de un verano que ninguno de ellos podría olvidar jamás. Audrey trató de expresarlo en el momento de su partida, de pie junto al automóvil que había alquilado. Sin embargo, no consiguió encontrar las palabras adecuadas. Les quería demasiado a todos.

—Parece ridículo decir simplemente gracias a cambio de tantas cosas...

Abrazó cariñosamente a Violet y ambas se echaron a llorar cuando ésta se apartó.

—¡Tienes que escribir! ¡Me lo has prometido! —dijo Violet.

—¡Lo haré! Te lo prometo...

Después, Audrey abrazó a James y él la besó afectuosamente en ambas mejillas como si fuera un hermano. Ellos aún no estarían de regreso en Londres cuando Audrey embarcara en el *Mauretania.* Pensó que ojalá Annabelle se hubiera casado con un hombre como James en lugar del que tenía. Besó a los niños por última vez, abrazó de nuevo a Violet y, llorando a lágrima viva, subió al vehículo y se sentó al volante mientras Violet se enjugaba las lágrimas con un pañuelo de encaje.

—No lloraba tanto desde la muerte de tía Hattie —dijo ésta, sonriendo entre sus lágrimas. Se sonó la nariz y Audrey hizo lo propio mientras Vi la reprendía cariñosamente—. No deberías ir sola por la carretera. Es peligroso.

—No te preocupes.

—¡Eres demasiado independiente!

Violet lamentaba que no hubiera ocurrido nada serio entre ella y Charles. Éste hubiera debido quedarse un poco más con ellos y acompañar después a Audrey a Italia, pero tenía mucha prisa por hacer sus reportajes. Puede que James tuviera razón, pensó Violet, agitando una mano cuando el automóvil de Audrey se puso en marcha. Charles no estaba hecho para el matrimonio.

—¡Qué lástima! —le gritó a James mientras Audrey se alejaba.

—Bueno, yo no la he sacado de casa, cariño. A mí no me grites por eso —le contestó su marido, tomándola por los hombros mientras ella sacudía la cabeza y se sonaba nuevamente la nariz.

—No me refería a eso sino a Charles.

—¿Qué pasa con Charles? —preguntó James, perplejo.

—Es una lástima que no haya sabido ver en ella a la esposa ideal.

—Ya te lo dije. No está hecho para el matrimonio.

—¡Eso es precisamente lo que yo quería decir! —replicó Violet con expresión de hastío.

—Bueno, pues..., no está hecho para eso. Así que no te atormentes ni atormentes a la pobre Aud. No hay sitio para una mujer en la vida de Charles. ¿Qué mujer querría aguantar a un hombre que se pasa la vida recorriendo el mundo, viviendo con las tribus de beduinos y los camellos, y cualquiera sabe qué otras cosas como no sea tal vez una chica beduina.

—Es un estúpido —dijo Violet, mirándole muy seria sin reírle la gracia.

—Puede que sí. O puede que se conozca demasiado bien, querida. ¿Tú crees que Audrey esperaba algo? Nunca ocurrirá nada, puedes estar segura de ello.

—Creo que ella lo sabe mejor que nosotros. Y, de todos modos, es tan terca como él. Sólo piensa en su abuelo y en la pesada de su hermana. Cada vez que esta chica le escribía, Audrey se pasaba todo el día deprimida. Al parecer, la hermana no para de llorar. Es difícil de imaginar, ¿verdad?, siendo Audrey tan distinta. No, no creo que ella esperara nada de Charles, pero me parece que los sentimientos entre ambos eran más hondos de lo que nosotros podíamos imaginar.

—¿Por qué lo dices? —James siempre se asombraba de la perspicacia de su mujer. A menudo, veía cosas que él ni siquiera sospechaba. En aquel instante se preguntó qué habría visto o intuido. Charles era su mejor amigo y a Audrey le había cobrado mucho afecto durante su estancia entre ellos—. ¿Te confesó algo antes de irse?

—No —contestó lady Vi, sacudiendo la cabeza—. Y él tampoco. Por eso pienso que debe haber algo más de lo que suponemos. Está clarísimo que ambos acordaron no decir nada.

James la miró como si estuviera loca.

—A veces, dices cosas completamente absurdas —dijo, inclinándose para besarla en los labios—. Pero te quiero de todos modos.

—Gracias, James.

Violet se reclinó en su sillón preferido y absorbió los últimos rayos del sol estival.

Audrey pasó por San Remo, Rapallo, Portofino y Viareggio bordeando la costa y, al fin, abandonó el litoral para dirigirse hacia Pisa y Empoli y después, más al sur, hasta Siena, Perugia, Spoleto, Viterbo y, por último, a Roma. Sin embargo, una vez allí, descubrió que apenas podía pensar en las cosas que hubiera deseado ver. Tan sólo pensaba en Violet y en James, en los niños y en los amigos y, sobre todo, en Charles. Se sintió un alma perdida mientras visitaba las iglesias y los museos, el Coliseo, las catacumbas y el Vaticano. No le apetecía recorrer sola las calles de Roma y se preguntó si no habría cometido un error. Lanzó un suspiro de alivio cuando tomó el tren para trasladarse a Florencia, prescindiendo del automóvil alquilado. Pero allí le ocurrió exactamente lo mismo. No podía concentrarse en la belleza de lo que veía y los museos e iglesias le parecían todos iguales. Sólo pensaba en Venecia y en Charles. Una vez en el tren de Venecia, experimentó el súbito impulso de bajar y echar a correr. Le pareció que el tren se detenía mil veces. Montones de personas subían y bajaban sin cesar y, en cada parada, aumentaba el retraso. A última hora de la tarde, Audrey se asustó. Estaba claro que no llegarían a la hora. Comprendió la locura que había cometido al haberse citado con él en una plaza. A ambos, les pareció muy romántico. No pensaron que en Italia nadie era puntual. El tren entró en la estación pasadas las ocho, cuando el sol teñía el cielo de reflejos anaranjados. Audrey estaba al borde de las lágrimas. Había llegado con más de dos horas de retraso y cualquiera sabía dónde estaría Charles en aquellos momentos. Ni siquiera sabía en qué hotel se alojaba. Ella había reservado habitación en el Gritti, desde Roma, pero no tenía la menor idea de dónde estaría Charles. Cuando el *gondoliere* cargó el equipaje de la joven en la góndola y ella le indicó el nombre del hotel, Audrey se sintió más afligida que nunca. De repente, se le ocurrió probar de todos modos.

—¿Podríamos pasar por la Plaza de San Marcos?

—¿La Plaza de San Marcos? —Audrey asintió, angustiada—. No faltaba más, *signorina* —contestó el hombre, sonriendo con su boca desdentada.

Tocado con el clásico sombrero de los *gondolieri*, el hombre hizo palanca con sus poderosas piernas e inició la navegación. Audrey contempló las restantes góndolas que surcaban los canales mientras el sol del ocaso iluminaba los dorados mosaicos de las cúpulas de las iglesias. Era el lugar más hermoso que jamás hubiera visto, pensó Audrey, descendiendo de la embarcación para dirigirse a la plaza. Sus ojos recorrieron la inmensa explanada, el elevado campanario y las gentes que entraban y salían de los cafés. Miró a todo el mundo y corrió de un café a otro hasta que, de repente, vio el cabello oscuro, la gabardina británica y la conocida cabeza. Se acercó corriendo. Pero era otra persona y tuvo que retirarse, avergonzada. Media hora más tarde, tuvo que reconocer su derrota. Charles no estaba allí. A lo mejor, ni siquiera había acudido a la cita o, en caso de que sí, se debió marchar, pensando que ella le había dado un plantón. Audrey tuvo que reprimir las lágrimas durante el trayecto de regreso al hotel. Cuando los mozos y el *gondoliere* descargaron su equipaje, entró en el hotel con lágrimas en los ojos y el corazón destrozado. Todo el mundo comprendió que algo horrible le había ocurrido.

La *suite* que tenía reservada era la más bonita que jamás hubiera visto. Tenía una enorme cama estilo Renacimiento con dosel, preciosos objetos antiguos, mesas de mármol y tapices. Era un ambiente impresionante y Audrey se sintió una estúpida sentada allí sola. Sin embargo, no podía hacer nada. Ya eran más de las nueve y hubiera sido inútil salir a buscarle por las calles. Preguntó al conserje si el señor Parker-Scott tenía reservada habitación allí y le dijeron que no. A la mañana siguiente, recorrería los mejores hoteles de la ciudad por si acaso y, si no le localizara, intentaría buscarle en la estación de ferrocarril el tres de septiembre, antes de que tomara el tren que enlazaría al día siguiente con el Orient Express, en Austria. Era una lástima desperdiciar aquellos dos días en Venecia, pero, mientras cenaba con desgana en la habitación, se preguntó si ése no sería su castigo por haber acordado reunirse allí con él. Estaba segura de que sí, pero no pudo negarse y ahora estaba todo perdido. Empezó a llorar, pensando en él, y sólo oyó que llamaban a la puerta al segundo golpe.

—Pase —musitó, creyendo que era el camarero que acudía a retirar la bandeja. Entornó los ojos cuando se abrió la puerta. De repente, jadeó y se levantó.

—¡Dios mío...! ¿Cómo has conseguido...? —se arrojó en los brazos de Charles y éste la estrechó con fuerza como si fuera una niña perdida, como antaño abrazara a su hermano Sean—. Oh, Charles —exclamó Audrey, llorando como una chiquilla, cosa insólita en ella—, creí que nunca volvería a verte.

—No podrás librarte tan fácilmente de mí, amor mío —dijo Charles, acariciándola con dulzura—. Me asusté un poco cuando no apareciste, pero después, busqué en los hoteles y descubrí que tenías habitación reservada aquí.

—He pasado mucho miedo —dijo Audrey, mirándole con adoración—. Pensé que...

—¿Que estaba muerto como mínimo? —Charles contempló los enrojecidos ojos de la muchacha, la volvió a abrazar con fuerza y alisó amorosamente el despeinado cabello cobrizo—. Soy muy duro de pelar, Aud. ¿Y tú cómo estás...? Vaya, vaya... —añadió.

—Es impresionante, ¿verdad? —dijo Audrey, sonriendo por primera vez.

—Desde luego —Charles se apartó para mirarla, alegrándose de haberla localizado tan pronto. Creyó, como Audrey, que iba a desperdiciar dos días en un vano intento de encontrarla—. Lamento que hayas pasado este mal rato, cariño. Hubiera tenido que reunirme contigo en Roma, pero tenía un montón de trabajo que hacer —dejó la chaqueta sobre una silla y se sentó al lado de Audrey, mirándola muy serio mientras ella intentaba recuperar la calma—. Quiero que sepas que no me hubiera marchado a Estambul sin verte.

Audrey sonrió entre lágrimas y dijo con la voz quebrada por la emoción:

—Yo pensé lo mismo... Traté de recordar cuándo zarpaba el siguiente barco... Pensé que me habría equivocado de día —le echó los brazos al cuello, y se echó a llorar sin poderse contener—. Oh, Charles, te quiero tanto.

Necesitaba decirle lo que sentía y lo que él significaba para ella. Charles la abrazó y la besó en la boca. Ya nada podría detenerles, no eran huéspedes en casa de nadie ni tenían que preocuparse por sus amigos. Se olvidaron de todo mientras él la abrazaba y acariciaba. La deseaba con toda su alma, lo mismo que ella a él.

—Quizá debería irme ahora, Aud... —Charles la miró a los ojos y esta vez, a diferencia de lo que ocurrió en Antibes, Audrey sacudió la cabeza—. No quiero hacer nada que después puedas lamentar.

La espera había sido angustiosa y el encuentro les emocionó profundamente. En realidad, ninguno de los dos había podido pensar con claridad desde que Charles partiera de Antibes. Sin embargo, Audrey aguardaba aquel momento con ansia. Conocía la razón que la había impulsado a hacer su viaje a Venecia. Al principio, no quería reconocerlo, pero ahora sabía que jamás se iba a arrepentir. A partir de aquel día, quería pertenecer a Charles.

—No quiero que te vayas —dijo Audrey en voz baja mientras él le tomaba una mano y le besaba las puntas de los dedos—. Te quiero, Charles...

Fue así de sencillo, tan sencillo como estas palabras.

—Nunca quise a nadie más que a ti —le susurró Charles al oído.

Después se levantó, la tomó en sus brazos y se la llevó

a la otra habitación. Cuando cerró la puerta, sólo la luz de la luna iluminó la estancia. Podía ver el rostro, los ojos y los labios de la muchacha. La besó suavemente y la desnudó en la oscuridad, admirando la textura de su piel. Sabía que le pertenecía por entero. Audrey se estremeció al deslizarse entre las frías sábanas y le miró mientras se desnudaba de espaldas a ella. Charles se metió en la cama por el otro lado y extendió los brazos hacia ella, provocándole un estremecimiento de emoción. La guió con suavidad, adaptándose a su ritmo y entregándose a ella en cuerpo y alma. A partir de aquel instante, sus corazones parecieron unirse para siempre y Audrey se quedó dormida en brazos de su amante. Esta vez, no pudieron contemplar el amanecer mientras el campanario daba la hora. Durmieron plácidamente como dos niños.

8

Los dos días que pasaron en Venecia fueron como un sueño. Charles acompañó a Audrey a los lugares de mayor interés, al palacio de los dux con sus soberbios portales, el puente de Rialto, la iglesia de Santa Maria della Salute, el edificio de la aduana con su veleta de oro y el puente de los Suspiros donde ambos se besaron mientras el *gondoliere* cantaba para ellos al pasar por debajo. Charles le aseguró que todos sus deseos se verían cumplidos y ella le miró riéndose. Sin embargo, buena parte del tiempo lo pasaban en la habitación de Audrey. Para salvar las apariencias, Charles alquiló una habitación más pequeña en el mismo piso, pero ni siquiera dejó en ella su equipaje. Vivieron juntos como marido y mujer durante dos días y dos noches. Audrey empezó a angustiarse al pensar en la inminente partida de Charles. Había reservado billete para el tren de Londres de aquella noche. Pero él se iría a Austria para enlazar con el Orient Express. Mientras se vestía en el enorme cuarto de baño de mármol donde ambos acababan de hacer el amor, Audrey se deprimió al pensar en la despedida. De repente, miró a Charles y se echó a llorar.

—Cariño, no llores, te lo suplico —le dijo Charles. No quería insistir más. Le suplicó que le acompañara, pero ella se negó en redondo, alegando que no podía. Hubiera sido una crueldad seguir acosándola—. Iré a San Francisco en cuanto pueda. En cuanto termine mi trabajo en Pekín. Iré directamente en barco —añadió, estrechándola con fuerza en sus brazos.

Audrey siguió llorando sin poderse contener. Se había entregado a aquel hombre y ahora no podía soportar la idea de dejarle. Le pertenecía en cuerpo y alma. Todas las fibras de su cuerpo se estremecían al pensarlo. Pero no tenía más remedio que marcharse. Le arrojó los brazos al cuello y tardó mucho rato en tranquilizarse.

Charles la ayudó a vestirse y la contempló mientras se ponía el collar de perlas, los pendientes y el gran sombrero de paja. Hubiera deseado que el tiempo se detuviera. Cayó en la cuenta de que Audrey llevaba dos días sin utilizar la cámara. Aquello no se podía captar en imágenes, era un momento de sensaciones y de dolorosos deseos satisfechos, un momento que ninguno de los dos podría olvidar jamás. Estaban muy tristes cuando salieron del hotel y cargaron los equipajes en una góndola.

—Nunca querré volver aquí, Charles —dijo Audrey, volviéndose a mirar el hotel con infinita tristeza.

—¿Por qué no? —preguntó él, sorprendido.

¿Habría interpretado erróneamente sus sentimientos? ¿Habría...?

—Nunca podría volver a ser tan hermoso. Quiero recordarlo siempre así —dijo Audrey con los ojos llenos de lágrimas.

Charles le dio un cariñoso abrazo y la ayudó a subir a la góndola. Temía el momento de la despedida y dudaba que pudiera contener sus propias lágrimas. Se acurrucaron muy juntos en el interior de la góndola mientras se dirigían a la estación. Una vez allí, Charles acompañó a Audrey a su tren, que salía primero. Observó cómo el mozo colocaba el equipaje en el compartimiento privado. Ya no les quedaba nada por decir, como no fueran promesas que ninguno de los dos podría cumplir. Él tenía su trabajo y ella tenía su familia, y ambos se amaban apasionadamente. Al final, se abrazaron llorando y se besaron con los ojos cerrados.

Charles fue el primero en apartarse. Ya no podía soportarlo más.

—Te quiero, Aud. Siempre te querré.

Hubiera deseado pedirle de nuevo que le acompañara a Estambul, pero no se atrevió. No hubiera sido justo. Había llegado el momento del adiós. Era lo más doloroso que le había ocurrido desde la muerte de Sean y temía no poder soportarlo.

—Te quiero con todo mi corazón —le susurró ella—. Cuídate mucho... No corras peligros innecesarios...

La abrazó por última vez y después Charles abandonó apresuradamente el compartimiento, avanzó corriendo por el pasillo, bajó del tren y se acercó a su ventanilla. Audrey la abrió, se asomó todo cuanto pudo y él la volvió a besar.

—Nos veremos cuando regrese de Pekín —le dijo.

Pero Audrey no quería siquiera pensarlo. Tardarían meses en volverse a ver. Tal vez seis. Charles ignoraba cuánto tiempo tendría que permanecer en China. Tenía de plazo hasta fin de año, pero las hostilidades de China con los japoneses complicaban las cosas y no sabía lo que encontraría una vez estuviera allí.

—Te escribiré, Aud.

Era una promesa que jamás le había hecho a nadie, pero con ella pensaba cumplirla. Se la quedó mirando, con deseos de pedirle una vez más que le acompañara a Estambul. Pero no dijo nada. La besó otra vez y luego dio media vuelta y se alejó a toda prisa. No hubiera podido soportar la dolorosa situación de permanecer de pie en el andén mientras Audrey se alejaba. Se dirigió a su tren para esperar y, veinte minutos más tarde, oyó que el de Audrey empezaba a abandonar lentamente la estación. Cerró los ojos e hizo una mueca como un hombre que se enfrentara a un pelotón de ejecución. Se cubrió los ojos con una mano y se reclinó contra el respaldo del asiento, pensando en ella. Las imágenes que vio en su mente eran tan reales que casi pudo sentirla a su lado, aspirando su perfume y oyendo su voz...

—Ya puedes abrir los ojos, Charles.

Abrió los ojos sobresaltado y la vio de pie, a escasa distancia, mirándole con una sonrisa mientras un mozo sostenía sus maletas con cara de circunstancias.

—Pero, ¿qué...? ¡Por Dios bendito, Audrey! ¡Por poco me da un ataque! —gritó Charles, levantándose para estrecharla en los brazos y besarla apasionadamente—. ¿Qué demonios haces aquí?

—Se me ha ocurrido venir a Estambul contigo —lo había decidido en cuanto le vio alejarse. Sabía que aún no podía separarse de él. Aún no estaba preparada. Podría regresar a Londres con tiempo para tomar el *Mauretania* el catorce de septiembre, siempre y cuando no hubiera retrasos. Y, caso de que los hubiera, tomaría el siguiente barco. Lo único que sabía en aquellos momentos era que no podía dejarle—. ¿Sigue en pie la invitación? —preguntó con una radiante sonrisa en los labios.

—Creo que sí —contestó Charles, mirándola con ternura mientras el mozo cerraba la puerta y se retiraba discretamente—. No quiero volver a perderte, Aud... Por lo menos, durante una larga temporada... Más o menos, durante toda mi vida.

—¿Es una proposición? —preguntó Audrey, sorprendida.

—En cierto modo. No puedo soportar la idea de vivir sin ti, Aud.

Ésta sentía lo mismo con respecto a Charles. Pero uno de los dos tendría que abandonarlo todo. Ella su familia o él su carrera. Sin embargo, no era fácil que pudieran prescindir de lo que tanto amaban.

—No creo que debamos preocuparnos por eso ahora. Es mejor que disfrutemos del momento, sin más.

Audrey era sensata y había adoptado una decisión. Quería estar al lado de Charles. Iría con él a Estambul. Y tal vez más lejos. Ya vería.

9

Pasaron la noche haciendo el amor camino de Austria, y, a la mañana siguiente, Audrey se despertó con el cabello alborotado y los ojos muy abiertos. Olvidó por un instante adónde iba, pero lo recordó en cuanto el tren se detuvo y ella miró a través de la ventanilla, viendo inmediatamente al otro lado del andén el tren azul y oro que les aguardaba. En su costado se podía leer: COMPAGNIE INTERNATIONALE DES WAGONS-LITS ET DES GRANDS EXPRESS EUROPÉENS. Se quedó boquiabierta de asombro. Era el tren sobre el que tantas cosas había leído. Incluso su abuelo le había hablado de él. Lo había visto asimismo en el álbum de su padre. Y ahora, allí lo tenía en todo su esplendor y misterio.

—Charles, mira...

Le sacudió como una chiquilla para despertarle y él la miró con ojos adormilados y sonrisa indolente.

—Buenos días, mi amor —le dijo Charles, acariciándole la espalda.

Sin embargo, en aquel momento Audrey estaba más interesada por el espectáculo del andén. A pesar de lo temprano de la hora, la gente que subía al tren era interesantísima. Hombres con aspecto de banqueros y mujeres que parecían concubinas o actrices cinematográficas o esposas de presidentes. Una de ellas lucía un abrigo de zorro plateado y otra llevaba unas martas colgadas del brazo a pesar de la suave temperatura de septiembre. Algunos hombres llevaban trajes de rayas, sombreros de ala flexible y gruesas cadenas de reloj de oro, que les cruzaban el vientre. Audrey lo contemplaba todo fascinada y Charles se sorprendía de su entusiasmo ante lo que él calificaba de un «simple tren».

—Pero, ¿estás loco? —le dijo la joven, indignada, sacando rápidamente la Leica—. Eso es nada menos que el Orient Express, no un tren cualquiera.

Él se rió y le arrebató la cámara de las manos cuando ya había gastado medio carrete, posándola cuidadosamente sobre el asiento.

—¿Para eso has venido? —le preguntó, estrechándola con fuerza—. ¿Para tomar fotografías?

—Pues, claro. ¿Qué te creías?

Se abrazaron una y otra vez entre risas hasta que, al fin, él la tendió en el asiento y ambos hicieron apasionadamente el amor, alcanzando unas cimas de placer que jamás hubieran creído posibles.

—Me alegro de estar aquí contigo, Charles —dijo Audrey, mirando a su amante con cariño.

—Yo también, amor mío.

Cuando vio el tren por dentro, Audrey se entusiasmó. Los vagones destinados a salón y a restaurante estaban revestidos de paneles de madera. Había relieves de cristal y relucientes adornos de latón. Su compartimiento tenía un salón con cortinas de terciopelo y elegantes paneles de madera. Más parecía el salón de una casa que un tren. Almorzaron en el vagón-restaurante mientras aguardaban la hora de la partida. Fue un almuerzo de seis platos, amenizado por unos violinistas zíngaros. El camarero les sirvió una bandeja de entremeses con bistec tártaro y lonchas de jamón ahumado sobre rebanadas de pan integral. Audrey tenía muchísimo apetito y, junto con Charles, se terminó toda la bandeja. Después tomaron generosas raciones de caviar y Charles comentó que la compañía deseaba demostrar lo buenas que eran sus instalaciones de refrigeración. Gracias a ellas, podía servir a sus clientes cualquier cosa que quisieran. El resto del almuerzo también fue extraordinario: espárragos con salsa holandesa, chuletas de cordero, gambas, pastel de chocolate. Cuando se terminó de beber el excelente café vienés, Audrey apenas podía levantarse. Charles encendió un cigarro, cosa que no tenía por costumbre hacer. Sin embargo, después de una comida tan opípara, le pareció lo más adecuado.

Audrey se reclinó en la silla, aspirando el humo azulado del cigarro de Charles mientras observaba el ir y venir de los viajeros. Pasó una mujer con un vestido gris de lana y un abrigo de visón, acompañada de un hombre con sombrero de ala flexible y monóculo. Ambos se reían, seguidos por dos perrillos pequineses blancos. A cierta distancia, dos doncellas iban cargadas con un montón de abrigos de su señora. Otra mujer lucía un vestido rojo de seda y llevaba el cabello recogido en un moño y unos enormes pendientes de rubíes. Debía de ser una prostituta de lujo. El mozo le subió el equipaje, integrado por incontables maletas y baúles. Sentada en uno de los mullidos sillones de terciopelo de su salón privado, Audrey charló animadamente con Charles, explicándole cómo eran las fotografías de su padre. Viajar con Charles era como viajar con un amigo íntimo. Ambos se reían de las mismas cosas, encontraban ridículas, insoportables o divertidas a las mismas personas y lo pasaban muy bien juntos. Charles se alegraba muchísimo de que ella hubiera decidido acompañarle. Estaba deseando enseñarle Estambul y compartir una noche con ella en su hotel preferido, antes de volver a dejarla en su tren. Sin embargo, no quería pensar en ello en aquel instante. El viaje acababa de empezar y la despedida aún quedaba muy lejos.

Aquella tarde, antes de que el tren se pusiera en marcha, Audrey se duchó y se cambió de vestido, saliendo del dormitorio con un precioso conjunto rosa de lana con un drapeado al bies y un sombrerito de Rose Descat que lady Vi insistió en que se comprara en Cannes. Ahora no lo lamentaba porque le parecía muy adecuado para aquel tren tan fabuloso y repleto de gente extraordinaria. También se puso el collar de perlas de su abuela con los pendientes a juego. Se lo regaló su abuelo al cumplir los veintiún años y ahora se alegraba de haberlo llevado. Se sintió muy elegante mientras paseaba por el andén con Charles. Más tarde, le llamó la atención ver a tantos hombres uniformados. Permanecían de pie junto a la entrada de su vagón como si aguardaran a alguien.

—¿Quiénes son? —preguntó muy intrigada mientras Charles echaba un rápido vistazo a sus solapas. Los uniformes no eran idénticos, pero se parecían a otros que había visto en Alemania.

—Creo que son hombres de Hitler.

—¿Aquí?

Audrey se sorprendió. A Hitler le habían nombrado canciller de Alemania hacía siete meses, pero aquello era Austria.

—También hay nazis austríacos. Vi algunos en Viena cuando estuve en junio. Aunque creo que aquí no es frecuente que vayan de uniforme. El canciller austríaco Dollfuss prohibió los uniformes nazis este año, y Hitler se puso tan furioso que decidió cobrar un impuesto a todos los alemanes que visitaran Austria, causando un grave perjuicio al negocio turístico de esta zona. Creo, no obstante, que algunos nazis austríacos hicieron caso omiso de la prohibición. Quizás estos tipos hayan venido aquí para despachar algún asunto oficial.

Audrey les miró con interés. Había leído muchas cosas sobre Hitler antes de abandonar los Estados Unidos, y Vi y James le habían facilitado mucha información. Le consideraban un hombre muy peligroso, si bien en los Estados Unidos nadie estaba preocupado. Observó que los hombres de uniforme hablaban con un matrimonio que viajaba en compañía de otro hombre. Los tres eran de mediana edad e iban elegantemente vestidos. El hombre que acompañaba al matrimonio habló con dos nazis que le miraban con el ceño fruncido. Después, éstos le pidieron algo al segundo hombre, y él sacó dos pasaportes, evidentemente, el suyo y el de su mujer.

—¿Qué deben querer de ellos, Charles? —preguntó Audrey.

—Probablemente, la documentación —contestó Charles, volviendo a llenarle la copa y sin conceder la menor importancia al asunto—. No te preocupes. Son extraordinariamente quisquillosos en estos países, pero a nosotros no nos molestarán.

No quería que nada les estropeara el viaje, pese a que ya conocía ciertas informaciones sobre el régimen nazi. No cabía duda de que éste era bueno para Alemania. Se habían empezado a construir unas carreteras estupendas, pero él no estaba de acuerdo con su violento antisemitismo. Volvió a mirar a través de la ventanilla y vio que, de repente, uno de los hombres de uniforme agarraba al más bajito del trío. La mujer, que debía de ser su esposa, lanzó un grito. Abofetearon al marido, se quedaron con los pasaportes, intercambiaron unas breves palabras con la esposa y el otro hombre y se llevaron al primero, el cual trató infructuosamente de explicarles algo mientras gesticulaba y llamaba a su amigo y a su mujer.

—¿Qué ha dicho? —preguntó Audrey, asustada por lo que acababa de ver y afligida por la pobre mujer que lloraba en brazos del otro hombre.

—Tranquilízate, Aud —le dijo Charles, rodeándola con un brazo—. Ha dicho que no se preocupen por él, que todo se arreglará.

Sin embargo, Audrey vio que bajaban el equipaje del tren y que la mujer se alejaba sollozando en compañía del otro hombre.

—Dios mío, ¿qué ha ocurrido? —preguntó Audrey, saliendo inmediatamente para hablar con el revisor—. ¿Qué le ha pasado a aquel hombre?

No se avergonzó de su arrebato a pesar de que la gente había observado la escena con la mayor indiferencia.

—No es nada, *mademoiselle* —contestó el revisor, mirando a Charles como si éste pudiera comprenderle mejor—. Un ladronzuelo que intentaba subir al tren —sin embargo, no parecía un delincuente sino más bien un banquero. Llevaba un buen sombrero, un traje cortado a la medida y una gruesa cadena de oro de reloj que le cruzaba el chaleco, y su mujer iba también elegantemente vestida—. No se preocupe —añadió el revisor, ordenándole en voz baja al camarero que les sirviera otra botella de champán.

Al cabo de unos momentos, otros viajeros subieron al tren y Audrey oyó unos comentarios por lo bajo de los que sólo pudo captar una palabra.

—Esta mujer ha dicho *Juden* y se refería al hombre, ¿verdad?

—No lo sé, Aud —contestó Charles, temiendo que se inquietara.

—Eran judíos. O, por lo menos, lo debía ser él. Dios mío, entonces será verdad lo que se cuenta. Oh, Charles, qué escena tan terrible...

Charles la tomó por un brazo y la miró a los ojos.

—Tú no puedes hacer nada, Aud. No dejes que eso nos estropee el viaje.

Por nada del mundo hubiera querido la chica que eso ocurriera. Además, lo que decía era verdad. No podía hacer nada para ayudar a aquel hombre. Por consiguiente, ¿por qué atormentarse? Probablemente, todo se resolvería bien.

—Pero a él sí le han estropeado el viaje, ¿verdad? —dijo Audrey, indignada—. Y también a su mujer..., y a sus amigos. ¿Y si fueran James y Violet? —preguntó—. Si fuera James, ¿dejarías que se lo llevaran sin más o intentarías hacer algo?

—Mira, no es lo mismo —contestó Charles, molesto ante aquella discusión—. Pues claro que no permitiría que se llevaran a James. Pero yo a este hombre ni siquiera le conozco y nosotros no le podemos ayudar. Por consiguiente, no pienses más en ello.

Sin embargo, el incidente les alteró profundamente a los dos. Cuando, por fin, el tren se puso en marcha, Charles se sentó al lado de Audrey en el canapé de terciopelo y tomó las manos de la joven entre las suyas.

—Aud, no podemos hacer absolutamente nada.

—Me ha dado mucha pena, Charlie —dijo Audrey,

echándose a llorar—. ¿Por qué no hemos podido hacer nada por ellos?

—Porque no siempre se puede. A veces, no se puede detener la marcha de los acontecimientos. En estos momentos, están ocurriendo aquí mismo cosas horribles. Y conviene que no nos mezclemos en ello.

—¿Es eso lo que piensas de verdad? —preguntó Audrey, escandalizada.

—Por mí, no. Pero no quisiera hacer nada que te pudiera poner en peligro a ti. Si yo hubiera armado un alboroto ahí afuera, puede que hubiera acabado en la cárcel, y entonces, ¿qué hubiera sido de ti? Los hombres de Hitler son muy poderosos. No podemos oponernos a ellos, compréndelo. Aquí no estamos ni en Londres ni en Nueva York. Estamos muy lejos de casa.

Audrey se percató de ello por primera vez, pero, aun así, no podía apartar de su mente a aquel hombre.

—Te sientes tan impotente cuando ocurren estas cosas, ¿verdad?

Charles asintió en silencio. Él también pensaba lo mismo. ¿Y si hubiera sido James? ¿O Aud? La idea era espantosa, pensó, estrechándola con fuerza en sus brazos. Momentos más tarde, el deseo se apoderó de nuevo de ellos y volvieron a hacer el amor sobre el canapé mientras el paisaje pasaba velozmente por delante de la ventanilla. Cuando más tarde se vistieron para la cena, ya estaban un poco más tranquilos. Más que un tren, aquello parecía un hotel, pensó Charles, admirando el precioso modelo de raso blanco que lucía Audrey. Cada vez que la contemplaba, se encendía de deseo por ella.

Volvieron a comentar el incidente a la hora de cenar.

—¿Eso es frecuente aquí, en Austria? Me refiero a la detención de judíos —dijo Audrey mientras el camarero les servía la cuarta botella de vino.

—No estoy muy seguro. Algo oí decir en Viena en junio, y también en Berlín hace unos meses. A lo mejor, no son más que casos aislados. Dicen que sólo persiguen a los enemigos del Reich, pero yo no me fío demasiado de Hitler y, además, la definición es un poco vaga, ¿no te parece?

—James dijo lo mismo en Antibes una noche que hablábamos de esta cuestión. Es terrible la forma en que Hitler quiere militarizar el país. Porque eso sólo puede llevar a la guerra. ¿Por qué piensas tú que la gente no tiene miedo? —preguntó Audrey.

—Porque no hay muchas personas que opinen como nosotros. Los norteamericanos, ciertamente no. A ellos les parece un hombre maravilloso.

—Eso es lo que más me fastidia —dijo Audrey, recordando al hombre de la estación.

—Es un lujo disfrutar de esta libertad —contestó Charles, encendiendo un cigarro.

Lo pudieron comprender mejor cuando atravesaron Checoslovaquia, Hungría y Rumania y varios hombres uniformados subieron al tren en las pocas paradas que éste hizo. Sin embargo, a los pasajeros apenas se les veía. Muchos de ellos viajaban encerrados en sus compartimientos, organizando fiestas privadas, limitándose a admirar el paisaje o bebiendo champán con sus mujeres o amantes. Charles y Audrey salieron un par de veces para estirar las piernas. Cuando ya se acercaban a Estambul, Audrey empezó a ponerse triste. Los días que habían pasado en Venecia y en el Orient Express habían sido como una luna de miel.

—Me parece increíble que hayamos llegado. Es un sueño que terminará en dos días. Debería durar algo más, ¿no crees? —dijo Audrey, lanzando un suspiro.

Charles sonrió y le apretó una mano con fuerza. Se pasaban horas hablando de política, literatura, viajes, las aventuras del padre de Audrey, el hermano de Charles, de Annabelle, de Harcourt, de las fotografías... Siempre tenían algo que decir y algo que hacer. Parecía increíble que al día siguiente ya pudieran estar en Estambul. Al otro día, Audrey tomaría un tren para dirigirse a Londres y cualquiera sabía cuándo volverían a verse.

Contemplaron la campiña bajo la luz del ocaso y vieron a unos pastores que bajaban por las colinas con sus rebaños. Era una escena casi bíblica, pensó Audrey, extendiendo una mano hacia Charles.

—No hago más que pensar en aquel hombre y en lo que le habrá ocurrido —dijo la joven.

—Seguramente, le habrán soltado —dijo Charles, mirándola muy serio— y habrá tomado el siguiente tren. No puedes atormentarte de esta manera. Aquí no estamos en los Estados Unidos, Aud. Aquí ocurren cosas muy extrañas. No puedes mezclarte en lo que hacen —ésa era una de las razones de su éxito profesional como periodista. Observaba, pero nunca participaba. Fue testigo del ataque japonés a Changai en 1932 y le permitieron abandonar el país y regresar varias veces, pero parte de su libertad se debía al hecho de que nunca tomaba parte en lo que veía, por inquietante que fuera. Así trató de explicárselo a Audrey en aquel instante—. Es el precio que pagamos a cambio del privilegio de estar allí, Aud. Tienes que disimular y hacer ver que no ves nada.

—Pero eso es extraordinariamente difícil, ¿no?

—A veces, sí. Pero, si no lo hicieras así, saldrías mal parado —contestó Charles, exhalando un suspiro. Pensaba ya en otras cosas. Eran sus últimos momentos en el Orient Express y sólo le quedaba un día para estar con Audrey. Luego, ésta volvería a Occidente y él proseguiría su interminable viaje a Oriente. Le hubiera encantado poder hacer aquel viaje con ella, pero no se lo dijo. En su lugar, contempló la noche y evocó los exóticos placeres de Estambul—. Te va a encantar, Audrey. Es un lugar increíble. Completamente distinto de todo lo que has visto.

Disfrutaría mucho enseñándole la ciudad. Sería una experiencia memorable para los dos. Aquella noche, durante la cena, le contó algunas de sus aventuras y ella le escuchó fascinada, pensando que ojalá tuvieran ocasión de volver a viajar juntos alguna vez. Al término de la deliciosa cena, regresaron a su compartimiento un poco abatidos. Audrey trató de explicarle a Charles lo mucho que se alegraba de haberle acompañado hasta allí.

Sin embargo, había otras cosas que ninguno de los dos

podía expresar con palabras. El hecho de hablar de Estambul mantenía alejada la realidad de la separación, induciéndoles casi a creer que estarían siempre juntos y no tan sólo un día. Fue Audrey la que tuvo el valor de hablar primero.

—Ya no puedo imaginarme una vida sin ti, Charles —dijo con tristeza—. ¿No te parece extraño después de tan poco tiempo?

Era como si se hubieran casado sin darse cuenta o como si el hecho de hacer el amor hubiera creado entre ambos un vínculo permanente. Y, sin embargo, su relación en nada se parecía a la de Harcourt y Annabelle. Era más bien algo como lo de James y Vi. ¿Qué iba a ocurrir ahora?

—No soporto la idea de dejarte —contestó Charles. Estaba preocupado por el viaje de regreso de Audrey. Le parecía injusto que no pudieran seguir viajando juntos durante mucho tiempo—. Pero no creo que esta vida fuera demasiado adecuada para ti —la miró a los ojos como si quisiera adivinarle los pensamientos—. ¿Podrías ser feliz algún día compartiendo una vida tan desarraigada como la mía?

Aún no estaba preparado, pero, desde que abandonara Antibes, la idea le parecía cada vez más atractiva.

—Sí podría —contestó Audrey con absoluta sinceridad—, siempre y cuando no tuviera que pensar en mi familia.

—Pero, ¿es que no tienes derecho a vivir tu propia vida?

Le indignaba oírla hablar así. Hubiera podido comprender más fácilmente que ella no quisiera acompañarle, pero le parecía inconcebible que hablara de sus responsabilidades.

—Aún no tengo este derecho, Charles —Audrey nunca perdía de vista su situación—. Pero puede que algún día.

—¿Cuándo? ¿Cuando ya hayas criado a todos los hijos de tu hermana? ¿Cuándo piensas que te soltarán? ¿La semana que viene? ¿El año próximo? ¿Dentro de diez años? ¿De cinco? Te engañas a ti misma, Audrey, nunca te dejarán marchar. ¿Por qué iban a hacerlo? Tú les prestas un gran servicio.

Charles estaba furioso. Ellos tenían la culpa de que Audrey no quisiera acompañarle. No se le ocurrió pensar que ella no hubiera podido viajar indefinidamente con él sin ningún vínculo oficial, simplemente con su amor.

—¿Y eso qué importa? —replicó Audrey con cierta aspereza. Ambos estaban tristes porque el viaje tocaba a su fin—. ¿Tú quieres de veras casarte algún día, Charles?

No estaba muy convencido de que así fuera, pero él no quería reconocerlo.

—¿Por qué no?

—No es una respuesta muy explícita que digamos.

—Quién habló. Tú, que te consideras una solterona y estás completamente dispuesta a abandonar toda esperanza.

—¿Qué más da? ¿Preferirías que insistiera en casarme contigo, Charles? ¿Es eso lo que quieres? Apuesto a que no.

Le hablaba a gritos sin percatarse de ello, hasta que él cruzó el elegante salón y, mirándola enfurecido, la asió por los hombros y la levantó del canapé.

—¿Sabes lo que deseo? Deseo que te quedes conmigo. No quiero que te vayas de Estambul y tomes el maldito barco. Eso es lo que quiero —no le hizo ninguna proposición, promesa ni juramento, pero a Audrey no le importó. No era eso lo que esperaba de él. Nunca tuvo intención de casarse con él. Sencillamente, le quería y deseaba permanecer a su lado. No le apetecía regresar a Inglaterra y tomar el barco, pero no tenía más remedio y no sabía cómo hacérselo entender a Charles—. Tienes veintiséis años. Eres mayor de edad. Puedes hacer lo que quieras.

—No entiendes nada —dijo Audrey, librándose de su presa y volviendo a sentarse en el canapé. Charles se sentó a su lado y le tomó una mano. Su cólera empezó a disiparse. Ambos sabían que con eso no arreglaban nada—. Charlie, mi amor, si tú no fueras tan libre, tampoco podrías hacer exactamente lo que quisieras. La vida no es así. Por lo menos, en la mayoría de los casos.

Él la miró con tristeza. La comprendía muy bien, mal que le pesara.

—Algunas veces olvido que el resto de la gente no está

tan libre de obligaciones como yo —un cuchillo le atravesó el corazón al pensar en Sean—. Aunque éste no es el estado ideal que muchos imaginan. Puede que tú te encuentres en mejor situación que yo —era eso lo que a veces le inducía a soñar con los hijos y con alguna persona que estuviera ligada a él. Pero el recuerdo de la pérdida de Sean le llenaba de espanto. Y, sin embargo, se sentía en cierto modo atado a Audrey. La miró con ojos suplicantes y le dijo: —Audrey... ¿y si fueras a China conmigo?

—¡Estás loco! —exclamó ella, mirándole escandalizada—. ¿Te imaginas lo que diría mi familia? Ni siquiera pienso decirles que vine aquí. No me dejarían en paz. ¡Estambul! Pensarían que he perdido el juicio —todos menos el abuelo, claro, que conocía muy bien sus ansias de recorrer el mundo, aquel diabólico impulso que él tanto aborrecía. Pero ir a China ya era demasiado—. Charles, tú no estás en tus cabales.

—¿Ah, no? ¿Es una locura querer estar junto a la mujer a la que amo? —Charles se la quedó mirando fijamente y Audrey no supo qué contestar. Era el ofrecimiento más hermoso que jamás le hubieran hecho, pero no podía acompañarle—. Podríamos embarcar rumbo a los Estados Unidos, en Yokohama, a finales de año.

—¿Y qué explicación les podría dar? Charlie, le di mi palabra a mi abuelo. Es un anciano. El disgusto podría matarle.

—Contra eso no puedo luchar, ¿verdad, Aud? Los hombres de mi edad no se mueren de un disgusto —Charles miró a Audrey casi con amargura. Súbitamente, sintió celos de un hombre de ochenta y un años—. Y tampoco de pena. Le envidio tu lealtad.

—Tú la tienes igualmente —dijo ella—. Y también mi corazón.

—Pues, entonces, piénsalo. Ya me lo dirás en Estambul.

—Charlie...

Audrey le miró sin saber qué decirle. Era absurdo torturarse por lo que no podía ser. El viaje a China con él era imposible. Lo pensó mil veces aquella noche antes de dormirse. Disfrutaría de un fugaz momento de felicidad en Estambul..., dos días..., una noche..., y después volvería a casa. Tenía que hacerlo, pensó con vehemencia. Pero se pasó toda la noche soñando con Charles. Soñó que le buscaba y no podía encontrarle en ninguna parte. Se despertó llorando en mitad de la noche y se abrazó a él, sin querer confesarle su angustia por temor a que él no la dejara marcharse. Estaba absolutamente convencida. *Tenía* que irse.

10

La llegada a Estambul fue impresionante, y Charles la despertó temprano a la mañana siguiente para que no se perdiera el espectáculo. La vía del tren discurría paralela a las playas y sobre el mar dorado volaban centenares de pájaros. Estambul estaba rodeada por el mar de Mármara por un lado y por el Cuerno de Oro por el otro. Audrey admiró las soberbias mezquitas con sus cúpulas doradas y alminares. Finalmente, tras rodear la Punta del Serrallo, apareció ante sus ojos el palacio de Topkapi, que le hizo evocar en el acto imágenes de sultanes, harenes y cuentos orientales. Era una ciudad que inspiraba toda clase de fantasías. Al llegar a la estación de Sirkeci, Audrey se vio envuelta de repente en una atmósfera claramente oriental. Contempló, fascinada, los monumentos que Charles le mostró mientras se dirigían al hotel. La Mezquita Azul y Santa Sofía, la columna de Constantino dominando una plaza, el Gran Bazar y un sinfín de mezquitas y bazares de todo tipo. La emoción que sentía le hizo olvidar por un instante el dolor de la separación. Tomó infinidad de fotografías hasta que, por fin, Charles la llevó al hotel.

Había reservado habitaciones en el Pera Palas, uno de los hoteles preferidos de Charles. Una docena de mozos descargaron el equipaje mientras ella y Charles entraban en el vestíbulo. Tenían reservadas dos habitaciones que se comunicaban por medio de un espacioso salón. Había enormes espejos con marcos dorados, paneles de color negro, tallas rococó y cupidos dorados por todas partes. El vestíbulo del hotel era también del mismo estilo, muy en consonancia con el exótico ambiente. En otro lugar, hubiera parecido excesivamente recargado. Allí, en cambio, todo era fascinante. En compañía de Charles, Audrey recorrió el Gran Bazar, gastó varias películas y se extasió ante el espectáculo, los aromas, los tortuosos caminos y los mercaderes empeñados en venderles toda clase de objetos. Charles la llevó a almorzar a un pequeño restaurante típico. Audrey parecía haber nacido para aquella vida.

—Una vida de vagabundo —dijo mientras ambos paseaban por la playa, contemplando la entrada de la ciudad tomados de la mano.

Al volver al hotel, la tristeza volvió a apoderarse de ellos. Ya no podían ignorar por más tiempo la realidad. Audrey tomaría el tren a la mañana siguiente y el breve interludio romántico terminaría tal vez para siempre si la vida no lo remediaba. La joven permaneció tendida en la cama al lado de Charles, trazando sobre su pecho unos indolentes círculos con la yema de un dedo mientras él procuraba no pensar en la inminente partida de su amante.

—¿Cuándo sales hacia China? —preguntó Audrey.

De nada servían los subterfugios. Tarde o temprano, tenían que enfrentarse con la situación.

—Mañana por la noche.

—¿Cuánto tardarás en llegar?

—Algunas semanas. Depende de los enlaces.

—Será divertido —dijo Audrey sonriendo.

—Sólo tú podrías decir eso —contestó Charles, riéndose—. Casi todas las mujeres temblarían ante esta idea..., y también casi todos los hombres. Es un viaje muy duro —en cierto modo, se alegraba de que ella no le acompañara, aunque, desde un punto de vista egoísta, le hubiera encantado—. Fíjate, cuando tú estés navegando cómodamente a bordo del *Mauretania*, bebiendo champán y bailando con algún hombre deslumbrador —se le encogió el estómago al pensarlo—, yo estaré recorriendo en tren alguna montaña del Tíbet con el trasero medio congelado.

—No pienso bailar con nadie, Charles —dijo Audrey, mirándole muy seria.

—Sí lo harás —susurró él—. No tengo el menor derecho a esperar lo contrario.

—Te olvidas de una cosa.

—¿De qué?

—De que no me apetecerá. Estoy enamorada de ti, Charles. Es como si estuviéramos casados.

Temió asustarle pronunciando aquellas palabras, pero no pudo evitar decírselas.

—Lo estamos —le dijo él, solemnemente. Después, se miró las manos y se sacó del dedo meñique una sortija de oro de sello con el timbre de su familia y se lo puso a ella en el dedo de la mano izquierda en el que suele llevarse la alianza matrimonial—. Quiero que lo lleves siempre, Audrey.

Ésta se echó a llorar en silencio mientras Charles la abrazaba. Cuando, más tarde, hicieron el amor, la experiencia tuvo un matiz agridulce. Audrey cerró fuertemente la mano hasta formar un puño y supo que jamás se quitaría aquella sortija. Le estaba un poco grande, pero no lo bastante como para que pudiera perderla fácilmente.

Cuando se levantaron, al anochecer, Charles le sugirió salir a cenar fuera, pero ella negó con la cabeza y le dijo:

—No tengo apetito.

—Tienes que comer.

Audrey sacudió la cabeza. Tenía muchas cosas en que pensar. Permaneció largo rato sentada de espaldas a él, contemplando, a través de la ventana, los alminares, los bazares y las mezquitas. Estambul la fascinaba, pero, en aquellos momentos, ella no veía nada. Estaba ocupada, tomando una decisión trascendental.

Charles la miró en silencio y, por fin, se le acercó y le rozó suavemente el hombro con la mano. Al ver las lágrimas que había en los ojos de la joven, se conmovió profundamente.

—Oh, cariño... —le dijo, tomándole una mano.

La cosa ya no tenía remedio. Hubiera tenido que comprenderlo en Venecia. Todo quedó decidido entonces. O incluso antes.

—No me voy —dijo Audrey como si emitiera un veredicto de cadena perpetua.

Pero no era una condena, sino una libre elección. Sólo lamentaba el dolor que su decisión produciría a sus familiares.

Charles se quedó inmóvil, sin estar muy seguro de haberla comprendido.

—¿Qué quieres decir?

—Quiero decir que me voy contigo.

De repente, pareció mucho más pequeño, como si se hubiera encogido en cuestión de una hora.

—¿A China? —preguntó Charles, mirándola atónito—. ¿Estás segura, Aud?

No quería que, más tarde, la joven lo lamentara. Una vez iniciado el viaje, ya no podría volverse atrás. Tendría que acompañarle hasta Changai, y no sería fácil, tal como él le había explicado más de una vez.

—Completamente segura.

—¿Y tu abuelo? —Audrey temió por un instante que, en el fondo, él no quisiera que le acompañara en aquel viaje. Al ver la expresión de sus ojos, Charles se apresuró a tomarle nuevamente una mano—. Es que no quiero que cambies de idea a medio camino.

—¿Quieres decir en alguna montaña del Tíbet? —preguntó Audrey, sonriendo a pesar de las lágrimas.

—Exactamente.

—No cambiaré de idea. Telegrafiaré al abuelo, diciéndole que volveré a casa por Navidad. ¿Hay algún lugar adonde él pueda escribirme?

—Hasta que lleguemos a Nankín, ninguno —contestó Charles, sacudiendo la cabeza—. Allí te podrá escribir. Y también a Changai. Te daré los nombres de los hoteles donde me alojo. Que te escriba, poniendo mi apellido —precisó. Inmediatamente se dio cuenta de que no sería correcto y añadió: —Dile que soy una amiga que conociste durante el viaje.

—Aunque te rías, puede que lo haga —dijo Audrey, mirándole tímidamente.

—Audrey, ¿estás segura de tu decisión? —preguntó Charles, mirándola a los ojos—. ¿Es eso lo que quieres? Yo iría hasta el fin del mundo contigo porque no tengo nada que perder. Tú, en cambio, sí. Sé lo que significan tus responsabilidades para ti... Tu familia, tu abuelo, Annabelle...

—Ahora me toca a mí. Sólo por una vez. Quizá conseguiré hacerlo sin que me odien para siempre.

—¿Y después? —preguntó Charles tras dudar un instante—. ¿Qué nos ocurrirá a nosotros?

Si Audrey no podía dejarle ahora, ¿qué sucedería después del viaje a China?

—No puedo contestarte porque no lo sé. Tendré que regresar junto a ellos más tarde o más temprano.

—A veces, es como si estuviera enamorado de una mujer casada —dijo Charles con tristeza.

Audrey sonrió ante el símil.

—Tal como tú dijiste hace un rato, yo no soy tan libre como tú.

—Tal vez te quiero por eso. Puede que no te quisiera tanto si fueras un pájaro en libertad como yo.

La miró sonriendo y luego le acarició el cabello y la abrazó. Audrey se había comprometido con él y, sin embargo, se sentía más libre que nunca y se asombraba de que pudiera ser tan feliz.

11

Precisamente cuando Edward Driscoll se disponía a escuchar el programa radiofónico de Walter Winchell, sonó el teléfono. La doncella llamó a la puerta de la biblioteca y se acercó a él casi temblando. El anciano era mucho más cascarrabias que hacía uno o dos meses y ella sabía que no quería ser molestado.

—Perdone, señor... —la muchacha sintió que le entrechocaban las rodillas y que la cofia de encaje que se ponía por las tardes le resbalaba lentamente hacia un lado. El anciano no podía soportar las cofias torcidas ni las interrupciones. En realidad, no soportaba nada últimamente. Andaba por la casa como un patrullero que ansiara practicar alguna detención antes del anochecer—. Perdone, señor... —repitió la doncella.

—¿Sí? ¿Qué pasa? —ladró el viejo. La chica dio un respingo—. No pegue estos brincos, que me pone nervioso, maldita sea.

—Es una llamada telefónica para usted, señor.

—Tome el recado. No quiero hablar con nadie a esta hora de la noche. Ya es casi la hora de cenar. No puede ser nada importante. Nadie me llama jamás.

—La telefonista ha dicho que era una conferencia.

El rostro del anciano se endureció en el acto. A lo mejor, le había ocurrido algo a Audrey.

—¿De dónde es? —preguntó, mirando severamente a la muchacha.

—De Estambul, Turquía, señor.

—¿*Turquía*? —repitió Edward Driscoll, casi escupiendo la palabra—. No conozco a nadie allí. Debe de ser un error... o una broma. Cuelgue el teléfono. No pierda el tiempo hablando con los bromistas —si le hubiera dicho Francia, hubiera corrido a tomar el teléfono. O incluso Italia o Inglaterra. Había recibido una postal de Audrey desde Roma. Pero Turquía... De repente, experimentó una extraña sensación y se levantó despacio, apuntando con el dedo a la muchacha antes de que ésta se retirara—. Antes de colgar, averigüe quién llama.

—Sí, señor.

La chica no tardó ni medio minuto en regresar, con los ojos abiertos de par en par y la cofia más torcida que nunca, pero esta vez él no lo advirtió.

—Es la señorita Driscoll, señor. Desde Turquía.

Olvidando coger el bastón, el anciano se dirigió casi corriendo al teléfono del saloncito. Era una pequeña estancia con una silla muy incómoda porque él no veía la necesidad de estar cómodo para hablar por teléfono. El teléfono era para los negocios o los asuntos importantes, no para la cháchara. Se lo decía siempre a Annabelle, pero ésta no le hacía caso.

—¿Diga? —gritó, poniéndose al aparato—. ¿Diga?

Había muchas interferencias y él estaba tan nervioso que ni siquiera se sentó.

La joven doncella se quedó cerca, temiendo que se excitara demasiado.

—¿Señor Driscoll?

—¡Sí! ¡Sí!

—Tenemos una conferencia para usted desde Turquía.

—Ya lo sé, estúpida, pero, ¿dónde está ella?

En aquel preciso momento oyó la voz de Audrey, y por poco se le doblan las rodillas de la emoción.

—¿Abuelo?... ¿Me oyes?

—Muy mal. Audrey, ¿dónde estás?

—En Estambul. Tomé el Orient Express con unos amigos.

—Maldita sea, ése no es un sitio seguro para ti. ¿Cuándo vuelves a casa?

Al oírle tan lejano y tan frágil, Audrey estuvo a punto de abandonar su proyecto de ir a China con Charles. Pero tampoco estaba preparada para eso. Tenía que decírselo.

—No volveré hasta Navidad —se produjo un silencio tan sepulcral que Audrey temió que se hubiera cortado la comunicación—. ¿Abuelo? ¿Abuelo?

El anciano se sentó en la incómoda silla y la doncella corrió por un vaso de agua. El rostro de Edward estaba muy pálido y la muchacha rezó para que no le hubieran comunicado una mala noticia. Era demasiado viejo para resistirlo.

—¿Qué demonios estás haciendo ahí? ¿Y con quién viajas?

—Conocí a unas personas muy simpáticas en el barco. Son unos ingleses y estuve en su casa de la Costa Azul.

Audrey quería hacerle creer que estaba con ellos en Turquía.

—¿Y por qué demonios no te llevan a Inglaterra?

—Puede que lo hagan más tarde. Pero, primero, me voy a China.

—¿*Adónde* has dicho? —exclamó el anciano mientras la doncella le acercaba el vaso de agua que él rechazó con un enérgico gesto de la mano—. ¿Estás loca? Los japoneses ya han invadido Manchuria. ¡Vuelve a casa inmediatamente!

—Abuelo, te prometo que no correré ningún peligro. Voy a Changai y Pekín —prefirió no decirle que iba a Nankín para ver a Chiang Kai-chek por temor a que se inquietara todavía más—. Y regresaré a casa directamente desde allí.

—También podrías subir ahora mismo en el Orient Express para volver a París y, desde allí, tomar un barco y estar en casa dentro de dos semanas. Eso me parecería mucho más lógico. Insensata —añadió el abuelo en voz baja para que Audrey no le oyera desde Turquía.

Era igual que su padre.

—Abuelo, por favor..., déjame ir. Después volveré a casa. Te lo juro.

—Eres exactamente igual que tu maldito padre —contestó Edward Driscoll con los ojos llenos de lágrimas muy a pesar suyo—. No tienes el menor asomo de sentido común. ¡China no es un lugar adecuado para una mujer! En realidad, no lo es para nadie más que para los propios chinos. Y, además, ¿cómo te trasladarás hasta allí?

Era una locura, justo lo que Ronald hubiera hecho.

—Iremos en tren.

—¿Desde Estambul hasta China? ¿Tienes idea de la distancia que eso representa?

—Sí, no te preocupes.

—¿Son respetables estas personas que te acompañan? ¿Estás segura con ellas?

—Completamente. Te lo prometo.

—Guárdate las promesas para mejor ocasión.

El anciano estaba furioso con ella, pero no se lo podía expresar a causa de las interferencias. Audrey había tardado ocho horas en conseguir la conexión.

—¿Cómo estás?

—Bien. Para lo que a ti te importa...

—¿Y Annie?

—Va a tener otro hijo. En marzo.

—Lo sé. Estaré de vuelta mucho antes.

—Más te vale. De lo contrario, ya ni te molestes en volver.

—Abuelo, lo siento...

—No es cierto. Eres exactamente igual que tu padre. Sé que eres una insensata. No quieras, encima, ser una embustera. No lo sientes en absoluto. Lo que ocurre es que estás completamente loca.

—Te quiero.

Audrey lloraba, pero él no hubiera podido adivinarlo. Y él también, pero Audrey no podía oírlo.

—¿Cómo?

—¡Te quiero!

—No te oigo.

Le conocía bien el juego.

—Sí me oyes. ¡Te he dicho que *te quiero*! Regresaré a casa muy pronto. Ahora tengo que colgar, abuelo. Ya te enviaré mi dirección en China.

—No esperes que te escriba.

—Sólo quiero que sepas dónde estoy.

—Muy bien —dijo el anciano, tras emitir unos gruñidos ininteligibles.

—Dale muchos recuerdos a Annie de mi parte.

—¡Ten cuidado, Audrey! Y dile a esa gente que también tenga cuidado.

—Lo haré. Cuídate mucho, abuelo.

—No tendré más remedio. De lo contrario, no lo haría nadie.

Audrey esbozó una triste sonrisa al oír esas palabras y, al cabo de unos momentos, se despidió de él. Charles, que se encontraba a su lado mientras hablaba, la abrazó en cuanto la joven colgó el aparato y se echó a llorar. Se sentía culpable y más se lo hubiera sentido de haber visto el rostro de su abuelo. El anciano permaneció inmóvil con la mirada clavada en la pared y, por fin, se levantó de la silla y regresó con paso cansino a la biblioteca. Precisamente en aquel momento, sonó el timbre de la puerta.

—Y ahora, ¿quién será? —le gritó a la doncella.

Estaba tan pálido como si acabara de ver un fantasma. El mayordomo corrió a abrir. Eran Harcourt y Annabelle.

—¿Qué estáis haciendo aquí? —les ladró el anciano.

—No me grites, abuelo —contestó Annabelle. Había pasado un verano muy malo y los gritos del abuelo la sacaban de quicio—. Nos invitaste a cenar esta noche. ¿No te acuerdas?

—Pues no. ¿Seguro que no os lo habéis inventado para

cenar a mi costa? —dijo Edward Driscoll, mirándola enfurecido.

Annabelle ya estaba a punto de dar media vuelta para marcharse, pero Harcourt se lo impidió, susurrándole por lo bajo:

—No lo dice en serio... Ya sabes cómo es... A su edad...

—No habléis a mis espaldas. ¡Es una falta de educación! Annabelle, acabo de hablar con tu hermana. No volverá a casa hasta Navidad.

El anciano lo dijo mientras se dirigían al comedor, pero no quiso reanudar la conversación hasta que los tres estuvieron sentados alrededor de la mesa.

—Hubiera tenido que volver dentro de unas semanas. ¿Qué ha ocurrido? —preguntó Annabelle, temiendo que Audrey hubiera conocido a un hombre y quisiera casarse. La estaba esperando con ansia. Tenía la casa hecha un desastre y pensaba tomarse unas vacaciones con Harcourt. Necesitaba a Audrey para que se quedara en casa con el pequeño Winston y contratara a una nueva niñera, un nuevo chófer y una nueva cocinera. Ella no sabía elegirlos bien y, si alguna vez acertaba, se le iban en seguida. Necesitaba que Audrey volviera cuanto antes—. ¿Qué está haciendo allí? ¿Dónde está? ¿En París o en Londres?

Por un instante, Edward Driscoll guardó silencio. Se divertiría mucho dándole la noticia a Annabelle.

—No. Está en Turquía.

—¿Qué demonios está haciendo allí? —preguntó Harcourt, asombrado.

—Tomó el Orient Express con unos amigos y ahora piensa ir a China.

—¿*Cómo*? —chilló Annabelle mientras Harcourt miraba al abuelo sin decir nada.

—Esta chica es demasiado independiente —dijo Harcourt por fin—. Imagínate lo que dirá la gente... Una chica de su edad, yendo sola a China. ¡Es lo más inaceptable que he oído en mi vida!

—No lo es —gritó Edward Driscoll, descargando un puñetazo sobre la mesa—. Tu manera de referirte a mi nieta en esta casa es mucho más inaceptable, de eso puedes estar seguro. Te agradeceré que, de ahora en adelante, te guardes tus opiniones. Tú, a esa chica, no le llegas siquiera a la suela de los zapatos. Y Annabelle jamás podrá estar a su altura. Tiene un cerebro de hormiga, aunque sea mi nieta. Por consiguiente, cuídate mucho de criticar a Audrey. Si he de deciros la verdad, prefiero que no cenéis conmigo. La cara larga que tú pones y sus gimoteos —añadió, señalando con un gesto a Annabelle—, me producen indigestión.

Dicho esto, el anciano se levantó de la mesa, tomó el bastón, se dirigió a la biblioteca y cerró la puerta de golpe.

Annabelle se echó a llorar y se levantó corriendo de la mesa para recoger sus cosas y salir de la casa antes de que Harcourt pudiera darle alcance. Se pasó todo el rato llorando hasta que llegaron a Burlingame, acusó a Harcourt de ser débil por no haberla defendido frente al abuelo y empezó a despotricar contra Audrey por no volver a casa para ayudarla.

—La muy egoísta, quedarse allí de esta manera..., e irse a China. ¡Nada menos que a China! Sabe muy bien cuánto la necesito cuando estoy embarazada... Lo hace a propósito... No tiene nada que hacer. Quiere librarse de sus responsabilidades, hace años que me tiene envidia esta espingarda del demonio.

Harcourt la escuchó durante todo el trayecto sin prestarle la menor atención. En cuanto llegara a casa, saldría para visitar a su amiga de Palo Alto. La tenía bien guardadita allí y la estuvo viendo todo el verano sin que Annabelle se enterara.

Edward Driscoll tampoco tenía la menor idea sobre el asunto. Y, además, no le hubiera importado. Cuando Harcourt y Annabelle llegaron a su casa, él todavía se encontraba sentado en la biblioteca. Varias horas más tarde, aún seguía allí, pensando en Audrey y confundiéndola a ratos con Roland. Estaba en China, eso lo recordaba..., pero, ¿estaba allí sola o bien con Roland? De repente, olvidó los detalles. Sólo podía recordar lo mucho que la echaba de menos.

12

La distancia entre Estambul y Changai superaba los ocho mil kilómetros y, si no ocurría ningún contratiempo, Charles calculaba que tardaría aproximadamente catorce días en llegar. Los reportajes que tenía que escribir se centraban en el gobierno de Chiang Kai-chek, con sede en Nankín. Además, tenía que escribir un reportaje sobre la zona desmilitarizada de Changai y otro sobre Pekín. El periódico esperaba asimismo que pudiera reunir algún material sobre los revolucionarios chinos que se habían echado al monte en 1928. Ya tenía muchas notas y sus cartas de recomendación eran muy buenas, pero no sabía hasta qué punto serían accesibles sus personajes. Los «bandidos» comunistas no lo eran demasiado, desde luego, y no era probable que Charles lograra establecer contacto con ellos. Chiang Kai-chek, por el contrario, se mostraría sin duda dispuesto a recibirle. Además, Charles podría escribir artículos sobre cualquier tema que le pareciera interesante. Tomaba constantemente notas y llevaba siempre una maleta llena de papeles. Aquella noche, mientras se dirigían en tren a Ankara, le explicó su método de trabajo a Audrey. Ésta tuvo la sensación de haber iniciado una nueva vida con aquel hombre y, en cierto modo, así era en efecto. Lo comprendió mejor cuando hicieron transbordo en Ankara. Se echó a reír al recordar el Orient Express. El contraste era muy fuerte, pensó mientras subía a otro tren, detrás de dos mujeres que llevaban dos gallinas vivas y un cabrito.

El tren correo que tomaron en Ankara les llevó más allá del lago Van y el lago Urmia, en la frontera persa, y después cruzó las montañas para dirigirse a Teherán. La estación de allí estaba llena de gentes de todas clases y Audrey lo contempló todo fascinada mientras disparaba la Leica sin cesar. Charlie adquirió dos billetes para el tren correo nocturno que les llevaría a Mashad, en el extremo nordeste del país, a unos ciento cincuenta kilómetros de la frontera con Afganistán. Mashad era una ciudad santa y casi todas las personas que viajaban en el tren lo hacían de rodillas, en gesto de veneración. Las mujeres que había en la estación de Teherán eran muy interesantes. Algunas eran bellísimas y todas miraban a Audrey fascinadas a pesar de la sencillez de su atuendo. Dos muchachas le tocaron incluso el cabello cobrizo y escaparon corriendo entre risas. Era un mundo totalmente nuevo en el que todos la miraban con expresión de visible reproche por no llevar el velo tradicional.

El viaje a Mashad duró toda la noche; después, entraron en Afganistán y tardaron una eternidad en llegar a Kabul. Ya habían recorrido casi tres mil kilómetros y llevaban una semana de viaje. Audrey estaba de trenes hasta la coronilla y, sin embargo, contemplando la belleza del ocaso y a los campesinos que bajaban en la estación con las bolsas de piel de cabra en las que llevaban sus pertenencias, pensó que jamás había sido tan feliz. Al volver el rostro, vio a Charles que la miraba sonriente. Ambos estaban muertos de cansancio y hacía cuatro días que no se bañaban, pero les daba igual. Charles la rodeó con un brazo y tomó una de sus maletas, riéndose al verla con el neceser que no podría utilizar.

—Supongo que no es lo que tú imaginabas, ¿verdad, amor mío? —temía que el esfuerzo fuera excesivo para ella. Sin embargo, Audrey parecía divertirse y se lo tomaba todo con filosofía, incluso cuando el tren descarriló en el paso de

Nanga Parbat y tuvieron que recorrer a pie unos quince kilómetros—. ¿Te arrepientes?

—En absoluto —contestó Audrey.

Era exactamente lo que imaginaba: un mundo salvaje, incómodo y hermoso, tal como Dios quería que fuera, sin rascacielos, calles asfaltadas o bocinas de automóviles. Todo era bello, pensó aquella noche, tendida al lado de Charles en la pequeña cama del hotel cuando éste se volvió hacia ella para hacer el amor.

—¿Qué estás haciendo aquí, insensata? —le preguntó Charles al cabo de un rato.

Se encontraban muy lejos de la exuberancia rococó del Pera Palas de Estambul, y Cap d'Antibes, los Hawthorne y sus amigos parecían pertenecer a otro mundo. Sin embargo, a Audrey le bastaba una cama estrecha en una habitación vacía y un mundo exterior distinto que pudiera descubrir cada día junto al hombre al que amaba.

—¿Charles? —preguntó Audrey, acurrucándose junto a él.

—¿Hum?

—Nunca he sido más feliz en mi vida.

Se lo había dicho miles de veces, pero necesitaba repetírselo otra vez.

—Estás loca... —le susurró él medio dormido—. Ahora procura dormir un poco.

Tenían que levantarse a las seis de la madrugada. Para desayunar, les sirvieron leche de cabra y un trozo de queso, y después se dirigieron a toda prisa a la estación para tomar otro tren. Esta vez viajaron hasta Islamabad y, desde allí, directamente hasta Cachemira. Llegaron al mediodía y, por una vez, el viaje estuvo bastante bien aunque el tren parecía muy antiguo. Llegaron al paso de Ladakh a las cuatro de la madrugada. Audrey dormía en brazos de Charles cuando éste levantó los ojos y contempló las estrellas dominado por una inmensa sensación de paz. El tren se paró dos veces, pero los pasajeros no tuvieron que bajar. Subieron hasta seis mil metros de altura y ahora ya habían iniciado el descenso. Se encontraban finalmente en el Tíbet, pero aún faltaban más de mil kilómetros para llegar a Lhasa, donde podrían descansar un día. Charles conocía bien el trayecto y calculaba que el recorrido desde el paso de Ladakh hasta Lhasa les llevaría unos dos días. Sin embargo, tardaron tres y, cuando llegaron a Lhasta, estaban completamente exhaustos. Llevaban diez días de viaje y habían recorrido dos tercios del camino hasta Changai, pero, cuando llegaban a este punto del viaje, los pasajeros siempre tenían la impresión de que jamás conseguirían terminarlo. Charlie llevó a Audrey a la posada donde siempre solía alojarse, encaramada en lo alto de una colina, con monjes vestidos de color naranja por doquier, que entonaban cantos o caminaban en silencio. En aquel remoto lugar, uno se sentía más cerca de Dios. El solo hecho de encontrarse allí era casi una experiencia mística. Audrey permaneció largo rato contemplando el paisaje a través de la ventana. No sabía si su padre había estado allí alguna vez. Se lo comentó más tarde a Charles mientras cenaban arroz y sopa de alubias a la luz de una vela. Tenía tanto apetito que no le importó lo que comía. Más tarde, le dijeron que los trocitos de carne que había en la sopa eran de serpiente y poco faltó para que se desmayara. Charles le tomó el pelo mientras ella se tendía en la cama, mirándole con expresión meditabunda.

—A veces, me pregunto si hay fotografías de estos lugares en los álbumes de mi padre. Es como si lo hubiera olvidado todo de repente.

Audrey escribió la víspera una carta a su abuelo, explicándole los detalles del viaje y las razones que la habían inducido a emprenderlo. Pero, en aquel instante, no hubiera podido decirle nada. Los Estados Unidos quedaban muy lejos. Era la primera vez que dejaba a los suyos en la estacada y le remordía la conciencia. Sabía que el hijo de Annabelle nacería en marzo y que, para entonces, ella ya estaría de vuelta. Sin embargo, se sentía culpable y quería compensarles de todo a su regreso. Charles la previno de que ellos la querían castigar durante cierto tiempo, pero a Audrey le daba igual porque ahora ya había conocido todo cuanto ansiaba su corazón. Las lágrimas asomaron a sus ojos cuando abandonaron Lhasa a lomos de una mula y posteriormente en tren. Tendrían que recorrer mil quinientos kilómetros, cruzando los montes Tahsueh hasta llegar a Chungkín. El viaje en un pequeño tren muy viejo duró más de treinta horas y sólo cambiaron de tren una vez antes de llegar a Chungkín. El clima de allí era mucho más fresco y la gente vestía y se comportaba de otra manera. Audrey se sorprendió de ver a tantos hombres y mujeres fumando cigarrillos. Había mucha gente por doquier, pero menos amable que las personas con quienes habían coincidido en el tren. Audrey se percató de ello mientras disparaba su cámara sin cesar. Todo el mundo la miraba como si fuera un bicho raro. Cuando subieron al tren para trasladarse a Wu-Han, unos niños se le acercaron corriendo y le tocaron la manga mientras tomaba una fotografía. Sin embargo, cuando ella volvió a mirarles sonriente, los chiquillos huyeron entre gritos. Estaban agotados y Charles se quedó dormido en cuanto se acomodó en el asiento. Las otras cinco personas del compartimiento miraban a Audrey sin disimulo. Allí había mucha más gente y mucho más bullicio que en Turquía o el Tibet, donde todo era más áspero, primitivo y natural. Estaba deseando preguntarle a Charles por qué razón la miraban tanto. Al final, éste se despertó, bostezando y desperezándose aunque apenas había espacio para ello. En cada estación donde paraban, bajaban para estirar un poco las piernas.

El viaje de Chungkín a Wu-Han duró un día y, en su transcurso, pasaron por un enorme embalse, pero esta vez Audrey estaba durmiendo y Charles se hallaba ocupado con sus cuadernos de notas. Les faltaba un día para llegar a Nankín, donde Charles esperaba ser recibido por Chiang Kaichek. Tenía que preparar las preguntas y la estrategia. Quizá le obligarían a hacer antesala durante tres semanas. O quizá no, en caso de que las credenciales del periódico impresionaran a alguien, aunque Charles no tenía muchas esperanzas. No le importaría demasiado aguardar una semana antes de ir a Changai. Tenía muchas cosas que hacer y la ciudad le encantaba.

Al llegar a Wu-Han, se trasladaron a un hotelito en el

que sólo ofrecían a los viajeros un poco de arroz y una taza de té verde. Audrey contempló el pequeño cuenco y se encogió de hombros sonriendo. Era la primera vez que echaba de menos la comida occidental. Hubiera dado cualquier cosa a cambio de un bistec o de una hamburguesa. Cuando aquella noche se fue a la cama, le gruñía el estómago.

—¿Te queda algún bombón? —le preguntó a Charlie, esperanzada.

Llevaba tres meses sin probar su marca preferida de chocolate, pero Charlie había comprado unos bombones en Italia para comerlos durante, por lo menos, una parte del viaje.

—Lo siento mucho, pero no. ¿Quieres un poco más de arroz? Puedo probar a decirle a este hombre que estás embarazada o algo por el estilo.

—Santo cielo —exclamó Audrey, levantando las manos—, no se le ocurra hacerlo, señor Parker-Scott. Sobreviviré. Pero me muero de hambre.

Charles la miró con cariño y le acarició suavemente el cuello con las yemas de los dedos. Aquella noche permanecieron largo rato tendidos en la oscuridad mientras él le contaba en voz baja la historia de las ciudades que iban a visitar. Nankín le gustaba menos que Changai y Pekín.

—Changai es una ciudad increíble, Aud. Hay británicos, franceses y rusos, y ahora también japoneses. Es un lugar internacional y, al mismo tiempo, profundamente chino. Debe de ser la ciudad más cosmopolita que conozco.

Los japoneses no habían modificado sustancialmente sus características. La atacaron y ocuparon brevemente hacía casi dos años a principios de 1932 y ahora era una zona desmilitarizada. Chiang Kai-chek se había retirado hacía tiempo a Nankín y el ejército de la ruta 19 había resistido valerosamente antes de rendirse. Chiang Kai-chek ya no luchaba con tanto ahínco contra los comunistas porque su mayor preocupación eran en aquel momento los japoneses y, además, Mao Zedong había desaparecido de la zona inmediata. En las regiones más alejadas ya no había tantas cabezas de presuntos comunistas alanceadas con palos. La presencia japonesa provocó una precaria alianza entre los comunistas y los nacionalistas. La gente tenía otras cosas en que pensar, sobre todo, en Manchuria.

Al día siguiente, cuando tomaron el tren con destino a Nankín, Audrey se sintió muy emocionada. Estaban a punto de llegar. Su objetivo era Nankín, Changai y Pekín y sólo les faltaban unas horas para terminar el viaje. Aquella noche, durmieron en un hotel de Nankín, pero, antes, Charles acudió a la residencia de Chiang Kai-chek para dejar sus credenciales, su tarjeta de visita y una carta muy cortés, solicitando audiencia. En el hotel, les dijeron que George Bernard Shaw había estado allí aquella primavera en su camino a Changai. Audrey se entusiasmaba con todo cuanto veía; le encantaba la gente, los atuendos, la comida, los aromas. En el hotel les sirvieron una opípara cena, no simplemente arroz y té verde. Charlie observó que Audrey estaba más delgada. Habían recorrido ocho mil kilómetros y llevaban más de dos semanas viajando. Aquella noche, mientras paseaban por las calles, contemplando los *rickshaws* y los ocasionales automóviles, Audrey pensó que jamás se había sentido tan estrechamente unida a otro ser humano como en aquellos momentos. Recorrieron algunas callejuelas y, por fin, llegaron a una casita con luces muy amortiguadas en el interior de la que emanaba un extraño olor. Audrey se detuvo intrigada y se sorprendió de que Charlie se echara a reír cuando ella le sugirió entrar.

—Más vale que no, muchacha —le dijo él.

—¿Por qué no? —preguntó, decepcionada ante su falta de entusiasmo.

—Eso es un fumadero de opio, Aud.

—¿De veras?

Le hubiera gustado ver cómo era.

—Tú no puedes entrar aquí, Aud. Nos echarían a los dos a la calle. A mí, probablemente, y a ti, con toda seguridad.

—Pero, ¿por qué? ¿No podemos limitarnos a mirar?

Audrey pensaba que debía ser algo así como un bar.

—Suelen ser sólo para hombres —contestó Charles, sacudiendo la cabeza.

—Qué estúpidos —exclamó Audrey, haciendo una mueca de hastío.

En el transcurso del paseo, Charles le contó algunos detalles de la historia china, una historia extraordinaria tanto desde el punto de vista artístico como del científico. Una vez de vuelta en el hotel, se pasaron horas conversando tranquilamente en su habitación.

La semana que tardó Charles en ser recibido por Chiang Kai-chek les permitió descansar y relajarse. Ambos daban largos paseos e incluso hacían excursiones por la campiña. Charles consiguió la entrevista que quería y comprendió que el reportaje causaría una gran conmoción. Pidió prestada una máquina de escribir al personal del hotel y empezó a trabajar en él aquella misma tarde. Audrey entró en silencio en la habitación y se sentó en un rincón para escribirle una carta a Annabelle. Sin embargo, experimentaba la angustiosa sensación de que a su hermana le importaba un bledo todo lo que ella hacía. Decidió, en su lugar, escribirle una carta al abuelo, pero pensó que el esfuerzo también sería vano.

Cuando, al cabo de una hora, Charles levantó los ojos y la vio allí, le dijo con una sonrisa:

—No te he oído entrar.

Audrey se acercó a él y se inclinó para besarle el cuello mientras Charles le rodeaba la cintura con un brazo.

—Ya lo sé. Estabas completamente enfrascado en tu trabajo. ¿Qué tal fue la entrevista?

—Estupendamente bien. La suya es una causa perdida, ¿sabes? Aunque no creo que él lo sepa todavía. Los soviéticos están deseando respaldar a Mao y al Ejército Rojo. Chiang Kai-chek piensa que va a ganar pero a mí me parece que no podrá. Ya está planeando una gran ofensiva contra las fuerzas de Mao.

—¿Y eso es lo que vas a decir en el reportaje? ¿Que es una causa perdida?

—Más o menos, aunque no tan a las claras. Al fin y al cabo, eso es simplemente mi opinión. Quiero exponer lo que él me ha dicho sin someterlo a tergiversaciones. Es un hombre interesante, aunque muy despiadado. Me gustaría que hubieras conocido a su mujer. Es bellísima y encantadora.

Sin embargo, Audrey tuvo ocasión de conocer a la viuda de Sun Yat-sen cuando Charlie la entrevistó, e incluso le tomó unas fotografías que Charles prometió ofrecer al *Times*.

—¿Lo dices en serio? —preguntó Audrey, entusiasmada.

—Pues claro. Eres una fotógrafa estupenda. Tan buena como los profesionales con quienes yo he trabajado. E incluso me atrevería a decir que mejor.

—¿Es cierto que piensas trabajar conmigo algún día?

—Creo que ya lo estamos haciendo —contestó él, riéndose.

Era la tarde en que había fotografiado a la viuda de Sun Yat-sen. A Audrey le encantaba trabajar con Charles y confiaba poder volver a hacerlo en Changai.

Al día siguiente, se prepararon para la partida. Audrey estaba deseando ver aquel Changai de que tanto le había hablado Charles. Debía de ser una ciudad llena de gente y de agitación, prósperas actividades comerciales, juegos de azar, prostitutas y exóticos aromas. Le parecía el equivalente extremo-oriental de un bazar turco y se moría de ganas de verlo.

Charles la miró sonriendo mientras hacía el equipaje y contemplaba el neceser haciendo una mueca.

—Creo que tendría que tirarlo a la basura —dijo Audrey—, o regalárselo a alguien. A lo mejor, podríamos cambiarlo por un cerdo o una cabra.

—¿Y qué harías entonces cuando volvieras a casa en el barco? —replicó Charles. Audrey le miró como si le hablara de algo muy lejano—. Será mejor que lo guardes, Aud.

—No sé por qué. Llevo mucho tiempo sin mirarme al espejo y no sé si alguna vez volveré a hacerlo.

El maquillaje resultaba ridículo en aquellas tierras. Cuando abandonaron Estambul, Audrey dejó de pintarse las uñas, y los preciosos zapatos de correas cruzadas yacían olvidados en el fondo de la maleta. Desde que inició el viaje a

China, sólo llevaba zapatos de tacón plano, blusas, faldas y jerseys. Lamentaba no haber llevado prendas más prácticas. Casi todos sus vestidos eran absolutamente inadecuados: vestidos de seda y lino, los elegantes modelos que lució en la Costa Azul, trajes de baño y los trajes de noche que se puso en el barco y volvería a ponerse durante la travesía de regreso. El abrigo de pieles aún le parecía más ridículo. Aunque madame Chiang Kai-chek vestía muy bien y Nankín era una ciudad, la gente no tenía demasiado buen gusto. Lo que más abundaba eran los vulgares uniformes de la clase baja china. Sin embargo, Charles insistía en que se podían comprar cosas maravillosas en Changai. Incluso le podrían confeccionar algunas prendas a la medida. Lo que más necesitaba era ropa de abrigo. La temperatura era más fresca. Ya estaban en otoño y empezaría a hacer frío antes de que regresaran a casa.

Se pasaron la noche en su habitación tras una deliciosa cena en un restaurante que les recomendó el recepcionista del hotel. Audrey se acurrucó al lado de Charles en la estrecha y chirriante cama. Ahora todo el mundo la llamaba señora Parker-Scott. El recepcionista salvó la situación, diciendo que debían de estar en viaje de luna de miel y ella aún no había tenido tiempo de cambiar el pasaporte.

—¿Te importa, Charles? —preguntó Audrey—. Me refiero a eso de que yo pase por tu mujer...

—En absoluto.

En realidad, la idea le gustaba, mientras que a Audrey le hacía gracia. Todo el mundo daba por supuesto que estaban casados y ellos mismos empezaban a creerlo. Charles le habló incluso de ella a Chiang Kai-chek, llamándola inadvertidamente su esposa. Puede que, en cierto modo, lo fuera. Se había comprometido con él y le había acompañado en aquel viaje porque le tenía confianza. No hubiera podido llegar más lejos con ningún otro hombre, ni ser más feliz de lo que era. Antes de quedarse dormida, le dio un cariñoso beso tal como solía hacerlo todas las noches. Hicieron el amor al regresar al hotel y después se acurrucaron muy juntos en la fría noche.

—Te quiero, Charles... Más que a nada en el mundo —susurró Audrey.

—Yo a ti también, Aud, yo a ti también —contestó Charles, acariciándole el cabello cobrizo.

13

Charles y Audrey permanecieron siete horas sentados en el tren que les condujo desde Nankín a Changai. Charles aprovechó para tomar algunas notas y Audrey se pasó un rato leyendo una novela. Sin embargo, le interesaban más los pasajeros del tren y el paisaje que se podía admirar a través de la ventanilla. Nunca hubiera podido imaginar el espectáculo que apareció ante sus ojos cuando el tren entró en la estación. El andén estaba lleno de gente que llegaba y de gente que se marchaba, mendigos, golfillos, prostitutas, extranjeros, todos empujándose unos a otros y levantando la voz por encima del guirigay. Unos niños tiraron a Audrey de la falda pidiéndole algo, pasó un chiquillo leproso con muñones en lugar de brazos y unas prostitutas le gritaron algo en francés a Charles mientras unos viajeros ingleses pasaban presurosos por su lado. Audrey se abrió paso por entre la gente con el neceser y la cartera de Charles en la mano, mientras éste se adelantaba con las maletas y se volvía a decirle algo que la joven no pudo entender.

—¿Cómo? ¿Qué has dicho, Charles? —preguntó Audrey, apurando el paso.

—¡He dado la bienvenida a Changai! —le gritó él sonriendo.

Al final, encontraron a un mozo dispuesto a llevarles el equipaje. Éste les acompañó hasta una hilera de taxis. El taxista les condujo al Hotel Changai en el que Charles ya se había alojado otras veces. La clientela solía ser inglesa y norteamericana y el servicio era excelente.

—Casi como en casa —dijo Charles en broma mientras el botones dejaba el equipaje en su habitación. Firmaron en el registro como el señor Charles Parker-Scott y esposa. Audrey ya empezaba a acostumbrarse al tratamiento.

—Me resultará extraño volver a ser simplemente Audrey Driscoll, ¿sabes?

Sin embargo, aún faltaba mucho tiempo para eso. Audrey Driscoll pertenecía a otro mundo y a otra vida, como Annabelle, su abuelo y todos sus amigos de San Francisco. Aquello era lo verdadero: la fascinación de Changai y la gente que abarrotaba las calles y que ella podía contemplar desde la ventana de la habitación. Charles la estaba mirando. Ya no podía imaginar una vida sin ella. Habían recorrido medio mundo juntos, pero algún día tendrían que regresar. Y entonces, ¿qué? No quería ni pensarlo. No quería sentar la cabeza con nadie, pero no podía soportar la idea de que Audrey se fuera.

Quería llevarla a visitar un poco Changai antes de irse a dormir. Audrey tomó un baño y se cambió de ropa y después ambos salieron a la calle y tomaron un taxi que les condujo al Bund, donde se encontraban todas las tiendas y los edificios europeos. Más tarde, recorrieron de nuevo las bulliciosas calles de Changai, y Audrey contempló, fascinada, los ejércitos de prostitutas, los niños que vagaban por las calles a altas horas de la noche y las multitudes de mendigos y forasteros. Los rostros occidentales abundaban mucho; sobre todo italianos, franceses, ingleses y norteamericanos y, por supuesto, japoneses. Había innumerables letreros luminosos, restaurantes, casas de juego y fumaderos de opio. Allí no había secretos ni nada que alguien no estuviera dispuesto a vender a cambio de dinero. Todo contrastaba fuertemente con la serena dignidad de la antigua historia china y no era en modo alguno lo que Audrey había imaginado.

Tomaron una excelente cena de comida francesa en un restaurante enteramente regentado por chinos y frecuentado por una variada clientela internacional. Después, regresaron a pie al hotel y Audrey se quedó asombrada ante los atrevidos espectáculos callejeros. Charles se burló de su ingenuidad. Allí la inocencia era desconocida y no había nada que no se pudiera comprar, nada que no tuviera un precio.

—Es tremendo, ¿verdad?

—Estoy asombrada, Charles. ¿Siempre es así?

Parecía increíble que aquella gente pudiera derrochar tanta energía y que la ciudad rebosara de gente a todas horas del día y de la noche.

—Sí, siempre es así, Aud. A veces, me olvido de toda esta decadencia y, cuando vuelvo, me paso uno o dos días desconcertado.

El contraste con las soñolientas aldeas del Tíbet, de Afganistán y del resto de China era impresionante. Changai era una ciudad inesperada.

—No sé si era así en tiempos de mi padre.

—Probablemente, sí. Creo que siempre lo fue. Es posible, incluso, que ahora que ha sido atacada por los japoneses esté algo más tranquila, aunque no mucho.

Sin embargo, la situación no había cambiado demasiado.

Llegaron al hotel y cruzaron lentamente el vestíbulo tomados de la mano, charlando de sus cosas. Audrey estaba tan distraída que no vio a una pareja de pie junto a la escalinata, mirándola con curiosidad mientras ella y Charles pasaban por su lado.

El hombre tendría unos setenta años y la mujer unos cincuenta, iba elegantemente vestida, llevaba unas joyas discretas, pero muy caras, el cabello perfectamente recogido en un moño y unos maravillosos pendientes de brillantes. Estudió a Audrey un instante y después le dijo algo al hombre, el cual vestía un traje inglés y llevaba unas gafas con montura de concha. El hombre miró por encima de ellas a Audrey mientras ésta empezaba a subir la escalinata, asintió con la cabeza en dirección a su mujer y estaba a punto de decir algo cuando ella se le adelantó.

—¿Señorita Driscoll?

Casi en un acto reflejo y sin pensarlo dos veces, Audrey volvió la cabeza y les vio de pie, junto a la escalinata.

—Yo... Dios mío... No tenía idea de que estuvieran aquí... —dijo, ruborizándose hasta la raíz del pelo.

Bajó rápidamente los pocos peldaños que había subido sin soltar la mano de Charles a quien presentó como su amigo Charles Parker-Scott.

—Ah, claro —dijo la mujer, impresionada—. He leído todos sus libros.

—¿Parker-Scott ha dicho? —preguntó el hombre con creciente interés—. Escribió usted un magnífico libro sobre el Nepal. Vivió usted allí durante algún tiempo, ¿verdad?

—En efecto. Más de tres años. Fue el primer libro que escribí.

—Era, pero que muy bueno.

La mujer parecía más interesada por Audrey y no cesaba de mirarla y de hacerle preguntas implícitas con los ojos. Eran Philip y Muriel Browne, unos amigos de su abuelo. Ella era la jefa de las voluntarias de la Cruz Roja y había sido condecorada por el Gobierno francés por su labor durante la primera guerra mundial. Era viuda y algunos decían que Philip Browne se casó con ella por su inmensa fortuna aunque, en realidad, casi nadie les criticaba porque eran personas sumamente respetables. Él era socio del Pacific Union Club, como el abuelo de Audrey, y presidente del Banco de Boston. Viajaban a Oriente casi cada año y eran las personas que menos hubiera imaginado Audrey encontrar allí. No cabía duda de que le hablarían de Charles a su abuelo. Audrey decidió, por tanto, tomar sus medidas.

—El abuelo no me dijo que vendrían ustedes por aquí.

—Estuvimos seis semanas en el Japón, pero siempre nos gusta visitar Changai y Hong Kong —la mujer miró a Charles y pensó para sus adentros que era muy guapo y que, a lo mejor, era un antiguo novio de Audrey. Eso explicaría que la muchacha no se hubiera casado, aunque, en realidad, Audrey no le parecía demasiado atractiva. Ahora tenía un brillo especial en los ojos que ella nunca le había visto cuando estaba con su abuelo. La más guapa era la hermana menor, casada con un Westerbrook, recordó Muriel—. ¿Está usted aquí con unos amigos? —preguntó Muriel Browne, mirándola directamente a los ojos.

—Pues sí —contestó Audrey, haciendo un esfuerzo por no ruborizarse—. Son unos amigos de Londres, pero esta noche estaban ocupados. El señor Parker-Scott ha tenido la amabilidad de acompañarme en un recorrido por la ciudad. Es un lugar fascinante, ¿verdad?

Trató de aparentar inocencia, pero no creía haber engañado a Muriel.

—¿Y usted dónde se aloja, señor Parker-Scott?

La pregunta pilló a Charles completamente desprevenido.

—Siempre me alojo aquí. Me encanta este sitio.

—A mí, también —terció Philip Browne, alegrándose de tener los mismos gustos que una autoridad en la materia como Charles. Se lo recordaría a Muriel más tarde. Aquel día, ésta se había quejado del hotel, y ahora resultaba que era el mejor de la ciudad. No tenía más remedio que ser así, siendo el preferido de Parker-Scott—. Precisamente hoy le estaba diciendo a mi mujer...

—Tenemos que salir algún día juntos antes de marcharnos —dijo Muriel interrumpiendo a su marido—. ¿Qué tal si fuéramos a almorzar, Audrey? Como es lógico, nos encantaría que usted también viniera, señor Parker-Scott.

—Me temo que no nos dará tiempo... Nos vamos dentro de uno o dos días a Pekín... y creo que —Audrey esbozó una inocente sonrisa, mirando a Charles para que éste captara su mensaje— el senyor Parker-Scott está trabajando en un artículo...

—Bueno, quizá antes de que se vayan... —Muriel miró a Charles, desconcertada—. ¿Usted también va a Pekín?

Menuda noticia se llevaría a casa. La remilgada nieta de Edward Driscoll se acostaba con un escritor en Changai... ¡Estaba deseando volver a casa para contárselo a sus amigas!

Charles cayó de lleno en la trampa mientras Audrey ahogaba un jadeo.

—En efecto. Estoy trabajando en un artículo para el *Times*.

—¡Qué interesante! —exclamó Muriel, juntando las manos.

Audrey sintió deseos de estrangularla porque sabía muy bien que lo interesante para ella era haberla sorprendido con Charles, en el instante en que se dirigían a la habitación que compartían en un hotel. Sabía muy bien lo que Muriel pensaba. Ahora tenía que evitar que se lo dijera al abuelo. Estaba segura de que, en cuanto llegara a San Francisco, aquella mujer le contaría lo ocurrido a todo el mundo.

—El señor Parker-Scott acaba de entrevistar a Chiang Kai-chek en Nankín —Audrey sabía que estaba poniendo a Charles en una situación embarazosa, pero quería distraer a aquella bruja; por lo menos, de momento. La noticia impresionó profundamente a Philip Browne. Volviéndose a mirar a Charles con una sonrisa, Audrey dijo: —No hace falta que me acompañe arriba, de veras. Aquí todo el mundo tiene miedo de los bandidos —añadió mirando a Muriel—, y mis amigos me han confiado a Charles como si yo fuera una chiquilla de cinco años. Estaré a salvo con los señores Browne, señor Parker, váyase tranquilamente con sus amigos.

Sus palabras desconcertaron momentáneamente a Charles, el cual reaccionó en seguida y comprendió lo estúpido que había sido. Entonces, entró en el juego, estrechó la mano de Audrey, saludó también a los Browne, se acercó a recepción para preguntar si había algún recado para él y se alejó, saludando con la mano mientras Muriel se lo quedaba mirando, decepcionada. A lo mejor, se había equivocado. Miró a Audrey que estaba conversando animadamente con el señor Browne mientras subía la escalera con él. Tenían las habitaciones en distintos pisos. Los Browne la dejaron frente a la puerta de su habitación y ella les estrechó la mano, entró en su habitación y lanzó un suspiro de alivio. No sabía si la habían creído o no, pero, por lo menos, ella había hecho todo lo posible por salvar su reputación antes de que fuera demasiado tarde. Ignoraba qué noticias recibiría el abuelo.

Hubiera estado mucho menos tranquila de haber oído los

comentarios de Muriel mientras subía con su marido a su habitación.

—No me creo ni una palabra...

—¿De qué? ¿De la entrevista a Chiang Kai-chek? Tú estás loca, es el mejor corresponsal que puedas imaginarte —dijo Philip Browne, indignado.

—No, no, me refiero a esta estupidez de que ha salido a cenar con ella mientras los amigos estaban ocupados en otra cosa... Se acuesta con él, Philip, estoy absolutamente segura de ello —dijo Muriel.

El marido entró con ella en la habitación, mirándola con desaliento. Se pasaba la vida chismorreando, incluso allí, al otro lado del mundo, en un lugar como Changai.

—Tú no sabes nada. Es una chica decente. Estoy seguro de que no sería capaz de hacer semejante cosa.

Philip Browne se veía obligado a defenderla, aunque no fuera más que por su amistad con Edward Driscoll.

—Qué te crees tú eso. Se hubiera casado con Harcourt Westerbrook de haber podido, pero su hermana menor se le adelantó. Nunca se la ve en ningún sitio. Lo único que hace es atender al viejo... Después viene aquí y se pega una juerga sin que nadie se entere —dijo Muriel.

—Deja de inventarte cosas —contestó Philip Browne, haciendo un gesto de hastío—. Tú no sabes nada. Podrían estar prometidos o muy enamorados... o ser simplemente amigos e incluso desconocidos. No siempre tiene que haber algo impropio en el comportamiento de las personas.

Philip se preguntaba a menudo por qué era así su mujer. Lo más triste, sin embargo, era que raras veces se equivocaba.

—Philip, eres un ingenuo. Estoy segura de que se alojan en la misma habitación. Estando tan lejos de casa, creen que están a salvo.

Y así era, en efecto. En su habitación, Audrey se moría de miedo. Bajó corriendo a recepción y alquiló otra habitación en un piso distinto, a nombre de Charlie. Media hora más tarde, él entró riéndose.

—El recepcionista dice que me has echado —Charles adivinó lo que Audrey había hecho mientras él cruzaba la calle para tomarse una copa en el bar de la acera de enfrente—. No has perdido el tiempo, ¿eh?

Sentada en la cama, Audrey le miró angustiada.

—No es para tomarlo a broma, Charles. Son las personas que menos hubiera querido encontrar aquí.

—Reconozco que, al principio, metí un poco la pata. Supongo que la señora Browne debe de tener una lengua de víbora.

—Supones bien. Contará por todo San Francisco que viajo contigo.

—¿Quieres de veras que me vaya a otra habitación? —preguntó Charles, sentándose al lado de Audrey con el ceño fruncido. Hubiera sido capaz de hacer cualquier cosa por ella. A veces, ambos olvidaban que tenían otras vidas en que pensar. Sin embargo, Charles no quería causarle a Audrey ningún perjuicio, sobre todo teniendo en cuenta que él no estaría a su lado para protegerla—. Lo siento muchísimo, Aud. No pensé que pudiéramos tropezarnos con algún conocido...

—El mundo es un pañuelo —dijo Audrey con tristeza—. Respondiendo a tu pregunta, te diré que no quiero que te vayas a otra habitación. Sólo pretendo despistar a esta bruja para que mi abuelo no se disguste. No obstante, no pienso cambiar mi vida por ellos, Charles. No significan tanto para mí.

—De todos modos, cuando regreses a casa... —Charles no terminó la frase. Aborrecía la idea de que Audrey tuviera un hogar en un sitio tan lejano—. No quisiera causarte ningún problema.

—Pensé en ello cuando decidí acompañarte. Si de veras tuviera miedo, a estas horas estaría escondida en casa en algún rincón..., o en un barco rumbo a los Estados Unidos. Eso es lo que quiero hacer —dijo con orgullo—, y tú eres el hombre a quien amo, Charles Parker-Scott. Y si a otras personas no les gusta, allá ellas. Mientras no hagamos sufrir a nadie —alquiló la otra habitación precisamente para eso—, lo demás es asunto nuestro.

Charles la estrechó en sus brazos. Admiraba el valor y la sinceridad de la chica. Hubiera sido capaz de enfrentarse con cualquiera en defensa de lo que consideraba justo, y eso era lo que más le gustaba en ella.

Aquella noche, hicieron apasionadamente el amor y, al final, Audrey miró a su amante y dijo en tono burlón:

—Me gustaría saber qué opinaría de eso la señora Browne.

—¡Te envidiaría con toda su alma, cariño!

Ambos sabían que era cierto.

—En cambio, el señor Browne, gruñiría: «¡Muy bien, pero que muy bien!» —dijo Audrey, echándose a reír.

Aquella noche, durmieron abrazados y Audrey soñó con su abuelo, pero, a la mañana siguiente, dejó de preocuparse por el asunto. Había hecho cuanto había podido por salvar la situación, pero, en caso necesario, le explicaría al anciano, cuando volviera a casa, que Charlie era amigo de James y Vi, que eran «simplemente amigos» y que habían coincidido por casualidad en Changai. Estaba dispuesta a mentir para no darle un disgusto. No quería decirle que estaba locamente enamorada de aquel hombre para que no se asustara. Hacía mucho tiempo que había decidido no abandonarle jamás.

Changai era una ciudad increíble y sus gentes la fascinaron. Había ingleses, franceses y chinos, y las empresas como Jardine, Matheson's y Sassoon's tenían un auténtico ejército de empleados británicos.

—La mayoría de ellos no se mezcla con los chinos —le explicó Charles.

—Lo cual es una estupidez, ¿no crees? Al fin y al cabo, están en China.

—Aquí observan una conducta muy colonial —dijo Charles, asintiendo—. Hacen como que no viven en este país. Ninguno de ellos habla chino. Yo sólo conozco a un hombre que lo haga y todo el mundo le considera un bicho raro. Los chinos hablan inglés o francés, y los occidentales ya lo dan por descontado.

—Es una actitud un poco presuntuosa, ¿no? —a Audrey

le hubiera encantado aprender el chino—. ¿Y tú, Charles? Conoces algunas palabras. ¿Les entiendes cuando hablan?

—El acento de aquí es un poco distinto, pero me las arreglo, sobre todo, cuando estoy borracho como ahora —contestó él, dejando los pantalones en una silla y cruzando la estancia de dos zancadas para estrecharla en sus brazos. Después le mordió el cuello en broma y chapurreó unas palabras en chino mientras ambos caían riéndose en la cama—. Toda esta corrupción que se ve por las calles me hace desearte constantemente, Aud. Es muy difícil estar aquí contigo.

Ambos empezaban a reponerse del largo y agotador viaje de ocho mil kilómetros que habían hecho. Se besaron e hicieron el amor largo rato hasta que, al fin, Audrey susurró el nombre de su amante y se quedó dormida. No hubiera podido amar a otro hombre más que a él. Era como si estuviera casada con Charles, porque le había dado todo su corazón. Su amor había cruzado dos continentes y ahora ella hubiera sido capaz de ir a cualquier sitio por él o para estar a su lado. Él lo intuyó mientras la atraía hacia sí y cerraba los ojos, sobre el trasfondo de los rumores de Changai.

14

Pasaron una semana en Changai y después se trasladaron a Pekín. Abandonaron Changai en un barco que se dirigía al puerto de Tsingtao y pasaron una romántica noche, oyendo el murmullo del agua al romper contra el casco del buque mientras hacían el amor. Audrey casi lamentaba marcharse de Changai donde tantas cosas había visto y donde Charlie hizo unas entrevistas muy interesantes. Ahora, tras pasar unos días en Pekín, emprenderían el largo camino de regreso a Estambul y, desde allí, se trasladarían a París y Londres para que él pudiera empezar a trabajar en los artículos y tenerlos listos antes de que finalizara el año, tal como le exigía el contrato. Charlie deseaba regresar porque tenía muchas cosas que hacer, pero, a bordo del barco que les llevaba a Tsingtao, no quería pensar en los artículos, sino tan sólo en la mujer que le había inspirado una pasión como jamás la había sentido. Nunca se cansaba de ella, le gustaba su aspecto y su forma de pensar, su sedosa piel y su cabello cobrizo, sus sensuales labios y todo su cuerpo. Hubiera sido capaz de hacer cualquier cosa por ella.

—¿Irás de veras a San Francisco para conocer a mi abuelo? —le preguntó Audrey, aquella noche.

No podía soportar la idea de separarse de él.

—Iré si puedo... Cuando termine mi trabajo...

Pero Charles quería que Audrey se quedara con él en Londres. Escribiría allí sus artículos y luego esperaba tener un poco de tiempo libre. Varias veces le había sugerido aquella posibilidad, pero Audrey no podía quedarse.

—Sabes que es imposible. Tengo que regresar junto al abuelo. Y el hijo de Annabelle nacerá en marzo. ¿Por qué no vienes tú a San Francisco y escribes allí los artículos? ¿O vienes cuando los hayas terminado?

Audrey suponía que Charles estaría ocupado unas cuantas semanas y no veía por qué razón no podía escribir en otro sitio.

—Después tengo que escribir un libro, Audrey. No puedo largarme sin más cuando me apetezca.

Charles se deprimió al pensarlo. No quería separarse de la joven, pero tenía que pensar también en su trabajo y en los contratos que había firmado. Confiaba en poder compaginarlo todo. Cuando regresara a Londres, hablaría con su editor y procuraría organizarse. De momento, les quedaba todavía Pekín, donde Audrey se quedó boquiabierta de asombro. La ciudad era un símbolo de la historia y en ella no se observaba la menor huella de decadencia y corrupción. La capital de China durante ochocientos años —antigua residencia de Kublai Kan—, la dejó anonadada. Audrey contempló con lágrimas de emoción la impresionante plaza de Tienanmen y los curvos tejados dorados de la Ciudad Prohibida, antiguo palacio de los emperadores de las dinastías Ming y Ching. Se pasó varias horas visitando el conjunto de edificios y el Templo Celestial, construido enteramente en madera y sin un solo clavo. Fue el edificio que más le llamó la atención de todo Pekín a tan sólo cinco manzanas de la plaza de Tienanmen. Recorrió las calles sin cesar, llevando la cámara todo lo discretamente que pudo para no asustar a los niños que la consideraban una caja infernal y tomó disimuladamente fotografías de todo y de todos. En Changai compró muchos carretes que gastó casi por completo en Pekín. Sobre todo, cuando abandonaron la ciudad y se dirigieron al norte para visitar primero el Palacio de

Verano, construido por la emperatriz viuda para huir de los calores de Pekín. La temperatura era allí algo más fresca y lo que más fascinó a Audrey fue la barcaza de mármol que cruzaba el río, seguida de innumerables barcazas llenas de músicos que interpretaban melodías en la tibia noche.

Después del Palacio de Verano, visitaron las tumbas de los emperadores Ming, en el valle del mismo nombre. La principal avenida que conducía a las tumbas estaba flanqueada por impresionantes estatuas de animales —camellos agachados, leones rugiendo, leopardos a punto de saltar— y doce figuras humanas, algunas de las cuales eran representaciones de generales de la dinastía Ming. La inmensa mole de las estatuas y la increíble belleza del conjunto impresionaron profundamente a Audrey. Sin embargo, lo que más la cautivó fue la Gran Muralla. Charles y ella se trasladaron a Pa-ta-ling, a cuarenta kilómetros al noroeste de Pekín, para contemplar las curvas que se extendían hasta donde alcanzaba la vista. Parecía increíble que hubiera sido construida enteramente por la mano del hombre, con una longitud superior a los dos mil quinientos kilómetros para separar China de Mongolia. El comienzo de su construcción se remontaba a más de dos mil años y su anchura correspondía a la de los cuatro caballos montados por los guardias que vigilaban para impedir la entrada de las bandas de mongoles o de las hordas que, de vez en cuando, intentaban escalar la muralla. Sin embargo, su altura y su longitud parecían dividir el mundo.

—Es increíble, Charles —dijo Audrey—. Debe de ser la mayor construcción que jamás haya realizado el hombre.

Charles también lo creía así. Siempre quiso compartir aquella experiencia con alguien, pero jamás, hasta aquel momento, había tenido ocasión de hacerlo. Había visitado la muralla cinco o seis veces, sintiéndose abrumado cada vez por la inmensidad de la historia. Comprendió que Audrey experimentaba sus mismos sentimientos y le tomó una fotografía, de pie en la Gran Muralla. Abandonaron el lugar a regañadientes y, al caer la noche, regresaron en tren a

Pekín. El viaje duró tan sólo una hora y Audrey permaneció en silencio casi todo el rato.

—Nunca olvidaré este día —dijo al llegar a la estación—. Toda mi vida recordaré esta muralla...

Hubiera querido darle las gracias a Charles por llevarla allí, pero no sabía cómo hacerlo. La experiencia había sido inolvidable. En realidad, todo el viaje fue igual. En comparación con todo aquello, el tiempo transcurrido en la Costa Azul le parecía una frivolidad. Trató de explicárselo a Charles tendida aquella noche a su lado en la cama, tras saborear una deliciosa cena a base de pato de Pekín en un restaurante que les habían recomendado.

—Hay lugar para las dos cosas en la vida, Aud. Para lugares como Antibes y para lugares como éste. A veces, a mí me gusta equilibrar ambas cosas —le dijo Charles.

Audrey no estaba muy segura de compartir esa opinión. Le gustaba más China. Era más hija de su padre de lo que imaginaba y aquella noche apenas pudo dormir, pensando en la Gran Muralla y en las bucólicas escenas que había contemplado a ambos lados de la misma. Casi no se tropezaron con nadie. Sólo aquel mudo testigo que contaba más de dos mil años de antigüedad con las piedras cuidadosamente colocadas la una encima de la otra y con anchura suficiente para el paso de cuatro caballos. La imagen se le quedó grabada en la mente y en el corazón. Estaba despierta cuando Charles se agitó en la cama y extendió los brazos hacia ella. En aquel momento, Audrey pensaba en otra cosa. Quería ver algo más. Deseaba viajar al norte y ver Harbin, otro de los sueños de su vida. Había leído una descripción de aquel lugar en uno de los libros de su padre.

—¿Podremos ir a Harbin? —le preguntó a Charles en voz baja.

Recordó que su padre había estado allí en su juventud y que la ciudad le gustó todavía más que Changai.

—¿De veras quieres ir allí, Aud? —Charles no parecía muy entusiasmado—. Creo que ya tendríamos que empezar a pensar en el regreso —daba por sentado que ella regresaría a Londres con él. Sin embargo, a Audrey le hubiera sido más cómodo y rápido cruzar el Pacífico en barco y dejar que Charles regresara solo a Londres por ferrocarril. Audrey aún no había adoptado ninguna decisión, pero el hecho de ir a Harbin tal vez no le permitiera efectuar el viaje de vuelta con Charles. Éste no quería que hubiera ninguna demora y así se dijo—. No es prudente —añadió.

—Tal vez no pueda regresar aquí nunca más, Charles —dijo Audrey, apenada—. Visitar Harbin es muy importante para mí.

—¿Por qué? ¿Sólo porque tu padre estuvo allí una vez? Audrey, cariño, procura ser un poco más sensata —Charles se entristeció al ver que a la joven se le llenaban los ojos de lágrimas y trató de explicarle sus motivos—. Allí hará mucho frío ahora. Estuve en noviembre hace tres años y había temperaturas bajo cero. No estamos equipados para ir.

Las excusas eran muy endebles y Audrey no quería dar su brazo a torcer.

—Podemos comprar allí lo que haga falta. Tampoco puede hacer tanto frío. Charlie, me apetece mucho verlo —dijo Audrey, mirando a Charles con ojos suplicantes.

Para ella iba a ser algo así como una peregrinación.

—Harbin se encuentra a más de mil kilómetros de aquí. Ten un poco más de juicio, amor mío.

Audrey no quería tenerlo.

—Hemos recorrido casi diez mil kilómetros en total y, en estos momentos, me encuentro a más de diecisiete mil kilómetros de mi casa, por consiguiente, mil kilómetros no me parecen una distancia insuperable.

—Eres absurda, Aud. Yo pensaba regresar mañana a Changai.

—Por favor, Charlie...

Éste no tuvo el valor de negarse, pero le hizo prometer que sólo permanecerían en Harbin un día. Irían, echarían un vistazo, volverían en seguida y, a la mañana siguiente, tomarían el tren de Changai. Se pasaron la tarde comprando ropa de abrigo. Allí, les fue más difícil encontrar prendas de su talla. En Changai no hubieran tenido ningún problema. Audrey se compró unos pantalones que le estaban cortos. En cambio, la chaqueta y los calcetines le iban bien. Las botas se las tuvo que comprar de hombre. Charlie no tuvo tanta suerte, pero insistió en que las prendas le mantendrían bien abrigado.

A la mañana siguiente, tomaron un tren de los Ferrocarriles Orientales Chinos, de propiedad japonesa, para dirigirse al norte atravesando la llanura de Manchuria. El viaje hubiera tenido que durar dieciocho horas, pero duró veintiséis, hubo incontables paradas y demoras ya que los japoneses registraban los vagones en cada estación. Las paradas más largas tuvieron lugar en Chin-chou, Shen-yang, Shuangliao y Fu-yü, pero, poco antes del mediodía, consiguieron llegar por fin a la estación de Harbin. Lo primero que vieron fue un grupo de ancianas rusas en el andén acompañadas de tres sonrosados niños, unos cuantos perros que husmeaban la nieve y una hoguera alrededor de la cual unos hombres vestidos con atuendos típicos manchúes se calentaban las manos y fumaban en pipa. Había también una bomba de incendios tirada por caballos. El olor a humo y la espuma que emitían los nerviosos caballos les hizo comprender que acababa de producirse un incendio. Charles tenía razón. Hacía un frío terrible y estaba todo cubierto de nieve. Había una larga hilera de automóviles y *rickshaws* aguardando a los viajeros. Un destartalado automóvil les llevó hasta el Hotel Moderne. Audrey lo contemplaba todo extasiada mientras que Charlie hubiera preferido encontrarse camino de Changai, cubriendo la primera etapa de su viaje de vuelta a Occidente. Sin embargo, no tuvo más remedio que ceder al obstinado capricho de Audrey. En el Hotel Moderne no había sitio porque estaban pintando las habitaciones. Se fueron a un pequeño hotel en cuyo salón ardía un reconfortante fuego de chimenea. Llevaban varios meses sin recibir clientes y el viejo de recepción se puso muy contento al verles. Les contó la historia de las inundaciones del treinta y dos y les ofreció una de sus mejores habitaciones.

—Es maravilloso —exclamó Audrey, mirando alegremente a su alrededor—. Más parece Rusia que China.

Se oía hablar mucho ruso por las calles porque la frontera con Rusia distaban tan sólo trescientos kilómetros.

—Supongo que después querrás ir a Moscú —le dijo Charles, un poco molesto.

—No, no te preocupes. Hubiera sido una lástima que nos perdiéramos todo esto, reconócelo Charles.

Parecía una postal navideña, pero Charles no estaba de buen humor.

—Mañana nos volvemos a Pekín —le dijo, apuntándola con un dedo—. ¿Está claro?

—Perfectamente claro. En tal caso, hoy quiero echar un buen vistazo a la ciudad. ¿Tienes mi cámara?

Charles se la entregó y Audrey tomó de nuevo la gruesa chaqueta que a duras penas bastaba para protegerla del frío.

—¿Adónde vamos? —preguntó Charles con expresión falsamente angustiada—. Tiemblo de sólo pensar en la tortura que se avecina.

El hombre de recepción les dijo que Hu-lan era un lugar interesante. Se hallaba situado a unos treinta kilómetros de distancia, pero el automóvil que les había llevado al hotel les podría conducir hasta allí.

—¿No podríamos quedarnos en el hotel? —dijo Charles cuando la joven le comunicó la noticia—. ¿No hemos recorrido suficientes kilómetros en un día?

—Puedes quedarte aquí si quieres —contestó Audrey, tomando la chaqueta y la cámara—. Volveré a la hora de cenar.

—¿Y el almuerzo? —preguntó Charles, saliendo con ella de la habitación como un chiquillo enojado.

La esposa del hotelero les saludó con la mano desde la puerta de la cocina. Les había preparado *piroshi* y *borscht* caliente, la célebre sopa rusa de remolacha y verduras. Al salir a la calle, a Charlie ya se le había pasado un poco el enfado.

Mientras recorrían las calles de Harbin en busca del automóvil, Audrey contempló los rótulos de las tiendas pintados en ruso y chino. La ciudad parecía más europea que oriental y, al igual que en Changai, se oían toda clase de idiomas: francés, ruso, un poco menos de inglés que en Changai, cantonés y un dialecto manchú. Le llamaron la atención los atuendos de la gente, los gorros de piel, las extrañas chaquetillas y el hecho de que casi todo el mundo fumara.

El conductor les mostró el Banco Americano y les condujo a Hu-lan, advirtiéndoles, sin embargo, de que la carretera estaba cortada y no podrían llegar hasta el final. Tuvieron que avanzar por angostos caminos cubiertos de nieve y pasaron por delante de pintorescas casas de labranza, mientras el conductor les explicaba los pormenores del cultivo de la soja. Cuando faltaba una media hora para llegar a Harbin, pasaron por delante de una pequeña iglesia de piedra que a Audrey le llamó mucho la atención. El conductor dijo que era francesa y, precisamente en aquel momento, una muchacha enfundada en un fino vestido de seda corrió hacia la carretera, suplicándoles por señas que se detuvieran. Al principio, a Audrey le pareció que iba descalza, pero, cuando estuvo más cerca, vio que llevaba unas zapatillas azules de algodón y que tenía unos pies muy pequeños, aunque no los llevaba vendados. La niña intercambió nerviosamente unas palabras con el conductor en un dialecto que a Audrey y Charles les sonó desconocido, al tiempo que señalaba un edificio de madera.

—¿Qué quiere? —preguntó Audrey, intuyendo que la niña estaba en peligro.

El conductor se encogió de hombros.

—Dice que los bandidos han matado a las dos monjas que llevan el orfanato. Querían esconderse en la iglesia, pero las monjas no lo permitieron —hablaba cuidadosamente en inglés mientras la niña gimoteaba y agitaba frenéticamente los brazos en dirección a la iglesia y el edificio contiguo—. Alguien tiene que enterrarlas, pero ahora hace demasiado frío. Y alguien tiene que atender a los niños.

—¿Dónde están los otros? —preguntó Audrey mientras Charles la observaba en silencio—. ¿Cuántas monjas hay?

El conductor volvió a hablar con la niña en un sonsonete y ella contestó rápidamente a sus preguntas. Charles se arrepintió de haber emprendido aquel malhadado viaje.

—Dice que sólo las dos que han matado —tradujo el conductor—. Las otras dos se fueron hace un mes. Pensaban ir primero a Changai y después al Japón. Dentro de un mes vendrán otras dos. Ahora no hay ninguna monja. Sólo la niña. Todos son huérfanos.

—¿Cuántos hay?

El conductor preguntó y la niña contestó entre sollozos.

—Dice que veintiuno. Casi todos muy pequeños. Ella y su hermana son las mayores. Ella tiene catorce y su hermana, once. Y las monjas están muertas en la iglesia.

Audrey se quedó horrorizada y, ante la perpleja mirada del conductor, abrió la portezuela del vehículo y descendió. Charles la asió por un brazo.

—¿Adónde vas?

—¿Qué quieres que hagamos? ¿Dejarlas solas con dos monjas muertas? ¡Por el amor de Dios, Charles! Lo menos que podemos hacer es ayudarlas a organizar un poco las cosas mientras alguien avisa a las autoridades.

—Audrey, eso no es San Francisco ni Nueva York. Estamos en China, mejor dicho, en Manchuria. Manchukuo, tal como la llaman los japoneses que la han ocupado. Por si fuera poco, hay una guerra civil y bandidos por todas partes y niños huérfanos que se mueren de hambre por todo el país. Aquí mueren niños y monjas cada día. No podemos hacer absolutamente nada para evitarlo.

Audrey le miró enfurecida, se soltó de su presa y hundió los pies en la nieve, mirando a la temblorosa niña.

—¿Hablas inglés? —le preguntó muy despacio. La niña la miró con ojos inexpresivos y después empezó a hablar atropelladamente, señalando hacia la iglesia—. Sí, ya sé lo que ha pasado. —Dios bendito, pensó, ¿cómo se iba a entender con aquella niña? Entonces recordó que las monjas eran francesas—. *Vous parlez français?*

Había estudiado este idioma en la escuela y, aunque lo

tenía muy olvidado, le sirvió para hacerse entender cuando estuvo en la Costa aAzul.

La niña contestó inmediatamente en un vacilante francés sin dejar de señalar la iglesia. Audrey la siguió, asegurándole que intentaría ayudarla. Pero no estaba preparada para presenciar el espectáculo que apareció ante sus ojos al entrar en la iglesia.

Las monjas yacían con las ropas desgarradas. Las habían violado y, posteriormente, decapitado. Audrey estuvo a punto de desmayarse al ver el enorme charco de sangre. Sin embargo, un fuerte brazo la sostuvo por detrás mientras vomitaba. Al volverse, vio el pálido rostro de Charles, quien empujó a Audrey y a la niña hacia la salida para apartarlas del horrendo espectáculo.

—Salid fuera las dos. Voy en busca de alguien que me ayude.

Audrey tomó rápidamente a la niña del brazo y salieron juntas al exterior. Una vez allí, la niña tiró de la joven para que la acompañara al otro edificio. En cuanto se abrió la puerta, Audrey se vio rodeada de dulces rostros de chinitos, todos ellos solemnes y algunos llorando muy quedo. La mayoría tendría entre cuatro y cinco años, unos pocos debían rondar los seis o siete, y algunos eran prácticamente recién nacidos. La niña de catorce años y su hermana no los podían cuidar y, ahora que las monjas no estaban, nadie las podría ayudar, exceptuando un pastor metodista de la ciudad que se pasaba varias semanas recorriendo los lejanos campos. Audrey le preguntó a la niña si alguien podría auxiliarles. La niña la miró con ojos asustados y sacudió la cabeza. No había nadie, le explicó en vacilante francés.

—Pero tiene que haber alguien —dijo Audrey, utilizando el autoritario tono de voz que empleaba para llevar la casa del abuelo.

La niña repitió la misma respuesta y le explicó que las nuevas monjas llegarían al mes siguiente.

—*Novembre* —dijo—. *Novembre.*

—¿Y hasta entonces?

La niña levantó las manos en un gesto de impotencia y

contempló a los niños, diecinueve en total, sin contarla a ella ni a su hermana. Audrey se preguntó mecánicamente si habrían comido. No sabía cuándo habrían asesinado a las monjas y ninguno de los niños podía valerse por sí mismo, a excepción de la niña que hablaba francés y su hermana menor. Al preguntarle a la niña, ésta contestó que llevaban sin comer nada desde la víspera. Era extraño que, a pesar de ello, ninguno se quejara.

—¿Dónde está la cocina?

La niña la acompañó a una pulcra y pequeña cocina, que tenía instalaciones muy primitivas, pero suficientes. Tenían dos vacas de las que obtenían la leche, una cabra y numerosas gallinas, buenas provisiones de arroz y algunos frutos secos del verano anterior. Había, asimismo, un poco de carne ciudadosamente enlatada por las monjas en otoño. En un santiamén, Audrey les preparó huevos a todos, y les dio a cada uno una tostada de pan, un poco de queso de cabra y unos cuantos orejones de albaricoque. Fue la comida más apetitosa que les habían servido en mucho tiempo. Los chiquillos la miraron con los ojos abiertos de par en par mientras la muchacha les daba de comer como si jamás en su vida hubieran hecho otra cosa. A continuación Audrey se puso un delantal de las monjas y le dio a cada uno un vasito de leche. Sólo las dos niñas mayores no querían comer. Eran las que habían descubierto los cadáveres de las monjas y estaban muy trastornadas. Audrey las animó a comer y, al final, se tomaron unos huevos y un poco de queso de cabra mientras observaban a la desconocida.

Audrey estaba limpiando la cocina cuando entró Charles, que tenía la cara muy seria y las manos y los pantalones manchados de sangre.

—Las hemos metido en unos sacos y llevado a un cobertizo de la parte de atrás. El conductor avisará más tarde a las autoridades y vendrán a retirar los cadáveres. Cuando regresemos, me pondré en contacto con el cónsul francés en Harbin.

Estaba agotado y horrorizado. Audrey le entregó en silencio un plato con queso de cabra y una rebanada de pan.

Le iba a dar también un poco de té, pero lamentaba no tener a mano una bebida más fuerte. No le hubiera venido nada mal un buen trago de coñac.

—Tendrán que enviar a alguien para que atienda a los niños. Aquí no hay nadie, Charles. Al parecer, había otras dos monjas que se fueron al Japón hace un mes y en noviembre vendrán dos más. Pero, de momento, no hay nadie que atienda a los niños.

—Ellas los pueden cuidar —dijo Charles, señalando discretamente a las dos niñas mayores.

—Pero, ¿qué dices? Sólo tienen catorce y once años. No pueden cuidar a diecinueve niños. Llevaban sin comer desde ayer.

—¿Qué es lo que pretendes decir con eso, Audrey? —preguntó Charles, alarmado.

—Pretendo decir que alguien tiene que atender a estos niños —contestó Audrey, mirándole a los ojos.

—Eso ya lo he entendido. Pero, ¿y entre tanto?

—Vuelve a la ciudad, habla con el cónsul y pide que envíen a alguien.

—¿Y tú dónde estarás mientras yo hable con el cónsul? —preguntó Charles.

—Aquí, con ellos. No podemos dejarles así, Charlie. Es absolutamente imposible. Míralos, la mayoría tiene dos o tres años.

—Vaya por Dios —exclamó Charles, levantándose de golpe y cruzando la estancia a grandes zancadas—. Me lo estaba temiendo. Mira, aquí está a punto de estallar una guerra. Los japoneses han ocupado el territorio y los comunistas están armando jaleo. Tú eres una norteamericana y yo un súbdito británico y no tenemos absolutamente nada que ver con lo que está pasando aquí, y el hecho de que a dos monjas francesas las hayan asesinado unos bandidos no es asunto de nuestra incumbencia. Ya no teníamos ni que haber venido. Si tú tuvieras un poco de sentido común, a esta hora estaríamos en Changai y mañana por la mañana emprenderíamos el viaje de regreso.

—Pues, bueno, no lo hemos hecho y sanseacabó, Charlie. Tanto si te gusta como si no, estamos en Harbin y hay veintiún huérfanos abandonados sin que nadie cuide de ellos. No pienso dejarlos hasta que no venga alguien. Aquí se morirían, Charlie. No saben comer solos.

—¿Y a ti quién te ha encargado que los cuides?

—¿Quién? No lo sé. ¡Dios! ¿Qué quieres que haga, que vuelva al automóvil y me olvide de ellos?

—Tal vez. Ya te lo dije, hay niños muriéndose de hambre en toda China. Caen como moscas en la India, el Tíbet y Persia... ¿Qué pretendes hacer, Audrey? ¿Salvarlos a todos?

—No —contestó Audrey, apretando los dientes. Había visto muchos niños abandonados en las pasadas semanas y, aunque no podía ayudarlos a todos, esta vez no quería volverles la espalda. Se quedaría con estos niños hasta que llegara alguien. Era una faceta de su carácter que Charles desconocía—. Me voy a quedar aquí hasta que alguien venga a ayudar, por consiguiente, vuelve a Harbin en seguida y habla con el cónsul.

Cuando Charles se fue, Audrey acostó a media docena de niños, dio un poco más de comida al resto, arregló la cocina y observó cómo dos de los niños ordeñaban las vacas. Todo estaba en orden cuando Charles regresó a las seis, con el ceño fruncido. A saber lo que le habría dicho el cónsul, pensó Audrey. No tuvo que esperar mucho para averiguarlo. Charles entró en la casa, dio un portazo y la miró en silencio.

—¿Y bien? —preguntó Audrey, sin la menor intención de ceder.

—Dice que no tiene ningún control sobre la Iglesia Católica y que no puede responsabilizarse de lo ocurrido. Al parecer, las monjas llevan muchos años causándoles problemas y él les aconsejó hace dos años que se fueran del país. Enviará a alguien a retirar los cadáveres mañana o pasado, pero no se puede responsabilizar de los huérfanos. En su opinión, el orfanato tendría que ser «desmantelado».

—¿Desmantelado? ¿Y eso qué demonios significa?

¿Arrojarles fuera para que se mueran de hambre en la nieve? —preguntó Audrey, echando chispas por los ojos.

—Tal vez. No lo sé. Entregarlos a las autoridades locales. ¿Qué piensas hacer? ¿Adoptarlos a todos?

—No seas absurdo, Charlie. No puedo dejar abandonados a estos niños.

—¿Y por qué no? —gritó Charles, exasperado—. Tienes que hacerlo, Audrey. ¡No hay más remedio! Tenemos que volver a casa. Yo tengo que escribir mis artículos y tú tienes que regresar a los Estados Unidos... ¿Qué vas a hacer en Harbin con veintiún huérfanos?

Charles estaba tan fuera de quicio que, por primera vez en todo el día, Audrey se inclinó para darle un beso. Sin embargo, seguía muy preocupada por los niños y el orfanato.

—Te quiero, Charles Parker-Scott, y lamento mucho que nos hayamos metido en este lío, pero ahora no puedo marcharme. Tenemos que resolver la situación de estos niños. Les preguntaremos a los dueños del hotel si hay hogares dispuestos a acogerlos.

Pero no debía de haberlos, ya que, en tal caso, las monjas los hubieran encontrado. Mientras ambos discutían, los niños les miraban en silencio.

Charles no sabía qué decirle a la muchacha. Jamás se había mostrado tan independiente y obstinada. Desconocía aquel aspecto de su carácter y empezaba a perder la paciencia con ella.

—¿Pretendes pasar la noche aquí? —le preguntó, desalentado.

No sabía cómo resolver aquel lío dado que las conversaciones con las autoridades francesas habían sido inútiles.

—¿Y qué me aconsejas tú que haga, Charles?

—No tengo ni idea. Busquemos otra iglesia y dejémoslos allí. Tiene que haber otras iglesias en Harbin.

Charles quería resolver aquel problema y regresar cuanto antes a Changai, pero Audrey no pensaba dar el brazo a torcer.

—Fantástica idea —dijo la chica—. Ve tú y yo te esperaré aquí. Cuando vengas con alguien, nos podremos marchar. En caso contrario, podemos llevarlos a la otra iglesia en el taxi.

Aplicada al cacharro que les había conducido hasta allí, la palabra taxi era un eufemismo. Charles estuvo a punto de soltar un gruñido. Ahora tendría que buscar otra iglesia donde estuvieran dispuestos a acoger a los veintiún huérfanos. Aquella tarea, que en Filadelfia hubiera sido muy difícil, en Harbin era imposible. Maldijo la hora en que accedió a visitar Harbin y, tras ingerir rápidamente una taza de té verde, subió de nuevo al taxi e inició la búsqueda de una iglesia que estuviera dispuesta a aceptar a los huérfanos.

En su ausencia, Audrey cambió incontables pañales, preparó para los niños una cena a base de arroz con un poco de carne y caldo y arregló la casa. No estaba muy desordenada y las dos niñas mayores habían cuidado muy bien a los pequeños, aunque se habían olvidado de la comida. La mayor de ellas intentó explicarle a Audrey, en francés, lo ocurrido, cómo los comunistas bajaban de vez en cuando de los montes e intentaban ocultarse en la iglesia, cómo los manchúes quisieron refugiarse allí hacía dos años cuando llegaron los japoneses y cómo los bandidos asolaban la región y mataban a la gente. Ling Hwei, que así se llamaba la niña, le dijo a Audrey en vacilante francés que los japoneses habían matado a sus padres y a sus tres hermanos. Ella y su hermana Shin Yu fueron las únicas supervivientes. Las monjas las acogieron junto con los demás niños, algunos de los cuales habían quedado huérfanos a causa de la epidemia de cólera del año anterior. De vez en cuando, grupos de niños eran enviados a la casa madre de la orden en Lyon o bien a otro orfanato que las monjas tenían en Bélgica. Éstas tenían, además, otro orfanato en el sur de China, pero Ling Hwei y Shin Yu no quisieron abandonar Harbin y las monjas les permitieron quedarse porque eran unas niñas muy hacendosas.

—¿Y hay otras iglesias de las monjas aquí, en Harbin? —le preguntó Audrey.

La niña sacudió la cabeza. Casi todas las iglesias de la

ciudad eran ruso-ortodoxas y estaban a cargo de unos sacerdotes muy ancianos, respondió Ling Hwei. Audrey ya sabía lo que diría Charles cuando regresara de su misión.

No se equivocó demasiado. Charles volvió muy tarde aquella noche, cuando todos los niños ya estaban acostados, menos las dos niñas mayores, que estaban sentadas en un rincón susurrando.

—No hay nada, Aud —dijo Charlie, completamente exhausto—. He recorrido todas las iglesias de la ciudad. He preguntado a los del hotel. Parece que las monjas llevaban una vida completamente independiente y nadie está dispuesto a asumir esta carga. La comida escasea, la gente teme a los japoneses y a los comunistas. Nadie quiere venir a cuidar a estos niños y nadie los quiere acoger, ni siquiera en grupos. Lo he intentado todo y he llamado a todas las puertas. Un sacerdote ruso nos dijo que los dejáramos, que ya se las arreglarían ellos solos —miró tristemente a Audrey, temiendo que ésta no quisiera marcharse—. Dice que hay pilluelos en toda China y que los más fuertes sobreviven.

Ambos habían observado la miseria de los pilluelos callejeros.

—¿Qué me aconsejas que haga? —gritó Audrey, enfurecida—. ¿Qué clase de pilluelo piensas tú que sería un niño de dos años? La mayoría de ellos apenas los supera.

Aunque ambos habían visto chiquillos de tres o cuatro años pidiendo limosna en las calles de Changai, el espectáculo era para Charles tan inaceptable como para Audrey. Lo malo era que él no sabía cómo escapar del destino que se había abatido sobre ellos en aquel remoto lugar. Estaba muerto de cansancio y de frío y no había comido en todo el día.

—No sé qué decirte, Aud.

Se sentó en un banco de madera.

—Gracias por intentarlo, Charlie —dijo ella, tomándole cariñosamente una mano—. ¿Y si nos los lleváramos a Changai e intentáramos buscarles acomodo allí?

—¿Qué haremos si nadie los acoge? Las calles están llenas de niños abandonados. Tú misma lo has visto. Dejarlos allí sería lo mismo que abandonarlos aquí, aunque en Changai no hace tanto frío. Aquí, por lo menos, tienen cobijo, conocen el ambiente y hay comida para algún tiempo —además, organizar un viaje de más de mil quinientos kilómetros en tren le parecía a Charles una empresa casi imposible—. Ni siquiera sé si las autoridades de aquí permitirían que nos los lleváramos. Los japoneses son un poco quisquillosos en eso de quién va y quién viene. Por lo menos cuando la gente viaja en grupos numerosos.

—Si son tan quisquillosos, ¿por qué no los cuidan ellos? —preguntó Audrey, irritada. Entonces, recordó lo que les habían hecho a los padres de Ling Hwei y pensó que mejor sería que no se llevaran a los niños. Para resolver el problema, probablemente los matarían a todos. Se sentó en un banco al lado de Charles y exhaló un suspiro; no sabía qué hacer—. ¿Y si enviamos un telegrama a la casa madre de esta orden de monjas? Puede que mandaran a alguien para ayudarnos.

—No es mala idea. Siempre y cuando no tarden mucho en contestar. A lo mejor, nos pueden sugerir alguna solución provisional. O enviarnos a alguien de aquí. Mañana por la mañana iremos a la estación y enviaremos el telegrama.

Juntos rebuscaron entre los papeles del escritorio en la pulcra habitación de las monjas y encontraron la dirección y el teléfono de la casa madre de Lyon. Era la Orden de San Miguel. Audrey estuvo tentada de llamarlas por teléfono, pero a Charles le pareció más fácil enviar un telegrama que poner una conferencia imposible en la que no se podría oír nada. Aquella noche, redactaron el texto a la luz de una vela y se acostaron en las estrechas camas de las monjas, temblando de frío mientras Charles rezaba para que pronto se pudiera resolver el problema.

Al día siguiente, enviaron un telegrama laboriosamente redactado en francés por Audrey y Ling Hwei y, aunque no resultaba tan elegante como la primitiva versión en inglés, explicaba lo esencial que necesitaban saber las monjas de Francia: LAMENTAMOS INFORMAR MONJAS SAN MIGUEL ORFANATO HARBIN ASESINADAS POR BANDIDOS. VEINTIÚN HUÉR-

FANOS ORFANATO NECESITAN INMEDIATA ASISTENCIA. ROGAMOS CONSEJO. Charles sólo firmó con el apellido Parker-Scott, sin explicar quién era y limitándose a indicar el nombre de la oficina de correos de Harbin. Durante dos días esperaron la respuesta de las monjas de Lyon; mientras, Audrey atendía a los niños y Charles paseaba nerviosamente por la cocina. Éste ya había dicho que, tanto si recibían respuesta como si no, sólo pensaba quedarse un día más en Harbin, y se iría con Audrey aunque tuviera que llevarla a rastras a la estación.

Pero, al final, llegó la respuesta en la que no se apuntaba ninguna solución. Charles regresó al orfanato y le mostró el telegrama a Audrey. Ya sabía lo que iba a ocurrir, pero no le importaba lo que la muchacha dijera. Se irían y sanseacabó.

NOUS REGRETTIONS. AUCUNE POSSIBILITÉ DE SECOURS AVANT FIN NOVEMBRE. VOS SOEURS AU JAPON COMBATTENT UNE ÉPIDÉMIE PARMI LEURS CHARGES. L'ORPHELINAT À LINQING FERMÉ DEPUIS SEPTEMBRE. NOUS VOUS ENVERRONS DE L'AIDE FIN NOVEMBRE. QUE DIEU VOUS BÉNISSE. Firmado, MÈRE ANDRÉ. Charles estuvo a punto de descargar un puñetazo contra la pared cuando lo leyó. Sus conocimientos de francés eran suficientes para permitirle entender todo lo que en este caso no hubiera querido. Decía que las monjas del Japón estaban combatiendo una epidemia entre su pupilos y que el otro orfanato chino de la Orden de San Miguel llevaba cerrado desde septiembre. Prometían enviar ayuda a finales de noviembre, lo cual quedaba muy lejos. El mensaje incluía una bendición que a Charlie le importaba un bledo. Él sólo quería sacar a Audrey de Harbin en cuestión de uno o dos días, pero no tenía la menor idea de cómo iba a hacerlo. Si le mentía, diciéndole que la ayuda iba a llegar dentro de unos días, Audrey se empeñaría en quedarse hasta que llegara. Era demasiado inteligente como para que se la pudiera engañar. Además, querría ver el telegrama. Cuando él se lo entregó al mediodía, Audrey lo leyó con la cara muy seria.

—Y ahora, ¿qué hacemos, Charlie? —preguntó, mirándole angustiada.

La situación era muy difícil.

Charles lanzó un suspiro antes de contestarle; sabía muy bien que se avecinaba una pelea.

—Creo que tendrás que resignarte a hacer algo que no te gusta.

—Y eso, ¿qué significa? —replicó Audrey con dureza.

—Significa que, tanto si te gusta como si no, vas a tener que irte, Audrey. Tienen comida para bastante tiempo y alguien se compadecerá de ellos. Sólo falta un mes para que lleguen las otras monjas.

—¿Y si se retrasan? ¿Y si las matan por el camino, como a las demás?

—No es probable.

—Tampoco lo es que yo me vaya —dijo Audrey, mirando sin pestañear al hombre que amaba.

—Tienes que ser razonable, Aud —dijo Charles, exhalando un suspiro. Los últimos días habían sido agotadores y sumamente desagradables—. *Tenemos* que volver. No podemos quedarnos eternamente aquí, haciendo el tonto.

—*No* hacemos el tonto. Cuidamos a unos niños.

—Pido disculpas por la desafortunada elección de las palabras —dijo Charles, apretando las mandíbulas—. Pero nos vamos.

—No *nos* vamos. Te vas *tú*.

—Que te crees tú eso, Audrey Driscoll —Charles se levantó y la miró con expresión beligerante—. Tú te vienes conmigo.

—*No* pienso dejar a estos niños.

—Las dos mayores pueden cuidar a los demás.

Charles se asustó al ver el rostro de Audrey. Su obstinación le parecía inconcebible. No podía abandonarla en una Manchuria ocupada por los japoneses. Se estremecía de sólo pensar en lo que les había ocurrido a las dos monjas. Ahora trató de recordárselo a su amante en términos inequívocos.

—Yo sé cuidar de mí.

—¿De veras? ¿Desde cuándo?

—Desde siempre. Cuido de mí desde que tenía once años, Charlie.

—Tú estás loca. Has vivido en una ciudad norteamericana civilizada, llevando una vida regalada en casa de tu abuelo. ¿Qué demonios te induce a suponer que podrías sobrevivir en Manchuria, con las fuerzas comunistas al acecho, unos japoneses hostiles, bandidos por todas partes y personas a quienes les importa un bledo que vivas o mueras?

Charles se indignaba de que Audrey se creyera con fuerza para afrontar todo aquello. En el transcurso de su vida nada la había preparado para semejante situación como no fuera su espíritu aventurero y los malditos álbumes de fotos de su padre. Sólo que lo de allí era real. Las monjas decapitadas en la desierta capilla eran, sin lugar a dudas, reales, y él no permitiría que nada semejante le ocurriera a Audrey. Sin embargo, la joven no pensaba en eso, sino en los niños.

—¿Y a ti qué te induce a suponer que estos niños se las podrán arreglar solos cuando les dejemos?

Audrey miró a Charles con los ojos llenos de lágrimas. Eran muy pequeños y les había cobrado cariño durante aquellos días. Dos se peleaban constantemente por el privilegio de sentarse en su regazo y una chiquilla durmió la víspera abrazada a ella en su cama, toda la noche. Por su parte, Ling Hwei y su hermana Shin Yu eran muy cariñosas y serviciales. ¿Cómo hubiera podido abandonarles?, pensó, mientras miraba a Charlie.

—Lo sé, cariño, lo sé. Es terrible tener que dejarles. Pero no hay más remedio. Todo el país está lleno de dolor, hambre y niños perdidos, pero tú no puedes atenderlos a todos. Lo de aquí no es distinto.

Para Audrey, sí lo era. Ahora conocía a aquellos niños aunque ignorara sus nombres. Y no hubiera podido abandonarles, de la misma manera que no pudo abandonar a su hermana Annabelle en Hawai cuando ambas se quedaron huérfanas. La tomó bajo su protección y la cuidó durante quince años, exceptuando los últimos seis meses.

—No puedo abandonarles, Charlie, me es imposible. Aunque para ello tenga que quedarme aquí otro mes hasta que lleguen las monjas.

Charles comprendió a través de la mirada de Audrey que

hablaba completamente en serio. No era una chiquilla. No era una muchacha de dieciocho años a la que él pudiera manejar a su antojo. Tenía sus ideas. Charles no sabría qué hacer en caso de que Audrey se negara a abandonar China.

—¿Y si no vienen hasta dentro de seis meses, Aud? Puede ocurrir. La situación política podría empeorar e impedirles venir, con lo cual tú podrías quedar atrapada aquí varios años.

Aunque aquella posibilidad le causaba auténtico espanto, Audrey estaba decidida a no abandonar a aquellos encantadores chiquillos que le tendían las manos en cuanto la veían. No podía permitir que se enfrentaran solos a su destino.

—Supongo que no tendré más remedio que correr este riesgo.

Habló con una valentía que ocultaba sus más íntimos temores y Charlie comprendió que había empezado a abrirse una brecha entre ambos.

—Audrey, por favor —la tomó en sus brazos y advirtió que estaba temblando. Le constaba que ella temía quedarse sola allí, pero él no estaba dispuesto a quedarse un mes o dos o diez o doce. Tenía que regresar a Londres y ya estaba nervioso por el retraso. Sin embargo, jamás se había enfrentado con semejante dilema. Hubiera sido horrible dejar a Audrey allí, pero él no podía quedarse indefinidamente. Trató de explicárselo mientras los niños correteaban y gritaban a su alrededor—. Yo *tengo* que volver, Audrey. Me va en ello el trabajo. Tú tampoco puedes quedarte. Me lo has estado repitiendo constantemente. ¿Y esas responsabilidades de que tanto hablas?

—Puede que, en este momento, eso sea más importante.

Esas palabras hirieron profundamente los sentimientos de Charles. ¿O sea que estaba dispuesta a dejarle a él, pero no así a aquellos niños?

—¿Y nosotros? —le preguntó con tristeza—. ¿Eso no te importa?

—Pues claro que sí. Ya sabes que te quiero, pero también tenemos que ser sinceros el uno con el otro. Algún día tendríamos que dejarnos, de todos modos. Y, si tú no puedes quedarte aquí conmigo ahora, tal vez éste sea el instante de hacerlo. Lo único que sé es que no puedo abandonar a estos niños, como no pude abandonar a Annabelle hace años o tú no pudiste dejar a Sean.

La alusión al hermano menor al que tanto amaba fue casi un golpe físico para Charles.

—Lo siento, no quería herirte —añadió Audrey al ver su mueca de dolor—. Lo que ocurre es que... Nada cambiará entre nosotros, te lo aseguro. Sólo que yo me quedaré algún tiempo aquí mientras tú regresas a casa.

No había querido separarse de él en Venecia y Estambul, y ahora no tenía más remedio que hacerlo. Le pareció que estaba viviendo una prueba semejante a la de la muerte de sus padres, el cuidado de Annabelle o la atención a su abuelo.

—¿Y si yo ahora me casara contigo, Audrey? —preguntó Charles mientras la chica le miraba asombrada.

—¿Lo dices en serio?

—Si con ello consiguiera sacarte de aquí, sí.

—Ésa no es una buena razón para casarse, Charles —contestó Audrey conmovida y confusa ante la proposición.

—Pero es que, además, te quiero.

—Y yo a ti también. Bien lo sabes. Pero, después de Harbin, ¿qué ocurrirá? No puedo dejar solo a mi abuelo por tiempo indefinido.

—Pues parece que eso ahora no te es demasiado difícil —dijo Charles, ofendido.

—Ésta es una situación provisional. Más tarde regresaré a casa. ¿Y si tú te trasladaras a vivir a San Francisco?

Charles lanzó un suspiro y se miró las manos, reflexionando un instante antes de darle una respuesta sincera.

—Tú sabes que no puedo hacer eso. Con el trabajo que yo hago, no puedo quedarme quieto en un sitio. Viajo por todo el mundo diez meses al año. Tú tendrías que acompañarme. De lo contrario, sería absurdo que nos casáramos, ¿no crees?

Sin embargo, lo más importante era el amor que ambos

se profesaban el uno al otro. Era la primera vez que tropezaban con un obstáculo y no sabían cómo resolver la situación.

—¿Podrás perdonarme alguna vez si me quedo aquí? —preguntó Audrey. Le temblaba la voz.

—La pregunta tendría que ser más bien, ¿podré perdonármelo yo? No puedo dejarte aquí sola en Manchuria, Aud. ¡Es *imposible*! —gritó Charles, descargando un puñetazo sobre la mesa—. ¿Es que no lo comprendes? Te quiero. No pienso abandonarte aquí, pero tampoco puedo quedarme para siempre. Tengo un contrato y tres plazos de entrega. Eso es muy importante para mí.

—Y lo de aquí también es muy serio para estos niños, Charlie. Estamos hablando nada menos que de sus vidas. ¿Y si vienen los bandidos y los matan?

—Los bandidos no matan a los huérfanos.

Sin embargo, ambos sabían que eso no siempre era cierto. Por lo menos, en China.

—También los japoneses podrían causarles daño. Aquí todo es posible. Por consiguiente, si no puedes quedarte, me tendrás que dejar aquí. Charlie, ¿no entiendes que ésa es una opción que yo hago libremente? Soy una persona adulta. Tengo derecho a tomar mis decisiones, tal como hice en Venecia cuando subí al tren contigo, o como hice en Estambul cuando decidí acompañarte a China. Ésa es otra opción, como la que haré cuando decida regresar a casa junto al abuelo. Tengo que seguir mi propio destino. Y quisiera... —Audrey apartó el rostro y se echó a llorar—. Y quisiera que mi destino fuera el mismo que el tuyo. Pero, en estos momentos, me parece imposible. Tienes que dejarme aquí, Charlie. Por el bien de estos niños —después, Audrey añadió algo que conmovió profundamente a su amante—. ¿Y si uno de estos niños fuera hijo nuestro? ¿Y si alguien pudiera salvar a nuestro hijo y no lo hiciera?

La sola idea de compartir un hijo les hizo sentirse más unidos que nunca.

—Si tuviéramos un hijo, no querría que nunca más te apartaras de mi lado —de repente, Charles la miró muy serio—. ¿Hay alguna posibilidad de que eso ocurra? —preguntó.

No había vuelto a pensar en ello desde Estambul, pero Audrey sabía calcular los períodos peligrosos y le avisaba. Ninguno de los dos quería un hijo no planificado. Sin embargo, la forma de hablar de Audrey le trajo la idea a la mente y no por primera vez.

—No —contestó la muchacha, sacudiendo la cabeza—, no lo creo. Pero piensa en ello, piensa en estos niños como si fueran nuestros hijos. ¿Podrías volver a respetarme si los abandonara?

Charles esbozó una sonrisa ante aquella muestra de idealismo. Audrey no entendía el Oriente. Y tal vez fuera mejor.

—Estamos en China, Audrey. Casi todos estos niños fueron abandonados o vendidos por sus padres a cambio de un saco de arroz. Prefieren venderlos o dejarlos morir antes que alimentarlos.

Audrey movió la cabeza como si quisiera negar la veracidad de las palabras de Charles.

—No puedo permitir que eso ocurra.

—Y yo no puedo quedarme. ¿Qué vamos a hacer?

—Regresa a Londres, Charles, tal como lo teníamos previsto. Yo me quedaré aquí un poco más, hasta que vengan las monjas. Después, regresaré a casa vía Changai y Yokohama. Con un poco de suerte, cuando vuelva a casa, tú podrás venir a visitarme a San Francisco.

—Para ti todo es muy fácil. ¿Y si te ocurriera algo?

Charles no podía soportar aquella idea.

—No me ocurrirá nada. Déjame en las manos de Dios.

Era el primer comentario de carácter religioso que la joven le hacía, y Charles se conmovió. Pero la última vez que lo hizo con su hermano Sean a quien tanto amaba...

—Yo no soy tan confiado como tú.

—Pues tendrás que serlo —replicó Audrey muy tranquila.

—¿Y tu familia? ¿No crees que ya tendrías que volver a casa?

Charles echaba mano de todo cuanto podía, pero nada daba resultado.

—Con un poco de suerte, podré regresar a casa a finales de año. Si las monjas vienen en noviembre, yo podría estar en casa antes de Navidad.

—Estás loca, Audrey, no eres razonable —dijo Charles—. Eso es China, no Nueva York. Aquí, nada se desarrolla según el programa previsto. Ya te lo dije, estas monjas pueden tardar meses en venir.

—No puedo evitarlo, Charlie —dijo Audrey con los ojos llenos de lágrimas; estaba cansada de discutir con su amante—. No podría hacer otra cosa.

Y de repente, se arrojó en los brazos de Charles, sollozando.

—Audrey, por favor, yo te quiero... —dijo él; y era cierto, pero no podía quedarse a su lado. Tenía que volver a su trabajo y a sus responsabilidades. Aquello había llegado demasiado lejos y ahora Charles no sabía cómo resolver el dilema. Sin embargo, temía dejarla sola en Harbin—. Por favor, cariño, procura ser más sensata, regresa a casa conmigo.

—No puedo —dijo Audrey con determinación.

—Entonces, ¿lo dices en serio?

Sí, lo decía en serio. No habría forma de disuadirla. Había decidido quedarse allí.

Charles se quedó con ella toda una semana e hizo cuanto pudo para convencerla, pero la joven estaba totalmente entregada al cuidado de aquellos niños e incluso se había inventado un sistema para atenderles con más eficacia. Ling Hwei y Shin Yu la ayudaban mucho y Charles tuvo que quedarse más de una vez vigilando a media docena de huérfanos mientras ella ordeñaba la vaca, preparaba la comida o salía con los demás para que les diera un poco el aire y jugaran en la nieve, protegidos por sus gorros de piel de cabra y sus botitas forradas de piel. Las monjas incluso les habían hecho mitones de punto.

Mientras la contemplaba, Charles pensó que jamás la había visto tan feliz. Estaba acostumbrada a cuidar de los demás y no temía las responsabilidades. La admiraba por eso, todo en ella le gustaba y temía el día en que tuviera que dejarla.

La última noche que pasaron juntos fue inolvidable. Audrey atrancó la puerta del dormitorio con una silla y ambos hicieron el amor hasta el amanecer en medio de la gélida atmósfera de la pequeña estancia. Al final, se abrazaron llorando. Charles no quería dejarla y ella no quería que él se fuera, pero cada uno hacía lo que tenía que hacer. Charles tenía que terminar su trabajo y Audrey tenía que quedarse para atender a los huérfanos. La decisión era dolorosa para ambos, pero no tenían más remedio que cumplirla por mucho que lo lamentaran. Audrey estaba más triste que asustada ante la partida de Charles. Dejó a los niños al cuidado de Ling Hwei y acompañó a su amante a la estación. Permaneció de pie a su lado, enfundada en las extrañas prendas que había comprado en Pekín, y Charles la miró con los ojos llenos de lágrimas sin poder hablar mientras el tren entraba lentamente en la estación. Se dirigía a Pekín y después a Tsingtao donde él tomaría un barco para regresar a Changai e iniciar el largo viaje de regreso a Occidente. Se besaron por última vez y Charles sintió el aliento de Audrey en el rostro mientras ella pronunciaba su nombre y le miraba sonriendo. Parecía increíble que tuvieran que separarse.

—Te quiero, Charles. Siempre te querré —Audrey lloraba a mares y apenas podía hablar—. Nos veremos pronto.

De repente, la promesa se le antojó vacía de significado.

Charles sintió los latidos del corazón de su amante a través de la chaqueta que llevaba puesta. No podía dejarla allí, le era imposible hacerlo. Una pareja de guardias armados japoneses patrullaba por la estación.

—¿Quieres venir conmigo, Audrey? —le preguntó él por última vez—. En tal caso, tomaría el siguiente tren.

Pero Audrey denegó con la cabeza y cerró los ojos, afligida. Se preguntó de repente si volvería a verle. Tenía la sensación de que jamás regresaría a su mundo.

—Saluda a Violet y James de mi parte.

Charles no pudo contestar, porque se le había hecho un

enorme nudo en la garganta. Se limitó a estrecharla en sus brazos hasta que el jefe de la estación anunció la partida del tren con su característico sonsonete. Por un instante, se miraron aterrados, recordando la ternura que les había unido durante varios meses. Audrey no podía soportar la idea de verle partir. Sin embargo, no podía abandonar a aquellos niños y, aunque no se lo dijo a Charles, estaba segura en su fuero interno de que, si los chiquillos se habían cruzado en su camino, por alguna razón tenía que ser. En aquel momento, la ignoraba, pero, aun así, no podía abandonarles. Por ellos, tan pequeños y desvalidos, estaba dispuesta a renunciar al hombre que tanto amaba. Se le partió el corazón de pena cuando Charles corrió hacia el tren en marcha y permaneció de pie en la portezuela, extendiendo el brazo hacia ella. Hubiera deseado levantar a Audrey en vilo y llevársela sin equipaje ni nada; pero ella permaneció inmóvil con lágrimas en los ojos, agitando una mano mientras él se asomaba hacia el exterior y agitaba lentamente un brazo, llorando también sin poder contenerse.

15

El tiempo, en Harbin, era cada vez más frío hasta el punto de que no se podía dejar fuera ni la leche ni el agua ya que se quedaban inmediatamente congeladas. Los niños casi nunca salían y Audrey no recordaba haber padecido jamás tanto frío. Pasó noviembre y llegó diciembre sin que las monjas hubieran aparecido. Charles tenía razón. Aquello no era como los Estados Unidos. Nada se desarrollaba según el programa previsto.

Los japoneses se presentaron varias veces para examinar el pasaporte de Audrey y preguntarle cuánto tiempo pensaba quedarse. Ella cada vez les contestaba lo mismo: «Cuando lleguen las monjas.» Con ello se daban por satisfechos y la dejaban en paz, aunque uno de ellos le había echado el ojo a Ling Hwei, pese a la dura reprimenda de un compañero suyo. Tras aquel incidente, los japoneses no volvieron, pero la niña se puso colorada como un tomate cuando Audrey le aconsejó que tuviera cuidado. Al principio, Ling Hwei llevaba ropas muy holgadas hasta que un día Audrey observó que empezaba a engordar. En diciembre, la niña le confesó lo ocurrido, suplicándole con lágrimas en los ojos que no le dijera nada a su hermana, a pesar de que el secreto no podría permanecer oculto durante mucho tiempo. Se había «acostado con el soldado japonés en junio» o tal vez en mayo, lo cual significaba que el niño nacería en febrero o marzo, pensó Audrey exhalando un suspiro. Esperaba que las monjas ya estuvieran allí para entonces. Le había escrito media docena de cartas a Charles en el transcurso de los dos últimos meses y, asimismo, una larga misiva a su abuelo, pidiéndole perdón y prometiéndole no volver a hacerlo nunca más al tiempo que le daba las gracias por haberle concedido permiso para viajar. Estaba segura de que con ello se habían colmado todas las ansias de su corazón. Mientras escribía a su abuelo, Audrey se preguntó cuándo volvería a reunirse con Charles, aunque estaba segura de que la dicha que ambos compartieron mientras atravesaban Persia y el Tíbet, Turquía y China, jamás volvería a repetirse. Hasta cierto punto, su comportamiento había sido escandaloso y la hubiera podido marcar con fuego para siempre; sin embargo, confiaba en que los Browne no dijeran nada. En aquellos instantes, todo le daba igual y sólo podía pensar en Charlie. No se arrepentía de nada. Sabía que era el único hombre al que jamás podría amar y tenía la íntima certeza de que ambos volverían a reunirse aunque el problema pareciera de momento insoluble. El solo hecho de pensar en Charlie le alegraba el corazón y la llenaba de optimismo en aquel crudo invierno manchú. Todavía llevaba su anillo en el dedo.

Se percató con sólo dos días de adelanto de que ya estaban en Navidad y, al llegar la Nochebuena, les cantó villancicos a los niños. Ling Hwei y Shin Yo sólo conocían *Noche de paz* y algún que otro villancico francés, pero, aun así, los chiquillos las contemplaron extasiados mientras cantaban. Aquella noche, Audrey los arropó en sus camitas, los acarició dulcemente y les dio a cada uno un beso maternal. Tres de ellos tenían mucha tos desde hacía varias semanas. Audrey estaba muy preocupada porque hacía mucho frío y no tenía ningún medicamento que darles. A dos se los llevó a su cama aquella noche para darles calor con su cuerpo. A la mañana siguiente, uno ya estaba mejor, pero el otro tenía los ojos enrojecidos y el aspecto apagado y no respondía cuando Ling Hwei le hablaba. Ésta acudió presurosa a decírselo a Audrey.

—Creo que Shih Hwa está muy malito. ¿Llamamos al doctor?

—Sí, sí —contestó Audrey.

La presencia de Ling Hwei le era muy útil a pesar de su corta edad. Ling Hwei amaba ilimitadamente a su hermana, a todos aquellos huérfanos y ahora también a Audrey, a quien regaló por Navidad el único tesoro que tenía, un pañuelo delicadamente bordado que había pertenecido a su madre. Audrey se conmovió profundamente y abrazó a la niña. A veces, se alegraba de haberse quedado. Se había comprometido con aquellos niños y viviría o moriría con ellos hasta que llegara la prometida ayuda. Sin embargo, no pensaba en ella en aquel momento, sino en Shih Hwa, el cual respiraba afanosamente y estaba muy pálido. Tenía tanta fiebre que ni siquiera respondía cuando le llamaban por su nombre. Mientras aguardaba la llegaba de Shin Yu con el médico, Audrey le aplicó en la frente nieve envuelta en toallas. No quiso que fuera Ling Hwei por temor a que se cayera y se lastimara.

Shin Yu tardó una eternidad en regresar acompañada de un hombrecillo muy viejo de luenga barba, tocado con un extraño sombrero. Éste hablaba en un dialecto que Audrey no había oído jamás y ambas hermanas le escuchaban en silencio sin levantar los ojos del suelo ni una sola vez. Cuando el médico se fue, las niñas se echaron a llorar y, ante la insistencia de Audrey, Ling Hwei contestó:

—Dice que Shih Hwa morir antes de mañana.

Audrey se enfureció ante los pocos conocimientos de aquel presunto «médico». Al poco rato, se puso la chaqueta y las botas y salió dispuesta a encontrar al mejor médico ruso que hubiera en la ciudad. Sin embargo, al llegar a su casa, le dijeron que había salido. Le recordaron que era Navidad. Audrey les suplicó que le enviaran al orfanato en cuanto volviera. Pero el médico no fue. La muerte de los niños chinos carecía de la menor importancia para nadie más que para sus padres y, en aquel caso concreto, para Ling Hwei, Shin Yu, Audrey y los niños que eran lo suficientemente mayores como para comprender la situación. Aquella noche Shih Hwa murió entre los brazos de Audrey. Ésta le lloró como si hubiera sido su propio hijo. Otros cuatro niños murieron en cuestión de dos semanas, probablemente de difteria. Audrey no podía hacer nada, ni siquiera proporcionarles el vapor necesario para fluidificar las mucosidades que les asfixiaban.

Ya sólo quedaban dieciséis niños, incluidas Ling Hwei y Shin Yu, lo cual significaba que, en realidad, eran catorce puesto que las dos niñas mayores ayudaban mucho en las tareas de la casa. Todos se pusieron muy tristes tras la muerte de dos niños y tres niñas, todos menores de cinco años. Cuando el menor, de apenas un año, murió entre los brazos de Audrey, ésta se desesperó al pensar en el hijo de Ling Hwei. ¿Qué iba a hacer aquella muchacha con un hijo medio japonés? Los hijos se solían vender a cambio de un saco de harina. Ling Hwei era apenas una niña y no aparentaba más de nueve o diez años. Era frágil y delicada, de estrechas caderas y manos menudas. Era muy aficionada a las bromas y siempre hacía reír a los demás cuando estaban tristes o hambrientos. Se le daban muy bien los idiomas y, de la misma manera que aprendió el francés con las monjas, ahora aprendía el inglés con Audrey, y hablaba, además, varios dialectos e incluso el japonés, tal como Audrey pudo comprobar cuando los japoneses visitaron de nuevo el orfanato. Sin embargo, ella no quería reconocerlo por temor a que la consideraran una traidora. Se lo enseñó el muchacho que había engendrado a su hijo. Le conoció en primavera y él acudía a menudo a visitarla en el orfanato. Las monjas le tenían simpatía porque era muy amable y les llevaba gallinas. Incluso la cabra había sido un regalo suyo. Tenía diecinueve años y Ling Hwei sabía que la amaba. Pero lo enviaron a otra parte en julio, cuando ella aún no sabía que estaba embarazada. Ahora no tenía ni idea de dónde estaba y no había vuelto a tener noticias suyas, como tampoco las había tenido Audrey de Charles desde que éste se marchara en octubre. Habían transcurrido varios meses y Audrey estaba preocupada aunque sabía que las cartas podían tardar mucho. Sólo recibió una de su abuelo, que se mostraba muy enojado con ella, aunque no quería prohibirle que regresara a casa por temor a que su nieta le tomara la palabra. Mientras leía la carta, Audrey casi pudo oír la voz del anciano temblando de furia. Estaba segura de que la vacilante escritura se debía a la cólera y no a la mala salud. Le contestó con una carta compungida, en la que le prometía volver a casa en cuanto llegaran las monjas. Envió otro telegrama a Francia después de Navidad, preguntando cómo estaba la situación. Aún no había recibido respuesta. Debían pensar que se impacientaba sin motivo ya que, probablemente, aún no habrían recibido noticias de las dos monjas que sin duda habrían enviado. Audrey sabía muy bien lo difícil que era atravesar China en invierno. Jamás había pasado tanto frío como aquel invierno en Manchuria. No permitía que Ling Hwei saliera de casa por temor a que el intenso frío fuera malo para el niño que iba a nacer. La muchacha ya no podía ocultar su estado y, cuando Shin Yu le preguntó qué ocurría, Ling Hwei le contestó que el niño era un regalo de Dios como el Niño Jesús de que hablaban las monjas, y la pequeña se quedó muy impresionada. Más tarde, Ling Hwei le preguntó a Audrey si había hecho una cosa terrible al decirle eso a su hermana.

—Puede que algún día no lo crea, Ling Hwei, pero supongo que, de momento, te ayudará a salir del paso —contestó Audrey sonriendo.

En cierto modo, envidiaba a Ling Hwei. A veces, lamentaba no tener un hijo de Charles. Se encontraba en un lugar tan remoto que las convenciones de la sociedad de la que procedía carecían para ella de la menor importancia. Noche tras noche, tendida en la cama de la monja, recordaba las noches, los días y las risas que ambos habían compartido..., el interminable viaje y el descubrimiento de las bellezas de Pekín, los días felices en el Orient Express y las apasionadas noches de amor en el Pera Palas. Qué lejos se le antojaba todo ahora y qué sola se sentía sin él.

16

La carta que Audrey le escribió a Charles en Nochebuena, le llegó a éste cuatro semanas más tarde. Sentado una noche en su salón de Londres, junto al fuego de la chimenea y con una copa de coñac en la mano, Charles leyó, una y otra vez, la carta en la que Audrey le hablaba de la muerte de Shih Hwa y del hijo de Ling Hwei. «Cuánto desearía que este hijo fuera nuestro, amor mío, y cuánto lamento ahora haber tomado tantas precauciones», le decía. Charles comprendía muy bien sus sentimientos. Miles de veces se lo reprochó todo: haberla dejado en Harbin sin obligarla a que regresara con él, no haberse casado con ella, haberla dejado a merced de los japoneses, haberla dejado, haberla dejado... No disfrutaba de un momento de paz. Al fin, se lo confesó todo a James y éste se conmovió profundamente, al escuchar las palabras de su amigo.

—Es curioso —dijo éste sonriendo—. El verano pasado, Violet estaba segura de que había algo entre vosotros dos y yo le dije que estaba loca. Esta chica me sorprende porque casi nunca se equivoca aunque yo jamás lo reconozco para que no se le suban los humos a la cabeza.

Charles esbozó una triste sonrisa ante la omnisciencia de lady Vi.

—Fui un insensato al dejarla. Me desespero al pensar en lo que puede ocurrirle. Lo comprendí en cuanto llegué a Changai. Fue una locura.

—Tú tienes tu propia vida, Charles —dijo James, sentado con él en un tranquilo rincón de su club, tomando una copa de oporto—. No te puedes pasar un año en Manchuria, atendiendo a unos huérfanos. Aunque debo decirte que estoy sorprendido. No sospechaba esta faceta de Audrey. Si me hubieras dicho que se había quedado para tomar fotografías, me hubiera parecido lógico, pero eso... ¿No te parece que demuestra tener muy buen corazón?

—Lo único que demuestra es que está completamente loca —contestó Charles en tono sombrío.

Violet le devolvió el cumplido cuando James le contó la historia.

—¿Qué *hizo*? —gritó escandalizada—. ¿La *dejó* allí? ¡En la Manchuria ocupada! Pero, ¿es que está *loco*?

—Cariño, ella es, a fin de cuentas, una persona adulta. Tiene derecho a tomar sus decisiones.

—En tal caso, ¿por qué la dejó? Ya que él la llevó allí, lo menos que hubiera podido hacer era quedarse a su lado hasta que pudiera volver a casa.

—Al parecer, la idea de ir a Harbin se le ocurrió a ella. Y después, Audrey se negó en redondo a abandonar a los niños.

—Me parece normal.

Vi lo entendía perfectamente y consideraba que su amiga era una santa.

—Él no podía incumplir su contrato y abandonar todas sus responsabilidades —contestó James, justificando a Charles mucho más de lo que éste lo hacía.

Charles estaba completamente de acuerdo con lady Vi y se tenía por el mayor bastardo del mundo por haber abandonado a Audrey en China. No pasaba día sin que se hiciera reproches. En cambio, ella no le reprochaba nada en su carta, en su carta dulce y cariñosa de la que se deducía con claridad que esperaba con ansia la llegada de las monjas. Llevaba allí más de dos meses y quería regresar a casa.

Charles le contestaba con toda la frecuencia que podía, pero, en realidad, no sabía qué decirle. Le faltaban las palabras cuando se sentaba frente a una hoja de papel en la que había escrito *Mi querida Audrey*. ¿Qué podía decirle? ¿Que estaba muy triste? ¿Que su último libro había alcanzado un gran éxito de ventas? ¿Que le habían invitado a visitar la India en primavera y Egipto en otoño? ¿Que lady Vi y James querían que regresara a su casa en verano? Todo parecía estúpido y carente de sentido. La echaba terriblemente de menos. El día en que la dejó, fue como si alguien le hubiera arrancado un brazo. Recordaba, una y otra vez, lo que ella le había dicho poco antes de su partida: «¿Y si estos niños fueran hijos nuestros?», y lo que ahora decía a propósito del hijo de Ling Hwei: que ojalá fuera suyo. Charles deseaba exactamente lo mismo, pero era inútil volver a pedirle que se casara con él o que se trasladara a la India o a Egipto. Audrey no podría hacerlo. Tenía que regresar a casa, junto a aquella familia que tanto se aprovechaba de ella. Charles odiaba en secreto a Annabelle por exigirle tanto a su hermana, por esperar de ella que criara a sus hijos, llevara la casa y se lo diera todo hecho. ¿Cuándo podría Audrey disfrutar de la vida? ¿Y cuándo volvería él a verla? Eso era lo que más lo atormentaba y le inducía a aferrarse a la botella de coñac cada noche antes de acostarse. No podía soportar la soledad de su cama, al recordar las noches de Venecia, Nankín y Changai y las interminables horas en aquellos diminutos trenes. No podía hacer otra cosa que no fuera trabajar y pensar en ella. Al final, lady Vi dejó de regañarle por haber dejado a Audrey en Harbin al ver lo mucho que sufría. Había adelgazado y tenía una mirada infinitamente triste.

Lady Vi decidió escribir una carta a Audrey, que se emocionó mucho al recibirla y se alegró de que su amiga compartiera el secreto de su amor por Charles. A partir de entonces, ambas empezaron a cartearse con cierta regularidad. Vi llamaba a Charles cada vez que recibía una carta de su amiga.

—¿Qué dice? —preguntó Charles a mediados de febrero cuando Vi le llamó.

—Las monjas aún no habían llegado cuando escribió. Ahora puede que ya estén allí. Lo espero con toda el alma, pobre chica. Es la persona más valiente que conozco.

Violet se lo volvió a repetir la noche en que organizó una fiesta. Le invitó junto a su ilustre editor Henry Beardsley, a quien había conocido en otra ocasión. Era un hombre que le gustaba mucho por su brillante inteligencia y sus modales un tanto plebeyos. A James le parecía divertido mezclar un poco de «sangre nueva» con sus aristocráticas amistades. Esta vez, Beardsley les sorprendió, preguntándoles si podía llevar a su hija Charlotte. Ésta era una atractiva mujer de unos treinta años, sumamente elegante y vestida a la última moda, aunque no fuera una belleza en el clásico sentido de la palabra. Había estudiado en el prestigioso colegio norteamericano Vassar y era licenciada en literatura norteamericana, lo cual le permitía ayudar a su padre en la editorial. Vi se sorprendió cuando le dijeron que la chica seguía viviendo en la casa de su padre. La muchacha tenía unos treinta años y su padre se había quedado viudo hacía tiempo.

—En realidad, hubiera preferido estudiar Derecho —dijo ésta, mirando a Charles y sonriendo, en respuesta a una pregunta de Vi—. Pero mi padre puso reparos. Me dijo que no necesitaba a otro abogado en la casa, pero que un día le haría falta un director-gerente.

Padre e hija intercambiaron una mirada de complicidad. Charles ya la conocía, aunque casi siempre solía tratar con el padre. La muchacha era muy inteligente y muy simpática, y Violet advirtió que sentía interés por Charles.

—Vamos, Vi... —exclamó James, dirigiéndole una mirada despectiva cuando más tarde ambos subieron a su dormitorio—. Siempre te estás inventando idilios.

—¿Y acaso no son ciertos? Además, yo no he dicho que esta vez fuera un idilio.

—¿Qué es entonces? —preguntó James, mirándola perplejo.

—Pues, si quieres que te diga la verdad, cariño, no estoy muy segura. Pienso que Charlotte es fría como el hielo y que Charles le gusta por lo que es. Es una muchacha inteligente, tiene el dinero a espuertas y necesita un marido adecuado. Charles sería el hombre perfecto para ella.

—Santo cielo, desde luego, no pierdes el tiempo. Espero que Charlotte no sea tan analítica como tú.

—No estés tan seguro de ello —dijo Violet, dirigiéndole a su marido una mirada a lo Mata Hari mientras se dirigía al cuarto de baño, envuelta en una nube de perfume francés y un salto de cama de seda rosa.

Sin embargo, dos semanas más tarde, James comprobó cuán acertadas eran las suposiciones de Violet ya que sorprendió a Charles almorzando con Charlotte Beardsley.

—Me alegro de volver a verla, señorita Beardsley... ¿Cómo estás, Charles?

Los tres intercambiaron unas frases y, luego, James se dirigió al otro extremo del local donde le esperaban unos amigos. Le pareció que Charles se lo estaba pasando muy bien. Cuando al día siguiente le interrogó al respecto, Charles le contestó que había sido un almuerzo de negocios.

—Pues la chica es muy guapa —dijo James, aguijoneándole.

Charles se echó a reír, sentado a su lado, frente a la chimenea del club.

—No seas tonto. Puedes decirle a lady Vi que retire a sus sabuesos. Charlotte quiere empezar a ocuparse de los contratos en nombre de su padre. Dice que él está cansado y que mi trabajo no plantea problemas legales. No veo ningún mal en ello. Además, la chica se lleva muy bien con mi agente porque, si no me equivoco, son primos o algo por el estilo.

Charlie no parecía sospechar ningún otro motivo y James le dijo más tarde a lady Vi que esta vez se equivocaba. Sin embargo, Violet se resistía a creerlo.

—No seas tonta, Vi. Te aseguro que él sólo piensa en Audrey. Por cierto, ¿has tenido noticias suyas?

Estaban en marzo y todos empezaban a preguntarse si alguna vez Audrey podría abandonar Harbin.

También Audrey llevaba varias semanas preguntándoselo. El tiempo seguía siendo muy desapacible y el parto de Ling Hwei estaba cada vez más próximo.

17

A mediados de marzo, Audrey se hallaba tendida en su cama, en Harbin, pensando en Charlie, cuando oyó un rumor sordo y una especie de suave crujido en la cocina directamente situada debajo de su habitación. Se incorporó en la cama y prestó atención, temiendo que se hubieran ocultado allí los comunistas o, peor todavía, los bandidos que habían asesinado a las monjas en la capilla. Contrajo todos los músculos del cuerpo mientras una de sus manos agarraba una pistola que le había entregado Ling Hwei hacía unos meses. No sabía de dónde la había sacado y no se lo quiso preguntar. Pero se alegraba de tenerla.

Oyó otro rumor amortiguado como de alguien que arrastrara algo muy pesado por el suelo de la cocina. Ahora ya no le cabía ninguna duda. Había alguien en la casa. Salió de su habitación de puntillas, enfundada en uno de los gruesos camisones de lana de las monjas, y vio salir a Ling Hwei de la habitación que compartía con media docena de niños. Tenía el cuerpo completamente deformado a causa del embarazo. Mirándola con expresión severa, Audrey le hizo señas de que regresara a su habitación. No quería que le causaran ningún daño, pensó mientras evocaba la imagen de las monjas decapitadas. Se preguntó quién habría abajo. Últimamente no había habido ninguna escaramuza importante con los comunistas, pero los japoneses habían bajado un poco la guardia. Descendió de puntillas la escalera con la pistola cargada y amartillada, dispuesta a disparar contra el primero que se le pusiera por delante. Tenía el cuerpo en tensión y sus ojos trataban de distinguir algo en la oscuridad. Los latidos del corazón le repercutían con tanta fuerza en los oídos que temía no oír al intruso a tiempo para defenderse. De repente, oyó una afanosa respiración y vio una figura recortándose en la ventana. Con el dedo en el gatillo, vaciló un instante. Cuando estaba a punto de apretarlo, una recia voz habló en la oscuridad. El hombre sabía que ella lo había descubierto, pero lo que más le llamó la atención a Audrey fue el hecho de que se expresara en francés, tomándola por una de las monjas.

—*Je ne vous ferais pas mal* —dijo la ronca y anhelante voz.

No le haré ningún daño. Su acento era un poco raro, pero hablaba con mucha claridad. Sin embargo, no había forma de saber si venía en son de paz o quería engañarla.

—*Qui êtes-vous?* «¿Quién es usted?» —preguntó Audrey en un susurro.

—*Le générale Chang* —dijo el intruso con toda claridad.

—*Que faites-vous ici?* «¿Qué hace usted aquí?» —preguntó la joven, sin dejar de apuntarle con la pistola.

—*Je suis blessé.* «Me han herido.»

Se produjo un prolongado silencio. Después, Audrey bajó los últimos peldaños de la escalera, tomó una vela y la encendió torpemente con una sola mano mientras apuntaba al desconocido con la pistola que sostenía en la otra.

Sosteniendo la vela en alto, le advirtió de que no se moviera. Entonces vio a un hombre fornido, de estatura media, enfundado en un traje mongol. A su alrededor había charcos de nieve fundida. De repente, Audrey pudo ver a la mortecina luz una enorme herida sanguinolenta en el hombro del desconocido. La tenía medio tapada con unos trapos ensangrentados que sostenía torpemente con la mano. Llevaba una pistola de gran tamaño remetida en el cinturón, una impresionante espada colgada del cinto y una correa de municiones sobre un hombro, pero no empuñaba ninguna de esas armas para atacarla. Se limitó a mirarla cautelosamente y le preguntó si era una de las monjas de San Miguel. Audrey no sabía si contestarle que sí o que no. Por fin, decidió decirle la verdad. Sacudió la cabeza, mirándole aterrorizada y, en aquel instante, oyó a Ling Hwei moviéndose en el piso de arriba. Tenía miedo de que el hombre viera a la niña y le causara algún daño, aunque, en aquellos momentos, no parecía probable que lo hiciera. Estaba tan asustado como Audrey, pese a que ella le apuntaba con la pistola.

—¿Puedo quedarme aquí hasta esta noche? —le preguntó en francés. Audrey tuvo la sensación de que ya habría estado allí otras veces. Las siguientes palabras confirmaron su sospecha—. Puedo ocultarme en el sótano donde guardan la carne, como antes.

El hombre la miró con ojos suplicantes y Audrey pudo ver los bordados de oro de su capa. La chaqueta tenía más adornos que cualquiera de las que ella hubiera visto, aunque las manchas de sangre la habían estropeado. Volvió a recordar sus palabras y decidió interrogarle con más detalle antes de acceder a que se quedara. No quería poner en peligro las vidas de los niños.

—¿Ha dicho usted que era general?

—Soy general de mi provincia y leal al ejército nacionalista —por consiguiente, era uno de los seguidores de Chiang Kai-chek y debía de haber librado un combate con los comunistas en alguna parte. Mientras Audrey le miraba asombrada, el hombre añadió—: Soy de Baruun Urta, al otro lado de los montes Khingan. Teníamos que reunirnos con los hombres del general Chiang Kai-chek, pero nos tropezamos con los japoneses. Tengo a tres hombres esperándome en la iglesia. Si usted no me permite quedarme, ellos me ayudarán. No tenga miedo —era extremadamente cortés y hablaba un francés mucho más fluido que el de Audrey, lo cual parecía insólito, tratándose de un general mongol—. Las hermanas me habían permitido esconderme otras veces. Estuve aquí dos veces cuando vinimos por esta zona, pero no quiero poner en peligro a los niños. Si usted quiere que me vaya, me iré.

El hombre intentó levantarse y una mueca de dolor le contrajo el rostro.

—¿Alguien le ha visto entrar? —le preguntó Audrey.

Precisamente en aquel momento, bajó Shin Yu y se situó a su espalda, tratando de decirle algo. Audrey se sorprendió de que no fuera Ling Hwei, y le hizo señas de que volviera arriba mientras trataba de concentrarse en lo que le estaba diciendo el general mongol.

—No creo que hayamos sido observados, mademoiselle —estaba muy débil y Audrey pudo ver que el hombro le sangraba profusamente—. No la molestaremos. Sólo necesitamos un sitio para descansar hasta que caiga la noche. Viajamos a pie y tenemos que regresar junto a nuestra gente.

Al parecer, habían cumplido su misión. Sin embargo, Audrey temía que se quedaran. ¿Y si los japoneses emprendían una represalia? Hasta la fecha, nadie les había molestado y ella quería que las cosas siguieran así por el bien de los niños. Sin embargo, el hombre estaba herido y no podría llegar muy lejos sin un poco de descanso.

—Deponga las armas.

—¿Cómo? —preguntó el hombre, asombrado.

Shin Yu volvió a bajar los peldaños y Audrey le indicó nuevamente por señas que subiera.

—He dicho que deponga las armas... La pistola, las municiones y la espada. De otro modo, no le permitiré quedarse.

—¿Me va usted a defender? —preguntó el desconocido, tras mirarla durante largo rato con expresión inescrutable.

—Yo no sé quién es usted. No puedo permitir que cause daño a estos niños.

—No les haremos ningún daño. Mis hombres se ocultarán en el cobertizo de afuera y yo me quedaré aquí en el sótano donde se guarda la carne, si usted me lo permite. Soy el general de mi provincia, señorita. Soy un hombre de honor —hablaba con tanta cortesía que Audrey captó la incongruencia de la situación. Sin embargo, no podía bajar la guardia. Hubiera podido ser un bandido capaz de atacarles sin el menor escrúpulo de conciencia—. Tiene usted mi palabra. Usted y los niños están a salvo. Sólo necesito unas horas para recuperar las fuerzas.

Al mirar a Audrey a los ojos, el hombre comprendió que no podría ganar la partida. Entonces se quitó la pistola del cinturón, sacó la espada de la vaina y, con más dificultad, se desprendió de la correa de municiones que llevaba colgada al hombro. Lo que Audrey no sabía era que llevaba otra pistola oculta debajo de la chaqueta y un afilado cuchillo escondido en la manga, aunque no tenía la menor intención de usar ninguna de las dos armas con ella.

—¿Cómo sé que no causarán ningún daño a los niños?

—Tiene usted mi palabra, mademoiselle. No les haremos ningún daño.

—¿Y sus hombres? —preguntó Audrey, recordando a las monjas decapitadas en la iglesia.

—Hablaré con ellos y se esconderán en el acto. Nadie les verá. Se lo prometo —el hombre la miró sonriendo. Tenía un rostro interesante. Sus ojos oblicuos y sus pronunciados pómulos le hacían totalmente distinto de los chinos de Harbin y de los que ella había visto en Nankín, Pekín y Changai—. Somos expertos, no se preocupe.

No demasiado, pensó Audrey, de lo contrario no le hubieran herido.

—¿Necesita vendas limpias para la herida? —le preguntó la muchacha manteniéndose a prudente distancia al pie de la escalera.

Le dijo al general que se apartara de las armas y él se desplazó, pegado a la pared, hasta el otro extremo de la cocina. Entonces, sin dejar de apuntarle, Audrey recogió las armas y retrocedió de nuevo hacia la escalera mientras Shin Yu volvía a llamarla. Debía de estar asustada. Audrey le contestó que en seguida iba y volvió a centrar su atención en el general mongol.

—Si tuviera algún trapo limpio... —dijo el hombre en tono vacilante—. Pero creo que ya me las arreglaré con eso —añadió, señalando las ensangrentadas tiras de manta que le cubrían la herida. Audrey sostuvo la vela en alto para examinársela. Vio, entonces, que era un hombre atractivo, aunque ignoraba si debía fiarse de él. Su mirada parecía sincera—. Yo también tengo hijos, ya se lo he dicho, mademoiselle. He estado aquí otras veces. Las hermanas me conocían mucho. Estudié en Grenoble cuando era joven.

Parecía un poco raro que después hubiera regresado a aquella región del mundo tan inhóspita y primitiva; sin embargo, Audrey intuyó que decía la verdad.

—Le daré unos trapos limpios para la herida y también un poco de comida. Pero tienen que marcharse esta misma noche —le dijo ella con firmeza.

—Le doy mi palabra. Ahora hablaré con mis hombres.

Antes de que Audrey pudiera decir nada, el hombre desapareció y echó a correr hacia el cobertizo que había entre el orfanato y la capilla. Audrey aprovechó el momento para cortar dos toallas en tiras, sacar un cuenco de agua y cortar un poco de queso, pan y cecina. Estaba hirviendo un poco de agua para prepararle un té verde cuando el general regresó y se sentó exhausto en un banco de la cocina y la miró con gratitud.

—Gracias —le dijo, comiéndose a toda prisa el queso y la carne. Estaba demasiado cansado como para poder cambiarse él solo los vendajes, pero Audrey no quiso ayudarle hasta que le vio desatarse las tiras de manta y dejar al descubierto una espantosa herida de espada. El hombre se sacó del bolsillo una caja de polvos y espolvoreó la herida mientras Audrey le entregaba unas tiras de toalla empapadas en agua. Juntos limpiaron la herida y, luego, Audrey la vendó con sumo cuidado—. Es usted muy valiente al confiar en mí. ¿Cómo vino a parar aquí si no es monja?

Audrey le contó la historia de las monjas asesinadas y su visita a Harbin. No le habló de Charles y mantuvo los ojos clavados en las vendas mientras trabajaba. El hombre poseía una ruda belleza y una virilidad que Audrey jamás había observado en nadie. Rezumaba potencia viril por todos sus poros y ella se debatía entre el temor y la admiración. En cierto modo, su aspecto era aterrador, y Audrey le imaginaba capaz de saltar como un tigre y matar de un rápido movimiento a cualquiera y, sin embargo, hablando con ella parecía muy amable. Tenía unas manos poderosas y un rostro interesante. Audrey le vio dirigirse al sótano de la carne. Le había dicho la verdad. Sabía dónde estaba y cómo introducirse en el mismo. La miró por última vez y, después, cerró silenciosamente la puerta a sus espaldas, bajando la escalera en la oscuridad mientras ella se quedaba sola en la cocina donde sólo el cuenco de agua ensangrentada y los trapos eran testigos de la presencia del hombre. Audrey salió rápidamente, arrojó el agua sobre la nieve y cubrió la mancha roja con más nieve tras haber enterrado los trapos en el mismo lugar. Nadie los descubriría hasta que llegara la primavera y, para entonces, él ya estaría muy lejos. Al entrar de nuevo en la casa, vio a Shin Yu, que la miraba con los ojos desorbitados por el miedo.

—Es Ling Hwei —le explicó la niña—, ya es la hora. El niño de Dios está a punto de venir... Se encuentra muy mal, señorita Audrey...

Audrey subió corriendo en camisón sin soltar la pistola ni las armas del general, ocultó las armas debajo de su cama, las cubrió con una manta, y se dirigió a la habitación que Ling Hwei compartía con otros niños. La niña apretaba los dientes y mantenía los ojos muy abiertos a causa del dolor. Audrey le acarició la frente y Ling Hwei se estremeció, y le aferró súbitamente una mano.

—Cálmate, voy a llevarte a mi habitación.

Tomó a la niña en brazos y le dijo a Shin Yu que se quedara con los demás niños. Ésta temía por su hermana y quería acompañarla, pero Audrey no deseaba que presenciara los sufrimientos de Ling Hwei. Durante meses había contemplado con preocupación aquellas estrechas caderas, temiendo que el parto no fuera fácil. Hubiera querido avisar a un médico ruso cuando llegara el momento, pero sabía, por su anterior experiencia, que éstos no querrían atender a una niña china. Además, allí los niños solían nacer en las casas con la ayuda de las madres, hermanas y primas. Sin embargo, la muchacha sólo podía contar con Audrey que no tenía ninguna experiencia en partos. Audrey le tomó una mano mientras Ling Hwei luchaba en silencio con las contracciones. Audrey hubiera preferido que se quejara un poco. Cuando los demás niños empezaron a despertarse, Audrey le pidió a Shin Yu que los atendiera y les preparara el desayuno. Rezaba para que el general no saliera de su escondrijo, aunque no era probable que lo hiciera. No podía dejar sola a Ling Hwei porque la niña sufría mucho y ahora había empezado a delirar, gritaba y agarraba a Audrey por un brazo, suplicándole que la ayudara.

A última hora de la tarde, consiguió que Ling Hwei le permitiera examinarla. La niña lloraba patéticamente y Audrey recordó el llanto de Shih Hwa antes de morir. Sin embargo, Ling Hwei no se iba a morir, sólo estaba dando a luz al hijo que concibió el año anterior con el joven soldado japonés. En medio de su tormento, Ling Hwei debió de arrepentirse de lo que hizo, pero ya era demasiado tarde para hacerlo. Los dolores del parto se habían iniciado hacía más de doce horas, pese a lo cual, cuando Audrey examinó a Ling Hwei, no vio la menor señal de la cabeza del niño.

Aquella noche, Shin Yu acostó a los niños, tras haberlos atendido ella sola durante todo el día. De vez en cuando, la chiquilla entraba en la habitación para recibir instrucciones de Audrey e interesarse por su hermana, pero Audrey no permitía que la viera. Por su parte, la joven no comió nada en todo el día y Ling Hwei rechazó incluso una taza de té verde. Lo único que aceptaba era un sorbo de agua de vez en cuando. Lloraba sin cesar y Audrey estaba tan absorta cuidándola que no oyó las pisadas a su espalda cuando el general entró silenciosamente en la estancia a medianoche. Al ver su sombra en la pared, Audrey ahogó un grito, pero ya era demasiado tarde para tomar la pistola oculta debajo de la cama. Se puso en pie de un salto y giró en redondo.

—No tema —le dijo él, mirándola bondadosamente tras echar un rápido vistazo a la niña—. ¿Es una de las huérfanas?

Audrey asintió mientras la niña lloraba. Habían transcurrido diecinueve horas desde el comienzo de los dolores.

—La violaron los japoneses —dijo.

No quería decirle que la niña se había acostado voluntariamente con uno de ellos, por temor a que él le causara daño.

—Animales —musitó el general en voz baja. La habitación olía fuertemente a sudor y la niña miraba sin ver. Los dolores eran implacables y Audrey llevaba una hora llorando con ella. Jamás se había sentido más impotente. El general estudió a Ling Hwei un instante—. Lucha con todas sus fuerzas —añadió como si fuera un experto en la materia.

Audrey le miró con recelo. No sabía si debía confiar en él o no, pese a que había cumplido su palabra todo el día, permaneciendo oculto en su escondrijo del sótano. A lo mejor, pensó Audrey, era tan honrado como parecía y podría ayudar a la parturienta.

—Lleva con los dolores del parto desde anoche, cuando usted llegó. Hace casi veinticuatro horas —dijo Audrey, angustiada.

Temía por la vida de Ling Hwei y no podía hacer nada por ella como no fuera sostenerle una mano y esperar que naciera el niño. Sin embargo, no sabía cómo aliviar sus padecimientos.

—¿Puede ver la cabeza del niño? —preguntó el general.

Audrey negó con la cabeza en silencio.

—En tal caso, morirá.

El general lo dijo con toda naturalidad. En sus cuarenta años de vida, había visto de todo: muertes, nacimientos, guerra, desesperación y hambre. El hombro ya no le dolía tanto y se le veía más descansado que la víspera.

—¿Cómo lo sabe? —preguntó Audrey en un susurro.

—Lo lleva escrito en la cara. Mi primer hijo tardó tres días en nacer. Pero ella está muy débil y es muy pequeña —contestó el general, mirándola con los ojos entornados.

—Tendríamos que avisar a un médico.

—No vendrán —dijo él, sacudiendo la cabeza—. Y, además, no pueden ayudarla. Pueden salvar al hijo, pero nadie querrá a un bastardo japonés.

—¿Qué quiere usted decir? —Audrey creyó entender que él la hubiera dejado morir—. ¿No se puede hacer nada?

La joven ignoraba los pormenores de un parto y en aquellos instantes lamentaba no haber prestado más atención a las descripciones de su hermana. Sin embargo, Annabelle no había tenido ninguna dificultad y, por si fuera poco, le administraron cloroformo. Miró al general mongol y pensó que su aspecto coincidía con el del clásico jefe militar. El general sopesó la situación, analizando cuestiones que Audrey no podía conocer, y después la miró a los ojos.

—Se la puede cortar —dijo. Audrey le miró horrorizada sin estar muy segura de haberle comprendido—. Con una espada limpia. Tendría que hacerlo una mujer o un hombre santo, pero ya veo que usted no sabría hacerlo.

—¿Y usted?

—He visto cómo se hace. Cortaron una vez a mi mujer. Cuando nació mi segundo hijo.

—¿Y ella sobrevivió?

Audrey sólo quería salvar a la niña y librarla de aquel hijo que le causaba tanto dolor. Shin Yu llamó suvemente a la puerta y Audrey le dijo en voz baja que se fuera. No quería que viera al general ni que presenciara los sufrimientos de su hermana.

—Sí, sobrevivió —contestó el general—. Y el hijo también. Puede que esta niña también sobreviva, si actuamos con rapidez. Pero, primero, hay que empujar el niño hacia abajo —sin ningún preámbulo, el general Chang se acercó a Ling Hwei, le dirigió unas palabras y estudió la pequeña montaña de su vientre. Súbitamente, empujó hacia abajo con todas sus fuerzas en el momento de producirse la siguiente contracción sin prestar la menor atención a los gritos de la niña. Repitió el procedimiento otras dos veces y Audrey temió que matara a Ling Hwei con la presión de su poderoso cuerpo; sin embargo, cuando la volvió a examinar, pudo ver parte de la cabeza del niño, y entonces miró al general Chang sonriendo.

—Ya lo veo —le dijo.

Él hizo otras dos presiones en silencio y la cabeza del niño asomó un poco más.

—Ahora, necesitamos toallas y sábanas limpias.

Audrey supuso que el niño estaba a punto de nacer, pero, cuando regresó con los brazos llenos de ropa, vio que el general se sacaba de la manga un largo cuchillo de afilada hoja y lo pasaba repetidamente por la llama de la vela para poder practicar una incisión. Audrey comprendió que no le había entregado todas las armas que llevaba, pero no dijo nada porque, hasta aquel momento, el hombre había cumplido su palabra. En caso de que salvara a Ling Hwei, estaría eternamente en deuda con él.

El general sostuvo el cuchillo en alto y le dijo:

—Mire a ver si la cabeza del niño asoma un poco más —pero la cabeza estaba igual que antes y Ling Hwei sufría más que nunca porque no conseguía expulsar al niño—. Sosténgale las piernas —ordenó el general en tono autoritario.

Por un instante, Audrey se asustó. Confiaba en aquel hombre porque no tenía más remedio que hacerlo.

—¿Qué va usted a hacer? —le preguntó.

—Intentaré hacer una abertura lo suficientemente grande como para que pase la cabeza del niño —contestó él, mirándola con expresión tranquilizadora—. Pero dese prisa porque no podemos dejar que se enfríe el cuchillo.

Audrey intentó calmar a Ling Hwei y, sentándose a su lado, le echó las piernas hacia atrás todo lo que pudo. Ling Hwei apenas opuso resistencia porque ya no tenía fuerzas. El general movió hábilmente el cuchillo. Al principio, no salió sangre, pero después ésta empezó a escaparse a borbotones, empapando por completo las toallas. El general le pidió a Audrey que ejerciera presión sobre el estómago de la niña y, al ver que lo hacía con excesiva cautela, le ordenó a gritos que empujara con más fuerza. Sólo Dios sabía la cantidad de gente que habría matado aquel hombre y, sin embargo en aquellos momentos estaba luchando por una vida junto con Audrey. Ésta contuvo la respiración y empujó con toda la fuerza que pudo, mientras el general volvía a calentar la hoja del cuchillo en la llama de la vela y ensanchaba la abertura. En medio de los horribles gemidos de Ling Hwei, la cabeza del niño empezó a salir poco a poco. Después, salió la frente y aparecieron dos diminutas orejas, una nariz y una boca. Mientras Audrey lo contemplaba todo asombrada, el general le pidió que siguiera empujando. Ling Hwei ya no decía nada porque estaba muy débil. Perdió el conocimiento cuando nació la niña. El general la sostuvo victoriosamente en alto como si la hubiera concebido él y miró a Audrey con una radiante sonrisa de satisfacción. Envolvieron rápidamente a la criatura en una manta y la limpiaron con una toalla. Al principio, la pequeña gimió muy quedo; luego, empezó a llorar y Audrey sintió que las lágrimas le rodaban lentamente por las mejillas. Al levantar los ojos, vio que ya empezaba a clarear. Llevaban trabajando desde medianoche y el general Chang había salvado a Ling Hwei y a su hijita. Sin embargo, mientras examinaba la herida, el general se puso muy serio. Miró a Audrey sin querer comunicarle sus temores. La niña había perdido mucha sangre y él dudaba que pudiera sobrevivir. Sólo la hijita sobreviviría.

—Tiene que coserla —le dijo a Audrey en voz baja.

La joven tomó la única aguja que tenía y un resistente hilo blanco y pasó la punta de la aguja por la llama de la velar antes de coser la incisión. Era lo más difícil que jamás hubiera hecho. Le temblaba la mano a cada puntada. Pensó que sería injusto que muriera Ling Hwei. Le pareció que tardaba una eternidad en coserla. Después, la limpió cuidadosamente con agua fría y un trapo limpio, le limpió todo el cuerpo y la cubrió con unas mantas, mientras el general sostenía en brazos a la niña dormida como si fuera su propia hija. Ninguno de los dos parecía recordar que era medio japonesa y a ninguno de los dos le importaba lo más mínimo. Era una nueva vida, la vida que ambos habían salvado a lo largo de una noche de duro esfuerzo.

—Lo ha hecho usted muy bien —le dijo el general, contemplando a la muchacha inconsciente.

La tez de Ling Hwei era de un blanco grisáceo.

—Está muy pálida —observó Audrey, dirigiéndole una muda pregunta con los ojos al general.

—Ha perdido mucha sangre.

Él también la había perdido a través de su herida, pero era un hombre y estaba acostumbrado a ello. Las mujeres eran otra cosa. Su hermano perdió a dos esposas de aquella manera. Él, en cambio, perdió a dos hijos. Contempló a la niña, recordando la primera vez que sostuvo en brazos a sus hijos. Había transcurrido mucho tiempo desde entonces. Ahora el menor tenía dieciocho años y estaba en las montañas con el ejército de Chiang Kai-chek. Sin embargo, la sensación de asombro ante el comienzo de una nueva vida seguía siendo la misma de entonces.

—¿Se pondrá bien? —preguntó Audrey en voz baja mientras apagaba la vela. La luz del amanecer ya era suficiente.

—No lo sé —contestó el general, contemplando a la niña recién nacida—. Hay que darle leche si no puede tener la de su madre.

Cuando, un poco más tarde, Shin Yu acudió a la habitación, Audrey le dijo que mandara ordeñar la vaca a uno de los niños. Sin embargo, al general Chang le parecía más adecuada la lecha de cabra y Audrey pidió a la niña que le llevara de las dos. Después, miró al general con desaliento. No tenían ninguna botella con que darle la leche. Por pura casualidad, encontraron un guante de cuero de una de las monjas. Audrey lo hirvió en agua, introdujo la leche en el mismo y la pequeña la empezó a chupar y se durmió en seguida. Sin embargo, Ling Hwei aún no había despertado y Audrey comprendió al mirarla que no sobreviviría al suplicio del alumbramiento. El general volvió a esconderse en el sótano. Ahora ya era demasiado tarde para que se fuera y sólo Shin Yu sabía que estaba allí. Cuando al caer la noche el general volvió a la habitación, Audrey aún se encontraba al pie del cañón, alimentando a la pequeña cada pocas horas y cuidando a Ling Hwei que apenas respiraba y que aún no había recuperado el conocimiento. Por la noche, Chang sostuvo a la recién nacida en sus brazos y la alimentó valiéndose del guante mientras Audrey sostenía en silencio a Ling Hwei hasta que, por fin, ésta emitió un suave gemido y murió.

Audrey la acunó largo rato en sus brazos, recordando su dulzura y pensando con dolor en la pequeña y en la solitaria existencia que la aguardaba: crecer en un mundo hostil sin nadie que la amara, despreciada, tanto por los chinos como por los japoneses, en una sociedad donde las niñas se vendían a cambio de un saco de harina, de alubias o de arroz. Con los ojos llenos de lágrimas, cubrió el cuerpo de Ling Hwei y estrechó en sus brazos a la recién nacida. Chang se fue a la cocina a preparar un poco de té. Al llegar la aurora, Audrey despertó a Shin Yu y le comunicó la noticia. La niña lloró, se cubrió los ojos con las manos y se abrazó a Audrey, evocándole la imagen de su hermana Annabelle cuando sus padres murieron. El general Chang las contempló en silencio. Llevaba allí dos noches porque, cada vez que iba a marcharse, sucedía algo. Antes de ocultarse de nuevo en el sótano, habló brevemente con Audrey y la miró inquieto.

—Tengo que irme esta noche. Mis hombres están impacientes.

Audrey les había llevado comida al cobertizo, pero no los había visto. El general había cumplido su palabra y ella ya no recelaba de él. Entre ambos se había creado un nexo indestructible.

—Gracias por su ayuda —dijo Audrey mirándole a los ojos.

—¿Qué hará con la niña? —preguntó el general. Audrey le llamaba poderosamente la atención. Aún no sabía por qué estaba allí ni por qué había venido de tan lejos y se tomaba tan en serio su responsabilidad para con los huérfanos—. ¿Se quedará con ella?

—Supongo que se quedará aquí, con los demás niños del orfanato —contestó Audrey, sorprendida por la pregunta—. No es distinta de los demás.

—¿Y usted? ¿No se siente ahora distinta? ¿No le parece que la niña es un poco suya tras haberla visto nacer?

El general la miró a los ojos y Audrey asintió lentamente con la cabeza. Tenía razón. Se sentía distinta, como si se hubiera cumplido algún profundo anhelo de su corazón. Sin embargo, se encontraba muy afligida por la muerte de Ling Hwei.

—Puede que algún día usted se la lleve y le dé una vida mejor.

El general lo dijo como si la niña les perteneciera en cierto modo a los dos y él esperara que Audrey la llevara consigo al marcharse de China.

Audrey lanzó un suspiro, sabiendo que eso sería imposible.

—Quisiera llevármelos a todos, pero no puede ser. Cuando vengan las monjas, me tendré que ir —contestó Audrey, pidiéndole disculpas con la mirada.

—¿Y la condenará a una vida de miseria e ignorancia, mademoiselle? Tendrá suerte si usted se la lleva —el general la miró con vehemencia y Audrey se sintió extrañamente atraída por él, como si le conociera de siempre y formara parte de su mundo. No parecía un despiadado jefe militar mongol, pensó—. Yo tuve la suerte de que me enviaran a Grenoble —añadió el general, esbozando una triste sonrisa—. Me gustaría que la niña también tuviera esta oportunidad.

Sabía muy bien la vida que la aguardaba en caso de que Audrey no la llevara consigo.

—¿Y, sin embargo, regresó?

—Era mi obligación. Pero la niña no tiene a nadie aquí y nadie la querrá siendo medio japonesa —en los rasgos de la cara se le notaba que no era completamente china—. Puede que un día la maten por eso. Sálvela, mademoiselle. Cuando se vaya, llévesela con usted.

Audrey se sentía molesta ante esa insistencia. En aquel momento, tenía otras cosas en que pensar. Ling Hwei acababa de morir y los demás huérfanos la necesitaban.

—¿Y los demás?

—Los dejará tal como los encontró. En cambio, esa niña no estaba aquí cuando usted vino. Es como si fuera suya.

Aquel hombre luchaba por la pequeña vida que, al principio, no quería salvar y que ahora consideraba suya. Audrey se pasó todo el día pensando en las palabras del general. Tenía que informar de la muerte de Ling Hwei a las autoridades locales, pero temía hacerlo estando Chang y sus hombres allí. En su lugar, la envolvió en unas mantas y la dejó en uno de los cobertizos. Informaría de su muerte al día siguiente, cuando ellos se hubieran ido. Entre tanto, tenía que consolar a Shin Yu y atender a los niños y a la recién nacida. Todo ello la distrajo del general Chang. Aquella noche, cuando los niños ya estaban acostados, Chang llamó suavemente a la puerta de Audrey para pedirle la pistola y la espada. Respetaba mucho a aquella joven y se preguntaba si alguna vez volvería a verla. Era mucho más hermosa que las mujeres que él había conocido en Grenoble y le recordaba un lejano pasado. Extendió una mano y le acarició suavemente la mejilla. Al contemplar su dulce mirada, Audrey comprendió que sus iniciales temores no tenían razón de ser y se dio cuenta de lo mucho que la atraía aquel hombre. Sin embargo, ambos sabían que la relación hubiera sido imposible.

—*Au revoir,* mademoiselle. Puede que nos volvamos a ver algún día.

Chang lo deseaba con toda el alma, pero él tenía que volver a otra vida, una vida en la que no había lugar para ella ni nunca lo habría.

—¿Adónde irá ahora? —preguntó Audrey, mirándole con preocupación y afecto.

—Al otro lado de las montañas, a Baruun Urta. Volveremos aquí más adelante, pero usted ya habrá regresado a su país.

Se miraron largo rato a los ojos. Audrey se sentía tan irresistiblemente atraída por él que casi se olvidó de Charles.

—Cuídese mucho, general.

Éste la miró sonriendo y después contempló a la recién nacida que Audrey sostenía en sus brazos. La niña dormía como un angelito.

—Y usted cuide a nuestra hijita —le dijo él en voz baja, rozándole suavemente el rostro con una mano y acariciándola con los ojos.

Y se fue en silencio. Audrey oyó el crujido de sus pisadas alejándose sobre la nieve. Más tarde, tendida en la cama abrazando a la niña para darle calor, Audrey recordó sus palabras: cuide a nuestra hijita..., a nuestra hijita... Y se sintió invadida por un inmenso amor hacia la niña que dormía en sus brazos y hacia el general mongol que la había salvado. Cuando, por fin, se durmió, soñó con el abuelo y con la niña y con Charles... y con el general mongol.

18

Mai Li tenía dos meses cuando el automóvil que antaño utilizaron Audrey y Charles para trasladarse de la estación al hotel se detuvo frente al orfanato y de él descendieron dos monjas, vestidas con hábito azul marino, capa negra y blanca toca almidonada. No procedían de Francia o del Japón o de otra casa de China, sino de Bélgica, y les había costado Dios y ayuda llegar. Hacía un mes, Audrey había recibido un telegrama, en el que se le anunciaba que ya estaban en camino. Las monjas se sorprendieron de encontrarla allí en lugar de a sus hermanas. Audrey les mostró la casa, pero se sentía un poco posesiva en relación con los dieciséis niños que quedaban. Ahora eran «sus» niños, sobre todo, los más pequeños que tanto dependían de ella, y Shin Yu, que tenía la misma mirada que Ling Hwei, y la pequeña Mai Li, que sonreía cada vez que alguien pronunciaba su nombre. Era una niña extremadamente dócil y todos la querían mucho.

Audrey les explicó a las monjas cómo había llegado hasta allí, y ellas admiraron su abnegación. Les dijo que viajaba con unos «amigos» que habían regresado a Inglaterra hacía siete meses, mientras que ella decidió quedarse con los niños. Ahora ya podía irse, pero no soportaba la idea de dejar a los niños. Shin Yu le tenía mucho cariño y había empezado a enseñarle el chino. Audrey le comunicó que tenía que irse y la niña la miró con tristeza. Había perdido a todos los que amaba, a padres y hermanos, a Ling Hwei y ahora a Audrey que era algo así como un ángel de la guarda para ella.

—Tendrás a Mai Li contigo, Shin Yu —le dijo Audrey.

La niña sacudió la cabeza. Tenía doce años y había crecido mucho en los meses que Audrey llevaba allí.

—Mai Li niña mala..., ¡*niña mala*!

—¿Cómo puedes decir eso? —le preguntó Audrey en francés, sorprendida ante esa reacción.

—No es china y no es la niña de Dios. Es japonesa. Por eso murió Ling Hwei, como castigo por la niña japonesa.

—¿Quién te ha dicho eso?

Audrey se asombró de aquella interpretación, porque Shin Yu no había hablado con nadie.

—Yo lo veo —dijo Shin Yu señalando sus ojos—. Mai Li no ser china. Ella ser japonesa. Y recuerdo el chico de Ling Hwei. Ling Hwei mentirme. Ésa no ser niña de Dios.

—Todos los niños son niños de Dios. Y tu hermana te quería mucho, Shin Yu.

Ésta guardó silencio y Audrey recordó lo que le dijo el general Chang. La criatura sería despreciada por no ser ni china ni japonesa. Se le partió el corazón al pensar que la niña a la que tanto quería no sería aceptada por su propia gente. Lo pensó una y otra vez mientras hacía las maletas y preparaba la partida.

Aquella tarde, fue a la oficina de telégrafos para enviar dos telegramas. El primero era para Charles. Quería comunicarle que ya estaba libre y que regresaría cuanto antes a San Francisco. Deseaba ahorrarle la angustiosa espera de una carta que podía tardar semanas en llegar.

El mensaje que le envió era sencillo y directo. MONJAS LLEGARON FINALMENTE. REGRESO SAN FRANCISCO VÍA YOKOHAMA. TODO BIEN. TE QUIERO COMO SIEMPRE. AUDREY. Al abuelo le escribió más o menos lo mismo, asegurándole que le indicaría la fecha exacta de su llegada en cuanto la supiera.

Se sobresaltó cuando, dos días más tarde, llegó un chico de correos trayendo un telegrama para ella. Audrey le dio una moneda de propina y el muchacho se alejó sonriendo alegremente. Con temblorosas manos, Audrey abrió el telegrama, temiendo que le hubiera ocurrido algo al abuelo. Leyó el texto y, de súbito, se le llenaron los ojos de lágrimas y apartó el rostro mientras las monjas la miraban perplejas y se alejaban discretamente con los niños. Al poco rato, una de ellas volvió para preguntarle:

—¿Ha recibido alguna mala noticia, mademoiselle?

Audrey negó con la cabeza y sonrió entre lágrimas.

—No, no es eso... Al principio, temí que le hubiera ocurrido algo a mi abuelo, pero es algo completamente distinto. Ha sido una sorpresa y me he emocionado.

El telegrama era de Charles. Audrey se fue a su habitación para volverlo a leer a solas y después salió a dar un largo paseo. Tendría que contestarle en seguida y una carta no le llegaría con la suficiente rapidez. El mensaje la pilló completamente desprevenida.

Gracias a Dios. ¿Vendrás vía Londres? Tengo una proposición muy seria que discutir contigo. ¿Quieres casarte conmigo? Te quiero. Charles. Decía todo cuanto ella deseaba escuchar y, sin embargo, no podía aceptar. Por lo menos, de momento. Había leído entre líneas en las cartas que el abuelo le enviaba. La mano del viejo era cada vez más temblorosa y se notaba que estaba muy deprimido y ya no esperaba que ella volviera a casa. De ninguna manera podía regresar vía Londres. Sin embargo, le sería difícil explicar todo eso en un telegrama. Necesitaba regresar a casa cuanto antes para estudiar la situación. Sabía que Annabelle estaba furiosa con ella porque no estaba cuando nació su hija Hannah, bautizada con ese nombre en recuerdo de su madre muerta. Sin embargo, Annabelle tenía un ejército de criados y una suegra que también podía ayudarla en caso necesario, aunque, en realidad, no era una persona muy servicial. En cambio, los niños del orfanato no tenían a nadie.

Sin embargo, no era Annabelle quien la preocupaba en

aquellos instantes y así intentó explicárselo a Charles en el doloroso telegrama que le envió a la mañana siguiente.

CARIÑO: ME ENCANTARÍA REGRESAR A CASA VÍA LONDRES, PERO NO PUEDO. ABUELO ME NECESITA EN SEGUIDA. DEBO REGRESAR DE INMEDIATO A SAN FRANCISCO. ¿PUEDES PERDONARME? TE LLAMARÉ INMEDIATAMENTE DESDE CASA PARA DISCUTIR TU PROPOSICIÓN. ME PARECE MARAVILLOSO. ¿PUEDES VENIR A VERME A SAN FRANCISCO? CON TODO MI CORAZÓN. AUDREY. No le parecía una respuesta muy adecuada y temía que Charles se ofendiera, pero no podía hacer otra cosa..., y tampoco consideraba muy factible casarse en seguida y abandonar al abuelo. Convendría que se quedara primero con él cierto tiempo. Deseaba con toda su alma casarse con Charles, y la opción le resultaba muy dolorosa. Además, había otras opciones tanto o más dolorosas que aquélla.

Las palabras del general Chang resonaban incesantemente en su cerebro: «Llévela con usted, mademoiselle». Sin embargo, no veía de qué forma hubiera podido hacerlo. Pensó, asimismo, en la posibilidad de llevarse a Shin Yu, pero, cuando se lo propuso, la niña se asustó. No quería abandonar China. Ella sólo conocía Harbin y sus alrededores. Quería quedarse allí. Estaba acostumbrada a vivir en el orfanato. Allí no lo pasaban mal. Lo único que les faltaba era un padre y una madre. Audrey hizo con ellos una labor maravillosa durante los largos meses que estuvo allí. Las monjas le aseguraron que su buena obra le había ganado un lugar en el cielo.

Audrey llamó a Changai para reservar habitación en el Hotel Changai y un pasaje en el *President Coolidge*, rumbo a Yokohama. Ahora no tenía tiempo que perder. A las dos semanas de la llegada de las monjas belgas, hizo el equipaje. Por la noche las monjas organizaron una cena especial en su honor y los niños le cantaron canciones.

—Rezaremos por usted, mademoiselle Driscoll —le dijeron las monjas.

Los niños le habían cobrado mucho cariño a la monja más joven y algo menos a la mayor, que era un poco más severa. Adoraban a Audrey y habían prometido acudir a despedirla a la estación al día siguiente.

Aquella noche, antes de acostarse, Audrey les habló a las monjas del general Chang y les aconsejó que no tuvieran miedo en caso de que volviera. Por primera vez, puso la cunita de la pequeña Mai Li en otra habitación que no fuera la de los demás niños. Si se despertara por la noche, una de las monjas la oiría y le daría la leche de cabra que tanto le gustaba. Ya era hora de que empezara a apartarse de ella. Tuvo que contenerse toda la noche para no responder al llanto de la pequeña. Durante dos meses, había tenido a la niña en brazos casi noche y día, y ahora iba a perderla. Permaneció despierta toda la noche, pensando en la niña de sedoso cabello negro y grandes ojos oscuros que la miraba sonriendo cada vez que la veía. A la mañana siguiente, tuvo que armarse de valor para entrar de puntillas en la habitación y contemplar la cuna. Cuando se acercó, la niña la miró con expresión inquisitiva y Audrey no pudo resistirlo más. La sacó de la cuna y la estrechó en sus brazos, meciéndola cariñosamente mientras las lágrimas le resbalaban por las mejillas. Recordó a la dulce niña que dio su vida por ella. Estaba tan trastornada que no oyó llegar a la monja que acababa de entrar en la estancia. Ésta la dejó llorar un buen rato y luego se acercó y la rodeó con un brazo.

—Llévesela, mademoiselle... Llévesela... No puede dejarla aquí.

—Lo sé —dijo Audrey, volviéndose a mirar a la mayor de las monjas.

—No debe usted abandonar a alguien a quien ama tanto —añadió la monja con los ojos llorosos—. Aquí no podría vivir. La rechazarían constantemente. Ni es china ni es japonesa. En cambio, es suya desde lo más hondo de su corazón y eso es lo único que importa.

—¿Y cuando llegue a San Francisco qué? —preguntó Audrey, hablando más consigo misma que con la monja. Volvió a escuchar las palabras del general: «Llévesela cuando se vaya... Llévesela cuando se vaya»...—. ¿Qué le harán allí?

—Allí usted podrá protegerla.

¿Y el abuelo? ¿Y Annabelle? ¿Y Harcourt? ¿Y Charles? ¿Sabrían comprenderlo? Sin embargo, en aquellos instantes, sólo podía pensar en la niña a la que tanto amaba. Todos tenían razón: no podía dejarla.

Estrechando con fuerza a Mai Li, Audrey miró a la monja mientras las lágrimas le rodaban por las mejillas.

—¿Qué haré? ¿Cómo me la voy a llevar?

La monja esbozó una sonrisa. Audrey le parecía la muchacha más sorprendente que jamás hubiera conocido.

—Recogemos sus cosas y su cunita y usted se la lleva con unas buenas provisiones de leche de cabra y todo su amor.

—¿No necesitaré ningún documento? ¿Ni un pasaporte?

Faltaban sólo dos horas para la partida. De repente, Audrey experimentó el deseo de llevarse también a Shin Yu y a todos los demás niños, pero sabía que eso era imposible. El caso de Mai Li era distinto porque fue suya desde un principio y, si la dejara allí, nadie la querría. Se le partió el corazón al pensarlo.

—Le entregaremos un papel, certificando que es una huérfana de este orfanato, y le bastará mostrarlo a los funcionarios de la policía de Changai cuando se vaya. Nadie le pondrá dificultades. No la quieren. En su país, en cambio, si usted la tiene bajo su protección y promete adoptarla, le permitirán la entrada. Le será más fácil hacer el viaje de esta manera que cruzar tantas fronteras, volviendo por donde vino.

De repente, todo le pareció muy sencillo y, en un santiamén, terminó de hacer el equipaje y recogió las cosas de la niña.

Al cabo de una hora, se trasladaron todos a la estación. Audrey había entregado a las monjas un sustancioso cheque del Banco Americano de Harbin. Quería que el dinero se utilizara en los niños y le dijo a Shin Yu que, si cambiaba de idea y quería ir con ella, también se la llevaría o enviaría a alguien a recogerla. La niña sacudió la cabeza llorando y tomó la mano de la más joven de las monjas. Quería quedarse allí. No quiso dar un beso a Mai Li. Todos los demás niños besaron a Audrey con los ojos llenos de lágrimas hasta que por fin, Shin Yu lo hizo también. Audrey lloraba todavía a lágrima viva cuando el tren se puso en marcha.

Mientras estrechaba fuertemente a Mai Li en sus brazos, comprendió que jamás regresaría a aquellas tierras y que nunca volvería a ver a los niños a los que había amado y cuidado en el transcurso de ocho largos meses. Dejaría a sus espaldas el recuerdo de Ling Hwei y del general Chang. Contempló a la criatura dormida y cerró los ojos, pensando en las personas que dejaba y en las que iba a encontrar de nuevo, sin saber cómo podría tender un puente entre ambos mundos.

19

Audrey pasó una noche en el Hotel Changai de esta ciudad antes de subir a bordo del *President Coolidge* al día siguiente. Viajó de Harbin a Pekín, donde tomó uno de los nuevos coches cama del directo de Changai. Una vez allí, recordó el tiempo que ella y Charles pasaron juntos en la ciudad y cayó en la cuenta de que éste no había contestado al telegrama en el que ella le explicaba la imposibilidad de regresar vía Londres. Sin embargo, en aquellos momentos tenía otras cosas en que pensar. Tal como le dijeron las monjas, el certificado que ellas le entregaron en Harbin fue suficiente para los funcionarios locales que, al igual que los japoneses, no pusieron ninguna dificultad a la salida de Mai Li. Le sorprendió que fuera todo tan fácil y, una vez a bordo del *President Coolidge*, exhaló un suspiro de alivio. Estaban casi en junio y llevaba cerca de un año fuera de casa. Había telegrafiado de antemano para indicarles en qué barco llegaría y pensaba llamarles desde Honolulú cuando hiciera escala allí.

La primera escala fue Kobe, a los dos días de zarpar de Changai, y la segunda Yokohama, desde donde navegaron directamente hasta Honolulú. Encerrada en su camarote con Mai Li, Audrey casi experimentó la sensación de hallarse en casa. Durante la travesía, conoció a muy pocas personas porque se pasaba casi todo el rato en el camarote cuidando de la niña. Paseaba por las cubiertas para tomar un poco el aire y aprovechaba para charlar un poco con algún pasajero, pero comía en el camarote para no dejar sola a Mai Li. Fue, por tanto, un viaje muy tranquilo en el que disfrutó especialmente de la bien abastecida biblioteca del barco, leyendo las últimas novedades que no pudo leer durante el año; entre ellas *El chacrito de Dios* de Erskine Caldwell, *Horizontes perdidos* de James Hilton y *Suave es la noche* de F. Scott Fitzgerald. Llegaron al archipiélago de las Hawai en menos de doce días. Pasaron la noche a bordo y zarparon al día siguiente. Le pareció ver un espejismo cuando el barco entró en la bahía de San Francisco seis días más tarde y atracó en el muelle que llamaban el Embarcadero. Se preguntó si alguien habría acudido a recibirla. Trató de llamar al abuelo desde Honolulú, pero no pudo establecer conexión y entonces le puso un telegrama. De repente, las lágrimas le asomaron a los ojos al verle de pie en el muelle con su bastón de puño de plata, contemplando el barco. De haber estado más cerca, hubiera podido ver también las lágrimas que le rodaban por las mejillas. Sin embargo, cuando Audrey desembarcó los ojos del abuelo ya estaban secos. La joven bajó lentamente por la escalerilla, sosteniendo a Mai Li, envuelta en una manta. Se detuvo a mirarle con los ojos llenos de lágrimas. Se le veía más frágil que hacía un año, pero seguía siendo el abuelo elegante y distinguido de siempre. Hubiera querido arrojarse en sus brazos, pero tuvo miedo de hacerlo. Sabía lo mucho que había sufrido por su ausencia y se preguntaba si alguna vez podría perdonarla. Sin embargo, el hecho de haber acudido a recibirla significaba sin duda que la había perdonado. A diferencia de su padre, ella había vuelto. Se sentía en deuda con su abuelo precisamente por eso y quería compensarle de todos sus sinsabores, por muy alto que fuera el precio. No quería ni imaginar lo que debió de pensar Charles al recibir el telegrama. Primero, se empeñó en quedarse en Harbin y ahora había regresado junto al abuelo sin pasar por Londres. Sin embargo, cuando sus pies pisaron el muelle, comprendió que había hecho bien. Avanzó lentamente hacia el abuelo, sosteniendo a Mai Li en sus brazos mientras él la miraba con expresión de reproche. Se miraron mutuamente en silencio hasta que, al fin, Audrey se adelantó y rompió a llorar mientras el abuelo la estrechaba en sus brazos.

—Nunca pensé que volvería a verte, Audrey —dijo el anciano que apenas podía hablar a causa de la emoción.

—Siento haber tardado tanto, abuelo.

El anciano asintió, tratando de reprimir las lágrimas, y se apoyó fuertemente en el bastón mientras posaba los ojos en el pequeño fardo que Audrey sostenía en los brazos.

—¿Qué es *eso*? —preguntó, frunciendo el ceño.

Audrey esbozó una sonrisa y se volvió un poco de lado para que él pudiera ver la carita de la niña casi oculta por las cintas de seda.

—Ésta es Mai Li, abuelo.

El anciano retrocedió y miró a Audrey horrorizado.

—Hubiera sido mejor que no volvieras —susurró. Por un instante, Audrey temió que le diera un ataque allí mismo, en el Embarcadero—. ¡Eres la vergüenza de la familia! Muriel Browne tenía razón, yo no la creí cuando me lo dijo... ¡Todo este cuento de las monjas asesinadas y de los niños huérfanos!

Audrey jamás le había visto tan alterado. Al parecer, pensaba que Mai Li era su hija. Al recordar a Muriel Browne, la joven se enfureció de golpe.

—¿Qué te dijo exactamente la señora Browne? —preguntó.

—Que viajabas con un hombre —contestó el abuelo, mirándola con desprecio—. Yo le dije que estaba equivocada. No tienes vergüenza, Audrey. Y, encima, vuelves a casa con *eso*... Con esta bastarda. ¡Cómo te atreves!

—Cómo me atrevo, ¿a qué, abuelo? ¿A querer a esta niña? ¿Es acaso un pecado? No, no es hija mía. Es una huérfana y, si la hubiera dejado en China, la hubieran matado o la hubieran dejado morir de hambre o enfermedad, o tal vez la hubieran vendido como concubina si hubiera vivido lo bastante. Es medio china y medio japonesa y la he traído a casa conmigo porque la quiero.

Audrey rompió nuevamente a llorar, dolida por las palabras del anciano.

—No lo sabía... Yo creí... —Edward Driscoll miró a su nieta y vio reflejado en su rostro un ciego amor hacia aquella niña muy semejante al que sintió él cuando acogió en su casa a sus nietas de Hawai. De repente, el corazón se le llenó de emoción. Creía haberla perdido para siempre y en aquel instante la tenía de nuevo en casa con aquella niña. Y él que había creído que... La volvió a mirar y se conmovió al verla tan joven y orgullosa, sosteniendo a la niña en sus brazos—. Me alegro de que hayas vuelto a casa, Audrey —le dijo, mirándola a los ojos.

—Yo también, abuelo, yo también —dijo la muchacha sonriendo.

El anciano la rodeó con un brazo y la acompañó hacia el automóvil. Audrey subió primero con Mai Li y a continuación lo hizo el abuelo. El chófer colocó las maletas en el portaequipajes del Rolls. El registro de aduanas se efectuó en el mismo braco y los funcionarios de Inmigración no pusieron ningún reparo a la entrada de Mai Li. Entonces, Audrey lanzó un suspiro y miró a su abuelo, reclinándose en el lujoso asiento de cuero del automóvil. Le pareció que había transcurrido una eternidad y observó que el anciano la miraba como si no acertara a creer que había vuelto.

—¿Se encuentra bien? —preguntó el abuelo, contemplando a la niña dormida.

—Sí —contestó Audrey, conmovida ante su solicitud.

Luego se inclinó hacia él para darle un beso en la mejilla y aspiró el suave aroma de su habitual loción para después del afeitado.

—¿Cómo se te ocurrió llevarte a esta niña?

—Ya te lo he dicho, abuelo. No podía dejarla. En China la hubieran matado.

El anciano la miró en silencio mientras Audrey se inclinaba un poco hacia adelante para que pudiera verle mejor la cara a la pequeña. Ésta tenía unas hermosas y delicadas facciones y el abuelo la contempló fascinado.

—¿Seguro que no es hija tuya, Audrey? —preguntó Edward Driscoll, mirando de soslayo a su nieta.

Llevaba fuera el tiempo suficiente como para haberla tenido, y Muriel Browne le había dicho...

—Totalmente segura, pero ojalá lo fuera —contestó Audrey, sonriendo mientras él la miraba escandalizado—. Sólo para darle a la señora Browne algo de que hablar.

El anciano exhaló un suspiro y contempló a través de la ventanilla del automóvil el barco que la había traído por fin a casa.

—Al principio, estuve tentado de creerla. Me dijo que era un famoso escritor.

Al mirar a Audrey, Edward Driscoll vio algo en su rostro que le hizo dudar un poco.

—Se refería a un amigo de mis amigos ingleses. Charles Parker-Scott —le explicó Audrey, emocionándose con sólo pronunciar el nombre.

Prefería disimular, por lo menos, de momento. Lanzó un suspiro mientras el abuelo miraba a la niña.

—¿Cómo dijiste que se llama?

Le gustaba mucho más que la niña de Annabelle, que era exactamente de su misma edad, que tenía la misma cara de Harcourt y que se pasaba el día llorando.

—Se llama Mai Li, abuelo —contestó Audrey con una alegre sonrisa.

Le parecía extraño estar sentada a su lado, sosteniendo en sus brazos a la hija de Ling Hwei.

—¿Molly? —dijo el abuelo, mirándola con fingido enojo—. ¿Le pondremos Molly?

—Como tú quieras, abuelo.

Intercambiaron una larga mirada hasta que, de repente, él extendió una frágil mano y tomó la de Audrey. Tenía ochenta y dos años y se sentía muy solo.

—No vuelvas a dejarme nunca más, Audrey.

Hubiera querido decírselo con fuerza e incluso con rabia, pero se lo dijo, muy a pesar suyo, en tono de súplica.

—Te lo prometo, abuelo, te lo prometo... —dijo Audrey, besándole en una mejilla.

Mientras lo decía, tuvo que hacer un esfuerzo para no pensar en Charles.

20

—¿Qué es lo que ha hecho? —preguntó lady Vi, mirando escandalizada a James.

Éste acababa de revelarle algo que no debía, pero le daba tanta lástima Charles que necesitaba compartirlo con Violet.

—Le ha rechazado. Le envió un telegrama, pidiéndole que se casara con él y que regresara vía Londres y Audrey le contestó que no podía.

—¿Que no podía regresar vía Londres o que no podía casarse con él?

—Supongo que ambas cosas. No pregunté los detalles. Además, el pobre muchacho estaba borracho como una cuba cuando me lo dijo. Está completamente hundido. Él pensaba que, cuando llegaran las monjas, Audrey regresaría a su lado. Ahora me parece que ya todo terminó.

—Pero es que, a lo mejor, Audrey tenía que ir primero a ver a su abuelo. Podría ser eso.

Lady Vi había dado en el clavo, como siempre, pero James negó con la cabeza porque recordaba la interpretación que Charlie le había hecho la víspera. Al parecer, éste llevaba varias semanas emborrachándose, y la víspera James fue a verle a su apartamento mientras lady Vi cenaba sola con su madre.

—No creo que Charles lo vea así. Él lo considera un desaire. Según él, las relaciones han terminado.

—Oh, Dios mío —exclamó Violet, pensando en el golpe que iba a sufrir Audrey—. ¿No piensa ir a verla a los Estados Unidos?

—No lo creo. Es más, dudo mucho que lo haga. Tiene un contrato para escribir el libro sobre la India y pronto tendrá que irse para allá.

—Ya me imagino quién le seguirá a todas partes... —dijo Violet mientras James agitaba un dedo en un gesto de reproche.

—Mira, Vi, aunque Charlotte no sea santo de tu devoción, no puedes negar que la chica es interesante y, en estos momentos, le puede ser muy útil a Charles.

Eso era precisamente lo que Charlotte esperaba, aunque Violet no compartiera su opinión.

Por fin, Charlotte decidió agarrar el toro por los cuernos y se presentó en el apartamento de Charles llevando unas cajas de galletas y una enorme cesta de fruta, y ella misma le preparó un zumo de naranja, le frió unos huevos y unos buñuelos y le sirvió un humeante café muy cargado mientras él le contaba sus cuitas. Ambos se habían hecho muy amigos a través de sus tratos comerciales, y Charles la consideraba casi como un amigo. Era una chica inteligente, juiciosa y extraordinariamente bien dotada para los negocios. Con ella se podía hablar de cualquier cosa.

—Para Audrey, todo lo demás viene primero... O venía...

Por primera vez, Charles habló en pasado al referirse a la joven. Llevaba nueve meses sin verla y ya era hora de que se quitara la venda de los ojos. Jamás volvería a verla a no ser que se trasladara a San Francisco, lo que se negaba a hacer. Además, no tenía tiempo porque Charlotte y su padre insistían en que se fuera en seguida a la India para iniciar las investigaciones necesarias con vistas a escribir el libro. Tenía que terminarlo antes de ir a Egipto, en otoño. Charlotte le había organizado muchos planes y en ninguno de ellos figuraba un viaje a los Estados Unidos para visitar a Audrey.

—Te sentirás mejor cuando te vayas —le dijo Charlotte mientras le servía otra humeante taza de café. Charles la miró con gratitud. Era precisamente lo que necesitaba en aquellos instantes: amorosos cuidados y una mente aguda. Charlotte era capaz de organizarle cualquier plan y conocía muy bien las necesidades de un escritor. Quería que se limitara a escribir y estaba dispuesta a ayudarle a recuperar la paz de espíritu que para ello necesitaba. Le ofreció incluso su casa de campo para que estuviera más tranquilo, y ahora le reiteró la oferta—. Te sentaría muy bien, Charles. Un cambio de ambiente, aire puro... —le dijo sonriendo.

—¿Qué he hecho yo para merecerme todo eso? —preguntó Charles, reclinándose en su sillón.

—Eres uno de nuestros escritores más importantes y tenemos que cuidarte bien, ¿no crees? —contestó Charlotte.

Le envió incluso su automóvil para que le llevara al apostadero de caza que le había prestado. Charles insistió en que podría ir en su automóvil, pero ella no quería que se preocupara por nada. En aquel instante, sentado en el Rolls mientras saboreaba una copa, Charles tuvo que reconocer que no lo estaba pasando del todo mal. Sin embargo, en cuanto llegó, el recuerdo de Audrey volvió a asaltarle con toda su fuerza, obligándole a dar un largo y solitario paseo al atardecer, en un intento de calmarse un poco. Recordó los últimos días pasados en Harbin y pensó que ojalá se hubiera quedado con su amante.

Regresó a la casa cuando ya había anochecido y lamentó no haber llevado su propio automóvil. Agradecía mucho los desvelos de Charlotte, pero todo aquello no estaba hecho para él. Quería irse a casa. Le parecía una estupidez quedarse allí dos días completamente solo. Pensó en llamar a James y Vi para invitarles a pasar el día siguiente con él, pero, en cuanto abrió la puerta, vio que alguien había encendido la chimenea y se preguntó quién andaría por la casa. Entró en el salón con expresión perpleja y se sobresaltó al oír una inesperada voz a sus espaldas.

—Hola, Charles.

Éste, al volverse, vio a Charlotte, enfundada en un ajustado vestido de seda gris, que le ofrecía una copa de champán. La escena se parecía mucho a la que había visto recientemente en una película y Charles esbozó una sonrisa mientras se acercaba a la chica. De repente, le pareció muy atractiva y la vio con otros ojos.

—No pensaba que eso estuviera incluido en el plan, Charlotte —dijo, mirándola con intención mientras tomaba la copa.

Charlotte era rubia y tenía unos grandes ojos castaños. Sin embargo, eran los ojos de una mujer extraordinariamente astuta.

—En realidad, no lo estaba —contestó ella con voz melosa. Charles observó que había puesto un disco en su ausencia—. Se me ocurrió venir a ver cómo estabas.

Charles sabía que eso no era cierto, pero le daba igual. Llevaba solo mucho tiempo y estaba cansado de sufrir por Audrey.

Se sentó al lado de la mujer en el sofá y, cuando ya habían dado buena cuenta de media botella de champán, se dirigieron al cómodo y espacioso dormitorio. Fue Charlotte quien le desnudó y le acarició el cuerpo con expertas manos, fue ella quien le besó hasta volverle loco y le mordisqueó los muslos y quien gritó de placer mientras ambos hacían apasionadamente el amor durante toda la noche. Charlotte era insaciable, precisamente lo que él necesitaba en aquellos momentos. Su mayor deseo era complacerle en todo lo que pudiera. Y hay que reconocer que lo consiguió. Jamás había experimentado Charles semejantes sensaciones como no fuera con... Pero ya no quería pensar más en ello. Para él, todo había terminado.

21

El reencuentro de Audrey con Annabelle no fue exactamente lo que la primera esperaba. Sabía que su hermana estaba enojada con ella por su ausencia, pero ignoraba el alcance de su furia. Las cosas habían cambiado mucho en un año, mucho más de lo que Audrey podía imaginarse. Annabelle se enteró de la aventurilla de Harcourt en Palo Alto y de sus dos aventuras posteriores con íntimas amigas de ella. Entre ambos se había declarado una guerra feroz. La propia Annabelle tuvo asimismo una aventura, tal como se lo contó a su hermana con la mayor naturalidad mientras ambas tomaban una copa en el salón del abuelo. La prohibición ya había terminado y todo el mundo bebía ahora sin recato. A Annabelle le encantaba salir a almorzar con sus amigas y tomar bebidas alcohólicas en abundancia. Audrey la observó asombrada. Se movía como una gata nerviosa, bebiendo sin cesar mientras hablaba del hombre con quien se había acostado.

—¿Qué te ha ocurrido, Annie? ¿Tan desdichada eres con Harcourt? —preguntó Audrey. Era una pena, pensó. A ella, Harcourt nunca le había sido simpático, pero Annabelle lo eligió y ambos tenían ahora dos hijas—. ¿Crees que las cosas se arreglarán?

—Tal vez —contestó Annabelle, encogiéndose de hombros.

Lucía un elegante vestido y llevaba siempre prendas muy caras. Era su manera de vengarse de Harcourt: gastarse todo su dinero.

—¿Cómo está la niña?

—Se pasa el día llorando.

Annabelle miró a Audrey y ésta vio en los ojos de su hermana algo que no le gustó, pero que no pudo identificar por el momento. Era como si hubiera cambiado radicalmente en sólo un año, convirtiéndose en una niña mimada y perversa. Toda su dulzura había desaparecido como por ensalmo.

—Siento no haber llegado a tiempo para ayudarte, Annie —dijo Audrey con toda sinceridad.

—Ya —Annabelle esbozó una sarcástica sonrisa—. Tengo entendido que tú tampoco lo pasaste del todo mal por aquellas tierras.

—¿Y esas palabras qué significan? —preguntó Audrey, molesta ante la hostilidad de su hermana.

—Muriel Brown me dijo que te estabas tirando a un tipo en Changai.

—Qué simpática.

—¿Es cierto? —los ojos de Annabelle brillaron cruelmente mientras Audrey negó con la cabeza. No en la forma en que ella lo describía, por lo menos. No se «tiraba a un tipo», sino que estaba con el hombre al que amaba.

—No, no lo es.

—Pues algo habrás estado haciendo por allí porque yo no me creo este cuento de los huérfanos.

—Lo lamento mucho, Annabelle, porque eso es precisamente lo que hice.

—¿De veras? —Annabelle entornó los ojos, sin dejar de mirar a su hermana—. A lo mejor, estabas harta de tus responsabilidades aquí y nos mandaste a todos a paseo. Debías pensar que el abuelo se moriría y tú podrías recibir la herencia cuando volvieras. Mala suerte, porque aún está vivo, y yo también. Si crees que yo cuidaré de él en tu lugar, estás muy equivocada.

Audrey se levantó horrorizada al escuchar esas palabras.

—¿Qué te ocurre? ¿Qué te ha pasado en el transcurso de este año? ¿Qué ha sido de la Annabelle que yo conocía? —preguntó.

Se acercó a su hermana y tuvo que hacer un esfuerzo para no sacudirla por los hombros.

—He crecido, eso es todo —contestó Annabelle, mirando con indiferencia a la hermana que, en su opinión, la había abandonado.

No le bastaba con que ésta le hubiera consagrado catorce años de su vida. Ella quería más, pero Audrey no estaba dispuesta a dárselo. Ya era hora de que asumiera sus propias responsabilidades, aunque no de aquella forma. Annabelle se estaba convirtiendo en una prostituta, en una mala esposa, en una madre pésima y en una ingrata.

—Yo a eso no lo llamo crecer. Es repugnante. Piensa bien en lo que haces, Annabelle. Estás a punto de destruir tu matrimonio y de causar probablemente un grave daño a tus hijos.

—¿Y tú qué sabes de eso, señorita Virgen Eterna? ¿O es que eso también ha cambiado?

Audrey sintió deseos de estrangularla, pero, en aquel momento, entró el abuelo y salvó la situación. El anciano percibió la opresiva atmósfera y, en un intento de disiparla, le preguntó a Annabelle si había visto a Molly.

—Y ésa, ¿quién es? —replicó Annabelle, mirando perpleja a su hermana.

—Mi hija —contestó Audrey, mirándola con mal disimulada furia.

—¡Cómo!

El grito de Annabelle se pudo oír en toda la casa.

—Yo no la llamaría exactamente así, Audrey —dijo el abuelo, reprimiendo a duras penas la risa.

—Pues lo es de verdad —dijo Audrey, mirándole con dureza.

—¿Dónde está? —preguntó Annabelle sin dar crédito a

sus oídos. Subió como una exhalación al piso de arriba y descubrió a la pequeña de ojos almendrados durmiendo plácidamente en la cunita que Audrey había colocado junto a su cama. Bajó de nuevo al salón y dijo: —Vaya, pues, entonces Muriel Browne tenía razón... ¡Y encima te acostabas con un chino! —añadió, mirando a su hermana con expresión burlona.

—Muriel Browne no tenía razón, Annabelle —le explicó Audrey—. Mai Li era una de las huérfanas que yo cuidaba.

—Ya, ya —dijo Annabelle, tomando a broma la presunta deshonra de su hermana mientras se arreglaba el sombrero ante el espejo.

—¿Por qué me odias tanto, Annabelle? ¿Qué te he hecho? —preguntó Audrey.

—Me abandonaste —contestó su hermana menor, girando en redondo para mirarla—, eso es lo que hiciste. Me dejaste con la casa, los niños, las criadas, destrozaste nuestras vacaciones y mi vida... Incluso destrozaste mi matrimonio.

—¿Y cómo he podido yo hacer todo eso?

—Te fuiste sin más y te importó un bledo que yo estuviera embarazada y necesitara tu ayuda. Pero eso, ¿qué importa ahora?

—Para mí tiene mucha importancia, Annie —dijo Audrey, apenada—. Cuando me fui de aquí, tenía una hermana. Ahora, por lo que veo, ya no la tengo. Pensaba que éramos lo suficientemente amigas como para que tú comprendieras mi necesidad de irme durante cierto tiempo. Las responsabilidades de que tú hablas no son de mi incumbencia, sino de la tuya.

Sin embargo, Annabelle no lo veía así.

—Antes no lo eran.

—Ahí está. Ya es hora de que aprendas a gobernar tu vida. Harcourt lo quiere.

—Que se vaya al diablo Harcourt —dijo Annabelle, apurando su copa y volviéndose a mirar a Audrey mientras se dirigía hacia la puerta—. Pensándolo bien, tú también te puedes ir al diablo. Te importé un bledo mientras estuviste fuera y ahora tú también me importas un bledo a mí.

Cuando Annabelle se fue dando un portazo, Audrey se preguntó si su hermana la habría querido de verdad alguna vez. Después subió lentamente a su habitación para ver a Molly, mientras el abuelo la miraba con tristeza.

22

En el transcurso de los primeros días, hubo momentos en que Audrey se sintió una extraña. Dos de las criadas que había contratado para su abuelo antes de su partida se marcharon durante su ausencia y el viejo mayordomo se había jubilado. Sin embargo, lo que más le llamaba la atención no eran los cambios de la casa, sino los del ambiente en general. Tenía la sensación de haber vivido en otro planeta y le parecía que todo se movía con excesiva rapidez. En Harbin sólo se recibían noticias muy vagas sobre lo que acontecía en el mundo y, de los Estados Unidos, apenas se sabía nada.

La economía norteamericana había mejorado considerablemente y en San Francisco reinaba una atmósfera extraordinariamente festiva. El abuelo seguía despotricando contra Roosevelt, naturalmente, y consideraba absurdas sus «charlas informales». Cuando Audrey le subrayaba la evidente mejora de la situación, él soltaba un gruñido y le decía: «¡Espera!». Estaba seguro de que Franklin Delano Roosevelt iba a provocar un cataclismo, aunque todavía no sabía de qué clase.

A los pocos días del regreso de Audrey, se empezaron a comentar las purgas de sangre de los nazis en Alemania, en las cuales fueron exterminados todos los presuntos culpables de conspirar contra Hitler. Eran casi doscientas personas, cuya rápida eliminación conmovió al mundo. El dieciséis de julio, se convocó una huelga general en los Estados Unidos en solidaridad con los estibadores de distintos puertos internacionales. Nueve días más tarde, fue asesinado el canciller austríaco Dollfuss y Berlín desmintió cualquier participación en el hecho. El dos de agosto murió el presidente Hindenburg, de Alemania, y aproximadamente dos semanas después, Adolf Hitler accedió a la presidencia de la nación aunque siguió conservando su título de *Führer.* Se había fundado la compañía aérea Air France y, en los Estados Unidos, acababan de nacer las compañías American y Continental. Además, se habían creado otras líneas de ferrocarril, si bien ninguna tan elegante como la del Orient Express. Audrey tuvo que hacer un enorme esfuerzo para asimilar todas las novedades que se habían producido durante su ausencia.

Sin embargo, también ella había cambiado. Se sentía menos comprometida con la vida, y San Francisco se le antojaba una ciudad tremendamente intolerante y provinciana. La gente se pasaba la vida chismorreando sobre el vestuario, los maridos y las fiestas de los demás, y Audrey no sentía el menor interés por todo aquello. Sólo pensaba en Charles, el cual no había contestado a las dos últimas cartas que ella le había escrito.

Ahora ni siquiera se tomaba la molestia de alternar de vez en cuando con sus amistades de la alta sociedad, sino que prefería quedarse en casa con el abuelo y la niña. Al principio, el abuelo pensó que debía de estar cansada del viaje, pero a finales de junio, cuando ya llevaba un mes en casa, Audrey aún no había llamado a ninguna de sus amigas. Edward Driscoll se preguntó si se habría enamorado de alguien durante el viaje y rezó para que no fuera ningún oriental. La niña le inspiraba ciertas dudas, aunque tenía unos acusados rasgos orientales y no parecía euroasiática en absoluto. Era una criatura deliciosa a la que él seguía empeñándose en llamar Molly.

Audrey sabía que muchas personas sospechaban que la

niña era su hija, pero no le importaba. Algunos comentaban que había permanecido lejos de su casa tanto tiempo para dar a luz a su ilegítima hija china.

Annabelle no volvió a aparecer por la casa, pero Audrey leyó en la prensa que se había ido a Carmel con unos amigos. El abuelo no hizo comentarios al respecto, pese a constarle que ambas hermanas estaban enemistadas. Sin embargo, Audrey no se quejaba y, además, en aquellos momentos tenía que organizar el anual traslado al lago. Aquel año, el abuelo sólo pensaba pasar allí unas semanas. Últimamente se cansaba mucho y temía que la altitud no le sentara bien. Tenía ochenta y dos años y estaba más apagado que hacía un año, aunque seguía siendo tan inflexible y obstinado como siempre. El día en que se produjo la primera discusión en serio a propósito de una marca de té a la hora del desayuno, Audrey se echó a reír más contenta que unas pascuas.

—Ya estamos como en los viejos tiempos, ¿eh, abuelo? —dijo, recordando las encarnizadas batallas acerca de Roosevelt que se habían producido poco antes de su partida.

—No has mejorado nada en el año que llevas fuera. Claro que a Roland tampoco le sirvió de nada recorrer el mundo como un estúpido. Por lo menos, él tuvo el buen juicio de no volver a casa con una mocosa desconocida.

Edward Driscoll no hablaba en serio y Audrey no se lo tomó a mal. Le había visto jugar con la niña cuando creía que nadie le observaba, y se divertía con sus balbuceos e incluso aseguraba que ya decía su nombre.

—¡Ha dicho abuelo, Audrey! Lo he oído... Es listísima.

El anciano pensaba que Audrey había echado sobre sus hombros una carga muy pesada llevándose a la niña a casa, pero, cuando su nieta le describía el destino que hubiera aguardado a la chiquilla en China, se entristecía por las dos; por Audrey, que tendría que sufrir muchos quebraderos de cabeza, y por la niña, que nunca sería aceptada en los Estados Unidos o, por lo menos, eso era lo que suponía él.

—Crecerá como si fuera mi propia hija, abuelo —le dijo Audrey.

Eso era precisamente lo que el anciano se temía.

Por la noche, en la casa del lago, ambos volvieron a comentar la situación.

—Las cosas no son así —dijo el anciano, sacudiendo lentamente la cabeza—. Y, aunque lo fueran, ningún hombre querrá casarse contigo ahora. Todos pensarán que la niña es tuya.

—¿Tan terrible sería eso si fuera verdad? —preguntó Audrey. Estaba harta de luchar contra los perjuicios y el egoísmo de la gente y contra los comentarios que corrían por toda la ciudad. En China, sólo tenía que preocuparse por los bandidos o las inundaciones, o bien por la escasez de comida o de agua limpia. La vida en San Francisco era mucho más complicada. En realidad, ya había empezado a idealizar un poco su existencia en Harbin, olvidándose de los terrores y de la angustia que había sufrido cuando murieron Shin Hwa y los demás y de su dolor por la muerte de Ling Hwei. Ahora sólo recordaba las encantadoras caritas que tanto amaba... y a Shin Yu. Se preguntaba a menudo cómo estarían. En cuanto llegó, envió otro cheque al Banco Americano de Harbin para atender a las necesidades del orfanato, pero le parecía que no era bastante—. ¿Por qué le iban a negar a Mai Li una vida como la de todo el mundo, abuelo?

—Porque es distinta de los demás, Audrey —contestó el anciano—. Eso asusta mucho a ciertas personas. No todo el mundo tiene tu amplitud de miras.

—Yo la protegeré, abuelo.

Tal como lo había hecho con Annabelle durante todo el tiempo que pudo.

—Sé que lo harás, hija mía —dijo el abuelo, dándole una palmada en una mano—. Como haces conmigo y con Annie y con todo el mundo. Eres demasiado buena con todos nosotros —era la primera vez que lo reconocía y Audrey se conmovió—. Tienes el corazón demasiado grande. Ya sería hora de que empezaras a pensar un poco en ti misma, Audrey.

Sentada en la mecedora del porche, mientras contemplaba las estrellas, Audrey se rió suavemente.

—No me digas que temes verme convertida en una solterona.

El abuelo esbozó una sonrisa, sabiendo que no podría evitarlo aunque quisiera. Conocía muy bien a Audrey y sabía que haría exactamente lo que le apeteciera, sobre todo cuando él ya no estuviera a su lado. Los hombres capaces de estar a su altura no abundaban. Contempló a su nieta y vio que estaba más hermosa que nunca, que tenía una especie de brillo interior que antes no poseía.

—Eres una chica muy guapa, Audrey. Algún día encontrarás al hombre adecuado.

Audrey estuvo tentada de hablarle de Charles, pero prefirió no hacerlo para no preocuparle. Se estaba haciendo muy viejo y no quería que pensara que él le impedía casarse. Era lo menos que podía hacer por el anciano.

—¿Entramos ya, abuelo?

—Vamos allá —contestó el anciano, mirándola con ternura.

Tahoe estaba como todos los años. El conjunto de los Dollars actuaba como siempre. Al igual que los Drums y los Allens, pero Audrey casi nunca salía. Se quedaba en casa con el abuelo y con Mai Li, que ahora ya se iba convirtiendo en «Molly» para todo el mundo, incluso para ella. La niña contaba seis meses y tenía un carácter extraordinariamente risueño. El primer día de su regreso a casa, empezó a gatear por los suelos. Fue el mismo día en que el buque *Morro Castle* se incendió en aguas de Nueva Jersey y se hundió. Fue una tragedia espantosa en la que se perdieron cientos de vidas. Audrey escuchó la noticia por la radio y vio las impresionantes fotografías que aparecieron en la prensa. La nación sufrió una conmoción todavía mayor cuando, menos de dos semanas más tarde, Bruno Richard Hauptmann fue detenido por estar en posesión del dinero del rescate pagado en el secuestro del hijo de Lindbergh hacía dos años. El hijo de Lindbergh había sido asesinado y el drama había causado un hondo pesar en todo el país, pero no había forma de saber si Hauptmann era culpable o no, aunque las autoridades parecían inclinarse por lo primero. Audrey y el abuelo discutieron mucho rato sobre el asunto. Aquella tarde, mientras Audrey se hallaba entretenida jugando con Mai Li, el mayordomo le comunicó que tenía una llamada telefónica. No sabía quién era el caballero, añadió el mayordomo en tono de reproche. Audrey dejó a Mai Li al cuidado de una de las doncellas y se dirigió hacia el teléfono.

—¿Diga? —inquirió con el ceño fruncido, pensando todavía en el caso Lindbergh—. ¿Quién es?

Hubo una breve pausa. Le dio un vuelco el corazón cuando oyó la voz. Era Charlie.

23

—¿Audrey?

—Sí —el corazón le latía con fuerza en los oídos y tenía la boca tan seca que apenas podía hablar. No le hacía falta preguntar quién era. Hubiera reconocido la voz en cualquier sitio porque la oía cada noche en sus sueños—. ¿Dónde estás?

—En California. Concretamente, en Los Ángeles —parecía más británico que nunca—. ¿Cuánto hace que volviste?

No se había comunicado con ella desde que había recibido su segundo telegrama desde Harbin. Cuando Audrey rechazó su proposición de matrimonio, Charles pensó que ya no tenía nada que decirle. Ahora, había tardado dos días en tomar la decisión. Dos días angustiosos en los que trató desesperadamente de no llamarla. Hasta que, por fin, no pudo resistirlo más. Regresó corriendo a su habitación, tomó el teléfono y pidió a la telefonista que marcara el número.

—Regresé en junio.

—¿Tu abuelo está bien?

—Más o menos... Se ha debilitado mucho en un año —contestó Audrey, lanzando un suspiro—. Se llevó una alegría enorme cuando volvió a verme.

Charlie guardó silencio un instante, recordando las conversaciones que habían mantenido a propósito del abuelo, de la hermana y de las obligaciones de Audrey en San Francisco.

—No le han ido muy bien las cosas durante mi ausencia. En realidad... —Audrey no sabía cómo explicárselo—. Creo que su vida es un desastre —Charlie no se sorprendió por ello. A juzgar por lo que ella le había contado, Annabelle era una niña mimada y tal vez, desde cierta distancia, Audrey había visto la situación con más claridad—. ¿Y tú? ¿Cuánto tiempo te vas a quedar aquí?

—Sólo unos días. Tomé un avión hasta Nueva York y luego me vine aquí. Puede que hagan una película basándose en uno de mis libros. La oferta es muy tentadora.

Audrey sonrió y cerró los ojos, recordando el hermoso rostro de su amante.

—¿Intervendrás tú en ella, Charlie?

—No, por Dios —contestó él, echándose a reír—. Qué idea tan absurda.

—Estarías muy bien.

Al oír la dulce voz de la joven, Charles experimentó un desesperado deseo de verla.

—¿Y tú? —le preguntó—. ¿Qué es de tu vida, ahora?

Le parecía extraño tener que hacer aquellas preguntas. En tiempos no muy lejanos, estuvieron tan unidos como jamás lo hubieran estado otros seres humanos. Sin embargo, ya habían transcurrido once meses desde su separación.

—Hago lo de siempre. Cuidar al abuelo y...

Estaba a punto de decir Mai Li, pero recordó que él ignoraba la existencia de la niña y hubiera sido un poco difícil explicarle toda la historia por teléfono. Algo le impidió terminar la frase.

—¿Y a tu hermana?

—Más o menos...

De repente, se produjo una pausa. Charles no sabía si hacer la siguiente pregunta o no. Al fin, decidió lanzarse.

—¿Audrey?

—¿Sí? —dijo ella.

—¿Puedo venir a verte?

La joven sintió una fuerte opresión en el corazón y no tuvo el valor de contestarle que no. Quería verle, aunque no fuera más que por unos instantes, pese a todos sus agobios y responsabilidades.

—Sí... Lo deseo con toda mi alma —no temió darle a entender lo mucho que le amaba—. ¿Podrás venir?

—Creo que sí. Mañana terminaré los asuntos que tengo pendientes aquí. Podría tomar un avión nocturno. ¿Estarías libre entonces?

Audrey se rió ante la pregunta. Siempre estaba libre, sobre todo, para Charlie.

—Ya me las arreglaré —contestó con aquella mezcla suya de humor y sensualidad.

No poseía la sexualidad exasperada de Charlotte, una mujer hecha para jugar, hablar y trabajar. En cambio, Audrey era un trozo de su alma y de su carne, la parte más importante de su ser.

—¿Te recojo en el aeropuerto?

—¿Tú lo quieres? —preguntó Charles.

—Me encantará —respondió Audrey.

—Ya te comunicaré la hora de la llegada.

—Allí estaré... ¿Charlie?

—¿Sí?

—Gracias.

Charles se alegró de haberla llamado y colgó el teléfono sintiéndose como un colegial enamorado. El día siguiente fue interminablemente largo. Audrey bajó al centro de la ciudad con el abuelo y llevó a Mai Li al médico para que la vacunara. Pensó ir a la peluquería antes de trasladarse al aeropuerto, pero le pareció que eso hubiera sido más propio de su hermana. En vez de ello, se puso un vestido nuevo de lana gris y un collar de perlas y se dejó el cabello cobrizo suelto tal como a él le gustaba. Llevaba una chaqueta de zorro colgada del brazo cuando aparcó el automóvil y entró en el edificio del aeropuerto.

Sin darse cuenta acarició el anillo de sello que aún lucía en un dedo. Su abuelo se lo había visto, pero nunca le había preguntado de dónde lo había sacado. Faltaban diez minutos para la llegada del avión. Como no sabía qué hacer, Audrey empezó a pasear arriba y abajo, pensando en la última vez que vio a Charles. Recordó su rostro y las lágrimas que le resbalaban por las mejillas cuando el tren se puso en marcha en la estación de Harbin. De repente, anunciaron la llegada del vuelo y todo su cuerpo se estremeció como si hubiera recibido una sacudida eléctrica.

Empezó a mirar a los pasajeros y contuvo el aliento cuando un grupo de hombres pasó por su lado. De súbito, le vio con su cabello negro como el azabache, sus profundos ojos y la boca que ella tantas veces había besado. Permaneció inmóvil como una estatua sin decir nada y, de pronto, Charles la estrechó entre sus brazos y empezó a besarla. Después, ambos permanecieron largo rato mirándose en silencio.

—Hola —dijo él por fin, esbozando una sonrisa traviesa mientras la gente les empujaba por todas partes.

—Hola, Charlie —contestó Audrey—. Bienvenido... —¿A qué? ¿A su vida? ¿Cuánto tiempo iba a quedarse? ¿Un día? ¿Dos? ¿Tal vez tres? Pensó con tristeza que pronto volverían a separarse y experimentó una sensación agridulce, mientras él la seguía hasta el automóvil. Llevaba tan sólo un impermeable, un maletín y una cartera—. ¿Qué tal la película?

—Aún no lo sé. Hemos firmado un contrato, pero esta gente está loca y temo que no lleguemos a ninguna parte.

Audrey se alegraba del éxito de Charlie aunque ella le quería por otras cosas.

—¿Estás contento? —le preguntó, mientras abría la portezuela del vehículo y sentándose al volante.

Abrió la otra portezuela desde dentro y Charles se acomodó en el asiento, dejando sus cosas en la parte de atrás.

—Sí —contestó él.

Sin embargo, lo que más le alegraba era volver a ver a Audrey. En su fuero interno, se acusaba de haber accedido a firmar el contrato cinematográfico sólo para poder trasladarse a California, aunque eso no se lo había dicho a Charlotte. Ésta toleraba todas sus debilidades, pero no soportaba oírle hablar de Audrey, la cual, en opinión de ella, había cometido el pecado imperdonable de no acudir a verle cuando él se lo pidió. Mientras Audrey ponía en marcha el coche para regresar a la ciudad, Charles pensó en lo distintas que eran ambas mujeres.

—No sé qué decirte, Charlie —dijo Audrey por fin.

—¿Sobre qué?

Pero Charles sabía muy bien de qué le hablaba la joven. Ésta iba siempre directamente al grano y ahora lo volvería a hacer sin duda.

—Sobre lo que ocurrió..., los telegramas...

—¿Qué tienes que decir? Tu respuesta fue muy clara.

—¿Y también mis motivos? —Audrey temía siempre que no los comprendiera—. ¿Sabes que hubiera dado mi brazo derecho y mi corazón para mandarlo todo a paseo y casarme contigo el año pasado? Pero no podía irme a Londres sin más y dejar de nuevo al abuelo. Llevaba un año fuera..., y es tan viejo y tan frágil, Charlie...

—No entiendo tus sacrificios —dijo Charles, mirando a través de la ventanilla—. Fue la segunda vez que me rechazaste.

—La primera no me hiciste una proposición en serio —contestó Audrey—. Querías sacarme de Harbin como fuera y, para ello, hubieras estado dispuesto a casarte conmigo.

Charles la miró sonriendo y pensó que le conocía mucho mejor que Charlotte.

—Eres la mujer más testaruda que he conocido en mi vida, Audrey —le dijo.

—¿Qué es eso? ¿Un cumplido o una simple constatación? —preguntó Audrey, apartando momentáneamente los ojos de la carretera para mirarle.

—Ninguna de las dos cosas —contestó Charles, sacudiendo la cabeza—. Es más bien una acusación. Eres un bicharraco... ¡un auténtico bicharraco! —añadió, tomando un mechón del cabello de Audrey y echándole un poco la cabeza hacia atrás para besarle el cuello—. ¿Sabes que me pasé un mes borracho tras recibir tu maldito telegrama? ¡Un mes!

Sin embargo, se calló lo que había hecho Charlotte para

salvarle. Pero lo que sentía por Audrey era algo mucho más serio.

—Para mí tampoco fue fácil, Charlie —dijo la joven—. Fue la decisión más dura que jamás hubiera tomado..., exceptuando la de quedarme en Harbin.

—Aquello no fue tan duro. Tú estabas convencida de que cumplías con tu deber y no creo que te arrepintieras.

—¿Piensas de veras que, después de pasarme ocho meses allí, nunca tuve dudas al respecto? Pues te equivocas. Hice lo que consideraba mi obligación, pero pagué un precio muy alto por ello —Audrey le miró directamente a los ojos cuando se detuvieron ante un semáforo y pensó en la pequeña Mai Li, la mayor recompensa que jamás hubiera podido soñar—. Por cierto, ¿dónde te alojas? —preguntó, mirando a Charles con expresión pensativa.

—Los estudios me han reservado habitación en el Saint Francis. ¿Es un buen hotel?

—Excelente.

Ambos recordaron al unísono el Gritti y el Pera Palas, pero no hicieron ningún comentario al respecto.

—¿Querrás cenar conmigo esta noche, Aud? —preguntó Charles.

La joven asintió en silencio. Le parecía extraño citarse con él, tras haberse pasado tantos meses viajando a su lado. Era como si estuvieran casados. Ahora, en cambio, habían dado un paso atrás, regresando a la fase de Antibes, en la que ninguno de los dos sabía exactamente lo que pensaba el otro.

—¿Quieres primero venir a mi casa para que te presente al abuelo?

—Me encantará —contestó Charles, observando que ella llevaba todavía su sortija en el dedo.

Cuando le dejó en su hotel y le besó en los labios, Audrey volvió a emocionarse muy a pesar suyo. No quería volver a enamorarse de él, pensó mientras regresaba a casa. Sólo iba a quedarse allí unos días, hubiera sido absurdo. Sin embargo, no podía reprimir sus sentimientos.

El abuelo la vio entrar y la miró con el ceño fruncido, levantando los ojos del periódico que estaba leyendo.

—¿De dónde vienes, Audrey?

Por un instante, ella no supo qué responderle. Después, decidió confesarle la verdad o, por lo menos, parte de ella.

—Fui a recibir a un amigo al aeropuerto.

—¿Ah, sí?

—Le conocí en Europa. Sólo estará aquí un par de días.

—¿Le conozco?

—No —contestó Audrey, sonriendo—. Pero en seguida le conocerás. Vendrá a tomar una copa dentro de una hora. Tiene ganas de conocerte.

—Será un joven insensato —dijo el anciano con fingido enojo.

Sin embargo, Audrey sabía que le gustaba conocer a sus amigos de vez en cuando, y que muchas veces la regañaba por no salir más a menudo, aunque ella no sentía el menor interés por nadie. Consultó el reloj y decidió subir a ver a Mai Li antes de cambiarse para la cena.

—Hoy le ha salido otro diente —le dijo el abuelo, como si leyera sus pensamientos.

—¿A la niña?

—No, a la doncella.

Audrey se echó a reír.

—Para ser una niña de seis meses, ya tiene muchos —dijo.

—Está muy adelantada. La señora Williams —el ama de llaves— me lo ha comunicado. Dice que su nieto no tiene ni dientes ni cabello, y eso que ya casi tiene un año. Verás cómo empieza a andar antes de cumplir el año.

Audrey se conmovió al ver lo orgulloso que el abuelo estaba de la niña. La quería mucho más que a los hijos de Annabelle y ya ni siquiera le importaba que fuera china. De vez en cuando, la acompañaba cuando su nieta la sacaba a pasear e incluso la ayudaba a empujar el cochecito.

—Bajaré en seguida, abuelo.

Cuando lo hizo, lucía un vestido de cóctel comprado en Ransohoff's y que todavía no había estrenado. Era un modelo de seda negro con los hombros muy marcados y un escote en forma de diamante en la espalda. Le sentaba de maravilla y el abuelo observó que se había peinado con gran esmero. Pensó que el invitado debía ser muy importante... para ella.

—¿Quién dijiste que era? —preguntó el anciano poco antes de que sonara el timbre.

—Charles Parker-Scott. Es un escritor.

—Me parece que he oído hablar de él —dijo el abuelo.

En aquel instante, sonó el timbre y Audrey se dirigió al recibidor precisamente en el momento en que el mayordomo abría la puerta. Charles entró y se quedó mirando embobado. Estaba preciosa y le hizo recordar inmediatamente los momentos felices que habían compartido. Sin embargo, jamás la había visto tan encantadora como aquella noche.

—Hola, Audrey —dijo mientras ella le besaba en la mejilla y le acompañaba al salón para presentarle al abuelo.

—Te presento a Charles Parker-Scott... Mi abuelo, Edward Driscoll.

Los dos hombres se estrecharon la mano y se estudiaron con interés, quedando, muy a pesar suyo, favorablemente impresionados el uno por el otro, sobre todo, Charles, que sentía una especial aversión hacia el hombre que le había apartado de Audrey.

—Buenas noches, señor. ¿Cómo está?

—Muy bien, gracias. ¿De qué le conozco yo a usted?

El anciano no recordaba si Audrey se lo había mencionado alguna vez o si se trataba de un personaje famoso.

—Charles es escritor, abuelo. Escribe unos maravillosos libros de viajes.

El abuelo frunció el ceño y asintió lentamente con la cabeza. Le sonaba de algo más, pero no recordaba de qué. Audrey se alegró de que así fuera. Estaba segura de que Muriel Browne le habría mencionado su nombre al anciano. No obstante, prefería no recordárselo porque el abuelo no se chupaba el dedo y sospechaba que ella había tenido relaciones con un hombre durante su permanencia en el extranjero, aunque nunca le preguntara nada.

—En realidad, acaba de vender los derechos cinematográficos de uno de sus libros, por eso precisamente ha venido a California.

El mayordomo les sirvió unas copas y Charles conversó animadamente con el anciano, observando que le temblaban ligeramente las manos mientras sostenía la copa. Sin embargo, cuando el abuelo se levantó para mostrarle la biblioteca, Charles pensó que no se le veía tan frágil como decía Audrey y se preguntó de repente si ésta no le utilizaría como excusa. A lo mejor, no quería casarse con él. Sin embargo, estaba seguro de que eso no era cierto. Contempló, admirado, los viejos libros, las ediciones príncipe y los preciosos volúmenes encuadernados en cuero de la valiosa colección. En realidad, toda la casa estaba llena de tesoros y muebles antiguos, muchos de ellos adquiridos por el padre de Audrey en el transcurso de sus viajes o bien comprados por su abuelo o su bisabuelo. Charles nunca habría sospechado que Audrey procediera de una familia tan acaudalada.

—Tiene usted una magnífica colección, señor —dijo.

Volvieron a sentarse y Charles miró sonriendo al anciano. Éste le devolvió la sonrisa y pensó que era una lástima que Audrey no tuviera más amigos como aquél. Le gustaba ver a algún joven de vez en cuando. Le recordaban a Roland. En realidad, aquel hombre se le parecía enormemente.

—¿Sabe que se parece usted a mi hijo? ¿No se lo ha dicho Audrey?

—Pues, la verdad es que no... Como no sea por el hecho de que a ambos nos gusta tanto viajar.

—Maldita insensata... —Edward Driscoll hizo una mueca y Charles temió haber dicho alguna inconveniencia. A continuación, el anciano levantó los ojos y exhaló un suspiro de alivio, mirando a Audrey—. Afortunadamente, ésta no perdió el juicio. ¿Sabe usted que incluso estuvo en China? —Charles reprimió una sonrisa y asintió con la cara muy seria—. Se pasó casi un año en Manchuria, en un sitio llamado Harbin... y después vino aquí con una niña —al oír estas palabras, Charles estuvo a punto de caerse de la silla y se puso tan pálido que Audrey temió que se desmayara—. Una chiquilla preciosa —prosiguió el abuelo—. La llamamos Molly.

—Ya.

Audrey hubiera querido tomar la mano de Charles y explicárselo todo, pero no sabía por dónde empezar.

—Era una de las huérfanas de la casa... En realidad, la dio a luz una de las mayores, pero murió de parto...

—¡Audrey! —exclamó el abuelo escandalizado—. No tienes por qué aburrir a nuestro invitado con esos detalles.

—¿Quieres verla? —preguntó Audrey, a falta de otra cosa mejor que decir.

Vio que Charles estaba a punto de declinar el ofrecimiento y le miró con ojos suplicantes hasta que, por fin, él se levantó a regañadientes.

—De acuerdo —Charles la siguió en silencio al piso de arriba—. Conque era eso —susurró por fin—. ¿Por qué demonios no me lo dijiste en lugar de hacerme hacer el ridículo? ¿Qué es? ¿Medio china?

—Sí.

—Tu abuelo tiene razón —añadió Charles al llegar a la puerta del dormitorio—, eres una maldita insensata. ¿Cómo pudiste hacer eso? ¿Por qué no te libraste de esa niña antes de volver a casa?

Audrey le miró con los ojos llenos de lágrimas. Sabía lo que Charles pensaba y no quería justificarse ante él.

—¿Qué querías que hiciera? ¿Que la matara? La llevé conmigo porque la quiero y no soy ni la mitad de insensata... que tú.

Audrey se acercó a la cuna y levantó a la niña en brazos mientras la doncella que cuidaba de Mai Li se retiraba discretamente de la estancia. La chiquilla esbozó inmediatamente una graciosa sonrisa. Tenía un precioso rostro oriental y no se hubiera podido adivinar si era china o japonesa.

—No es... —empezó a decir Charles, perplejo. De repente, se avergonzó de sus sospechas, aunque, en realidad, éstas le hubieran facilitado la tarea de asimilar el rechazo de Audrey. Hubiera estado dispuesto a creer cualquier cosa antes que reconocer que ella le había dejado por el simple sentido del deber—. Audrey, perdóname... La niña no es tuya, ¿verdad? Por lo menos, no en la forma en que yo pensaba...

Audrey negó tristemente con la cabeza, pensando que ojalá lo fuera.

—Ling Hwei murió al dar a luz antes de que yo me fuera. El padre era japonés... Un soldado... No podía dejarla. Tú ya sabes lo que hubiera ocurrido.

—Ahora lo comprendo todo —dijo Charles—. ¿Por qué no me lo dijiste?

—Lo hubiera hecho, pero, después del telegrama, no contestaste a ninguna de mis cartas y no sabía cómo te lo ibas a tomar.

—Es un encanto —dijo Charles, contemplando a la chiquilla que Audrey sostenía en sus brazos—. ¿Qué tiempo tiene?

—Seis meses. El abuelo la llama Molly —se miraron sonriendo. La niña era como un regalo que les hacía recordar los felices momentos transcurridos en China. Charles le acarició una mejilla con un dedo y la niña intentó metérselo en la boca mientras él se reía y le hacía cosquillas—. ¿La quieres tomar en brazos? —le preguntó Audrey. Al principio, él vaciló un poco, pero después la tomó y la acercó a su mejilla. Olía a jabón y a polvos de talco y todo en ella era pulcro, bonito y aseado. Ahora comprendía Charles lo que había estado haciendo Audrey desde su regreso. Miró a su alrededor y vio docenas de fotografías de la niña tomadas sin duda con la Leica—. ¿No te parece maravilloso, Charles? —éste depositó cuidadosamente a la niña en la cuna y ambos la contemplaron con cariño mientras jugaba con sus piececitos y profería murmullos de satisfacción. Audrey miró a su antiguo amante a los ojos y se atrevió a decirle lo que pensaba, ahora más que nunca—. Quisiera que fuera tuya, Charles.

—Yo también —dijo él.

Quería a Audrey tanto como siempre, o tal vez más, y el hecho de verla con la niña le enternecía profundamente. Ambos tuvieron que hacer un esfuerzo para abandonar la habitación y reunirse de nuevo con el abuelo, el cual sonrió extasiado cuando le contaron las gracias de la niña. Nadie hubiera podido adivinar que se llevó un disgusto al verla por primera vez. Oyéndole hablar, se hubiera dicho que la niña pertenecía a su propia estirpe.

—Es la chiquilla más preciosa del mundo —el abuelo miró afectuosamente a Audrey—. Ésta tampoco estaba mal, pero ya ha llovido mucho desde entonces.

Al cabo de unos instantes, los tres se levantaron y Charles le reiteró al anciano su complacencia por haberle conocido. Tenían reservada mesa en el Blue Fox, pero les hubiera dado igual cenar en cualquier otro sitio. Audrey se lo contó todo, sus últimos momentos en Harbin, el nacimiento de Molly e incluso la aparición del general mongol.

—Santo cielo, te hubieran podido violar.

O asesinar. Pero no lo dijo.

—Pensando en aquellos ocho meses, supongo que hubiera podido ocurrir cualquier cosa. Pero, la verdad, Charles, en aquel instante me pareció que era lo que tenía que hacer. A cambio, recibí a Molly —dijo Audrey sonriendo.

—Y ahora, ¿qué, Aud? ¿Qué vas a hacer con tu vida?

—No lo sé. Quedarme aquí. Por lo menos, mientras viva el abuelo.

—Es un hombre extraordinario.

—Lo sé... Por eso volví junto a él. Le debo mucho.

—¿Incluso tu futuro, Audrey? Eso tampoco me parecería justo.

—En cualquier caso, mi presente.

—¿Y Annabelle? ¿Qué es lo que ella le debe?

—Me temo que mi hermana no se considera en deuda.

—He tenido la mala suerte de enamorarme de la más cumplidora —dijo Charles, sonriendo con tristeza. Mientras tomaban el postre, se armó de valor—. ¿No te podría arrancar de todo eso por una temporada, Aud?

—¿Por cuánto tiempo? ¿Por un fin de semana en Carmel o por un año en el lejano Oriente?

Se miraron sonriendo. El contraste entre ambas civilizaciones era impresionante. Audrey hubiera estado dispuesta a ir con él hasta los confines del mundo, pero eso era imposible. No podía alejarse de su casa más allá de unos días.

—Acabo de regresar de la India donde estuve documentándome con vistas a mi próximo libro...

—Qué interesante —dijo Audrey, sabiendo que él no había terminado de hablar.

—... y ahora me voy a Egipto —Charles hizo una pausa y le tomó una mano—. ¿Quieres acompañarme?

Audrey se quedó paralizada de asombro al oír esas palabras. Lo deseaba con toda el alma. Con él, hubiera ido a cualquier sitio, pero Egipto le parecía un lugar fabuloso.

—¿Cuándo irás?

—A finales de año, o tal vez en primavera. ¿Importa mucho el momento?

—Supongo que no —contestó Audrey, lanzando un suspiro—. Pero no me imagino al abuelo soportando otro viaje después de lo que ocurrió la primera vez. No sé cómo podría hacerlo, Charles... Además, ahora tengo que pensar en Molly.

—Llévala contigo —dijo Charles muy serio.

Audrey se inclinó hacia adelante y le dio un beso en una mejilla.

—Siempre te querré, Charlie, ¿lo sabes?

—A veces, me cuesta creerlo —dijo él, reclinándose en la silla—. No quiero que me des la respuesta esta noche. Piénsalo... Piensa en Egipto en primavera. ¿Se te ocurre algún lugar más romántico?

—No hace falta que me lo ponderes, Charles —contestó Audrey, sacudiendo la cabeza—. No es por eso. Yo sería feliz contigo incluso en un pastizal de Oklahoma.

—Tampoco sería mala idea.

Charles se rió y, de repente, la atmósfera cambió y él le propuso ir a bailar a su hotel. Tan pronto como sus cuerpos entraron en contacto, Audrey sintió la misma magia de siempre y ambos se besaron y acariciaron con la misma vehemencia que en el pasado.

—Creo que jamás podré resistir esta tentación, Charles. Lo pasaré muy mal si algún día te casas con otra.

—Hay maneras de impedirlo —le susurró él al oído.

Después, se retiraron de la pista de baile y hablaron un

momento en un pasillo. No querían cometer una locura, pero sus corazones desbordaban de amor. Al ver que Audrey asentía en silencio, Charles le deslizó la llave de su habitación en la mano y, dirigiéndose a recepción, pidió otra mientras la joven tomaba el ascensor. Al verla, el ascensorista se quedó pasmado ante su belleza, y pensó que debía de ser la esposa de algún cliente. Al llegar al piso, Audrey bajó con el corazón desbocado y entró en la habitación de su amante poco antes de que éste llegara. Al abrir la puerta, Charles la vio de pie en el centro de la estancia, esbozando una tímida sonrisa.

—¡Imagínate si alguien me viera! ¡Me cubrirían de alquitrán, me emplumarían y me expulsarían de la ciudad.

—Sospecho que no serías la primera. Pero, como ya te he dicho, hay maneras de impedirlo...

A él se le ocurría una en particular. Se abrazaron con fuerza y se olvidaron de todo. Momentos después, sus ropas yacían tiradas en el suelo. Había transcurrido un año y océanos y continentes les habían separado desde la última vez. De repente, Audrey se preguntó cómo pudo vivir tanto tiempo sin su amor. Eran la cuatro de la madrugada cuando por fin pudo apartarse de Charles.

—Qué barbaridad... Tengo que volver a casa en seguida —exclamó al ver la hora en el reloj de la mesilla de noche.

No era como en China donde ambos vivieron como marido y mujer durante meses. Ahora tenían que disimular y guardar las apariencias. Charles la contempló mientras se vestía y después se vistió él a su vez para acompañarla a casa en un taxi. Ya en el interior del vehículo, volvió a besarla apasionadamente en los labios y luego la vio entrar en la casa, utilizando una llave. Esperó hasta que se encendió la luz de la habitación de arriba y Audrey apartó la cortina de encaje para saludarle con una mano. Entonces, Charles regresó al hotel y se sintió desesperadamente solo sin ella.

La cama olía todavía a su perfume y a su carne y sobre la almohada había quedado olvidado un largo cabello cobrizo. Hubiera querido llamarla y tenerla de nuevo a su lado, pero eso no ocurrió hasta la tarde del día siguiente en que ambos volvieron a reunirse y se fueron de nuevo a la habitación del hotel con la mayor discreción posible. Permanecieron en la cama hasta la una de la madrugada en que Charles llamó al servicio de habitaciones, para pedir que les subieran la cena mientras ella se ponía la bata de su amante y daba unas chupadas a su cigarrillo. Audrey se sentía a gusto a su lado, pero veía algo extraño en los ojos de Charles. Cuando el camarero se retiró y él se volvió a mirarla, comprendió que algo le ocurría. Le conocía demasiado bien para que pudiera engañarse.

—¿Qué te pasa, Charles? —le preguntó con dulzura.

—Tengo que decirte una cosa.

—Tan mala no será —dijo Audrey, extendiendo una mano para tomarle la suya.

Sin embargo, Charles estaba demasiado nervioso para permanecer sentado. Empezó a pasear arriba y abajo de la habitación hasta que, al final, se detuvo y contempló aquellos ojos azules que tanto amaba.

—Mañana por la tarde tengo que irme a Nueva York.

Las palabras cortaron el aire como un cuchillo.

—Comprendo.

—Tenía prevista una reunión con un editor norteamericano y han adelantado las fechas —Audrey se preguntó si le iba a pedir que la acompañara, pero, en realidad, se avecinaba algo mucho peor—. Antes de que me vaya, creo que tendríamos que aclarar la situación. No podemos seguir así, Aud... El año que he pasado sin ti ha sido el período más difícil de mi vida, exceptuando el año en que murió Sean. Ahora no me será fácil volver a dejarte. No podemos seguir así indefinidamente —Audrey hubiera querido preguntarle por qué no podían seguir igual durante algún tiempo, hasta que ella pudiera dejar al abuelo, hasta que..., ¿hasta qué?, se preguntó. La respuesta no era fácil—. Quiero casarme contigo. Quiero que vengas a Inglaterra conmigo. Ya sé que eso puede exigir cierto tiempo... Un mes, tal vez dos. Eso lo puedo soportar. Pero deseo casarme contigo, Aud. Te quiero con todo mi corazón.

Era lo que la joven siempre había soñado. Charles era

el único hombre a quien jamás podría amar. Pero no podía hacer lo que él le pedía, le era completamente imposible. ¿Tan difícil era eso de comprender?

Se le llenaron los ojos de lágrimas y, sacudiendo su melena cobriza, Audrey acarició suavemente una mejilla de su amante con las yemas de los dedos.

—¿No sabes cuánto te quiero, Charles? ¿Cuánto desearía poder hacerlo? Pero no puedo... ¡*no puedo*! —se levantó y cruzó la habitación y contempló a través de la ventana la Union Square, que se veía abajo—. No puedo dejar al abuelo, ¿es que no lo comprendes?

—¿Crees de veras que es eso lo que él espera de ti? No es tan irracional como tú imaginas, Aud. No puedes renunciar a tu vida por él.

—Se le partiría el corazón.

—¿Y el mío? —preguntó Charles, mirándola con emoción.

Audrey no supo qué contestarle.

—Te quiero —le dijo; y con los ojos le suplicaba que la comprendiera.

—Eso no basta. Eso nos destrozará a los dos. ¿Quieres casarte conmigo? —no había modo de esquivar la pregunta de Charles y Audrey no podía darle la respuesta que él anhelaba. Tenía que hacer un sacrificio, como cuando se quedó en Harbin durante ocho meses, sólo que muchísimo peor—. Contéstame, Audrey —Charles la miró, diciéndole en silencio que no habría otra oportunidad, que aquélla era la última vez—. ¿Audrey?

Ambos se hallaban separados por un universo de dificultades.

—Charlie, no puedo... Ahora mismo, es imposible...

—Entonces, ¿cuándo? ¿El mes que viene? ¿El año que viene? Nunca quise casarme con nadie hasta que te conocí a ti, y ahora te lo ofrezco todo, mi vida, mi casa, mi corazón, la fortuna que pueda tener, mis derechos de autor. Todo lo mío es tuyo, pero no estoy dispuesto a esperar diez años, no pienso desperdiciar mi vida y la tuya, esperando a que muera este hombre. Quiero creer que él desea cosas mejores para ti. ¿Me permites que yo mismo se lo pregunte? Lo haría con mucho gusto.

—No puedo hacerle eso, Charles —contestó Audrey, negando con la cabeza—. Él diría que me fuera. Y entonces, se moriría. Soy lo único que tiene.

—También eres lo único que yo tengo.

—Y tú eres el único hombre al que jamás podré amar.

—Pues, entonces, cásate conmigo.

Audrey le miró largo rato en silencio. Después volvió a sentarse muy despacio y se echó a llorar.

—No puedo, Charlie.

Éste se volvió de espaldas y contempló la Union Square a través de la ventana.

—En tal caso, todo habrá terminado entre nosotros cuando yo me vaya. No quiero volver a verte nunca más. No quiero seguir jugando a este juego.

—No es un juego, Charlie. Es mi vida... y la tuya. Piénsalo antes de excluirme definitivamente de ella.

Charles sacudió la cabeza en silencio y, por fin, se volvió a mirarla con tristeza infinita.

—Tenerte y no tenerte será una tortura para ambos y luego, ¿qué nos quedará? El vacío..., promesas..., mentiras. Tú misma has dicho que ojalá Molly fuera hija mía. Pues, bien, yo también lo quisiera. Algún día quiero tener hijos y tú también lo quieres. No podemos tenerlos en la actual situación o, por lo menos, no debiéramos. Deseo una vida de verdad con una esposa de verdad y unos hijos cuando a los dos nos parezca oportuno. Exactamente igual que James y Vi.

Audrey lo entendía muy bien.

—Pues, entonces, quédate a vivir conmigo en San Francisco —le dijo.

—¿Y qué haré? ¿Trabajar en un periódico local? ¿Vender zapatos? Yo soy un escritor especializado en viajes, Audrey. Ya conoces mi vida. Viviendo aquí, no podría hacer lo que ahora hago. Uno de los dos tiene que sacrificarse y esta vez te toca a ti.

—Charlie, no puedo —dijo Audrey, que apenas podía hablar por culpa de las lágrimas.

—Piénsalo bien. Estaré aquí hasta las cuatro. Mi avión sale a las seis.

Faltaban menos de veinticuatro horas y, en tan poco tiempo, no podía producirse ningún cambio drástico.

—No eres razonable, Charles.

—Hago lo que considero mejor para los dos. Tienes que tomar una decisión.

—Te comportas como si yo pudiera elegir libremente, como si mi actitud obedeciera a un capricho, cuando lo que hago, en realidad, es asumir mis responsabilidades.

—¿Y tus responsabilidades para conmigo, para contigo misma e incluso para la niña? ¿No te sientes en la obligación de conseguir lo que deseas..., si es que de veras lo deseas?

—Bien sabes que sí.

—Pues entonces vente conmigo. O, por lo menos, prométeme que lo harás muy pronto.

—No puedo prometértelo. No puedo prometerte nada —dijo Audrey, cubriéndose el rostro con las manos.

Charles asintió en silencio. Ya sabía, cuando se trasladó allí, el riesgo que corría. Ahora, por lo menos, terminarían sus dudas. O bien Audrey accedería a casarse con él o bien le cerraría la puerta para siempre. Por su parte, él no pensaba seguir jugando. Era lo mínimo que podía hacer.

Charles acompañó a la joven en un taxi a casa y, antes de despedirse de ella con un beso, le acarició suavemente las mejillas.

—No quiero ser cruel, pero, en caso necesario, tenemos que cortar por lo sano por el bien de los dos.

—¿Por qué? —preguntó Audrey, perpleja—. ¿Por qué precisamente ahora? ¿Acaso hay alguien más en tu vida?

Hasta aquel momento, no se le había ocurrido pensar en aquella posibilidad.

—Lo hago porque no puedo vivir sin ti —contestó él, sacudiendo la cabeza—. Y, si de veras no puede ser, es mejor que empiece a acostumbrarme cuanto antes.

—Eres injusto —dijo Audrey. Sin embargo, eso fue precisamente lo que ella había pensado cuando Charles no quiso escribirle a Harbin, dolido por su rechazo—. Fíjate en cuántas responsabilidades tengo.

—En la vida siempre habrá algo, Aud. Tienes que adoptar una decisión ahora mismo.

Audrey descendió del taxi y él hizo lo mismo y le dio un beso, de pie en los peldaños de la entrada.

—Te quiero —le dijo Charles.

—Y yo a ti también.

Pero no podía hacer nada. Subió a su habitación y, tomando a la niña dormida en sus brazos, la acercó a su rostro para oír el suave murmullo de su respiración.

Pensó en todo cuanto Charles le acababa de decir, en su proposición de matrimonio, en los hijos que deseaba tener... Era una lástima que lo quisiera todo precisamente en aquellos instantes. A la mañana siguiente, cuando bajó a desayunar sin apenas haber dormido en toda la noche, el abuelo la miró con el ceño fruncido para disimular su inquietud. Intuía que su nieta estaba sufriendo mucho.

—¿Bebiste demasiado anoche? —le preguntó. Audrey sacudió la cabeza y trató de sonreír—. Pues tienes una cara espantosa. ¿Te encuentras bien?

—Estoy un poco cansada, eso es todo.

—¿Le quieres mucho? —preguntó súbitamente el anciano, tratando de ocultar su temor.

Audrey se compadeció del abuelo.

—Somos buenos amigos.

—Y eso, ¿qué quiere decir?

—En realidad, preferiría no hablar de eso —contestó Audrey con fingida indiferencia.

—¿Por qué no?

Porque es demasiado doloroso para mí. Pero eso no se lo dijo.

—Sólo somos amigos, abuelo.

—Pues yo creía que había algo más, por lo menos, por su parte. Me alegro mucho de que no haya nada por la tuya.

—¿Por qué lo dices?

—Porque eso de recorrer el mundo con un hombre como él, persiguiendo camellos y elefantes, no es muy adecuado para una chica como Dios manda —contestó el anciano horrorizado mientras ella soltaba una carcajada.

—Nunca se me había ocurrido pensarlo.

—Además, no sería bueno para la niña...

Y tampoco para él. Audrey sabía que el anciano también pensaba en eso. Estaba en su perfecto derecho de hacerlo. Tenía casi ochenta y tres años y la necesitaba, bien lo sabía ella.

—No es nada serio, abuelo, no te preocupes.

Pero el abuelo se preocupaba, se le veía en los ojos. Audrey sentía una profunda opresión en el pecho cuando llamó a Charles, al mediodía. Prometió almorzar con él en un restaurante situado en el centro de la ciudad. Ambos estaban muy tristes cuando se reunieron y, antes de estudiar el menú, se pasaron un rato charlando de cosas intrascendentes.

—¿Y bien? —inquirió Charles.

Audrey hubiera querido dar largas al asunto, pero no podía hacerlo.

—Ya conoces la respuesta, Charlie. Te quiero mucho, pero no puedo casarme contigo. Al menos por ahora.

—Lo suponía —dijo él—. ¿Por tu abuelo? —Audrey asintió en silencio—. Lo siento de veras, Aud —añadió, levantándose—. Creo que no vale la pena de que almorcemos juntos, ¿no te parece? Si me doy prisa, podré tomar el vuelo anterior.

Todo ocurrió con vertiginosa rapidez. Audrey vio en los ojos de su amante una expresión de rabia, de dolor y de deseo de venganza y le pareció que iban a doblársele las piernas mientras salía con él a la calle. Tomaron un taxi y, casi sin saber cómo, Audrey se encontró ante la puerta de su casa, mientras Charles la miraba, de pie junto a la portezuela del vehículo. Cuando la joven se le acercó para darle un beso de despedida, él retrocedió y levantó una mano, musitando un adiós mientras subía de nuevo al taxi. El automóvil se puso nuevamente en marcha y borró en un instante todos los momentos de amor y todos los kilómetros que ambos habían recorrido juntos.

24

Cuando entró en el vestíbulo de la casa del abuelo y el mayordomo cerró silenciosamente la puerta, Audrey oyó una conmoción procedente del piso de arriba y vio toda una serie de cajas y baúles amontonados al pie de la escalinata. De repente, vio que su hermana la miraba desde la puerta de la biblioteca. Era la primera vez que se volvían a ver desde su desagradable discusión poco después del regreso de Audrey. Ésta miró a su hermana cautelosamente, sin saber qué estaría haciendo allí. Pensó que quizá se iba de viaje, pero en seguida adivinó lo que había ocurrido.

—¿Qué pasa?

—Harcourt me ha dejado.

Audrey ya no se sorprendía de nada, pero no acertaba a comprender qué hacía Annabelle en la casa.

—¿Qué haces aquí? —preguntó con una tristeza en la voz cuyo origen Annabelle ignoraba, aunque tampoco le hubiera importado si lo hubiera conocido.

Bastantes problemas tenía ella.

—No quería quedarme en Burlingame. Odio aquella casa.

—¿Has probado vivir en algún hotel? —preguntó Audrey con aspereza.

—Esta casa es tan mía como tuya —contestó Annabelle, sorprendida.

—¿Le has preguntado al abuelo si puedes quedarte?

—No —contestó la voz del abuelo. Ninguna de ellas se había percatado de su presencia—. ¿Quieres hacer el favor de explicármelo, Annabelle?

Ambas hermanas se sintieron de nuevo como si fueran unas chiquillas, como cuando el anciano las sorprendía en su infancia haciendo algo que no debían.

Audrey se preguntó si no habría sido excesivamente dura con su hermana, y Annabelle comprendió que hubiera tenido que llamar primero.

—Yo..., intenté llamarte esta mañana, abuelo, pero...

—Mentira —dijo el anciano, mirándola con hastío—. Por lo menos, ten la delicadeza de decir la verdad. ¿Dónde está tu marido?

—No lo sé. Creo que se fue al lago en compañía de unos amigos.

—¿Y tú has decidido dejarle?

—Yo... —era un poco difícil explicárselo todo allí en el vestíbulo, pero el abuelo no parecía dispuesto a invitarla a sentarse—. Dijo que quería pedir el divorcio.

—Qué amable eres al facilitarle las cosas. ¿Acaso no sabes que no estás obligada a eso?

Annabelle asintió en silencio.

—Pero es que yo...

—¿Querías irte? —dijo el anciano, completando la frase—. Comprendo. Y ahora quieres venir a vivir aquí conmigo y con tu hermana, ¿no es cierto, Annabelle? —la muchacha asintió, ruborizándose levemente—. ¿Por algún motivo en particular? ¿Por lo bien situada que está la casa? ¿Por las buenas cualidades de mi servidumbre? ¿Por las ventajas que supone tener una casa en la ciudad o por lo bien que cuida tu hermana de tus hijos?

Audrey sonrió al ver lo mucho que conocía el abuelo a Annabelle.

—Yo pensaba que... durante algún tiempo...

—¿Cuánto tiempo, Annabelle? ¿Una semana? ¿Dos?

¿Menos quizá? —el anciano disfrutaba poniendo a la chica en un aprieto y Audrey casi se compadeció de ella. Casi, pero no del todo. Su hermana ya no se hacía digna de mucha compasión. Era demasiado grosera y mimada, bebía más de la cuenta y su conducta era a menudo claramente inmoral—. ¿Cuánto tiempo piensas quedarte?

—¿Te parece bien hasta que encuentre una casa?

—No me lo preguntes, limítate a decírmelo. Muy bien, pues. Hasta que encuentres una casa. Te permito quedarte, pero procura encontrarla pronto —en cuanto hubo pronunciado estas palabras, el anciano vio en el rostro de su nieta menor una inequívoca expresión de triunfo—. No te aproveches demasiado de tu hermana —añadió.

Era un sabio consejo. Sólo que Audrey y Annabelle no interpretaban el adverbio «demasiado» de la misma manera.

En cuestión de dos horas, Annabelle consiguió instalar a sus dos hijos en la habitación de Audrey. El pequeño Winston estaba ocupado en la tarea de destruir todos sus libros y Hannah había sido colocada en la cuna de Molly donde la anfitriona acababa de morderle el dedo gordo del pie a la invitada con gran horror por parte de Annabelle.

—¡Qué sinvergüenza es esa china del demonio! —gritó.

Audrey le estampó una bofetada; un buen sopapo era precisamente lo que Annabelle necesitaba en aquellos instantes. El tortazo le calmó un poco los nervios, pero ya eran las cinco de la tarde cuando Audrey pudo cerrar finalmente la puerta de su dormitorio para descansar un poco y pensar en Charles. Le parecía increíble que le hubiera visto hacía apenas unas horas. Mientras le caían las lágrimas sobre la almohada, se preguntó si alguna vez volvería a verle. Aunque eso no era probable. Al percatarse de lo que ello significaba, la joven se echó a llorar con desconsuelo. Ahora estaba atrapada en una vida que transcurriría al lado de su abuelo y de su hermana. Aún tenía los ojos enrojecidos cuando bajó a cenar, aquella noche. Sin embargo, nadie lo advirtió. El abuelo estaba perdido en sus pensamientos y Annabelle se dedicó a hacerles el recuento de todas las infidelidades de Harcourt. Cuando les sirvieron el postre,

Audrey estaba completamente mareada. Los meses siguientes fueron una auténtica pesadilla. Las niñeras que Annabelle contrataba se marchaban en seguida. No podían soportarla y tampoco aguantaban a sus hijos. Los restantes criados estaban molestos por la sobrecarga de trabajo y Annabelle no paraba nunca en casa.

Incluso el abuelo parecía cansado y ya no manifestaba tanto interés por la pequeña Molly, que tanto le distraía al principio. Ahora casi nada le alegraba y Audrey no se hallaba en condiciones de animarle. Se sentía profundamente deprimida y sólo Molly la consolaba un poco de sus penas. Únicamente podía pensar en Charles. Intentó escribirle varias veces, pero siempre acababa por romper las cartas. ¿Qué podía decirle? Nada había cambiado. Por si fuera poco, el estado del abuelo la tenía muy preocupada. El anciano ya no prestaba la menor atención a la política, raras veces leía el periódico y casi nunca almorzaba en el club. Audrey se lo comentó varias veces a Annabelle, pero ésta no le daba importancia a estos detalles. Estaba demasiado ocupada, saliendo con sus amigas y con todos los hombres con quienes se tropezaba. Iba a la ópera, a los restaurantes más lujosos y asistía a toda clase de fiestas, y no quería saber nada del abuelo, de su hermana ni de sus hijos.

—Mira —le dijo Audrey a punto ya de perder la paciencia cuando, al llegar la Nochebuena, Annabelle anunció que saldría con unos amigos y no tendría tiempo de cenar con su abuelo—, por lo menos podrías pasar una hora con él, Annie. No olvides —añadió con una voz cortante como el hielo— que te mantiene.

—¿Y qué? No tiene que mantener a nadie más, ¿no? Y, por otra parte, también te mantiene a ti. Tú te pasas el rato con él porque no tienes otra cosa que hacer —dijo Annabelle, escupiéndole las palabras con desprecio.

Como Audrey se había pasado la vida cuidándola, no veía ella por qué razón no tenía que seguir haciéndolo. Además, ahora que había asumido la responsabilidad de ayudar a aquella estúpida niña china, ningún hombre la querría. Lo solía comentar a menudo con sus amigas y más de una vez había insinuado que la pequeña era hija de Audrey. Sin embargo, a Audrey le daba igual todo cuanto decía su hermana. Quería a Mai Li como si fuera su propia hija y le importaban un bledo los chismorreos de la gente. Lamentaba tan sólo que Annabelle destrozara su vida, acostándose con el primero que encontraba. Pero de nada servían sus sermones y consejos. Annabelle estaba decidida a destrozar su vida con los hombres y con el alcohol y Audrey ya ni siquiera intentaba evitarlo. Le dolía ver qué vida llevaba su hermana, pero no podía hacer nada al respecto. Comprendía ahora que Annabelle había sido siempre una niña mimada. Sólo que, con el tiempo, se le había agriado el carácter a causa de la bebida y de otros excesos. El proceso del divorcio fue muy desagradable y Harcourt se presentó en la casa más de una vez, lanzando improperios contra Annabelle y sus abogados, hasta que, al fin, el abuelo ordenó al mayordomo que no le franqueara más la entrada. De todos modos, solía estar borracho como una cuba y le organizaba unas escenas tremendas a Annabelle, en cuyo transcurso ambos se arrojaban lámparas y objetos de jade, cosa que el abuelo ya no pensaba tolerar por más tiempo, según se lo comunicó a Audrey.

—Siento que tengas que pasar por todo esto, abuelo.

—Supongo que tendría que comprarle una casa en alguna parte —dijo el anciano—, pero soy demasiado viejo para preocuparme ya por estas cosas. De todos modos, pronto me iré y vosotras os quedaréis en esta casa. Es lo suficientemente grande para las dos y para los niños —añadió sonriendo.

Pensaba dejarles asimismo la propiedad en común de la casa de Tahoe, lo cual no era muy del gusto de Audrey, que hubiera preferido vivir sola en otro sitio sin compartir nada con Annabelle; pero no le dijo nada al abuelo, se limitó a regañarle por el siniestro vaticinio sobre su próxima desaparición. Pese a ello, Audrey temía que no andara descaminado. En los últimos meses, el anciano había adelgazado considerablemente y se pasaba el día durmiendo. La joven tenía que despertarle para acompañarle a dar su paseo cotidiano y, siempre que entraba a verle con Mai Li antes del almuerzo o a primeras horas de la tarde, le encontraba dormido. Mai Li ya caminaba o se balanceaba de puntillas, y cruzaba las habitaciones con los ojos abiertos de par en par a causa de la emoción. En Nochebuena, Audrey le puso un vestido de terciopelo rojo, un lacito rojo en el sedoso cabello negro, calcetines blancos y zapatos negros de charol. Qué distinto era todo de Harbin, donde la niña nació, pensó mientras la sentaba orgullosamente sobre las rodillas del abuelo. La pequeña Hannah ya estaba durmiendo y Winston había sido conducido de nuevo al piso de arriba tras romper un jarrón de cristal y hacerle perder la paciencia a su bisabuelo. Ambos chiquillos carecían aún de niñera y Audrey los tenía casi siempre a su cuidado porque Annabelle no paraba nunca en casa.

—¿Dónde está tu hermana esta noche, Audrey? —preguntó el anciano, que tenía a la pequeña Molly sentada en sus rodillas.

Ya todo el mundo la llamaba así.

—Creo que fue a cenar al Stanton's.

—Qué raro que haya salido —dijo el abuelo en tono sarcástico, mirando con el ceño fruncido a su nieta—. Tú tendrías que hacer algo más que atender todo el día a sus hijos, Audrey.

—Ya se arreglarán las cosas, abuelo.

Sin embargo, Audrey ya no lo creía así. Tendría que cantarle las cuarenta a su hermana, pero no quería causar más problemas en la casa porque el abuelo se ponía nervioso. Últimamente, al anciano le ponía nervioso cualquier cosa: el timbre de la puerta, el teléfono, el ruido de la circulación de la calle. Se quejaba de que todo iba demasiado aprisa y de que había demasiado ruido. Recordaba otros tiempos más tranquilos y los cambios le molestaban. Audrey intentaba tranquilizarle y se pasaba parte del día cuidándole. Ahora ya no era tan fácil encontrar criados porque éstos preferían trabajar en las fábricas o en los comercios. Más de una vez, Audrey tenía que quitar el polvo, sacudir una alfombra o pasar la aspiradora. Pero ahora, en Nochebuena, sentada frente a la chimenea, luciendo un vestido de seda azul oscuro mientras el abuelo dormitaba en su sillón, Audrey no quería pensar en todo eso. Mandó que acostaran a la niña y permaneció largo rato sentada con el abuelo en el salón, tomando una copa de jerez mientras recordaba las Navidades que había pasado en China, cantando villancicos con los niños del orfanato. Se preguntó si Charlie ya estaría en Egipto. Se moría de tristeza sólo de pensarlo, pero sabía que ya todo había terminado. Hacía unos meses que se había quitado el anillo y lo tenía cuidadosamente guardado en el joyero. Recibió una felicitación de Navidad de James y de Vi, en la que éstos no le mencionaban para nada a Charles. Sólo decían que esperaban volver a verla en 1935 y que la invitaban a pasar unos días en su casa de Antibes, en el próximo verano. Le hubiera gustado mucho ir, pero no podía dejar al abuelo en el estado en que se encontraba.

El quince de marzo, Mai Li cumplió un año y, dos días más tarde, el abuelo sufrió una hemiplejía que le dejó sin habla y con el lado izquierdo del cuerpo paralizado. Los ojos del anciano miraban tristemente a Audrey mientras ésta se movía en silencio por la habitación, dando instrucciones a las enfermeras y aguardando las visitas matinales y nocturnas del médico.

Audrey tardó dos días en poder localizar a Annabelle y comunicarle lo ocurrido. Ésta se había trasladado con sus amigos a Los Ángeles para asistir a las carreras y por las noches no dormía en el hotel donde se hospedaba y ni siquiera se molestó en contestar a los recados que Audrey le dejaba.

—¿Y si le hubiera pasado algo a uno de tus hijos? —le preguntó Audrey enfurecida cuando, al fin, consiguió hablar con ella.

—Ya estás tú ahí, ¿no?

La fiel Audrey que nunca iba a ninguna parte y con la que siempre se podía contar. Pero esta vez, Audrey se encolerizó. De haber tenido a Annabelle delante, le hubiera propinado un par de bofetadas. Su hermana se estaba convirtiendo en un espectáculo deplorable en todo el estado, salía tanto con hombres solteros como con hombres casados, y su comportamiento era tan desaforado como el de Harcourt, el cual mantenía en aquellos momentos unas sonadas relaciones con la mujer de uno de sus mejores amigos y era la comidilla de todas las columnas de chismorreos de la prensa del corazón. Lástima que no hubieran seguido casados, comentó el abuelo una vez, porque eran tal para cual.

Pero Audrey no pensaba en Harcourt cuando Annabelle le devolvió finalmente la llamada.

—El abuelo tuvo un ataque hace dos días. Será mejor que vuelvas a casa.

—¿Por qué?

—¿*Por qué*? Pues, porque está muy enfermo y se puede morir. Y porque te ha cuidado toda la vida y es lo menos que puedes hacer. ¿O acaso no lo crees tú así?

Annabelle era la criatura más egoísta que cupiera imaginar, y Audrey empezaba a odiarla.

—Yo nada puedo hacer por él, Aud. Cuidar enfermos se me da muy mal.

Audrey lo pudo comprobar cuando el pequeño Winston contrajo la varicela y se la contagió después a Hannah y Molly. Annabelle se fue a pasar tres semanas de vacaciones a Santa Bárbara y dejó a los tres al cuidado de su hermana; y ni siquiera se tomó la molestia de llamar de vez en cuando para preguntar cómo estaban.

—Tienes la obligación de estar aquí —dijo Audrey con voz cortante—, y no pingoneando en Los Ángeles. Vuelve esta misma noche. ¿Está claro?

—¡A mí no me hables en este tono, bruja envidiosa! —a Audrey la sorprendió la crueldad de su hermana. No quedaba entre ellas el menor vestigio de afecto—. Volveré cuando me dé la real gana.

¿Para qué? ¿Para cobrar la herencia? Audrey se dio cuenta en aquellos momentos de algo en lo que no había reparado nunca. Jamás podría vivir en aquella casa con su hermana. Cuando se muriera el abuelo, se iría. Nada la retendría en San Francisco. No le debía nada a Annabelle. Le había consagrado media vida y ya no podía darle nada más. Ya era hora de que Annabelle asumiera sus responsabilidades.

Audrey permaneció sentada un rato en silencio y, después, asintió con la cabeza. Acababa de finalizar un período de su vida.

—Muy bien, Annabelle, vuelve a casa cuando quieras.

Tras colgar el aparato, tuvo la impresión de haber hablado con una desconocida.

25

El abuelo resistió hasta principios de junio y exhaló por fin el último aliento mientras Audrey le sostenía una mano entre las suyas y le besaba los dedos. Después le cerró los ojos y pensó que era mejor así. El hecho de que un hombre que había sido fuerte y orgulloso viviera atrapado en un cuerpo inútil sin ni siquiera poder hablar le parecía la peor prisión que cupiera imaginar. Ya era hora de que consiguiera la libertad. Tenía ochenta y tres años y estaba cansado de vivir.

Audrey se encargó de todo. Nunca pensó que pudiera haber tantos detalles a los que atender, desde la elección del ataúd hasta la música del funeral. Un pastor amigo de la familia leyó la oración fúnebre mientras Audrey le escuchaba, sentada en un banco de la primera fila, vestida de riguroso luto, con sombrero y velo negro, traje de chaqueta y medias y zapatos negros. Incluso Annabelle se comportó mejor aquel día, mucho más que durante la lectura del testamento, en cuyo transcurso miró sonriendo a Audrey y cruzó las piernas al tiempo que encendía un cigarrillo. La fortuna del abuelo era mucho mayor de lo que ambas imaginaban. Tenía propiedades inmobiliarias en San Francisco, en la bahía de Meeks y en el lago Tahoe, y un enorme paquete de acciones con el cual ambas hermanas podrían vivir holgadamente todo el resto de su vida, siempre y cuando lo administraran con juicio. A Audrey la emocionó el hecho de que el abuelo le hubiera dejado un pequeño legado especial a Mai Li, a quien llamaba en el testamento «mi bisnieta Molly Driscoll». Annabelle, en cambio, no se emocionó en absoluto. Una cláusula decía que las hermanas podrían comprarse mutuamente su parte correspondiente de las propiedades inmobiliarias o bien vivir juntas, cosa esta última que Audrey no estaba dispuesta a hacer.

Audrey dedicó las semanas siguientes a recoger todas sus cosas y guardarlas en cajas en el sótano. Llenó varios baúles y una caja con todas las prendas que le habían quedado pequeñas a Mai Li y recogió asimismo los álbumes de su padre, cuidadosamente envueltos en papel de seda. Pensaba irse a Europa unos cuantos meses y llevarse tan sólo algunos baúles. Quería ver a Violet y a James y, sobre todo, a Charlie. Ahora era libre y no tenía las obligaciones de antaño, excepto Mai Li. No sabía nada de su amante desde que, en septiembre, abandonó San Francisco. Se moría de tristeza cuando recordaba la proposición de matrimonio que no pudo aceptar y no sabía si él querría volver a verla. Esperaba que sí. Él era el principal motivo de su viaje a Europa.

A finales de julio, terminó de resolver todos los asuntos que tenía pendientes, y, por fin, decidió hablar con Annabelle. Ésta se disponía a salir y a Audrey le pareció que se había aplicado demasiado colorete en la cara. Vio, asimismo, sobre la cama un vestido pantalón y una blusa de seda color crema. Annabelle quería copiar el estilo de Marlene Dietrich y estaba causando en San Francisco casi tanta sensación como la Dietrich en Europa.

—Eres demasiado guapa para ponerte pantalones —le dijo Audrey, estudiando con una sonrisa a su hermana menor.

Annabelle la miró con recelo. Apenas habían hablado tras la muerte del abuelo y, puesto que el periódico de la víspera había publicado un comentario sobre sus amores con el marido de cierta dama, aquélla temía ahora que Audrey quisiera echarle un sermón.

—Tengo mucha prisa, Aud —le contestó Annabelle muy nerviosa, evitando mirarla a la cara mientras un cigarrillo humeaba en un cenicero rosa de su tocador con espejo.

En la habitación de al lado, Winston, Hannah y Molly se hallaban entretenidos con sus juguetes. Los niños de Annabelle eran muy revoltosos, pero, aun así, Audrey sabía que Molly los iba a echar de menos.

—No te entretendré mucho, Annie —Audrey llevaba un sencillo vestido de seda negro que le hacía aparentar más edad de la que tenía. Iba de luto por el abuelo que acababa de morir y del que Annabelle parecía no acordarse—. Me voy a Europa dentro de unos días. Quería que lo supieras.

—¿*Cómo* dices? —preguntó Annabelle, horrorizada—. ¿Cuándo lo decidiste? —añadió, volviéndose a mirar a su hermana con una ceja pintada y la otra no.

—Lo decidí hace unas semanas. En esta casa no hay sitio suficiente para las dos, Annie. Y no hay razón para que me quede por más tiempo. Me quedé por el abuelo, pero ahora él ya no está.

—Y yo, ¿qué? ¿Y mis hijos? ¿Quién llevará esta casa? —preguntó Annabelle.

Conque era eso. Audrey estuvo a punto de soltar una carcajada al ver el aterrorizado rostro de su hermana.

—A partir de ahora, eso será cosa tuya, Annie. Ahora te toca a ti. Yo lo hice durante dieciocho años —Audrey tenía veintinueve años y llevaba gobernando la casa desde los once y cuidando de los hijos de Annabelle hasta que ésta se trasladara a vivir a la casa hacía once meses—. Ahora te corresponde a ti —señaló, levantándose. Una triste sonrisa se dibujaba en sus labios.

Aún no se había repuesto de la pérdida del abuelo y lo echaba enormemente de menos. Ni siquiera podía bajar a desayunar. Se afligía al contemplar su sitio vacío y no se hacía a la idea de no poder comentar con él las noticias del periódico.

—¿Adónde irás? —preguntó Annabelle.

—A Inglaterra. Después, a la Costa Azul. Y, más tarde, ya veremos.

—¿Cuándo volverás a casa?

—Aún no lo he decidido. Probablemente, tardaré unos meses. Ya no tengo ninguna prisa por volver.

—¿Cómo que no? —gritó Annabelle, posando violentamente el cepillo del cabello sobre la mesa del tocador y levantándose de golpe—. No puedes dejarme plantada de esta manera.

Audrey se levantó a su vez y miró a su hermana, que era mucho más baja que ella no sólo en estatura física, sino también moral.

—Creía que ni siquiera te percatabas de mi presencia.

—¿Eso qué significa?

—Que tú y yo no estamos precisamente muy unidas que digamos, Annie —contestó Audrey con amargura.

Lamentaba que las cosas hubieran llegado a aquel extremo. Ya no había entre ellas más que antipatía, resentimiento y reproches.

—¿Por qué me haces eso? —preguntó Annabelle, echándose a llorar mientras el rímel dibujaba unos riachuelos sobre sus mejillas—. Me odias mucho, ¿verdad? —añadió, volviéndose a sentarse.

—No, en absoluto.

—Tienes celos de mí porque no te has casado.

Súbitamente Audrey se echó a reír en la estancia que olía a perfume y a humo de cigarillos. Jamás hubiera querido casarse con un individuo como Harcourt y el único hombre a quien había amado era Charlie.

—Espero que no lo creas así, Annie. No te envidio lo que tuviste y espero que algún día vuelvas a casarte, quizá con un hombre más adecuado —contestó, pensando que eso no era probable, dada la conducta de su hermana—. Sencillamente, ha llegado la hora de que me vaya. Debo parecerme a nuestro padre. No puedo estarme quieta en ningún sitio.

No mencionó para nada a Charlie.

—¿Y qué haré con los niños? —gimoteó Annabelle.

—Buscarles una niñera.

—Ninguna quiere quedarse.

Audrey se compadecía de su hermana, pero no se hallaba dispuesta a sacarle las castañas del fuego. Sería bueno que Annabelle atendiera un poco a sus hijos aunque sólo fuera para variar. Por su parte, deseaba estar a solas con Molly. La niña ya empezaba a hablar y cada momento transcurrido a su lado era un placer.

—Lo siento, Annie —dijo tras una pausa.

—¡Sal de mi habitación! —gritó Annabelle, arrojando el cepillo del cabello contra la puerta.

Audrey se retiró en silencio y, al cabo de unos instantes, oyó un estruendo de cristales rotos.

Cuatro días más tarde, Audrey cerró las últimas maletas en su habitación y miró a su alrededor sin experimentar ningún remordimiento. Sólo deseaba marcharse, pese al llanto y las súplicas de Annabelle. Dos de las criadas se habían despedido al saber que Audrey se iba, y tanto la cocinera como el mayordomo se habían marchado hacía un mes, poco después de la muerte del abuelo. Mientras sacaba las maletas al pasillo exhalando un suspiro, Audrey se preguntó cómo se las iba a arreglar su hermana, y cuándo volvería ella a ver aquella casa. En cuanto Annabelle se acostumbrara a vivir sola, probablemente se volvería loca y empezaría a venderlo todo y a cambiar la decoración sin tener siquiera la consideración de pedirle permiso a su hermana.

Annabelle no se levantó para despedirla y los niños aún estaban durmiendo. Audrey vistió en silencio a Mai Li y ambas desayunaron en la cocina. Luego, el chófer las acompañó al aeropuerto con todas sus cosas. Audrey decidió trasladarse a Nueva York en avión para ganar tiempo y, una vez allí, embarcar en el *Normandie*, el más moderno trasatlántico francés, rumbo a Southampton. Esperaba ver a Charlie y pensaba llamarle en cuanto llegara a Londres. Tal vez no podría reparar el daño cometido, pero tenía que intentarlo. Era el único hombre al que había amado y merecía la pena intentar volver a verle.

Antes de marcharse, estrechó la mano de todos los criados. Después tomó a Molly en brazos y, sosteniendo el neceser en la mano, empezó a bajar los peldaños. Era el mismo neceser que se llevó a China y sonrió al recordar los interminables viajes en tren con aquel inútil objeto en el regazo, mientras Charles la amenazaba con tirarlo o cambiarlo por un par de gallinas. Deseaba volver a verle. El largo vuelo a Nueva York transcurrió sin sentir, mientras ella pensaba, una y otra vez, en su destino final. No lamentaba marcharse de San Francisco, pensó mientras el aparato despegaba. Los viajes siempre la emocionaban. Experimentó la misma sensación cuando subió a bordo del barco en Nueva York. Recordó su encuentro con Violet y James hacía apenas dos años a bordo del *Mauretania*. Esta vez no hubo nadie que le llamara especialmente la atención y, aunque el *Normandie* era un buque extraordinario en todos los sentidos, Audrey se pasaba casi todo el día con Mai Li o bien leyendo en una silla de cubierta mientras la niña jugaba a su lado. Comía casi siempre en el camarote para no dejarla al cuidado de una desconocida y no le importaba llevar una vida retirada. Vestía casi siempre de luto y pensaba incesantemente en Charlie. Le recordaba con tristeza, alejándose en el taxi tras haber rechazado ella su proposición de matrimonio. Al llegar a Southampton, se emocionó mucho. Tan sólo faltaban unas horas para verle. Se trasladó a Londres en unas horas y fue directamente al hotel Claridge's, como la otra vez, y le pidió a la telefonista que le marcara el número de Charles. No le encontró en casa. Debía de haber salido o, a lo mejor, se había marchado a pasar unos días fuera de Londres. En caso de que no le localizara al día siguiente, le enviaría una nota al apartamento o les preguntaría a Violet y James si sabían dónde estaba cuando les llamara a Antibes, cosa que hizo a última hora de la tarde del día siguiente. Lady Vi contestó al teléfono, pero la conexión era pésima.

—¿Violet...? ¿Me oyes...? Soy Audrey... Audrey Driscoll. ¿Cómo...? ¿Qué dices?

—Digo que... ¿Dónde estás?

La voz se perdía constantemente y Audrey apenas podía oírla.

—Estoy en Londres.

—¿Dónde te alojas?

—En el Claridge's.

—¿Dónde? Bueno... No importa. ¿Cuándo... piensas venir?

Violet y James llevaban en Antibes desde junio y Audrey ya se imaginaba lo bien que lo estarían pasando.

—Puede que a finales de esta semana.

—¿Cómo?

—Este fin de semana.

—Estupendo. ¿Cómo estás?

—Muy bien —Audrey hubiera querido hablarle de Molly, pero, como la conexión era tan mala, le era imposible hacerlo—. ¿Cómo están James y los niños?

—Todos bien...

La voz se perdió por completo y Audrey sólo pudo oír algo así como «oda».

—¿Qué has dicho? Hay muchas interferencias.

—Sí, es cierto... He dicho que... acabamos de asistir a... oda de...

—¿*Cómo* dices? —preguntó Audrey, exasperada.

De repente, la conexión mejoró y Audrey estuvo a punto de desmayarse al oír las palabras con toda claridad.

—A la boda de Charlie.

—¿Qué? —gritó Audrey, contrayendo súbitamente los músculos como si alguien acabara de propinarle una bofetada.

—He dicho que acabamos de asistir a la boda de Charlie... Ha sido preciosa.

Oh, no, Dios mío, no...

—Ah...

El golpe había dejado a Audrey sin habla.

—¿Estás ahí, Audrey? ¿Me oyes?

—Sí, pero no mucho... ¿Con quién se ha casado?

En realidad, le daba igual.

—Con Charlotte Beardsley, la hija de su editor... —no

hacía falta explicar que la chica le había asediado durante dos años, le siguió a Egipto y prácticamente acampó a sus pies. James decía que la unión no podía durar y que la muchacha se cansaría de él en cuanto le conociera mejor, y se sorprendía de que Charles hubiera capitulado ante ella. Sin embargo, Vi sospechaba que había una razón para ello—. Se casaron en Hampshire. Precisamente acabamos de regresar de allí.

—Me alegro —dijo Audrey, tratando de no llorar.

—¿Cuándo piensas venir?

—Pues, no lo sé... Yo...

Audrey recordó la razón de su viaje a Londres. No tenía por qué quedarse allí. Ahora comprendía por qué no estaba Charles en casa. Se estremeció al pensar en la posibilidad de que le hubiera contestado Charlotte, que ahora se llamaba Charlotte Parker-Scott. Quería abandonar Londres inmediatamente.

—¿Qué tal mañana? ¿Sería demasiado pronto?

Audrey miró a Mai Li jugando en la otra habitación y pensó que tenía que decir algo.

—¡Fantástico, Audrey! ¿Vendrás en avión?

—Tomaré el tren —contestó Audrey, que ya no tenía ninguna prisa—. Violet... Vengo con mi hija.

—¿Cómo?

Habían vuelto a producirse interferencias.

—¡Que vengo con mi hija! —gritó Audrey.

—Dime cuándo llegas. Trae lo que quieras. Tenemos sitio de sobra.

—Gracias —contestó Audrey con voz temblorosa—. Nos veremos mañana.

—*Au revoir.* Acudiremos a recibirte a la estación.

—Muy bien.

Ambas amigas colgaron el teléfono al unísono y Audrey permaneció largo rato sentada con la mirada perdida en la lejanía, pensando en lo que Violet acababa de comunicarle. Le parecía increíble. Charlie, el hombre al que tanto amaba y que era el principal motivo de su viaje, se había casado con una mujer. Con una mujer llamada Charlotte Beardsley.

26

El tren llegó a la estación de Antibes exactamente a las ocho y cuarenta y tres minutos de la mañana. Audrey se encontraba sentada junto a la ventanilla, luciendo un vestido de hilo azul claro y calzada con las alpargatas que se compró la última vez que estuvo en Antibes, hacía dos años. Mai Li llevaba un vestido de algodón rosa, un delantal blanco y una cinta rosa en el cabello que le daba la apariencia de un encantador angelito chino. Audrey se asomó, pero no vio a sus amigos. Buscó entonces a un mozo que le bajara las maletas y les vio cuando ella y Molly ya estaban en el andén. No habían cambiado lo más mínimo. Violet lucía un vaporoso vestido blanco, una enorme pamela y un pañuelo de seda rosa alrededor del cuello, que ocultaba en parte una sarta de perlas del tamaño de unas bolas de naftalina. James vestía una camisa blanca y azul marino, unos holgados pantalones blancos y unas alpargatas azul marino que le conferían un aspecto más francés que británico.

Violet corrió a su encuentro y se detuvo en seco al ver a Molly.

—¡Sombrero! —exclamó la chiquilla, señalando, fascinada, a Violet.

—¿Y ésta quién es? —preguntó Violet sorprendida

mientras James le indicaba al mozo dónde debía llevar las maletas.

—Quise decírtelo ayer por teléfono —contestó Audrey riéndose—, pero había tantas interferencias que no pude. Ésta es mi hija Molly.

—Vaya, vaya —dijo Violet, agitando un dedo en dirección a Audrey en gesto de fingida amonestación—. Conque eso es lo que hiciste por allí. Desde luego, es preciosa... ¿Quién es el padre? —preguntó, inclinándose hacia adelante para acariciar el sedoso cabello negro de la niña.

—Pues, en realidad, no estoy muy segura —contestó Audrey mientras su amiga la miraba asombrada—. Creo que un soldado japonés.

—No debes decírselo a nadie —dijo Violet, frunciendo los labios—. Di que es un famoso filósofo. O algún importante personaje del Gobierno.

—Pero, bueno, ¿y ésa quién es? —preguntó James, mirando a la niña mientras se acercaba para abrazar afectuosamente a Audrey.

—Cariño, Audrey tuvo esta preciosa hija china —se apresuró a contestar Violet mientras la joven se reía.

Al final, ésta decidió salvar su reputación antes de que la cosa llegara demasiado lejos, pese a que ni James ni Violet parecían escandalizarse ante la posibilidad de que hubiera tenido una hija ilegítima. Le gustaba que fueran tan liberales.

—En realidad, su madre murió en el orfanato cuando yo estaba allí, y entonces decidí adoptar a Mai Li y llevármela a casa.

James acompañó a su amiga al automóvil mientras Violet jugaba con Molly y le hacía cosquillas.

—Tu abuelo se alegraría mucho —dijo Violet.

Audrey recordó la reacción inicial del anciano y el cariño que después le cobró a la niña a la que incluso nombró en su testamento, llamándola «mi bisnieta Molly Driscoll».

—Al final, se acostumbró a ella y la quería muchísimo.

Violet la miró frunciendo el ceño mientras ambas se acomodaban en el lujoso Mercedes.

—Charles no nos habló de la niña cuando fue a verte en septiembre —dijo mirando a James, mientras Audrey trataba de disimular su dolor.

Sin embargo, necesitaba saber con quién se había casado y por qué. Tenía que haber alguna explicación. Le parecía imposible que se hubiera enamorado repentinamente de otra y se hubiera casado con ella de la noche a la mañana. Él no era así, pensó, tratando de prestar atención a James y Violet. Llegaron a la villa y Audrey comprobó que ésta tampoco había cambiado. Le asignaron la misma habitación que la primera vez, que tenía una vista preciosa sobre el Mediterráneo, y le dieron a Mai Li la habitación contigua, a la que se accedía por medio de una puerta de comunicación. Al fin, mientras contemplaban la puesta de sol desde la terraza, Audrey le preguntó a Violet por la chica que se había casado con Charles. Necesitaba saber algo acerca de ella. James estaba en el interior de la casa, abriendo unas botellas de vino para que éstas pudieran «respirar» antes de la cena. Le gustaba especialmente el Haut-Brion, que ellos solían llamar en broma O'Brien, y, sobre todo, el Mouton Rothschild. En la Costa Azul se comía y bebía muy bien, pero Audrey no pensaba en aquellos momentos en nada de todo eso.

—Charles no me habló de otra mujer cuando nos vimos en San Francisco —dijo en tono vacilante.

—Charlotte lleva dos años persiguiéndole —contestó lady Violet, observando que los ojos de Audrey se nublaban repentinamente—. No estarás todavía enamorada de él, ¿verdad, Audrey? —preguntó, apoyando una mano sobre la de su amiga. Hubiera sido absurdo disimular, porque Violet lo hubiera sospechado de todos modos, pensó Audrey mientras las lágrimas asomaban a sus ojos y empezaban a rodarle por las mejillas—. Oh, Audrey, cuánto lo siento... Y yo que te lo comuniqué tan bruscamente por teléfono. Pensé que ya todo había terminado entre vosotros. Charles así nos lo dijo con toda claridad cuando volvió de San Francisco.

—¿Qué es lo que dijo? —preguntó Audrey, profundamente turbada.

—En realidad, no gran cosa. Sencillamente, que todo había terminado. Tú estabas definitivamente instalada allí y él tenía su propia vida. Y te aseguro que la vivió con mucha intensidad.

—Volvió a pedirme que me casara con él —explicó Audrey, mirando angustiada a lady Vi—, pero yo no podía acceder a su ruego, Violet. ¿Cómo hubiera podido dejar a mi abuelo? No hubiera sido justo. Le sugerí que se trasladara a vivir a San Francisco durante algún tiempo, pero él tampoco podía hacer eso, claro. Ambos estábamos atrapados por nuestras respectivas obligaciones.

—Y él se debió marchar muy ofendido, supongo —dijo Violet, que le conocía muy bien.

—Se puso furioso. Le dolió y se enfadó, pero se negó a entender mis razones.

—Tienes que comprender, Audrey, que Charles nunca ha tenido responsabilidades de ningún tipo..., exceptuando la de su hermano. Pero, entonces, él era prácticamente un niño y aún no le había tomado afición a los viajes. Cuando te acostumbras a ellos, ya no puedes dejarlo. No creo que nunca consiga sentar la cabeza. Por lo menos, en el sentido que habitualmente se da a esa frase. Lo curioso es que viajar a ti te gusta tanto como a él.

Audrey sonrió y se enjugó las lágrimas con un pañuelo. Desde el comedor, James contempló a las dos amigas, pensando que formaban un cuadro delicioso. Se tomó una copa de *kir* y decidió no interrumpir sus confidencias.

—Y lo más triste —añadió lady Vi, incapaz de ocultar sus sentimientos. No se los ocultó ni siquiera a Charles, aunque éste no quiso creerla—, lo más triste es que no creo que Charlotte le quiera. Le quería, ¿cómo te diré?, como un objeto que ambicionaba poseer, una finca en el campo, un castillo, qué se yo. Creo que el hecho de casarse con Charles es para ella una especie de hazaña personal.

—Pero él debe de querarla —dijo Audrey, sonándose la nariz y enjugándose las lágrimas.

Le sentaría bien ser sincera con su amiga. Necesitaba hablar con alguien.

—Pues verás —contestó lady Vi, contemplando el sol

poniente mientras se reclinaba con aire pensativo contra el respaldo de su sillón—, no estoy muy segura. Él lo cree y, desde luego, ella procura hacerle la vida agradable. Menos ponerle los zapatos, se lo hace todo. Te diré que incluso resulta desagradable.

—Yo, en cambio, no quise ceder ni un centímetro y me quedé junto al abuelo hasta el final.

—Eso no es ningún pecado —dijo lady Vi, todavía disgustada por el hecho de que Charles se hubiera casado con Charlotte Beardsley.

Lloró mucho durante la ceremonia de la boda, pero no porque estuviera emocionada. James le aconsejó que no se metiera en camisa de once varas, so pena de perder la amistad de Charlie, el cual parecía dispuesto a defender a la chica a capa y espada. Tal vez porque sabía que nadie lo hubiera hecho en su lugar.

—¿Es muy guapa? —preguntó Audrey con cara de chiquilla desvalida.

—No —contestó lady Vi—. Graciosa más bien... o, mejor dicho, atractiva. Además, es elegantísima y viste a la última moda. Creo que su padre la ha mimado mucho. Y, naturalmente, están podridos de dinero —lady Vi lo dijo como si eso fuera la máxima abominación aunque, en realidad, se refería a que tenían dinero, pero les faltaba clase—. Charles dice que es una mujer muy hábil en los negocios. Incluso le ha vendido los derechos cinematográficos de dos de sus obras, lo que a Charles jamás se le hubiera ocurrido hacer.

—Parece una mujer muy adecuada para él —dijo Audrey—. ¿Es feliz? —preguntó por fin.

Lady Vi reflexionó un instante antes de contestar.

—No. Charles dice que sí, pero, si he de serte sincera, yo no lo creo. James me mataría si supiera que te lo he dicho, pero es lo que de veras pienso. Creo que se engaña. Quería casarse y, como la tenía constantemente revoloteando a su alrededor, pensó que sería lo más acertado. Pero no se le nota la menor emoción ni el menor entusiasmo. Cuando hablaba de ti, parecía que estuviera en el cielo o en el infierno. En cambio, ahora no hay nada de todo eso. Está muy apagado, por mucho que él diga que se lo pasa de maravilla. Aunque así fuera, ese matrimonio no puede durar. Me parece que, detrás de la máscara, Charlotte Beardsley es una chica muy difícil. Creo que hubo razones para que no se casara hasta ahora. Quería triunfar primero en el mundo de los negocios y lo consiguió. Después, quiso un marido y también lo consiguió. Ahora no sé qué hará con él. Le querrá convertir en una marioneta y Charlie no lo soportará. Le va a convertir en una fábrica de libros y películas para, de este modo, ganar montones de dinero. Es lo único que, en realidad, le interesa... No entiende las cosas que tanto os gustan a ti y a Charles, esta pasión por los viajes que os lleva hasta los más lejanos confines del mundo, aspirando los aromas más exóticos y tomando fotografías de gentes insólitas.

—Tomando fotografías, ¿de qué? —preguntó James, reuniéndose por fin con ellas mientras miraba recelosamente a su mujer.

Le había aconsejado que no hablara de Charles con Audrey. Era mejor no hurgar en las viejas heridas. Le constaba que Charlie aún era sensible al tema y tal vez Audrey también lo fuera. Al parecer, aquellas relaciones habían dejado una profunda huella en ambos. Lástima que no hubieran tenido un final feliz.

Ambas mujeres no volvieron a hablar de ello, pero las palabras de Violet quedaron grabadas en la mente de Audrey y ésta se dijo, una y otra vez, que ya no podía amar a Charles porque era un hombre casado.

Sin embargo, le parecía imposible no hacerlo. Recordaba las interminables horas de amor en el Orient Express y las salidas del sol en las montañas del Tíbet mientras ambos atravesaban el país en un diminuto tren. Se alegraba mucho de haber hecho aquellos viajes ya que, en caso contrario, ahora no podría vivir de esos recuerdos. Pensaba sin cesar en Charlotte que tanto se esforzaba en hacerle la vida agradable a Charles, que «revoloteaba constantemente a su alrededor». Y, sin embargo, eso no le parecía a Audrey razón suficiente para casarse; por lo menos, no para él. A no ser que se hubiera casado por despecho. Por la noche, tendida en la cama, Audrey pensó que de nada le serviría averiguar por qué se había casado Charles con Charlotte. Pero se había casado con ella y sanseacabó. Y ahora ella tenía que olvidarle.

Trató infructuosamente de quitárselo de la cabeza durante las deliciosas semanas que pasó en Antibes y se llevó una agradable sorpresa cuando conoció a Wallis Simpson y al príncipe Eduardo de Gales. Éste intercambió unas palabras con James, el cual presentó a Audrey a sus ilustres amigos en la creencia de que debía tener algo en común con la señora Simpson por ser ambas norteamericanas. Sin embargo, la señora Simpson se limitó a estrechar su mano en silencio. Audrey admiró su insuperable elegancia. Con su vestido de hilo, su perfecto peinado y su gracioso sombrero de paja, parecía recién salida de una portada de *Vogue*. Llevaba un maravilloso collar de perlas y Audrey observó que el príncipe de Gales la miraba arrobado cuando ambos se alejaron. El príncipe era un hombre extraordinariamente apuesto y a Audrey le encantó conocerle. Así se lo dijo a Vi y ambas comentaron el escándalo. La señora Simpson se había divorciado y todo el mundo se sorprendía del interés que manifestaba el príncipe por ella. Audrey esperaba poder ver también a los Murphy, pero no le fue posible hacerlo porque aquel año la tragedia se había abatido sobre ellos. En marzo perdieron a su hijo Baoth a causa de una meningitis y su otro hijo Patrick había sufrido una recaída en la tuberculosis.

Sin embargo, llegó a la villa otra pareja muy simpática. Ella era la baronesa Úrsula von Mann, compañera de internado de Vi y casada recientemente con un economista llamado Karl Rosen. Ahora la baronesa era «simplemente» Úrsula Rosen, o *Ushi,* tal como la llamaba todo el mundo. Tenía el cabello rubio, grandes ojos verdes, un rostro lleno de pecas y una risa contagiosa que estallaba cada vez que contaba las divertidas andanzas de sus familiares y amigos de Munich. Eran propietarios de un gran castillo y todos los años veraneaban en la Costa Azul, explicó, hablando con marcado acento alemán. Se encontraban en viaje de luna de miel y ya habían visitado Viena y París. En septiembre pensaban irse a Venecia y a Roma, y a continuación regresarían a Berlín donde Karl había fijado su residencia. El padre de Úrsula se empeñó en comprarles una casa enorme y, al parecer, se hallaba algo preocupado por el hecho de que Karl fuera judío. Los judíos se encontraban en una situación un poco delicada en Alemania, y el padre de Úrsula le había aconsejado que procurara no provocar a los altos jerarcas nazis cuando coincidiera con ellos en algún sitio. La baronesa tenía unas acusadas ideas antinazis que sólo podía expresar allí, en la Costa Azul. Sin embargo, nadie creía que Hitler se fuera a meter con los judíos prestigiosos. Al fin y al cabo Karl estaba en posesión del título de doctor, había escritos varios libros, enseñaba en la Universidad de Berlín y era un hombre muy conocido en Alemania. Por si fuera poco, resultaba muy divertido cuando bebía más champán de la cuenta, y los cinco se lo pasaron maravillosamente bien juntos. Al llegar la última semana de agosto, Audrey no sabía qué hacer. Pensaba pasar unos meses en Londres con Charles, pero ahora eso no sería posible.

—Vente a Venecia con nosotros —le dijo Ushi mientras ambas tomaban el sol en la galería.

Se había puesto el sombrero de paja de Karl y estaba preciosa.

—¿En vuestra luna de miel? —dijo Audrey, riéndose—. Vamos, mujer. Apuesto a que Karl estaría encantado.

—*Ja,* pues, claro que lo estaría —tronó éste desde la puerta, acercándose a la silla de Ushi—. ¿Por qué no vienes con nosotros, Audrey?

—No puedo, Karl.

—¿Y por qué no?

—Tenéis que estar solos. Es vuestra luna de miel.

—Podríamos hacer un *ménage à trois, ¿ja?* —le susurró él al oído.

—*Nein* —contestó Audrey, echándose a reír.

En aquel momento, se acercó un automóvil del que poco después descendieron dos personas. El hombre se encontraba de espaldas y la mujer era alta y delgada, lucía una enorme pamela y un vestido blanco con los hombros muy marcados. Audrey oyó voces inglesas mientras Vi les saludaba en el jardín y un criado trasladaba las maletas al interior de la casa. Vi no les había dicho que esperaban a otros invitados y Audrey no sabía si ofrecerles la habitación de Molly. A Vi no le importaba recibir amigos inesperados.

—¿Sabes quiénes son? —preguntó Ushi. Audrey negó con la cabeza—. Yo tampoco —dijo la baronesa, mirando con una sonrisa a su nueva amiga—. Me alegro mucho de haberte conocido, Audrey... y también a Molly.

Ushi esperaba tener un hijo muy pronto. Tenía treinta y un años y Karl treinta y cinco, lo mismo que Vi y James. Habían acordado tener seis hijos y querían iniciar la tarea cuanto antes. A sus veintinueve años, Audrey era la más joven del grupo y a menudo le gastaban bromas por esta causa. En aquel momento, apareció Violet con una jarra de limonada y miró muy nerviosa a Audrey. Ushi se dio cuenta de ello, pero no así Audrey, la cual siguió conversando con Karl mientras Violet les servía a todos de beber y los recién llegados salían a la galería. El hombre que acompañaba a la inglesa se desconcertó visiblemente al ver a Audrey. Al volverse a mirar, Audrey se quedó petrificada y soltó el vaso, el cual se rompió en el suelo, haciéndole un profundo corte en el pie. Todo el mundo se apresuró a ayudarla y Karl tomó una servilleta de damasco para restañar la sangre, pero ella pidió una toalla porque no quería estropear la preciosa servilleta de Violet.

—Vamos, Audrey, no seas tonta —dijo ésta, aplicando ella misma la servilleta a la herida mientras Audrey miraba a Charles.

—Hola, Charles —dijo la joven, tendiéndole una mano a su antiguo amante—. Disculpa que haya armado este desastre. No siempre soy tan torpe —añadió mientras todo el cuerpo se le estremecía. Nadie hizo las presentaciones y era tal la tensión en el aire que casi se hubiera podido cortar con un cuchillo—. ¿Cómo está usted? Soy Audrey Driscoll.

La alta y atractiva joven le estrechó la mano, muy seria.

—Soy Charlotte Parker-Scott, encantada de conocerla.

—Bueno, pues —dijo Violet, muy nerviosa—, ¿por qué no entramos un momento mientras limpian todo eso? Que todo el mundo se ponga los zapatos, por favor.

Había cristales esparcidos por el suelo y Audrey se avergonzaba de haber protagonizado aquel espectáculo. Tanto ella como Vi conocían el motivo y Ushi intuía que la llegada de aquel hombre le había producido a Audrey un profundo dolor. Sin embargo, nadie pudo leer la menor emoción en su rostro mientras entraba cojeando en la casa sostenida por Karl. Éste se ofreció a llevarla en brazos, pero ella rechazó el ofrecimiento y se fue a su habitación para refrescarse un poco y ponerse una venda.

Vi fue a verla momentos más tarde y le dijo retorciéndose nerviosamente las manos:

—Audrey, no tenía la menor idea de que iba a venir... Debes creerme... Es muy propio de Charles presentarse así, por las buenas... No los esperábamos...

—No te preocupes, Vi. Tarde o temprano, tenía que ocurrir.

—Pero no aquí donde tú viniste precisamente para olvidarle o, por lo menos, eso pienso.

—Puede que ésta sea la mejor cura. Una vacuna contra Charles Parker-Scott —mientras acercaba un paño húmedo a la herida del pie de Audrey, ésta miró tristemente a su amiga—. Es una chica muy guapa, Vi. Supongo que eso lo explica todo.

—No seas ridícula —dijo Violet, agitando una mano—. No es ni la décima parte de guapa que tú. Y es más fría que un iceberg —en cuanto la vio, Audrey intuyó que era una mujer dura, calculadora e insensible—. Sólo se quedarán esta noche. Le dije a Charles que no pueden quedarse. No quiero que estés incómoda.

—No digas tonterías, Vi. Además, yo quería viajar un poco por ahí de todos modos. Ushi y Karl me han sugerido que los acompañe a Italia.

A Audrey no le apetecía ir ni le parecía acertado hacerlo, pero eso era mejor que quedarse en la villa. Los podía utilizar como excusa para marcharse y separarse de ellos al cabo de un par de días. Lo que no quería era quedarse allí, con Charlie y su mujer.

—Por favor, Audrey, te lo suplico... Se irán mañana, te lo juro.

Violet se compadecía con toda su alma del dolor de su amiga. Sin embargo, lo peor fue la expresión del rostro de Audrey cuando vio a Charlie. Era una expresión de angustia y desesperación absolutas. Llevaba escrita en la cara la magnitud de la pérdida, y Charlie se debió de dar cuenta. Por desgracia, también se la dio Charlotte, la cual lo estaba comentando con su marido, en la galería.

—No me dijiste que la encontraríamos aquí.

Sabía muy bien quién era Audrey y sospechaba lo mucho que debió de significar para su marido en otros tiempos. Lo adivinó cuando Charles regresó de San Francisco el año anterior y decidió aprovechar la ocasión. Ahora no quería que se reavivaran los recuerdos. Ella lo había conquistado y no pensaba perderlo.

—No tenía la menor idea de que pudiera estar aquí —le dijo Charlie, mirándola a los ojos—. Jamás lo pensé.

Le extrañaba que hubiera podido dejar al abuelo en San Francisco.

—Creo que deberíamos irnos a un hotel.

—No pienso huir de ella, Charlotte —contestó Charles en tono inflexible.

—Pues, yo no pienso vivir bajo el mismo techo que ella —dijo Charlotte, apretando los dientes—. Además, no me conviene ponerme nerviosa.

Charles exhaló un suspiro. Iban a ser unos seis meses y medio muy largos. Cada vez que ella le recordaba su estado, conseguía salirse con la suya, y Charlie no quería correr el riesgo de disgustarla.

—Probemos sólo por esta noche. Si nos resulta demasiado difícil, mañana nos iremos a un hotel. Te lo prometo. En cambio, si nos vamos ahora, todo el mundo se dará cuenta y pondremos a James y Vi en un apuro.

Charlotte era lo bastante inteligente como para no insistir. Permaneció de pie, estudiando a Charles en silencio, sobre todo, cuando Audrey salió de su habitación, luciendo un traje pantalón blanco de hilo a lo Marlene Dietrich. El blanco inmaculado de la prenda realzaba el intenso bronceado y el color cobrizo del cabello de la joven. Charles pensó que jamás la había visto tan hermosa. Dio media vuelta y entró en la casa para tomarse otra copa. Charlotte tenía razón. No iba a ser fácil.

Por la tarde, Audrey salió de compras con Ushi y Karl y, a la vuelta, se fue con Molly a la cocina para darle de comer. Las criadas de Vi se habían enamorado de la niña y se disputaban el privilegio de cuidarla, pero Audrey no quería dejarla muy a menudo. Le resultaba reconfortante volver a la antigua rutina de cortarle la carne de pollo a trocitos y mirarla sonriendo mientras ella se reía y jugaba al escondite con la servilleta. Molly era el único rayo de sol en su vida y siempre lo sería. La presencia de Charles le resultaba muy dolorosa. Por la noche, tuvo que hacer un esfuerzo para bajar a cenar. Puso especial esmero en arreglarse. A pesar de lo que dijera Vi, ella no podía competir con Charlotte. La esposa de Charles vestía prendas exquisitas y tenía un gusto impecable. A su lado, Audrey se sentía vulgar. Charlotte era una de aquellas mujeres que olían a dinero y poder, y de no haber sido por su brillante inteligencia, Audrey se hubiera sorprendido de que Charles la hubiera elegido por esposa.

—Estás encantadora esta noche, querida —le dijo James a Audrey al verla entrar en la estancia, luciendo un vestido azul de seda que dejaba al descubierto sus morenos hombros y hacía juego con el color de sus ojos. James sabía que necesitaba un fuerte brazo en el que apoyarse y le ofreció el suyo cuando, poco después, pasaron al comedor. Violet la sentó lo más lejos posible de Charles e incluso invitó a unos cuantos amigos más. Quería que el grupo fuera lo más numeroso posible para que Audrey y Charles no se vieran obligados a estar juntos. La velada transcurrió sorprendentemente bien. Sólo Audrey y sus anfitriones sabían lo difícil que era para ella. Los demás no lo hubieran podido sospechar, excepto Charlotte que no le quitó el ojo de encima a su marido y estuvo toda la noche especialmente ingeniosa y encantadora como si quisiera decirle a Audrey que ella no estaba a su altura.

—Y usted, ¿a qué se dedica? —le preguntó malévolamente Charlotte durante una pausa en la cena.

—A cuidar de mi hija —contestó Audrey, esbozando una serena sonrisa sin que nadie pudiera ver el temblor de sus manos.

—Qué bonito —dijo Charlotte.

Todo el mundo sabía que iba a ser la futura directora-gerente de la editorial Beardsley.

—No seas tan modesta, Audrey —terció Violet desde el otro extremo de la mesa—. Nuestra amiga es una fotógrafa extraordinaria —añadió, mirando con rabia a Charlotte mientras Charles bajaba los ojos.

Audrey recordó sus fotografías de Madame Sun Yat-sen publicadas en el *Times* de Londres acompañando el artículo que él escribió.

Después, la conversación siguió por otros derroteros y no hubo más confrontaciones directas. Fue la velada más agotadora que jamás hubiera vivido, pensó Audrey, saliendo a la galería a tomar un poco el aire mientras los demás se quedaban dentro jugando a los acertijos. A James y a Vi les encantaba organizar juegos con sus invitados. Esta vez incluso se les unió Charlotte, la cual se estaba convirtiendo en el alma de la fiesta, todo el mundo quería jugar con ella por su habilidad en adivinar acertijos. La chica era extraordinariamente lista, lástima que le faltara un poco más de calor humano.

Audrey se sentó en uno de los cómodos sillones de mimbre y lanzó un suspiro, cerrando los ojos mientras echaba la cabeza hacia atrás a la luz de la luna. Se sobresaltó al oír a su lado el susurro de la voz de Charlie.

—No es fácil, ¿verdad, Aud?

Ésta abrió los ojos y, al principio, no dijo nada. Después asintió en silencio con la cabeza.

—No hubiera tenido que venir —dijo la joven—. Ellos son tus amigos.

Era la primera vez que hablaba directamente con él. Ninguno de los dos quería disimular. Estaba clarísimo que ambos sufrían.

—Tú tienes tanto derecho como yo a venir aquí —dijo Charles, temiendo que Charlotte le viera hablando con ella y le organizara una escena más tarde. Charlotte le permitía hacer cualquier cosa, menos hablar con Audrey—. Hubiera tenido que llamar a Violet antes de venir... Nunca pensé...

La miró a los ojos, tratando de sentir la misma rabia que sintió hacía un año, pero ésta se había esfumado de repente y ahora sólo experimentaba tristeza.

—El abuelo murió en junio.

—Lo siento —era cierto. Charles sabía lo mucho que Audrey amaba al anciano. Lo sabía mejor que nadie. La joven se limitó a asentir en silencio. Luego, él hizo la pregunta que más temía—. ¿Por qué has venido?

—Para ver... a James y Vi.

La vacilación duró tan sólo una décima de segundo.

—Me volví loco cuando regresé de los Estados Unidos el año pasado —dijo Charles, contemplando el agua iluminada por la luz de la luna.

Audrey no quería escuchar las palabras de su antiguo amante. Ya era demasiado tarde y todo le daba igual.

—No me debes ninguna explicación.

—Ah, ¿no? —Charles estaba un poco bebido, pero no lo bastante como para olvidar sus sentimientos y no ver lo guapa que estaba Audrey, ni estremecerse al mirar sus ojos azules—. A lo mejor, necesito dártela. Nunca pensé que volvería a verte. Creo que, durante algún tiempo, incluso llegué a odiarte. Charlotte fue muy buena conmigo. Aplicó bálsamo a mis heridas, me ayudó en mi trabajo, me salvó de la bebida, estuvo constantemente a mi lado como tú no quisiste estar. Me acompañó a la India y después a Egipto. Estuve allí seis meses, trabajando en mi próximo libro —a Audrey le pareció ver unas lágrimas en sus ojos, pero no hubiera podido asegurarlo porque había poca luz—. Fue maravillosa y me gustó —añadió Charles en tono de disculpa—. En realidad, me sigue gustando mucho —se volvió a mirar a Audrey y ésta vio entonces que estaba considerablemente bebido. Pero no importaba—. Lo malo, Audrey, es que no la quiero —la joven se escandalizó al oír esas palabras. No quería escuchar lo que él le iba a decir, no tenía ningún derecho a tenerlas a las dos... Sin embargo, antes de que pudiera interrumpirle, Charles prosiguió diciendo—: Se lo dije antes de casarnos. No soy tan depravado como para fingir un amor que no siento, ni tan valiente como para disimularlo. Ella me dijo que no le importaba. No esperaba amores románticos y apasionados, sólo lealtad y amistad. Y somos amigos. Muy buenos amigos. Charlotte me gusta —repitió Charles, y Audrey se sorprendió de lo que había hecho. Le parecía una locura. ¿Por qué se había casado con ella? Él mismo contestó a la pregunta—. No me hubiera casado con ella sólo por eso, ¿sabes? Eso no basta, por mucho que Charlotte lo crea. Tú y yo lo sabemos muy bien, ¿verdad? —hablaba como con amargura y Audrey se levantó. No quería seguir oyéndole decir que no amaba a su mujer porque eso aún hacía más dolorosa la situación—. Lo malo es que se quedó embarazada cuando estábamos en Egipto. Debió de ser hacia el final de nuestra estancia —dijo Charles, mirándola angustiado. Andrey no supo si el corazón se le iba a partir o si le dolería para el resto de su vida—. Está sólo de dos meses y medio. Aún no se nota. Nadie lo sabe y ella no quiso abortar —parecía tan desdichado que Audrey no pudo reprimir las lágrimas por más tiempo—. O sea que tendremos un hijo, seremos amigos y seguiremos siéndonos muy leales el uno al otro. Charlotte convertirá mis libros en grandes éxitos editoriales, por más que eso a mí me importe un bledo. Supongo que será bonito tener un hijo... —añadió, pensando en su hermano Sean. De repente, se volvió, se acercó a Audrey y le acarició un hombro con las yemas de los dedos—. Quería que supieras por qué. Aunque me enojé mucho contigo, quería que supieras que te amo. Con todo mi corazón.

Mientras las lágrimas rodaban lentamente por las mejillas de Audrey, Charles se inclinó para darle un beso y después dio media vuelta y se reunió con los demás invitados.

27

En los días sucesivos, la casa de Cap d'Antibes pareció encogerse por momentos. Charles y su esposa no se marcharon al día siguiente, a pesar de las claras insinuaciones de Violet. En vez de ello, Charles seguía constantemente con la mirada a Audrey mientras Charlotte le observaba en silencio. Todo el mundo estaba incómodo y Audrey simulaba no percatarse de ello. Bajaba a la playa con Molly todo lo que podía y salía a dar largos paseos en automóvil con Karl y Ushi. Iba de compras en compañía de Vi y se pasaba el resto del día en su habitación, alegando estar cansada. Pero sabía que no podía permanecer mucho tiempo allí y ya sintió deseos de marcharse en cuanto ellos llegaron, aunque no quería herir los sentimientos de Vi.

Evitaba a Charlie todo cuanto podía y, por su parte, él no hizo ningún otro intento de hablar con ella. Ambos curaban en silencio sus heridas. Por fin, Audrey decidió acompañar a Ushi y a Karl y ya estaba deseando que llegara la hora de marcharse de Cap d'Antibes. No podía soportar la tensión de vivir bajo el mismo techo que Charlie y su esposa. Una y otra vez trataba de asimilar el hecho de que Charlotte estaba embarazada e iba a tener un hijo de Charles. Ahora ya sabía que no tendría más hijos que Molly.

—Tengo entendido que se la trajo usted de China.

Audrey se sorprendió al oír la voz de Charlotte a su espalda, mientras ella contemplaba a Molly, que estaba haciendo flanes de arena ayudada por James. Se volvió a mirar a su interlocutora y tuvo la sensación de que casi no podía respirar a su lado. La esposa de Charles tenía unas facciones regulares e iba impecablemente maquillada. Lucía un modelo de Patou y un precioso sombrero a juego. Audrey jamás hubiera podido competir con ella. Era casi demasiado perfecta. Y se había casado con Charlie.

—Pues..., sí —trató de recordar lo que Charlotte le había preguntado. Era la primera vez que ambas hablaban directamente—. Me la traje de Harbin... Viví allí ocho meses...

—Ya lo sé —contestó Charlotte, dándole a entender con su tono de voz que sabía otras muchas cosas. Después le clavó el cuchillo—. Todavía le ama, ¿verdad?

—Yo... —Audrey se quedó tan sorprendida que no supo qué contestar—. Creo que Charles y yo siempre seremos amigos. No es fácil olvidar ciertas cosas, pero los tiempos cambian.

Era lo más diplomático que se le ocurrió decir.

—Sí, en efecto, los tiempos cambian. Me alegro de que usted lo entienda así —dijo Charlotte con intención—. Charles tiene una brillante carrera por delante. Él todavía no lo sabe. Un día será el más destacado ensayista del mundo —lo malo era que eso a él no le importaba, tal como Audrey sabía muy bien. Los éxitos no eran para él más que una agradable sorpresa; lo que de verdad le gustaba eran los viajes, los descubrimientos y las aventuras, y el espíritu que le animaba a emprenderlas. Pero de eso Charlotte no sabía nada—. Necesita a una mujer capaz de ayudarle.

Audrey asintió, reprimiendo las lágrimas, y después miró a la mujer que le había arrebatado a su amante.

—El niño será mucho más importante para él que su carrera —le dijo.

Charlotte se quedó momentáneamente desconcertada.

—Conque se lo ha contado, ¿eh? —dijo, molesta.

—Me lo comentó de pasada... Es muy feliz —mintió Audrey—. Estoy segura de que van a ser ustedes muy felices.

Audrey miró a Charlotte con los ojos llenos de lágrimas mientras ésta asentía en silencio. No le gustaba que Charlie le hubiera dicho lo del niño, pero tal vez fuera mejor que lo hubiera hecho.

—De todos modos, usted nunca fue la mujer adecuada para él —dijo Charlotte, mirando a su rival y dirigiéndole una sonrisa.

Audrey pensó que era muy presuntuosa. ¿Qué sabía ella de eso? Ni siquiera conocía a su marido. Había obligado a Charles a casarse con ella, negándose a abortar. Seguramente, no les tenía el menor cariño ni a él ni al hijo que esperaba. Era difícil imaginársela en el papel de madre. En aquel preciso instante, James regresó con la pequeña Molly y ésta se arrojó en brazos de su madre, cubriéndola de arena y de húmedos besos por todas partes.

Aquella tarde, Audrey salió a dar un paseo en automóvil con Karl y Ushi.

—Hemos decidido marcharnos mañana —dijo esta última sonriendo mientras Audrey se sostenía el sombrero con ambas manos para evitar que la fuerza del viento se lo arrancara de la cabeza—. ¿Vendrás con nosotros? —a Audrey no le apetecía ir, pero necesitaba una excusa para poder marcharse de Antibes—. Sólo iremos a San Remo.

No estaba muy lejos, mas la atmósfera era muy distinta, muy italiana, menos elegante, pero muy agradable.

—¿Vendrás? —le preguntó Karl.

Audrey sonrió. Era su mejor pretexto y, además, Ushi y Karl le eran muy simpáticos.

—Me encantará —contestó—. Pero sólo estaré unos días, después os dejaré seguir vuestro camino. Quizá me vaya a Roma un par de semanas, antes de regresar a Londres.

A partir de allí ignoraba adónde iría. Todos sus planes se habían desbaratado y no tenía la menor prisa en regresar a San Francisco.

—¿Por qué no te vienes a Venecia con nosotros?

Era la ciudad más romántica del mundo y el recuerdo de los dos días transcurridos allí con Charlie acudió a la mente de Audrey con toda nitidez.

—No me parece muy oportuno —dijo la joven. No hubiera podido soportar el dolor de contemplar de nuevo aquellos lugares—. Eso es para los recién casados, no para las solteronas.

—¡Pues eres la solterona más guapa que he visto en mi vida! —exclamó Karl, mirándola con afecto mientras ella se reía y le regañaba. A Ushi no le importaban aquellas bromas porque estaba muy compenetrada con su marido de quien había sido novia durante seis años antes de casarse—. Ya hablaremos de Venecia cuando estemos en San Remo.

—De acuerdo —dijo Audrey.

Por lo menos, había accedido a ir con ellos hasta San Remo, lo cual le facilitaría la partida al día siguiente. Se lo comunicó a Violet al volver y ésta lamentó que se fueran y se puso furiosa con Charles. Aquella noche, Violet le comentó a James que Charlie le había estropeado la fiesta, provocando la huida de todos sus invitados.

—Él no ha provocado la huida de todos los invitados, cariño, sólo la de Audrey. Karl y Ushi tenían pensado irse de todos modos y Audrey se lo pasará muy bien con ellos. Convendría que fuera a visitarles a Berlín alguna vez. Ushi organiza unas fiestas maravillosas —dijo James, besando cariñosamente a su mujer.

A Violet le gustó la idea. Un viaje a Berlín sería estupendo, incluso podrían ir todos juntos. Al día siguiente, habló de ello a la hora del desayuno al que sólo faltaron Charlotte y Molly. Charlotte aún no se había levantado y Molly estaba con la niñera de James y Alexandra. La pequeña se divertía mucho con sus nuevos amiguitos y éstos la trataban como si fuera una muñeca de porcelana, sobre todo, Alexandra, que le había cobrado un gran cariño.

—La idea se le ocurrió a James —dijo Violet, echándose a reír—. Sería estupendo que nos fuéramos todos juntos a Berlín cuando estos tortolitos ya estuvieran instalados en su casa. Podríamos alojarnos en el Bayerischer Hotel e ir a la ópera.

A Violet le encantaba ir a la ópera en Berlín. En realidad, le gustaba frecuentar la ópera en todas partes, aunque lo que más le gustaba eran las fiestas.

Ushi se entusiasmó en seguida.

—Podríamos organizar nuestra primera fiesta, Karl. Y no os alojaréis en un hotel, sino en nuestra casa —dijo, mirando a Violet—. Y tú también —añadió, mirando a Audrey.

De repente, todos empezaron a comentar el proyecto y Charlie les contó las divertidas anécdotas que le habían ocurrido durante su última estancia en Berlín, e incluso comentó un incidente que le sucedió con Audrey en un tren de China, suscitando así las risas de todos y, sobre todo, la de la propia Audrey. Para nadie era un secreto que Charles y ella habían sido amantes en otros tiempos. Nadie oyó entrar a Charlotte en la estancia.

—¿Quién habla de hacer un viaje a Berlín? —preguntó ésta sin levantar la voz. Audrey experimentó un estremecimiento por toda la columna vertebral y Charles se calló de golpe—. Pero, ahora que lo pienso, me gustaría mucho presentarte a un editor de allí —añadió, mirando a Charles y sonriendo. Quería que sus libros se tradujeran a siete idiomas antes de fin de año. Era lo que ella denominaba su «plan magistral». Ésas eran las únicas cosas que le interesaban—. Podríamos combinar el placer con los negocios.

Sin embargo, el placer se había terminado con la repentina aparición de Charlotte.

Para animar un poco la atmósfera, Violet empezó a comentar con Karl sus planes de viaje de la semana siguiente. Karl le habló de su deseo de ir a Venecia y, al oírlo, Charles miró inmediatamente a Audrey, la cual apartó los ojos y fingió entretenerse doblando una servilleta. Los recién casados pensaban pasar la última semana de su luna de miel en Venecia. A finales de septiembre, Karl tenía que regresar a Berlín para reanudar sus clases en la universidad. Por su parte, Ushi estaba deseando que se iniciara la temporada social. James les aconsejó algunos restaurantes de la ciudad y les sugirió varias excursiones interesantes. Poco después, los tres viajeros descendieron los peldaños para marcharse. Audrey llevaba a Molly en brazos. Para ser una mujer que jamás había tenido hijos, era extraordinariamente experta en llevarse a la niña a todas partes. Molly tenía muy buen carácter y, para ella, todo era una emocionante aventura.

—Cuídate mucho, Audrey —le dijo Violet—. Y llámanos para decirnos cuándo vas a Londres. Nosotros volveremos muy pronto y queremos que te alojes en nuestra casa a nuestro regreso. E incluso antes, si así lo quieres.

El ama de llaves estaba siempre allí. Mientras abrazaba cariñosamente a Audrey, Violet pensó que la iba a echar mucho de menos. James la besó asimismo con afecto y todo el mundo se despidió efusivamente de Karl y Ushi. Al fin, Charlie miró a Audrey con tanta tristeza que Violet tuvo que apartar los ojos. Sabía que Audrey hubiera preferido no verle, pero Charles salió de su habitación para decirle adiós a la joven y ahora la miraba con inmensa ternura.

—Adiós, Charles —dijo Audrey.

Por lo menos, ya sabía que todo había terminado definitivamente. No podría seguir soñando en una hipotética reunión futura. Ambos sabían que eso era imposible.

—Saluda a Venecia de mi parte —le pidió Charles.

Esas palabras lo decían todo: que la seguía queriendo y que se acordaba de ella.

—Yo no iré —dijo Audrey, sacudiendo la cabeza mientras estrechaba a Molly contra su pecho—. Eso es para Ushi y Karl.

Charles lo comprendía perfectamente, jamás habría deseado volver allí. Hubiera sido demasiado doloroso para él.

—Puede que nos veamos en Londres alguna vez.

Audrey se lo quedó mirando en silencio; después, dio media vuelta, abrazó de nuevo a Vi y James y subió al coche de los Rosen.

28

—¿Te encuentras bien, Charlotte? —preguntó Charles, mirando solícito a su mujer tras la marcha de Audrey.

Hubiera querido sentir por ella lo mismo que sentía por la otra, pero no podía. Tenía que hacer un esfuerzo para recordar que su esposa llevaba un hijo suyo en el vientre, pero ni así se animaba. Charlotte era tan animosa que casi nunca mencionaba su estado. Charles la miró sonriendo y trató de hacerse a la idea de que su esposa era ella y no Audrey.

Sin embargo, la casa de Antibes era una tumba sin Audrey y los Rosen. Charles dio un largo paseo con James por la playa, pero no le hizo ninguna confidencia. Lady Vi intentó intimar un poco más con Charlotte, pero descubrió que ésta le era tan antipática como al principio. Era una mujer tan fría y calculadora que no acertaba a comprender cómo Charlie podía aguantarla. No bastaba con que fuera inteligente.

—Es como si estuviera casado con un hombre —le comentó Violet aquella noche a James en la intimidad de su dormitorio—. ¿Cómo pudo casarse con ella?

Al final, Charlie decidió confesarle la razón a su amigo.

—Está embarazada.

—¡Oh, Dios mío! —exclamó Violet—. Qué situación tan terrible para Charlie. ¿Por eso se casó con ella?

—Creo que sí, aunque él no me lo haya dicho con claridad. Yo no soy tan hábil como tú en hacer preguntas indiscretas —contestó James, alegrándose de que su vida no fuera tan complicada como la de Charlie—. Creo que él hubiera preferido que abortara. Pero, al parecer, Charlotte es católica.

—¿De veras? —preguntó lady Vi, sorprendida—. Nunca lo hubiera imaginado. No fue a misa el domingo.

Ellos eran anglicanos y entre sus amigos no abundaban mucho los católicos.

—A lo mejor, no se encontraba bien. En fin, sea como fuere, Charles va a ser papá.

—¿Está contento?

—No estoy muy seguro de ello. Creo que todavía está algo aturdido y me parece que la chica le gusta de verdad. Tuvieron relaciones mucho tiempo y ella le acompañó incluso a El Cairo cuando él estuvo allí. Sin embargo, no creo que él tuviera intención de convertirlo en algo permanente. Para eso hubiera preferido a Audrey.

—Menos mal... Pobre Charlie... Y pobre Audrey. Qué horrible desastre —dijo Violet, frunciendo el ceño—. ¿Sabes una cosa? Creo que lo debió hacer a propósito.

—Otras lo han hecho —contestó James, echándose a reír—, aunque no la imagino recurriendo a estos trucos femeninos. Es demasiado práctica.

—No estés tan seguro. Creo que le entusiasma la idea de dirigir la carrera de Charlie y de tenerle a su disposición como una marioneta. Además, es extraordinariamente guapa y puede conseguir lo que quiera. De no haber sido por eso, jamás le hubiera pescado.

—Madre mía, qué mente tan retorcida tienes. ¿Así me pescaste tú a mí? ¿Conspirando e intrigando?

—Pues, claro —contestó Violet, esbozando una radiante sonrisa—. Pero, por lo menos, no utilicé el socorrido truco de quedarme embarazada.

—Ojalá lo hubieras hecho —dijo James al recordarlo—. Me volviste loco durante casi dos años..., maldita virgen fanática.

Violet se ruborizó mientras él la acariciaba y besaba con pasión. A los pocos momentos, ambos se olvidaron por completo de Audrey y de Charlie.

29

Audrey pasó unos días muy felices con los Rosen, en San Remo. Estaba más tranquila que en los últimos tiempos en Antibes, con la constante presencia de Charles y su mujer. Había soportado una terrible tensión y se alegraba mucho de haberse marchado, aunque echaba de menos a James y a Vi. San Remo era siempre divertido, incluso a finales de verano.

Audrey quería dejar a Karl y a Ushi y proseguir su viaje por Italia en tren, pero ellos insistieron tanto en que les acompañara por lo menos hasta Milán que, al fin, se dio por vencida. Después, cuando ellos se fueran a Venecia, ella se iría a Roma. Entretanto, se lo estaban pasando de maravilla en Milán, viviendo en un fabuloso *palazzo* de unos amigos de Karl. Había frescos pintados en las paredes, increíbles tapices dignos de figurar en un museo y lienzos de Renoir, Goya y Da Vinci, así como una gran colección de Della Robbia. Era un lugar extraordinario. Los anfitriones eran un *principe* y una *principessa* de verdad y Audrey se lo pasó muy bien, charlando con ellos hasta altas horas de la madrugada. Bebían mucho vino y asistían a todas las fiestas. Incluso organizaron en su honor una «pequeña fiesta» improvisada, a la que asistieron unos trescientos amigos, Audrey se puso uno de los vestidos de noche que se había comprado para el barco y se sintió muy vulgar al lado de las extravagantes italianas que llevaban collares de gruesas esmeraldas, rubíes y zafiros y diademas de brillantes.

Los tres lamentaron mucho tener que marcharse, sobre todo, Audrey que no estaba muy entusiasmada con la perspectiva de ir a Roma. Una mañana, mientras desayunaba con Molly, decidió regresar a Londres antes de lo previsto dado que no tenía ningún proyecto especial. Tal vez pudiera hacer una breve escapada a París en compañía de Violet. Sin embargo, aquel mismo día Ushi y Karl volvieron a insistir en que les acompañara a Venecia. No les apetecía viajar solos y, en caso de que cambiaran de idea, prometían decírselo.

—Nos sentiríamos muy solos sin ti, Audrey.

Los recién casados le tenían a Molly un cariño especial. Ushi la tomaba en brazos y decía que, por desgracia, nunca podría tener una hija como ella.

—Me temo que no, amor mío —le contestaba Karl, riéndose.

De momento, no parecía que ella estuviera embarazada, pero ambos se divertían mucho intentándolo.

—Vendrás con nosotros y basta —dijo Karl en un autoritario tono de general prusiano.

Era un hombre muy apuesto, aunque completamente distinto de James y Charlie. Con su exótico aire semítico, era muy natural que Ushi se hubiera enamorado de él. Audrey se preguntó si alguna vez encontraría a un hombre. Todos tenían su pareja perfecta, Violet en James, Ushi en Karl, e incluso sus anfitriones de Milán parecían estar hechos el uno para el otro. Empezaba a sufrir el dolor de la soledad constante y ya ni siquiera recordaba lo que solía hacer antes de tener a Molly.

—¿Vendrás? —le preguntaron Ushi y Karl expectantes.

Audrey no podía inventarse ninguna excusa para no ir.

—Pero es que, si vengo, no pienso ni dirigiros la palabra. Venecia es el lugar más romántico del mundo y no os lo quiero estropear.

Ushi soltó una pícara carcajada y miró a Karl guiñando

el ojo mientras éste se acercaba un dedo a los labios como si estuviera a punto de revelar un secreto inconfesable.

—Ya estuvimos allí el año pasado... —dijo.

Ushi se rió entre dientes. Al fin y al cabo, estaban en 1935, no en 1912, y quien más quien menos había tenido una aventurilla. En Venecia había empezado su relación amorosa con Charlie, y Audrey temía que los recuerdos fueran demasiado dolorosos.

—¿Vendrás? —insistió Ushi, mirándola como una chiquilla esperanzada.

Audrey se echó a reír. Se lo pasaba muy bien con ellos y ya ni siquiera se sentía culpable de estorbarles la luna de miel.

—De acuerdo. Vendré.

Al día siguiente, iniciaron muy contentos el viaje. Dejaron el coche en la estación y utilizaron una góndola para dirigirse al Gritti Palace mientras el *gondoliere* les cantaba una serenata. Al pasar bajo el Puente de los Suspiros, el *gondoliere* les dijo que, si cerraban los ojos, sus deseos se harían realidad. Ushi y Karl así lo hicieron, tomados de la mano. Audrey se limitó a sonreír, sosteniendo a Molly en sus brazos. No deseaba nada, simplemente luchaba contra el recuerdo de Charlie.

El hecho de estar con Ushi y Karl le dificultaba considerablemente la tarea. Por otra parte, sabía que, si podía resistir una visita a Venecia, podría resistirlo todo. Sus amigos eran muy amables y la llevaban a todas partes. Al final, decidió confesárselo todo a Ushi. Necesitaba compartir sus sentimientos con alguien. No podía soportar estar allí y saber que todo había terminado. Le contó a su amiga su viaje a China, su permanencia en Harbin, la visita de Charles a San Francisco, su negativa a dejarlo todo para casarse con él y, por fin, la boda de Charles con Charlotte.

—Debió ser terrible verle en Antibes —dijo Ushi. Ahora que conocía todos los detalles, lamentaba haber insistido en que Audrey les acompañara a Venecia—. ¿Sabes una cosa? Yo le comenté a Karl que, en mi opinión, ella no le quiere —se refería a Charlotte—. Es una chica muy lista y a Karl le produjo buena impresión. Pero no tiene corazón. ¿Comprendes lo que quiero decir, Audrey?

—Sea como fuere, está casada con él —contestó Audrey, intentando sonreír.

—Para él también debe de ser muy difícil —Audrey pensó que, aunque así fuera, ella tenía que olvidarle—. Te conviene conocer a otras personas —Ushi estaba pensando en un profesor de la universidad, amigo de Karl. Tenía cuarenta años, era viudo y tenía dos hijos, y ella le apreciaba tanto como Vi a Charles—. Vendrás a visitarnos.

No dijo más por temor a que Audrey pusiera reparos.

El resto de la estancia de los tres amigos en la ciudad transcurrió visitando museos, iglesias y fábricas de cristal. Por fin, Audrey dejó de ver a Charlie en cada esquina. Hablar con Ushi fue para ella un desahogo muy grande. La víspera de la partida, Karl la miró sonriendo. Tanto él como su mujer le tenían un gran cariño y estaban locos por Molly.

—¿Por qué no te vienes a Alemania con nosotros?

—¿Aún no estáis hartos de mí? —replicó Audrey, riéndose—. Eso está empezando a parecer un *ménage à trois* —añadió, mirando a Ushi—. Yo creo que deberíais estar contentos de libraros de mi presencia.

Iba a tomar un tren con destino a Londres al día siguiente y ellos regresarían a su casa de Berlín y a la universidad.

—Ushi se lo pasaría muy bien contigo mientras yo trabajo. Además, James y Violet aún no habrán vuelto a Londres. Te sentirías demasiado sola sin ellos.

Audrey estaba tentada de acompañarles.

—No quisiera causaros ninguna molestia... —dijo con toda sinceridad.

Sin embargo, ellos insistieron tanto que, al final, se dio por vencida. Al día siguiente, emprendieron el viaje de regreso. Venecia estaba preciosa, pero Audrey se alegró de marcharse.

El tren que tomaron siguió la misma ruta del que ella tomó con Charlie para enlazar con el Orient Express, pero esta vez, al llegar a Salzburgo, en lugar de dirigirse al este, se fueron hacia Munich, haciendo una parada en Rosenheim, al otro lado de la frontera.

Ushi lamentó no haber tenido tiempo de comunicar a su familia que se detendrían una hora en Munich. No podría ir a ver a sus padres, pero pensaba llamarles por teléfono c incluso avisarles desde Rosenheim en caso de que pudiera conseguir línea en la oficina de telégrafos. Después, dejaron Italia y atravesaron Austria para dirigirse a Alemania, mientras Molly dormía sobre el asiento tapizado en terciopelo. El tren aminoró la marcha justo cuando acababan de pedir otra botella de champán y un poco de caviar. En el andén, vieron a unos soldados y oficiales uniformados, hablando con el revisor y varios funcionarios del tren. Al final, el revisor se encogió de hombros y les hizo señas de que subieran mientras Ushi fruncía el ceño, mirando a Karl.

—¿Qué pasa?

—Son hombres del *Führer* —contestó él en tono burlón

No tenía muy buena opinión de Hitler y no le gustaban sus estridentes discursos sobre la raza aria, pero se guardaba muy bien de expresar sus opiniones políticas. Otros habían tenido dificultades en la universidad por esta causa ya que los nazis calificaban inmediatamente de comunistas a los intelectuales que no estaban de acuerdo con sus ideas. Por consiguiente, él solía mostrarse muy cauto, menos con Ushi, claro; con Charlie y James tampoco se había mordido la lengua en la Costa Azul. Estaba muy tranquilo cuando el mozo entró con el caviar, seguido por un soldado.

—Pasaporte, por favor —dijo éste, contemplando con el ceño fruncido el lujoso salón del compartimiento. Karl le entregó los tres documentos y el soldado examinó primero el norteamericano—. *Amerikanisch?* —le preguntó a Audrey, esbozando una leve sonrisa.

—Sí.

Audrey se avergonzó de que la hubiera sorprendido extendiendo una gruesa capa de caviar sobre una tostada. ¿Y si pensara que todos los norteamericanos hacían lo mismo?

—¿A quién pertenece la niña? —preguntó el soldado, mirando a la chiquilla dormida.

—Es mi hija —se apresuró a contestar Audrey.

Por si acaso, siempre llevaba copias de los documentos de adopción de Mai Li. El soldado le devolvió el pasaporte haciendo una ligera inclinación de cabeza y pasó a examinar los pasaportes que le habían entregado los Rosen.

—No tienen el mismo apellido. ¿Son ustedes amigos?

—Acabamos de regresar de nuestro viaje de luna de miel —le explicó Karl—. No nos dio tiempo a cambiar los pasaportes antes de marcharnos.

El soldado esbozó una aparente sonrisa de complacencia, pero a Audrey no le gustó la expresión de sus ojos.

—Es usted judío, ¿no es cierto? —preguntó el soldado, mirando directamente a Karl.

Audrey se sorprendió de la dureza de las palabras.

—En efecto —contestó Karl sin la menor vacilación.

—Y su esposa no, ¿verdad?

Había visto el «von» de su apellido de soltera y sabía que no. El soldado abandonó rápidamente el compartimiento sin devolverles los pasaportes. Audrey hubiera querido preguntar la razón, pero no se atrevió a hacerlo.

—Se ve que en estos últimos dos meses se han vuelto más simpáticos —dijo Karl en tono de hastío mientras Ushi le tomaba la mano.

—No digas nada, *Schatz*. Quieren darse importancia. Seguramente le ha molestado vernos tomar caviar y champán.

—Son unos campesinos envidiosos, que se vayan al diablo —dijo Karl, encogiéndose de hombros.

Los cuatro soltaron una carcajada y, en aquel momento, regresó el soldado en compañía de dos oficiales.

Éstos se acercaron a Karl y fueron directamente al grano.

—¿Conoce usted las leyes de Nuremberg? —preguntó el más alto de los oficiales.

Audrey observó que una fina cicatriz le cruzaba toda la mejilla y se preguntó si sería la consecuencia de algún duelo. Lucía las insignias de las SS en las solapas y tenía una mirada más fría que el acero.

—No conozco las leyes de Nuremberg —contestó Karl en tono sereno y respetuoso, sin soltar la mano de Ushi. Le temblaban imperceptiblemente las manos y tenía las palmas empapadas en sudor.

—Hubo una sesión del Congreso de Nuremberg hace una semana y en ella se aprobó la ley del quince de septiembre por la cual se castiga con pena de muerte la relación de un judío con una persona de raza aria —le explicó el oficial, mirando fugazmente a Ushi.

—No hablará usted en serio —dijo Karl, estupefacto.

—El *Führer* siempre habla en serio, señor —contestó el oficial—. Se trata de un delito sumamente grave.

—Esta mujer es mi esposa —señaló Karl, más blanco que la cera.

—Eso no altera el delito —el oficial dio un taconazo y le miró muy serio—. Tendrá que acompañarnos. Queda usted detenido, Herr Rosen —añadió, omitiendo deliberadamente el título de *Doktor*.

Por un instante, los tres permanecieron sentados sin moverse. Cuando entraron dos soldados y asieron a Karl por los brazos, Ushi lanzó un grito desgarrador y se aferró a su marido mientras éste le decía que se tranquilizara y miraba angustiado a Audrey, pidiéndole con los ojos que cuidara de ella. No tenía más remedio que irse con los soldados. Audrey apretó con fuerza la mano de su amiga mientras se llevaban a Karl. En el acto, Audrey le ordenó a un mozo que les bajara el equipaje. Tenían que descender en seguida y averiguar adónde se habían llevado a Karl.

Ushi se puso histérica mientras Audrey procuraba no perder la calma y le pedía al mozo que les buscara un taxi para dirigirse al centro de la ciudad. Aquello parecía una locura. Entre tanto, le dijo a la llorosa Ushi que se sentara sobre una maleta; en aquel momento, la pequeña Mai Li se echó también a llorar, asustada por el tumulto que percibía a su alrededor. El tren se alejó lentamente y las tres se quedaron solas en la estación. Se habían llevado a Karl en una siniestra furgoneta negra.

—¿Adónde se lo han llevado, Dios mío? ¿Adónde se lo han llevado? —preguntó Ushi, sollozando con desconsuelo.

—Ya lo averiguaremos.

Todo parecía imposible. Aquello tenía que ser una pesadilla. ¿Que la «relación con una persona de raza aria» era un delito castigado con la pena de muerte? Estaban todos chiflados. Audrey habló con el jefe de estación utilizando sus escasos conocimientos de alemán y consiguió un taxi que las llevó a un hotel. Al llegar allí dejó las maletas en el vestíbulo, pidió una habitación e inmediatamente llamó por teléfono al padre de Ushi. En cuanto oyó la voz de éste, Ushi volvió a ponerse histérica y fue Audrey quien tuvo que explicar lo ocurrido.

—¡Dios mío! ¿*Qué* dice usted que han hecho? Dios bendito, pero, ¿dónde está?

—No lo sabemos. Yo pensaba ir ahora mismo a la policía.

—¡No haga nada! —le dijo el padre de Ushi, y añadió que se pondría en contacto con ciertas personas y que después las llamaría.

Mientras esperaban, Audrey le dijo a Ushi que se tendiera en la estrecha cama de la habitación y le trajo un vaso de agua que su amiga aceptó agradecida.

—Oh, Dios mío... ¿Y si le matan? Oh, Dios mío... —gimió Ushi, asiendo una mano de Audrey como una niña asustada.

El padre de Ushi tardó una eternidad en llamar. Al final, sonó el teléfono y la telefonista les anunció una llamada de Munich. Manfred von Mann quería hablar con Audrey no con Ushi, porque temía decirle a ésta lo que le dijo a Audrey.

—La semana pasada mataron a doce hombres en Munich exactamente por este mismo delito. Pensábamos llamarles y decirles que no volvieran a casa. Pero los demás eran obreros, y comerciantes, unos desgraciados por quienes los comunistas armaron un gran alboroto. Ninguno de ellos tenía la importancia de Karl y no pensamos que eso pudiera ocurrirle a él.

Pero le había ocurrido y Audrey temía que no le soltaran. Lo que el padre de Ushi le había dicho le parecía increíble.

—¿Le han dicho dónde está? —le preguntó.

—Todavía no, pero alguien del Alto Mando a quien conozco me va a llamar. ¿Cómo está mi hija?

Audrey se volvió a mirarla. Ushi yacía en la cama con la mirada vidriosa.

—Me temo que no muy bien.

—Yo mismo vendré a Rosenheim.

—Me parece una buena idea.

Sin embargo, cuando llegó su padre, Ushi estaba completamente desquiciada. Se empeñó en llamar a la policía local y en presentarse allí personalmente, pero no pudo ver a Karl a pesar de sus súplicas y de los nombres importantes que mencionó. Le dijeron que Karl estaba condenado por haber cometido un crimen contra el Reich y que ella tenía que casarse ahora con un hombre de raza aria y engendrar hijos para el Reich. Ushi perdió los estribos y estuvo a punto de abofetear a uno de aquellos hombres, pero Audrey se lo impidió y se la llevó a la fuerza al hotel.

Cuando llegó el barón Von Mann, Audrey habló a solas un momento con él y le preguntó qué creía que le iba a ocurrir a Karl.

—No lo sé —contestó el barón, pensando en los hombres que habían sido fusilados la semana anterior a causa del mismo delito—. Puede que le envíen a un campo de concentración. Ahora se llevan a mucha gente. A judíos como Karl. Se lo advertí a Ushi. Estos hombres son capaces de cualquier cosa —añadió, abatido.

Y así fue. Los generales que conocía el barón Von Mann le dijeron que no podían hacer nada. Según la ley de Nuremberg del 15 de septiembre de aquel año, Karl Rosen era culpable de un delito castigado con la pena de muerte. Cuando el barón regresó a medianoche al hotel, no llevaba buenas noticias.

—Esta noche se lo van a llevar a otro sitio. No estoy seguro de adónde, pero el oficial encargado prometió comunicárnoslo mañana. Yo mismo iré allí a primera hora.

—¿Que se lo van a llevar a otro sitio? —preguntó Ushi con el rostro desencajado. Nadie hubiera reconocido en ella a la sonriente muchacha de hacía apenas unas horas. Iba desgreñada, tenía el maquillaje descompuesto, el rostro surcado de lágrimas e incluso manchas de rímel en el vestido a causa de las lágrimas que habían caído allí. Sin embargo, nada de eso le importaba. Lo único que le interesaba era Karl—. ¿Adónde lo llevan?

—Te prometo que lo averiguaremos en cuanto podamos, cariño —contestó su padre, estrechándola con fuerza en sus brazos y llorando muy quedo por el triste destino de su yerno y su imposibilidad de salvarle. Lamentaba incluso haber autorizado aquella boda, aunque no tenía nada en contra de Karl.

A la mañana siguiente, se dirigió de nuevo a la comisaría de policía y allí le dijeron que Karl había sido trasladado a las dependencias de Unterhaching. El trayecto en automóvil fue muy largo y, en su transcurso, sólo se oyeron los sollozos de Ushi. Hasta la pequeña Molly guardaba un extraño silencio en brazos de Audrey. Al llegar, se fueron directamente a la comisaría de policía, temiendo por la vida de Karl. Precisamente en aquel instante, vieron que le introducían en una camioneta, con las manos esposadas. Ushi lanzó un grito y corrió hacia él mientras Molly rompía a llorar y Audrey le cubría los ojos en un gesto reflejo. El barón Von Mann se interpuso entre ellas y los soldados. Ushi casi había llegado junto a Karl cuando su padre la asió de un brazo mientras los soldados empujaban a Karl hacia el interior del vehículo y éste le gritaba:

—Estoy bien, estoy bien... *Ich bin...*

Cerraron la portezuela de golpe y Ushi contempló la escena horrorizada. Apenas parecía el mismo hombre. Llevaba la ropa hecha jirones y el rostro y la cabeza cubiertos de sangre reseca. Poco después, la camioneta se puso en marcha y la única respuesta que posteriormente obtuvieron fue que el problema se había «resuelto».

El barón dijo que lo único que podían hacer en aquel momento era volver a Munich donde sería más fácil obtener información. Quedarse en Unterhaching no hubiera servido de nada; por consiguiente, regresaron directamente a Munich y se dirigieron al castillo de los Mann. Allí el barón encomendó a Ushi a los cuidados de su esposa y Audrey dio de comer a Molly y la metió en la cama tras darle un baño caliente. Sentada en su habitación, Audrey esperó recibir noticias de Karl. Todos estaban destrozados. Vivían una pesadilla horrible en la que no podían hacer nada por salvarle. Por la noche, al ver que se filtraba luz por debajo de la puerta de la habitación de Audrey, el barón la invitó a tomarse una copa de *schnapps* con él en la biblioteca. Hablaron de la locura de las nuevas leyes, pero ni siquiera en su casa el barón se sentía enteramente libre. Hablaron en voz baja, frente al crepitante fuego de la chimenea y tras cerrar las puertas. En Alemania ya nadie se fiaba de nadie, ni siquiera en su propia casa. Aquella noche, el barón hizo varias llamadas que resultaron infructuosas. Tardaron dos días en recibir noticias. Con mucho dolor, el barón llamó a los padres de Karl para informarles de lo ocurrido y éstos le agradecieron los esfuerzos que había hecho. Sin embargo, todo resultó inútil. El barón colgó el teléfono y lloró en silencio, cubriéndose el rostro con las manos antes de subir arriba para comunicar la noticia a su mujer y a su hija. Primero se lo dijo a su mujer y, después, ambos fueron a ver a Úrsula, que estaba encerrada en su habitación y medio enloquecida por el dolor. Al verles entrar, ésta intuyó lo que iban a decirle. Audrey oyó el grito desde su habitación y salió corriendo al pasillo como si esperara la llegada de alguien o que se produjese algún cambio en la situación. Pero, para Karl, todo había terminado. Estaba muerto, había sido asesinado por los esbirros de Hitler. De pie en el pasillo, azotado por las corrientes de aire, Audrey recordó la risa y el calor de los ojos de su amigo y comprendió por primera vez en su vida lo preciado y efímero que era el amor. En unas horas, Ushi había pasado de ser una recién casada al estado de viuda. Karl ya no estaba con ellos y lo que a él le había ocurrido les podía suceder a otros. Audrey se percató de cuán dichosos habían sido ella y Charles y de lo necio que era él, al desperdiciar su vida al lado de una mujer a la que no amaba.

Aquella noche, Audrey tardó varias horas en poder ver

a Ushi, y, cuando lo consiguió, no supo qué decirle. Se limitó a estrecharla entre sus brazos mientras la mujer lloraba con desconsuelo. Cuando volvió a mirarla a los ojos, comprendió que Úrsula von Mann Rosen jamás volvería a ser la misma de antes.

30

El teléfono sonó en Antibes poco después de las seis de la mañana siguiente y James extendió un brazo por encima de la cabeza de Violet para tomarlo.

—¿Qué hora es? —preguntó la mujer en voz baja, mirando hacia el reloj que no podía ver.

Acababa de amanecer, pero ellos sólo llevaban dos horas acostados y, además, habían bebido demasiado champán. Charlie y Charlotte aún estaban en la casa, pero, a pesar de la creciente antipatía que ésta le inspiraba, Violet prefería no preocuparse por ello. James no imaginaba quién podía llamarles a semejante hora, mientras se incorporaba en la cama.

—¿Diga? ¿Diga? —hubo una larga pausa y James frunció el ceño; después—: ¿Audrey? ¿Qué ocurre? —James la oyó llorar en el otro extremo de la línea y sospechó inmediatamente que le había ocurrido alguna desgracia—. ¿Has tenido un accidente? —a Violet le dio un vuelco el corazón al pensar en la niña—. Oh, Dios mío... Oh, no... —exclamó James, mirando, aterrado, a su mujer.

—¿De qué se trata, James? ¿Qué le ha pasado? —preguntó Violet.

Él le hizo señas de que se callara y siguió hablando. La

comunicación era muy defectuosa, pero James no se atrevía a decirle a Audrey que repitiera las palabras porque la notaba muy alterada. Necesitaba hablar con alguien y James y Vi eran las únicas personas a las que podía llamar.

—¡Dios mío, qué espanto...! ¡Pobre chica! ¿Cómo está ahora?

—Oh, James... —dijo Violet, echándose a llorar en la certeza de que a Molly le había ocurrido un terrible percance.

James la tomó de una mano para tranquilizarla y luego sacudió la cabeza en silencio y le comunicó en voz baja:

—No... es... la... niña...

—¿No? —preguntó Violet, asombrada.

Entonces, ¿de quién se trataba?

—¿Dónde estás? ¿Quieres volver? Nosotros regresamos a casa dentro de unos días. Te sentaría bien volver aquí, Aud. De acuerdo, pero, por lo que más quieras, márchate cuanto antes. Espéranos en nuestra casa de Londres. Dame tu número de teléfono. Procura dormir un poco, Vi y yo llamaremos dentro de unas horas. ¿Quieres hablar ahora con ella? —preguntó James, volviéndose a mirar a su mujer—. Muy bien, pues, ya se lo diré. Aud... —añadió con los ojos llenos de lágrimas y la voz quebrada por la emoción—. Dile que lo sentimos con toda el alma —tras colgar el teléfono, James miró a su esposa en silencio. No sabía cómo decírselo. Al final, exhaló un suspiro y procuró no perder la calma—. Han matado a Karl.

Era una manera muy directa de decírselo, pero prefería informarla de golpe.

—¡Oh, Dios mío, James! —exclamó Violet, horrorizada—. ¿Quién ha matado a Karl? ¿Y cómo está Ushi? ¡Oh, no! —gritó, rompiendo a llorar mientras James la rodeaba con un brazo.

—Los nazis. Le sacaron del tren a la fuerza, le encarcelaron y le pegaron un tiro. Al parecer, han aprobado una absurda ley por la cual se castiga con pena de muerte a cualquier judío que mantenga relación sexual con una persona de raza aria, tanto si están casados como si no. ¿Habráse oído jamás cosa igual? Están locos.

Pero lo peor era que habían matado a Karl Rosen.

—Oh, Dios mío —fue lo único que acertó a decir Violet, llorando en brazos de su marido.

Después, bajaron a tomarse un café y aún seguían allí sentados cuando Charlie bajó a las ocho. Estaba muy serio y tenía un poco de resaca, pero, al mirarles, comprendió que había ocurrido algo.

—¿Qué fue esta llamada telefónica que oí alrededor de las seis? —preguntó mientras James le miraba en silencio y Vi se echaba a llorar—. ¡Oh, Dios mío...! ¿Qué pasa, Vi?

Mientras se sentaba, James le explicó lo ocurrido.

—¡No puede ser! ¡No es posible que hagan eso! —dijo Charlie, levantando la voz sin querer. Los Rosen eran tan felices y estaban tan enamorados el uno del otro—. Esta gente ha perdido el juicio.

—Desde luego.

—¿Cómo está Ushi?

—Supongo que muy mal —contestó James—. Por lo menos, a ella no le han hecho nada. Se dirigían a Berlín, pero ahora está con sus padres en Munich. Audrey la acompaña.

—¿Qué hace Audrey allí? —preguntó Charlie, turbado. No quería imaginársela en aquella situación y lamentaba con toda su alma que hubiera sido testigo de aquel horror.

—No lo pregunté, pero supongo que viajaba con ellos.

—¿Cómo está?

—Muy trastornada, como es lógico. Le dije que la llamaríamos dentro de unas horas.

Charles asintió y se vertió un poco de whisky en el café, ofreciéndole lo mismo a James. Era algo temprano para beber, pero ambos lo necesitaban. Vi decidió, asimismo, tomar un poco precisamente en el momento en que Charlotte entraba en la estancia, luciendo un precioso salto de cama de raso blanco.

—¿Qué ocurre? Todos nos hemos levantado hoy muy

temprano —dijo Charlotte, esbozando aquella sonrisa suya tan fría y profesional.

Parecía que estuviera siempre sentada detrás de un escritorio.

Charlie la miró con tristeza mientras tomaba un sorbo del fuerte brebaje.

—Los nazis han matado a Karl Rosen.

—¡Qué espanto! —exclamó Charlotte, horrorizada.

A continuación, los cuatro se pasaron horas hablando sin cesar de lo ocurrido. Charlotte tenía unas ideas muy claras sobre la política alemana y consideraba a Hitler mucho más peligroso de lo que creía la gente, en lo cual todos estaban de acuerdo con ella, aunque, en realidad, ya nada importaba. Karl había muerto y nadie conseguiría arreglarlo.

Por la tarde, James y Vi llamaron a Audrey y ésta les comunicó que aquella misma noche tomaría el tren para dirigirse a Londres. Los nazis se habían negado a devolver los restos de Karl para ser enterrados y, por consiguiente, no habría funeral. Por otra parte, Ushi se hallaba en tal estado que la joven consideraba oportuno dejarla sola en compañía de su familia. No podía hacer nada por nadie y era mejor irse discretamente. Prometió llamar a James y Vi al día siguiente en cuanto llegara a la casa de éstos en Londres. En Antibes, todos estaban muy tristes y aturdidos. James y Vi salieron a dar un largo paseo por la playa, mientras Charles se quedaba sentado en la galería y Charlotte descansaba en su habitación. Cuando se reunieron a la hora de cenar, Vi observó que Charlotte no tenía buena cara.

—¿Te encuentras bien? —le preguntó.

Sabía cuán molestos podían ser los primeros meses de embarazo y se compadecía de ella muy a pesar suyo. Charlotte se encogió de hombros y trató de sonreír.

—No es nada. Debo de haber comido algo que no me sentó bien.

Se había pasado toda la tarde vomitando y Charlie se llevó un susto cuando entró en la habitación para recoger algo y la sorprendió de rodillas delante del excusado. Le preparó un té flojo, pero también lo vomitó. Charlie confiaba en que no se pasara todo el embarazo en aquel estado. Era la primera vez que Charlotte se encontraba mal desde que le comunicara la noticia.

—No creo que sea nada de todo eso, querida Charlotte —dijo Violet sonriendo—. Eso me pasa siempre a mí durante los tres o cuatro primeros meses del embarazo. Las tostadas y el té son el único remedio, aunque a veces ni eso da resultado.

—Pues, yo creo que ha sido la comida —dijo Charlotte, molesta por el hecho de que Violet estuviera al corriente de su embarazo.

Sin embargo, ésta se limitó a mirarla con aire de experta.

Aquella noche, Charlotte apenas comió y se fue inmediatamente a la cama. Violet dijo que ella y James regresarían a Londres cuanto antes para reunirse con Audrey aunque, como era natural, los Parker-Scott podrían quedarse en Antibes todo el tiempo que quisieran.

—En realidad, nosotros también nos vemos obligados a irnos. Charlotte tiene que regresar y yo tengo que escribir un libro— dijo Charles.

Tenían previsto realizar un safari en África, pero después no pudieron compaginarlo con su trabajo y se conformaron con pasar unas semanas en la Costa Azul; sin embargo, ya había llegado la hora de reanudar sus habituales actividades. La muerte de Karl había marcado el final de sus ensueños estivales. Lo único que a Charlie le preocupaba en aquellos instantes era la súbita indisposición de Charlotte. Tras tomar una última copa con James, Charles regresó a su habitación y encontró a Charlotte gimiendo en el suelo del cuarto de baño, con la cabeza apoyada en la taza del excusado.

—Charlie… —dijo Charlotte que apenas podía hablar—. Me encuentro… muy mal.

Charles temió inmediatamente que fuera un aborto y estaba a punto de llamar a Violet cuando ella le indicó por señas que se acercara y se señaló el lado derecho del vientre.

—Aquí.

—¿Quieres que llame a un médico? —le preguntó Charlie.

Pensó que algo terrible le ocurría a Charlotte y, sin aguardar siquiera su respuesta, dio media vuelta y llamó a la puerta del dormitorio de James y Violet.

—¿Sí? —contestó Vi desde dentro. Charles entró y les sorprendió hablando de la pesadilla de Ushi y Karl—. ¿Ocurre algo, Charles?

—Charlotte se ha puesto muy mal y dice que le duele mucho el vientre. Yo no sé nada de todo eso —contestó Charles, mirando a Violet con impotencia—, pero creo que tendría que examinarla un médico inmediatamente. Me parece que convendría llevarla al hospital —Vi se puso la bata y salió al pasillo sin decir nada. Dirigiéndose a su viejo amigo, Charles añadió—: Creo que no hubiéramos debido hablar tanto de Karl. A veces, me olvido de que está embarazada.

Se atusó nerviosamente el cabello con una mano mientras aguardaba el regreso de Violet.

Ésta volvió al cabo de poco rato y miró muy preocupada a James.

—Creo que sería mejor llamar al doctor Perrault.

—¿Es un aborto? —preguntó Charlie, horrorizado. No hubieran tenido que hablar tanto de aquellas cosas tan horribles por muy fuerte que su esposa pareciera—. ¿Le duele mucho?

—No te preocupes, Charles —contestó Violet, mirándole con simpatía—. Los problemas de las mujeres parecen a veces más tremendos de lo que son. La llevaremos al hospital y mañana ya estará bien.

Mientras la acompañaba al automóvil, a Charles no le parecía posible que su esposa vomitara de aquella manera. La envolvieron en una manta y James se puso al volante, Charles se sentó a su lado y Violet se acomodó en el asiento de atrás, sosteniendo una mano de Charlotte. Charles se volvió a mirar a su mujer y se sintió culpable de no tenerle más cariño. Era como si estuviera contemplando a una desconocida. James tomó hábilmente las curvas de la carretera mientras Charles le instaba a que acelerara. En cuanto llegaron al hospital de Cannes, Charlie entró y volvió a salir con dos camilleros que colocaron a Charlotte en una camilla y la llevaron dentro inmediatamente. Los tres la siguieron y en seguida se toparon con el doctor Perrault que ya les estaba aguardando. Éste echó un vistazo a la paciente mientras las enfermeras le tomaban el pulso y la tensión arterial en presencia de Charles. El médico tardó menos de dos minutos en establecer la situación de «Madame».

—Es el apéndice, monsieur —dijo, mirando a Charles con el ceño fruncido—. Creo que puede haber perforación, o casi. Hay que operar en el acto.

Charlie asintió, un poco más aliviado.

—¿Perderá al hijo?

—¿Es que, además, está embarazada? —preguntó el médico, preocupado. Charlie asintió en silencio—. Comprendo... Veremos qué se puede hacer, pero hay muy pocas posibilidades de que el niño viva —Charles miró al médico con los ojos llenos de lágrimas—. Haremos todo lo que podamos.

Se llevaron rápidamente a Charlotte y Charles se quedó en la sala de espera en compañía de James y Vi.

El médico tardó tres horas en volver. Entró quitándose el gorro de cirujano y les miró con la cara muy seria. Por un instante, Charles temió que su mujer hubiera muerto.

—Su esposa está bien, monsieur —dijo el médico mirándole directamente a los ojos—. En efecto, había perforación, pero creo que hemos conseguido limpiarlo todo a tiempo. Deberá permanecer aquí tres o cuatro semanas, hasta que se recupere por completo.

Charles lanzó un suspiro de alivio, aunque el médico aún no le había dicho lo que él más ansiaba saber.

—¿Y el niño? —preguntó, respirando hondo.

El doctor Perrault le miró, sin querer hablar en presencia de James y Vi.

—¿Puedo hablar a solas con usted, monsieur?

—No faltaba más...

Charlie temió lo peor y comprendió con asombro lo mucho que significaba un hijo para él. Era lo único que le quedaba. Acompañó al médico mientras Vi y James se quedaban en la sala de espera, y entró con él en otra salita. El doctor tomó dos sillas y le indicó a Charles que se sentara en una de ellas.

—¿Puedo hacerle unas preguntas un poco personales, señor?

—Pues claro —contestó Charles, temiendo preguntarle por el niño.

A lo mejor, se habían producido complicaciones o Charlotte había perdido al hijo. Podían haber ocurrido muchas cosas.

—¿Cuánto tiempo lleva casado?

Charlie no tenía el menor reparo en ser sincero con él. Aquel hijo significaba mucho para él y estaba dispuesto a todo con tal de salvarle.

—Casi cuatro semanas. Pero ella quedó embarazada hace tres meses, en Egipto... —como si eso le importara a alguien. El médico sacudió la cabeza—. ¿Está acaso más adelantada?

O sea que era eso lo que más le preocupaba. Sin embargo, el médico le miró con simpatía, con tanta simpatía que casi le dolió.

—Me temo que ha habido un malentendido y yo no quisiera entrometerme en su vida personal, monsieur. Su esposa no está embarazada. Según me ha dicho sufrió una histerectomía hace cinco años. Yo lo examiné todo con sumo cuidado a causa de lo que usted me había dicho. No hay ningún niño, monsieur. No hay embarazo, no hay matriz y nunca lo podrá haber. Lamento mucho tener que decírselo.

Charles miró al médico como si acabara de recibir un mazazo.

—¿Está seguro? —preguntó con la voz ronca.

—Por completo. No me cabe la menor duda de que su propia esposa se lo dirá, tal como me lo ha dicho a mí. A lo mejor, temía confesarle que nunca podrá tener hijos; sin embargo, con el tiempo, usted podrá aceptarlo. Queda el recurso de la adopción —añadió el doctor, dándole a Charles una palmada en un brazo—. Lo siento mucho, monsieur.

Charles asintió en silencio y se levantó.

—Gracias... Gracias por decírmelo —dijo al fin, antes de abandonar la estancia.

Conque le había mentido... Conque todo era mentira... El hijo concebido en El Cairo... Todo era mentira. Y él que se sentía culpable porque quería hacer constantemente el amor y no tomaba precauciones. Y el aborto que ella no quiso... Cuánto la había respetado por eso, aun a costa de tener que casarse con ella. Y el niño que hubiera sido como Sean, el niño que jamás podría nacer, que nunca existió. Le había *mentido*.

Cuando entró en la otra sala de espera donde le aguardaban Violet y James, estaba tan aturdido que apenas podía hablar.

—¿Quiere ver a su esposa, monsieur? —preguntó una sonriente enfermera mientras él sacudía la cabeza—. Ahora ya está despierta, puede verla *une petite minute*.

Charles pasó por su lado sin contestar y salió del hospital; fuera se detuvo para aguardar a Violet y James. Necesitaba respirar un poco de aire fresco. Violet comprendió por la cara de Charles que algo horrible le había ocurrido y temió que Charlotte hubiera perdido el hijo.

—¿Qué ocurre, Charles?

—No me hables... por favor.

—Charlie...

—Vi..., no..., ¡*por favor*! —dijo Charles, girando en redondo y asiéndola por un brazo. Lloraba, pero no con lágrimas de tristeza, sino de rabia—. ¿Sabes lo que me ha hecho? ¡Me ha mentido! ¡No hay ningún niño! ¡Nunca lo hubo! Le practicaron una histerectomía hace cinco años.

James le miró asombrado y Vi se quedó sin resuello.

—¡No hablarás en serio! —exclamó Violet, horrorizada.

Pobre Audrey, pensó.

—Completamente en serio.

—Pero eso es incalificable —terció James, apretando los dientes. Después subió al automóvil, lo puso en marcha y les indicó a los demás que se acomodaran a su lado—. Vamos, necesitas un trago.

Al llegar a casa, le dieron más que uno. Charlie se levantó al mediodía del día siguiente. Se duchó y afeitó y se fue directamente al hospital, donde entró en la habitación de Charlotte con el rostro descompuesto por la furia. Ella sabía el motivo de que él estuviera tan enfadado. Corrió un riesgo y pensó que podía ocultar el secreto, pero había perdido el juego. Era lo suficientemente lista como para saber que había llegado el instante de poner las cartas boca arriba.

—Perdóname, Charles. Pensé que era la única forma de que te casaras conmigo —tenía razón, pero eso no mejoraba las cosas—. Quería convertirte en un escritor importante y cuidar de ti...

—Me importa un bledo ser un escritor importante. ¿Acaso no lo sabes?

—Entonces no lo sabía. Ahora lo entiendo mejor. Pero te equivocas, ¿sabes? Podrías ser el mejor escritor del mundo, un hombre internacionalmente famoso...

Charlotte lo dijo como si le estuviera ofreciendo una corona real a su esposo.

—¿Y qué sacarías tú con eso? ¿Convertirte en mi editora? ¿Tanto te importa eso?

Lo que de veras quería Charlotte era convertirle en una marioneta a sus órdenes.

—A los hombres como tú hay que cuidarles como si fueran flores especiales —dijo Charlotte, esbozando una leve sonrisa, a pesar de las lógicas molestias que le producía la reciente operación.

Tenía los sentidos completamente despiertos y miraba a Charlie con perspicacia.

—¿Creías que no iba a enterarme?

—¿Tanto significan los hijos para ti, Charles? —preguntó Charlotte, a pesar de que ya conocía la respuesta por haberle visto jugar con Molly, Alexandra y el pequeño James—. No hace falta tener hijos para sentirse colmado. Tú tienes tu trabajo. Y los dos nos tenemos el uno al otro.

—Qué existencia tan vacía me parece —dijo Charles, mirándola con tristeza. Qué poco sabía de la vida y qué poco le conocía a él—. Supongo que tendría que esperar una o dos semanas, hasta que estuvieras recuperada —Charlotte ya adivinaba lo que su esposo iba a decirle. Le quiso durante mucho tiempo, como un precioso diamante que ambicionara poseer—, pero no quiero prolongar las mentiras. Te dejo. La broma ya ha terminado. Podemos volver a nuestras antiguas vidas. Tú tienes tu apartamento y yo el mío, y todo seguirá como antes, sólo que yo no volveré a verte. Otra persona puede tratar conmigo sobre los detalles de mi trabajo, tal vez quiera hacerlo tu padre. Pero eso carece de la menor importancia. Cuando vuelva a la ciudad llamaré a mi abogado.

—¿Por qué? ¿Por qué haces eso? —preguntó Charlotte, extendiendo un brazo para tomarle una mano. Apenas podía moverse a causa de la operación que le habían hecho la víspera—. ¿Qué importa que no podamos tener hijos?

—Eso podría soportarlo... Lo que no puedo sufrir son las mentiras. Me tendiste una trampa para que me casara contigo. Querías poseerme como se posee una finca. Y a mí no se me puede comprar, atrapar, enjaular o convertir en un escritor que escriba lo que le mandan como un perrillo amaestrado. La única esperanza para que hubiera un entendimiento entre nosotros era un hijo. Pero este hijo era una mentira.

»Llamé a tu padre para decirle lo que había ocurrido y él ya está en camino desde Londres. Esperaré a que llegue y entonces me iré con Vi y James. Violet dice que puedes quedarte en su casa todo el tiempo que quieras cuando salgas del hospital, y yo dejaré que seas tú quien le explique lo ocurrido a tu padre, si así lo deseas. No quiero ponerte en una situación embarazosa. Pero tampoco quiero seguir casado contigo. Estoy seguro de que algún día me lo agradecerás.

Dicho esto, Charles dio media vuelta y abandonó la habitación para salir a la calle. Era como si Charlotte jamás hubiera formado parte de su vida. Mientras contemplaba el cielo, se le ocurrió pensar en Ushi y en Karl y en el amor que ambos compartían, tan semejante al que él conoció al lado de Audrey. Sin saber cómo, experimentó el súbito impulso de volver junto a ella. Cuando regresó a la casa de Antibes, era un hombre nuevo.

—¿A qué hora nos vamos? —le preguntó a Vi mientras ésta le miraba asombrada.

—Pensaba que querías esperar la llegada del padre de Charlotte.

—Ya estará aquí esta noche y, de todos modos, se aloja en el Carlton de Cannes.

—Supongo que el tren de mañana a las cuatro nos irá bien. Le preguntaré a James —contestó Vi—. Por cierto —añadió cautelosamente—, Audrey ha vuelto a llamar. Ya está en Londres. Te manda recuerdos.

Charles asintió en silencio y abandonó la estancia con el ceño fruncido.

No volvió a ver a Charlotte sino que llamó simplemente a su padre al Carlton. La conversación fue muy breve. El padre creía, al parecer, que Charlotte había sufrido un aborto y una apendicitis, pero Charles no quiso aclararle nada. Puesto que su esposa había dicho las mentiras, que ella misma se lo explicara.

Lo único que a él le interesaba era ver a Audrey y convencerla de que no era un necio. Cabía la posibilidad de que ella no quisiera volver a tener ningún trato con él. Y eso era lo que necesitaba averiguar en este instante.

31

Charles regresó a Londres en un tren nocturno en compañía de Vi y de James, de los niños y de la niñera, en tres compartimientos privados. Vi dejó a los criados en Antibes. Casi todos eran franceses, menos el mayordomo y el ama de llaves que le acompañaban todos los años desde Londres para supervisarlo todo, pero éstos ya habían tomado otro tren para estar allí cuando ellos llegaran. La casa de Londres estaba, como de costumbre, en perfecto orden.

—¿Quieres entrar un momento, Charles? —preguntó Vi, tomando de la mano a Alexandra.

James estaba ayudando a clasificar las maletas para que los criados las distribuyeran por las distintas habitaciones. Casi todas pertenecían a Vi y el segundo lugar lo ocupaban las de lady Alexandra, cuya ropa compraba Vi todos los años en París.

Charles vaciló un instante y Violet le miró sonriendo. Había sufrido un terrible golpe en los últimos dos días. Ambos lo comentaron en el tren mientras James dormía. Vi comprendía en aquel momento lo mucho que él deseaba aquel hijo. En cierto modo, era extraño que ahora quisiera atarse habiendo sido siempre un hombre tan libre. Sin embargo, ésa había sido al parecer su única intención al casarse con Charlotte.

—Supongo que te concederá el divorcio, ¿no?

Vi pensaba que Charlotte sería razonable ahora que él conocía la verdad.

—Es católica —contestó Charles, mirando a Vi con expresión sombría.

—Ésa fue la excusa que utilizó para no abortar —dijo Vi—, no es justo que te lo niegue. Se casó contigo con engaño.

—Lo sé, pero dice que no piensa concederme la libertad. Aún sigue hablando de que tiene grandes proyectos con respecto a mí.

La conversación con su esposa no condujo a nada. Charlotte le dijo que se tomara un poco de tiempo para reflexionar mientras ella se recuperaba. Pensaba volver a verle cuando regresara a Londres, al cabo de unas semanas.

Sin embargo, Charles no pensaba en Charlotte cuando entró con paso vacilante en el vestíbulo de la casa de Vi y James, mirando a su alrededor como si esperara que Audrey se arrojara de un momento a otro en sus brazos.

—Puede que haya salido —le dijo Vi, adivinando sus pensamientos.

Pero precisamente en aquel instante, se oyó la voz de Audrey y, al volverse, Charles la vio bajando lentamente por la escalinata. Tenía las mejillas hundidas y los ojos llenos de tristeza. Desde su llegada, no había hecho más que pensar en la tragedia de Karl y Ushi.

Al ver a Charles, se detuvo brevemente en la escalera, pero después se acercó a besar a Vi, a James y a los niños y, por fin, se volvió a mirarle con rostro apenado.

—Hola, Charles. ¿Qué tal el viaje?

—Bien —contestó él con la timidez de un colegial—. ¿Cómo estás? —le preguntó, adelantándose un paso.

Vi creyó por un momento que iba a besarla y así lo debió de suponer Audrey, porque retrocedió instintivamente mientras Vi se quitaba el sombrero y enviaba a los niños al piso de arriba con la niñera; después sugirió que todos pasaran a tomar el té. Había sido una semana muy movida, pese a que Audrey ignoraba aún lo que le había ocurrido a Charlotte.

Entraron en la biblioteca y Vi se fue a la cocina mientras James salía un momento a decirle algo al mayordomo. De repente, Audrey se encontró a solas con Charles y no supo qué decirle. Imaginaba que Charlotte se habría ido directamente a su despacho o al apartamento y llegó a la conclusión de que hubiera sido mejor no alojarse en casa de James y Vi, dado que eso la obligaría a ver constantemente a Charlie. Lo había pasado muy mal en Antibes y ahora no quería repetir la experiencia. Buscó refugio en el tema de Karl y tuvo que detenerse varias veces mientras le explicaba a Charles lo ocurrido.

—Fue... la cosa más horrible... que he visto en mi vida... —no podía olvidar el instante en que se llevaron a Karl del tren y Ushi empezó a gritar... Ni la escena posterior en que le vio con la cabeza cubierta de sangre reseca y las manos esposadas—. Oh, Charlie —exclamó—, ¿qué será de ella ahora?

Lanzó un suspiro y cerró los ojos por un instante. Súbitamente, sintió que él le rozaba una mano.

—Tienes que intentar olvidarlo —le dijo Charles en voz baja.

—¿Olvidarlo? —replicó Audrey, abriendo desmesuradamente los ojos—. ¿Cómo podría olvidarlo?

—No lo olvidarás, pero ahora no puedes hacer nada y es inútil que te atormentes. El recuerdo se amortiguará con el tiempo. Ocurre con casi todo, aunque no siempre —susurró Charles—. Sé que no es el momento más adecuado para decírtelo —añadió, mirándola a los ojos—, pero... he dejado a Charlotte en Antibes.

—¿Volverá pronto? —preguntó Audrey sin estar muy segura de haberle comprendido.

—Quiero decir que la he dejado definitivamente —contestó él, sacudiendo la cabeza—. Quiero el divorcio.

—¡Dios bendito, Charlie! ¿Qué ha pasado? —preguntó Audrey, desconcertada.

—Me mintió en lo del hijo.

—¿Te refieres a que no era tuyo?

—No, me refiero a que no era de nadie. No estaba embarazada.

—¿Estás seguro de ello? —Audrey no acertaba a imaginar que alguien pudiera inventarse semejante mentira—. A lo mejor, lo perdió.

—Tuvo un ataque de apendicitis y nos vimos obligados a llevarla al hospital —le explicó Charles—. La operaron y yo le advertí al médico que estaba embarazada —al recordar el instante en que el médico le reveló la verdad, soltó una amarga carcajada—. Debió de pensar que hablaba con un chiflado. Me dijo que le habían practicado una histerectomía hacía varios años. Al día siguiente, ella misma me lo confesó. Seguramente creyó que el fin justificaba los medios. Sin embargo, yo no estoy de acuerdo con ello. Lo único que me interesaba de este matrimonio era el hijo.

Audrey no se sorprendía de que así fuera.

—¿Querrá concederte el divorcio? —preguntó.

—Todavía no. Pero lo hará porque no hay más remedio. No pienso seguir viviendo con ella. Convinimos en que nos casaríamos sólo para tener un hijo y yo le confesé que no la amaba cuando nos casamos.

Mientras le miraba, Audrey volvió a evocar el dolor de la muerte de Karl y recordó lo mucho que Ushi le quería. ¿Y si ésta hubiera sabido que iba a perderle al cabo de unas semanas? ¿Se hubiera comportado de modo distinto? De súbito, lo vio todo bajo otra perspectiva y no tuvo el valor de enfadarse con Charles.

—Lo lamento, Charlie —le dijo, mirándole a los ojos con el mismo cariño y la misma dulzura de antaño.

—Yo no estoy muy seguro de lamentarlo —dijo Charles, sonriendo por primera vez en dos días. Después, le tomó impulsivamente una mano a Audrey y se la acercó al pecho—. ¿Podrás perdonarme algún día? —le preguntó, besándole las puntas de los dedos mientras ella le miraba sonriendo.

Esta vez, Audrey no retiró la mano sino que se limitó

a mirarle, tratando de asimilar los acontecimientos de los últimos días.

—No hay nada que perdonar, Charles. No pude ir contigo cuando tú me necesitabas.

—Ahora lo comprendo mejor. En aquel momento, me puse furioso porque te quería a mi lado —su visita a San Francisco no se le antojaba a Charles tan absurda como entonces—. Quería volver a olvidarte... y te aseguro que lo intenté —añadió, mirándola tímidamente—. Charlotte me ayudó bastante. No me di cuenta de lo decidida que estaba a conseguir sus propósitos. Fue algo tremendo.

Audrey asintió en silencio, temiendo que Charlotte no quisiera soltar a su esposo tan fácilmente como él pensaba.

—¿Qué le dijiste al marchar?

—Que todo había terminado entre nosotros. Para siempre. No quería que abrigara la menor duda al respecto. Ni que tú la abrigaras tampoco..., si es que te interesa —dijo Charles.

—Puede que sí —contestó Audrey, esbozando una enigmática sonrisa. De repente, se le iluminaron los ojos. La vida era demasiado corta como para desperdiciarla cuando se amaba a una persona tanto como ella amaba a Charlie—. Si juegas bien las cartas...

—¡Vaya! Conque esas tenemos, ¿eh? ¿Quieres hacerme bailar sobre la cuerda floja? —dijo Charles más eufórico que nunca por primera vez en un año o, más exactamente, desde que dejara a Audrey en China.

—Es posible, Charles. Te lo tienes bien merecido... por haberte largado para casarte con otra. ¡Qué desconsideración! —añadió Audrey, poniendo los brazos en jarras.

Charles la atrajo hacia sí para darle un beso y, en aquel momento, Vi entró en la estancia.

—Oh... Perdón... —dijo ésta, dando media vuelta para retirarse mientras Audrey la llamaba—. No quiero interrumpir nada importante.

—No te preocupes —contestó Charlie, sonriendo—, Audrey me estaba exponiendo los detalles de las torturas que piensa infligirme para hacerme expiar mis culpas. Y no seré yo quien se lo reproche —añadió, poniéndose muy serio.

—Me parece muy bien —convino lady Vi—. Te mereces unos azotes, Charles, por lo que le hiciste a esta pobre chica.

—¿Qué pobre chica? ¡Piensa en mí! ¡Te aseguro que con Charlotte lo pasé fatal!

Lady Vi miró a Charles con expresión de censura mientras Audrey sonreía. Parecía extraño que, de repente, todo resultara tan divertido cuando hacía apenas unas horas tenía una losa en el corazón de la que no creía poder librarse jamás, pensó Audrey, llena de asombro.

—¿Estás seguro de que todo ha terminado, Charlie? —preguntó.

—Jamás hubiera tenido que empezar. Me porté como un perfecto estúpido.

—¿Y ahora?

—Espero ser mucho más listo. Estoy dispuesto a abandonar la editorial Beardsley en caso necesario.

—No creo que el señor Beardsley sea tan tonto como para permitirlo —terció James, entrando en la estancia con una botella—. ¿Un poco de jerez?

Las mujeres aceptaron mientras que Charlie sugirió que le apetecía beber algo un poco más fuerte. En aquel instante, experimentó la necesidad de celebrar su dicha. Aún no sabía lo que iba a suceder, pero se sentía más libre que nunca y todos se alegraban de estar vivos. En cierto modo, lo que en aquellos momentos experimentaban era como si hubieran recibido un regalo de Karl y Ushi Rosen.

Aquella noche, intentaron llamar a Ushi para consolarla, pero su padre les dijo que no quería hablar con nadie y ellos comprendieron por su tono de voz que el barón tampoco se había recuperado todavía del golpe.

—Parece increíble, ¿verdad, Aud? —dijo Charlie, rodeando amorosamente a Audrey con un brazo mientras ambos permanecían sentados frente al fuego de la chimenea en la biblioteca sumida en la penumbra. Tras pasarse un buen rato hablando de los últimos meses, del abuelo de

Audrey e incluso de Charlotte, Vi y James se retiraron a descansar—. La vida es demasiado corta... y no nos percatamos de la dicha que tenemos hasta que la perdemos.

—Creo que el secreto de una vida feliz consiste en disfrutar de cada momento. Pese a todo, me parece imposible que Karl ya no esté entre nosotros —dijo Audrey, contemplando el fuego con aire pensativo mientras Charles la atraía hacia sí.

—Audrey... —dijo éste mirándola.

—¿Sí? —contestó la joven.

—¿Querrás casarte conmigo cuando resuelva todo este asunto con Charlotte?

Se había pasado todo el día pensando en cómo y cuándo se lo iba a decir, hasta que, al final, decidió lanzarse de cabeza.

Audrey le miró sonriendo. Lo único que deseaba era estar a su lado.

—Hubiera debido hacerlo hace mucho tiempo. Ambos nos hubiéramos ahorrado muchos sinsabores.

—Entonces no podías —dijo Charles, sacudiendo la cabeza—. He tardado mucho tiempo, pero ahora lo comprendo. No has contestado a mi pregunta —añadió, mirándola con ternura—. ¿Querrás?

—Sí —contestó Audrey sin la menor vacilación.

En cuanto lo hubo dicho, Charles la besó amorosamente en los labios.

32

El asunto de Charlotte no se resolvió tan fácilmente como Charlie esperaba. Charlotte regresó a Londres a principios de octubre, y Charles pidió a su abogado que se pusiera inmediatamente en contacto con ella, pero éste tropezó con una muralla inexpugnable. Charlotte Parker-Scott, tal como ella insistía en llamarse, no estaba dispuesta a concederle el divorcio a su marido, ni en aquel momento ni más adelante. Aducía motivos religiosos, pero Charlie se resistía a aceptar dicha explicación. En todo el tiempo en que vivieron juntos, Charlotte no había ido a la iglesia ni una sola vez, exceptuando el día de su boda.

—Pues, entonces, ¿qué supone usted que quiere? —preguntó el abogado, perplejo—. Tiene todo el dinero que pueda desear y no parece una de esas mujeres que se aferran desesperadamente a los hombres.

De hecho, hablaba con la misma brutalidad de un hombre.

Charles no acertaba a imaginar el motivo de la conducta de su esposa; pero, Audrey, James y Vi creían adivinarlo. Charlotte quería ser conocida como la esposa de Charles porque ello le confería la distinción que le faltaba, un apellido aristocrático y el prestigio de estar casada con uno de los más destacados escritores de Inglaterra. Quería, en suma, impresionar a sus amigos.

—Sin embargo, todo eso no podrá conseguirlo sin mi colaboración, ¿no os parece? —dijo Charles, sin acabar de entender las razones ocultas de Charlotte.

—Pues, claro que podrá. Le basta tan sólo con tu apellido y con dar la impresión de que está casada contigo.

—Muy bien, pues, le permitiré conservar mi apellido.

Charles le comunicó esta decisión al abogado y le pidió que visitara a Charlotte y le ofreciera el apellido a cambio de la concesión del divorcio. Sin embargo, ella rechazó el ofrecimiento. Tampoco aceptó la cesión de los derechos a las dos películas con las que tan entusiasmada estaba. Al final, Charles acudió a visitar a su suegro, pero éste se mostró tanto o más inflexible que la esposa.

—Pero, ¿por qué? ¿Por qué se empeña tanto en mantener un matrimonio sólo de nombre?

—Porque tal vez piensa que volverás. Y quizá lo hagas... —contestó el hombre, estudiándole con atención—. Mi hija te será muy útil en tu carrera, Charles, Charlotte te convertirá en alguien que nunca podrías llegar a ser sin su ayuda.

Lo malo era que eso a Charlie le daba igual.

—Ya estoy satisfecho con mi situación actual. Desde el punto de vista profesional, quiero decir. No creo que a Charlotte le interese tener a un marido cautivo.

—Puede que eso le baste —dijo el padre—. Yo le he apuntado la posibilidad de que pueda encontrar algo mejor, pero ella quiere seguir unida a ti, Charles. Confío en que eso no altere nuestras relaciones profesionales.

Charles tenía firmado con ellos un contrato de cinco años y, tal como le explicó a Audrey precisamente la víspera, la situación podía ser un poco complicada.

—Confío en que tendrá usted el buen gusto de no esperar que colabore con ella.

—Si te empeñas —dijo el editor, mirándole con los ojos entornados—. ¿Sabes una cosa? Mi hija aún no me ha dicho por qué la dejaste, aunque yo sospecho que es por causa de aquella mujer de quien estabas enamorado cuando la conociste.

—Esa mujer no tiene nada que ver con todo eso, se lo aseguro. Tiene que ver más bien con un malentendido entre Charlotte y yo —un malentendido. Otra palabra para designar una mentira. Un fraude. Un engaño. Aún sentía deseos de matarla cuando lo recordaba—. Ella misma se lo explicará si quiere, señor. Yo no tengo la intención de hacerlo.

—No lo hará. Tiene demasiada dignidad.

Como todos los padres, el editor no veía los defectos de su hija. De buena gana le hubiera quitado Charlie la venda de los ojos, pero se abstuvo de hacerlo.

—¿Qué vamos a hacer, amor mío? —le preguntó Audrey aquella noche a la hora de cenar. En todo el mes que llevaban en Londres, ambos se habían visto casi todas las noches y, a menudo, incluso de día. Audrey se alojaba en casa de James y Vi, pero pensaba alquilar un apartamento; no quería abusar de la hospitalidad de sus amigos aunque, para Molly, era maravilloso poder jugar con otros niños, sobre todo, con Alexandra que la trataba como si fuera una muñeca y solía divertirse peinándola y vistiéndola—. ¿Crees que cambiará de idea?

—Al final, un hombre importante se cruzará en su camino y entonces querrá librarse de mí. Y espero que lo haga con la mayor rapidez posible.

—A ver si le presentamos a alguien —dijo Audrey mientras Charles soltaba una carcajada y la estrechaba en sus brazos. Después, la joven le explicó que había dedicado la tarde a buscar un apartamento para ella, Molly y una criada—. No pareces muy contento —dijo al ver la cara de Charles.

—Es que no lo estoy. Quiero que te quedes en Londres, por supuesto —Charles se alegraba de que ella no tuviera prisa en regresar a los Estados Unidos, pero deseaba librarse de Charlotte no sólo física sino también oficialmente, aunque, de momento, no parecía haber ninguna posibilidad—. Se me ocurre otra idea mejor —añadió, temiendo lo que ella pudiera pensar—. Nunca utilizo mi habitación de invitados porque, por suerte, nadie es lo suficientemente estúpido como para querer vivir conmigo.

—¿Me la piensas alquilar? —le preguntó Audrey entre risas.

Charles afirmó con la cabeza. No era lo que hubiera deseado, pero, de momento, sería suficiente. Estaba cansado de visitar a Audrey en casa de Vi y James. Quería recuperar lo que ambos compartieron en China, dormir abrazado por ella, sentir su sedoso cabello sobre el brazo y su suave aliento sobre el pecho—. Quiero que te vengas a vivir conmigo, Audrey. Podríamos darle la habitación de invitados a Molly e instalar a la niñera en el cuarto de vestir. Y, si eso no da resultado, podríamos alquilar otro apartamento. En realidad, no me importaría hacerlo —añadió.

Media hora más tarde, ambos hablaron de la posibilidad de alquilar una casa cerca de la de James y Vi.

—Sabes que todavía quiero casarme contigo, ¿verdad? —dijo Charles, deteniéndose de repente—. Eso es una solución provisional, hasta que yo consiga el divorcio, ¿comprendes?

—Sí, cariño —contestó Audrey, arrojándose en sus brazos.

La joven nunca había sido tan feliz y estaba deseando irse a vivir con Charles.

33

Iban juntos a todos los acontecimientos sociales. Charles la presentó a todos sus amigos y éstos la recibieron con los brazos abiertos, alegrándose de que, al final, se hubiera librado de Charlotte Beardsley. Asistían a fiestas, óperas y bailes, y hasta un día, Audrey acompañó a Charlie a un baile de disfraces en el que se tropezaron con Charlotte, vestida de Caballero de la Rosa con unos pantalones de raso que le conferían un aspecto muy hombruno, tal como perversamente comentó lady Vi. Charles empezaba a cansarse de que ella se aprovechara tanto de su apellido. En todas partes la llamaban Charlotte Parker-Scott y, por el momento, no parecía que fuera a concederle el divorcio en un cercano futuro. Por Navidad, Audrey y Charles se instalaron en su nueva casa, a sólo cinco manzanas de la de Vi y James. En Nochebuena, organizaron una fiesta de inauguración que se prolongó hasta las ocho de la mañana siguiente.

Tres semanas más tarde, murió el rey Jorge a quien sucedió el apuesto Eduardo VIII, de cuarenta y un años. Audrey recordó con emoción el encuentro de hacía unos meses en la Costa Azul con el que, en aquellos momentos, acababa de convertirse en el rey de Inglaterra. Se preguntó cómo terminaría ahora su idilio con Wallis Simpson, la divorciada norteamericana que solía acompañarle a todas partes. Sin embargo, lo que se toleraba en un príncipe no estaba permitido en un rey, por cuyo motivo las cosas no iban a ser fáciles. Los ingleses eran completamente contrarios a las relaciones del rey con una mujer divorciada.

No obstante, el mayor interés del país se centraba en el avance de Hitler en Renania que había tenido lugar en primavera. Charlie y Audrey recordaron de nuevo sus viajes por Europa y, tras enviar una docena de cartas a Ushi sin recibir respuesta, Audrey decidió llamar a sus padres y se quedó de piedra al oír la explicación que le dieron.

—Está en un convento de Austria, querida —le dijo el padre, hablando con voz apagada.

Alemania ya no era un lugar agradable en el que vivir. Cuando Audrey solicitó la dirección de Ushi, el barón le dijo que sería inútil dársela. Había ingresado en un convento de clausura en el que no podía recibir correspondencia de nadie, ni siquiera de sus padres, los cuales no podían establecer ningún contacto con ella. Había renunciado por completo al mundo. Audrey se conmovió profundamente al saberlo. Aquella tarde, cuando llevó a Molly a dar un paseo por el parque, no consiguió apartar de su mente los recuerdos. Evocó los deseos de Ushi de quedar embarazada. Deseaban tener seis hijos... Pero ahora Ushi era una monja de clausura y nadie volvería a saber jamás nada de ella. Aquella misma tarde, fue a ver a Vi para contárselo y ésta se impresionó también muchísimo. Era terrible que perdiera allí dentro toda su juventud, su encanto y su belleza. Al recordar el amor que le profesaba Ushi a Karl, Audrey comprendió que la vida no tuviera para ella ningún sentido sin él. Hasta cierto punto, le recordaba lo que ella sentía por Charlie. Éste y Molly eran ahora toda su vida. A veces, le resultaba difícil recordar que, oficialmente, Charlie aún estaba casado con otra. Tenía la sensación de haber vivido siempre con él. Había olvidado casi por completo que alguien se había interpuesto entre ellos, aunque eso ya no tuviera ahora la menor importancia.

—¿Te molesta mucho esta situación, Aud? —le preguntó Violet, un día.

Audrey le contestó sinceramente que no.

—Supongo que me tendría que molestar bastante. Es curioso, pero, como a la gente no le importa, pues, a nosotros tampoco. Lo malo es que no podemos tener hijos, aunque Molly nos tiene muy ocupados.

Violet sonrió al oír esas palabras. Molly era la niña más encantadora del mundo y ella la quería tanto como a sus propios hijos.

Audrey le sacaba cientos de fotografías, y lo mismo hacía con Alexandra y con el pequeñpo James. Charles trabajaba ya en un nuevo libro. No había querido trasladarse a los Estados Unidos para discutir los detalles de un nuevo contrato cinematográfico con la esperanza de desanimar a Charlotte, pero ésta se encargó de todo en su nombre y le permitió ganar una pequeña fortuna, pensando que con eso le impresionaría. Sin embargo, se equivocó porque Charles no mostró el menor interés por el asunto. Sólo quería a Audrey y a la pequeña Molly, que le llamaba papá para gran deleite suyo.

El año pasó volando sin que Charlotte se diera por vencida. Por su parte, Charles y Audrey proseguían sus actividades como si no tuvieran ningún problema. Audrey quería encargarse de la parte gráfica del nuevo libro de Charles y, entretanto, ambos seguían con mucha atención los acontecimientos mundiales. Había sido un año lleno de siniestros presagios porque Hitler extendía sus tentáculos en todas direcciones. Roma y Berlín suscribieron un acuerdo en otoño y, en noviembre, Hitler llegó también a un pacto con el Japón por el cual ambos países se comprometían a unir sus fuerzas contra Rusia si fuera necesario.

Sin embargo, fue en diciembre cuando se produjo el acontecimiento más inesperado; y sus consecuencias eran mucho menos importantes que las intrigas políticas de Adolf Hitler. Sin embargo, como el resto del país, Audrey escuchó el 10 de diciembre desde su cocina, mientras Molly jugaba con su muñeca preferida, el impresionante mensaje del rey Eduardo a través de la radio.

Las lágrimas le rodaron lentamente por las mejillas mientras oía al hombre que ella conociera en Antibes acompañado de Wallis Simpson, pronunciando las palabras que iban a sacudir no sólo a la nación sino al mundo entero. «Me resulta imposible cumplir mis deberes como rey... sin la ayuda y el apoyo de la mujer a la que amo...» Abandonar un reino. ¿Qué más se le podía pedir a un hombre?

Audrey pensó por un instante en la suerte que tenían ella y Charles por quererse tanto el uno al otro, y a continuación evocó el recuerdo de la mujer que le habían presentado en la Costa Azul, preguntándose qué habría en ella capaz de inspirar semejante amor. El rey habló con voz apesadumbrada. Al cabo de menos de un año de permanencia en el trono, iba a abdicar para casarse con una norteamericana dos veces divorciada.

Aunque no fuera su rey, Audrey se conmovió al pensar en las angustias que debió de sufrir antes de adoptar esa decisión. En cierto modo, la situación era un poco parecida a la que vivían ella y Charles a causa de la actitud de Charlotte: ambos habían optado por vivir juntos a pesar de no estar casados... Sin embargo, su vida era mucho más sencilla que la del rey Eduardo y de la señora Simpson.

Finalizado el mensaje, Audrey permaneció de pie en la cocina contemplando a la niña mientras pensaba en lo que acababa de hacer aquel hombre: abandonar su reino por la mujer a la que amaba. Jamás lo podría olvidar, pensó, mientras trataba de imaginar lo mucho que el rey debía querer a aquella mujer.

34

Toda Inglaterra lloró por la abdicación del rey Eduardo VIII, a quien sucedió su hermano Jorge VI, un año más joven que él. Sin embargo, la figura de éste no era, ni de lejos, tan deslumbrante y romántica como la de Eduardo, capaz de abandonarlo todo por la mujer a la que amaba. Audrey siempre le había defendido en contra de las opiniones de sus amigos que le consideraban un cobarde, y Charles le decía en broma que a ella le gustaba Wallis porque era norteamericana. No obstante, ambos se emocionaron profundamente ante el comportamiento de aquel hombre dispuesto a dejarlo todo por amor.

Charlotte les seguía haciendo la vida imposible, pero, al cabo de un año y medio, ya les daba igual. Empezaban a aceptar sus limitaciones y, además, Audrey andaba muy atareada con su labor de fotógrafo y no disponía de mucho tiempo que perder en tonterías. Charlie la alentaba constantemente en su trabajo hasta el punto de que incluso consiguió organizar una exposición en una galería con unas maravillosas imágenes en blanco y negro tomadas a lo largo de los años, unos trabajos abstractos y retratos y hasta su fotografía de Madame Sun Yat-sen y varias preciosas instantáneas de Molly.

Charlie estaba muy orgulloso y colaboraba a menudo con ella. Charlotte se puso furiosa al decirle él que el único fotógrafo con quien trabajaría era Audrey. Nadie se lo podía impedir puesto que, según los términos del contrato, tenía derecho a elegir el fotógrafo que quisiera.

—Todavía estás pegado a ella, ¿eh, Charles? —le dijo Charlotte con amargura un día en que él acudió al despacho con la intención de hablar con su padre.

—Más bien eres tú la que está pegada a mí como una lapa —contestó él, mirándola con rabia. Estaba más molesto que Audrey por el hecho de que Charlotte no quisiera concederle el divorcio. Audrey se conformaba con la situación; en cambio, él deseaba tener un hijo, pero no quería hacerlo hasta que pudiera casarse con Audrey—. ¿Todavía no quieres ser sensata, Charlotte?

Se lo preguntaba una y otra vez y no comprendía por qué motivo seguía aferrada a él. Le parecía absurdo y no acertaba a imaginar qué se proponía Charlotte. Las conjeturas de los demás no le satisfacían por entero. Sólo aquella mujer tenía la respuesta.

—Jamás te concederé el divorcio, Charles —dijo ella, mirándole fríamente mientras se dirigía a la puerta—. Pierdes el tiempo con Audrey.

—La que lo pierde eres tú —dijo él, levantándose como si quisiera sacudirla por los hombros.

Charlotte salió del despacho y cerró la puerta a sus espaldas.

Cuando Annabelle le escribió a Audrey que se iba a casar, la furia de Charles creció de punto.

Se casó en Reno por Pascua con un jugador profesional. «Un jugador de bridge», tal como decía ella eufemísticamente. Charles pensó que debía de ser un inútil, pero sintió envidia porque Annabelle podía casarse con quien quisiera, mientras que Charlotte les llevaba a ellos por el camino de la amargura.

Aquel verano, Annabelle y su flamante marido viajaron a Londres y Charles se quedó de una pieza al ver a la hermana de Audrey, tan distinta a como él la imaginaba. Estaba más mimada que nunca, gimoteaba sin cesar y lucía vestidos de noche muy caros y grandes joyas que en su mayoría debían de ser falsas, aunque Charlie no quiso comentárselo a Audrey, la cual se sentía incómoda al lado de su hermana y la miraba como si fuera una desconocida. Audrey exhaló un suspiro de alivio cuando se fueron, si bien antes Annabelle tuvo ocasión de herirla en lo más profundo de su ser, preguntándole si pensaba vivir siempre con Charles o si era un capricho pasajero.

—Espera a que su mujer le conceda el divorcio —contestó Audrey muy serena, a pesar de lo dolida que estaba.

—¿Dónde habré yo oído eso? —dijo Annabelle, lanzando azuladas volutas de humo al aire mientras miraba a su hermana como si ésta fuera una vulgar prostituta y ella una gran señora.

—En este caso, es verdad.

—Bueno, pero no esperes demasiado, cariño.

Audrey la miró con hastío. Le daba pena de su hermana, cuyo aspecto era de lo más vulgar y adocenado a causa de su permanente contacto con gentes de baja estofa y su desmesurada afición a la bebida. Siempre estaba aturdida y, cuando no gimoteaba, se pasaba el rato soltando estridentes carcajadas.

Fue un alivio que se marchara, aunque Charlie sabía que Audrey se puso muy triste al principio. No echaba de menos a su hermana, sino que más bien se compadecía de la situación en que se encontraba.

—Es como una perfecta desconocida —dijo Audrey, mirando a Charlie con tristeza. Parecía una prostituta barata, pero lo más curioso era que Annabelle daba a entender que Audrey era una fulana porque vivía con Charlie sin estar casada con él—. No creo que este matrimonio dure mucho.

El marido era tan horrible que Audrey ni siquiera se atrevió a presentarlos a James y Vi. Se hubiera muerto de vergüenza.

—Creo que ya no tengo ningún lazo con San Francisco —dijo Audrey.

Pese a ello, se afligía al pensar que su hermana y su

cuñado vivían en la hermosa casa del abuelo. A éste le hubiera dado un ataque si hubiese visto a aquel hombre con sus apestosos cigarros y su anillo de brillantes en el dedo meñique. El solo hecho de pensar en lo que hubiera dicho su abuelo le provocó un acceso de risa.

Volvió a recordar al abuelo cuando Franklin Roosevelt derrotó en las elecciones a Alfred Landon y repitió el mandato. Evocaba siempre con mucho cariño las discusiones políticas que solía mantener con su abuelo siempre que comentaba las mismas cosas con Charlie. Ambos sostuvieron unas acaloradas discusiones cuando el Japón atacó aquel verano a China, apoderándose de casi todo el país en las batallas que se sucedieron a lo largo de un año y en las que hubo miles de bajas civiles. Pekín y Tientsín cayeron en poder de los japoneses y hubo doscientas mil bajas civiles durante la toma de Nankín. Audrey recordaba los días que ella y Charles habían pasado allí. Se le partía el corazón al pensar que todo aquello había sido destruido. Los comunistas y los nacionalistas unieron sus fuerzas para luchar contra los japoneses, y Audrey se alegró de tener consigo a Mai Li. Al parecer, no se habían producido grandes cambios en Harbin, pero los japoneses asolaban el resto del país y ella estaba segura de que la vida no hubiera sido nada fácil para Molly. Esperaba que Shin Yu y los demás niños se encontraran bien y no sabía si las monjas se los habrían llevado a Francia, aunque dudaba de ello. Eran muy obstinadas y probablemente se habrían quedado como ya hicieran otras veces.

En julio de 1937, los alemanes inauguraron un campo de trabajo llamado Buchenwald destinado a presos e «indeseables». Por su parte, los judíos habían sido apartados del comercio y de la industria y no podían pasear por los parques, asistir a acontecimientos sociales o entrar en lugares como museos, teatros y bibliotecas. Todas las instituciones públicas les estaban prohibidas, incluso los balnearios. A partir del dieciséis de julio, todos los judíos fueron obligados a llevar una estrella amarilla cosida en la ropa para que, de este modo, se les pudiera identificar a primera vista.

Ambos volvieron a recordar a Ushi, y a Karl, y Audrey se preguntó si su amiga habría hallado la paz en el convento. La muerte de Karl fue la que los volvió a unir y por eso la recordaban siempre con emoción. Desde entonces, cada vez que escuchaban la palabra *judío*, pensaban en Karl, y cada nuevo edicto que se promulgaba en Alemania contra las personas pertenecientes a esta raza les parecía una afrenta a su recuerdo. Casi no podían creer que hubieran transcurrido dos años desde la muerte de Karl. El tiempo pasaba volando y el mundo se hallaba sumido en una vorágine de acontecimientos, cuyo significado nadie conocía. En diciembre, los italianos y los alemanes se retiraron de la Liga de las Naciones, lo cual se interpretó como un mal presagio.

Audrey y Charles se alarmaron enormemente cuando, en marzo de 1938, Hitler se apoderó de Austria, alegando que los alemanes que allí vivían eran partidarios de la anexión. Volvieron a pensar en Ushi y Audrey temió que pudiera ocurrirle algo en el convento. Sabía cuán despiadados eran los alemanes y recordaba las monjas asesinadas en Harbin. Todo andaba revuelto en aquellos tiempos y Charles y Audrey sólo se sentían seguros cuando estaban uno al lado del otro.

A finales de año se cumplió el tercer aniversario de su convivencia. Vi y James ofrecieron una fiesta en su honor en el transcurso de la cual todo el mundo bailó la samba y la conga y escuchó los discos de Benny Goodman. Aquella noche, cuando regresaron a casa a las cuatro de la madrugada, Audrey dijo que no hubiera podido esperar nada mejor de la vida. Tenía treinta y un años y estaba locamente enamorada de Charlie.

Lo único que les faltaba era un hijo, pero eso era imposible por culpa de Charlotte. La pequeña Molly era la destinataria de todos los desvelos de la pareja.

El año siguiente fue más aterrador si cabe. Tras el Acuerdo de Munich, todo el mundo se dijo que no podía ocurrir nada y Europa fingió no tener miedo. De repente, todos los que se hallaban en condiciones de hacerlo, empezaron a comprarse caprichos y automóviles de lujo, a ofrecer bailes de gala y a lucir joyas y abrigos de pieles impresionantes como si, con su forzada alegría, pudieran asegurar la paz y la tranquilidad. Pero los temores seguían latentes y sucedían cosas horribles que nadie podía impedir. Hitler avanzava implacablemente y la guerra civil de España acababa de cobrarse más de un millón de muertos, dejando el país irremediablemente destrozado. A poca atención que uno hubiera prestado, hubiera podido oír los tambores de la guerra, tocando a rebato en la lejanía.

Alemania ocupó Bohemia y Moravia y firmó un pacto de no agresión con Rusia, lo cual convirtió a ambos países en unas fuerzas doblemente temibles. El 1 de septiembre, el ejército de Hitler atacó Polonia, causando el asombro de todo el mundo.

Dos días más tarde, el 3 de septiembre, Gran Bretaña declaró la guerra a Alemania y Churchill se convirtió en primer lord del Almirantazgo. Él sería el máximo responsable de todas las operaciones. El principio fue espantoso. En dos semanas, los submarinos alemanes hundieron el *Athenia* y el *Courageous*. Charlie y Audrey escuchaban las noticias, sentados en la cocina de su casa. Era como si el mundo hubiera enloquecido a su alrededor. Charlie se preguntaba si no sería conveniente que Audrey regresara a casa. Europa ya no era un lugar seguro y casi todos los norteamericanos huían de allí despavoridos. El embajador norteamericano intentaba encontrar pasaje para sus conciudadanos y Charlie le preguntó a Audrey si quería unirse a ellos.

La joven sonrió y le ofreció otra taza de té, mientras le miraba con aquella serena fuerza que él conocía tan bien.

—Ya estoy en casa, Charlie.

—Lo digo en serio. Puedo enviarte allí, si quieres. A Molly y a ti. Están reservando pasaje para todos los norteamericanos y sería un buen momento para marcharse. Sólo Dios sabe lo que puede ocurrir con este loco que anda suelto por ahí.

Se refería a Hitler, por supuesto.

—Yo me quedo aquí contigo —contestó Audrey mientras Charlie le tomaba una mano.

Llevaban seis años queriéndose y hacía casi exactamente seis que habían cruzado Asia en tren. Habían recorrido un largo camino juntos. Ya ni siquiera le importaba casarse con Charlie y tener hijos con él. Le bastaba con tener a Molly y al hombre al que amaba. La sociedad de Londres les aceptaba y todo el mundo les llamaba «señora Driscoll» y «señor Parker-Scott». No querían pasar por lo que no eran y, después de seis años, ella no pensaba dejar a Charles por culpa de una guerra. En el caso de que Londres se derrumbara en llamas a manos de Hitler, ella permanecería al lado de Charlie hasta el final. Así se lo dijo con unas apasionadas palabras que le pillaron a él completamente desprevenido. A veces, Charlie olvidaba el fuego que se ocultaba en el interior de aquella mujer de apariencia tan sosegada.

—O sea que todo está resuelto, ¿no? —dijo, alegrándose de que Audrey quisiera permanecer a su lado aunque, en secreto, ya había incluido su nombre en una lista de voluntarios, lo mismo que James. Éste deseaba ardientemente pilotar un avión, mientras que a Charles le interesaba más el servicio de espionaje y así se lo manifestó a los funcionarios del Home Office, el Ministerio del Interior; su profesión de periodista era una tapadera perfecta. Ellos le dijeron que ya le avisarían. Charles imaginaba que, primero, querían investigar a fondo sus antecedentes y actividades. Por fin cayó Varsovia y esa tragedia conmovió a todo el mundo.

Dos días más tarde, Alemania y Rusia se repartieron Polonia como si fuera una carroña desgarrada miembro a miembro por dos lobos. Audrey se ponía enferma cada vez que escuchaba los noticiarios radiofónicos y los impresionantes relatos sobre los valerosos ciudadanos que habían muerto en el gueto. Después, lo comentaba con Charles, el cual ya había recibido respuesta del Home Office. Ahora podría hacer algo de provecho o, por lo menos, eso creía él. Le prometieron ponerse en contacto con él en fecha próxima.

Pero, antes, los británicos enviaron a Francia a 158.000 hombres para defender a sus aliados. Charlie hubiera deseado ser uno de ellos, pero tardó dos meses en recibir respuesta del Home Office. Le habían nombrado corresponsal de guerra y podría entrar libremente en los escenarios militares aunque, por el instante, aún estaba a la espera de destino.

Sin embargo, envidiaba mucho a James porque ya estaba adscrito a la RAF. Por su parte, Violet se había ofrecido como voluntaria para conducir los camiones de la Cruz Roja. Estaba siempre ocupada y ya no era la antigua lady Vi que iba de compras con sus amigas, jugaba con los niños y servía té con pastas en la biblioteca. Audrey se sentía a veces muy sola, aunque procuraba distraerse con la fotografía. Charles deseaba marcharse, pero el Home Office no le convocó hasta el mes de julio. Dinamarca y Noruega habían caído hacía tres meses, y los Países Bajos cayeron al mes siguiente, lo mismo que Bélgica. París llevaba apenas dos semanas de ocupación cuando Charlie fue llamado por el Home Office.

Hasta aquel momento, Charles se había dedicado a escribir reportajes bélicos desde Londres, intercalándolos con alguna que otra rápida visita a los Países Bajos, Bélgica e incluso París antes de que cayera en manos de los alemanes. Sin embargo, deseaba acometer empresas de mayor envergadura, tal como le decía constantemente a Audrey. Ésta le aconsejaba que tuviera paciencia. Escribía para importantes periódicos de todo el mundo y les facilitaba la información que los británicos querían divulgar. Había visitado varias veces a Churchill a quien admiraba muchísimo y, aunque Audrey le aseguraba que estaba haciendo una labor estupenda, él no se sentía satisfecho, sobre todo, sabiendo que James ya estaba en la RAF.

Cuando Audrey vio la cara de Charlie la noche en que éste recibió la llamada del Home Office comprendió que algo había ocurrido.

—¿Qué te pasa, amor mío? —le preguntó con recelo al verle entrar.

—Nada de particular. ¿Cómo has pasado el día?

—Bien —contestó ella, mostrándole las fotografías que había revelado aquella tarde mientras Molly jugaba en el jardín con el hijo de los vecinos.

Se pasaron un rato comentando cuestiones intrascendentes hasta que, por fin, Audrey miró a su amante y le preguntó sonriendo con tristeza:

—¿Cuándo me vas a comunicar lo que no me gustará, Charles?

—¿Por qué me lo preguntas, Aud? —preguntó él, mirándola con expresión culpable.

Audrey le conocía muy bien y había captado su inquietud. Por una parte, Charles estaba contento, pero, por otra, lamentaba dejar a Audrey.

—¿De qué se trata, Charles? —le preguntó ella, mirándole con insistencia.

Charles ya no pudo ocultarlo por más tiempo.

—¿No has oído hoy las noticias?

Audrey afirmó con la cabeza. Por una vez, no había puesto la radio mientras trabajaba en el cuarto de revelar, tal vez porque estaba cansada de oír constantemente cosas horribles.

—¿Qué ha pasado ahora? —la situación empeoraba día a día, pero lo que más le dolía a ella era que los Estados Unidos se negaran a intervenir, como si la guerra en Europa no fuera con ellos. Lamentaba que hicieran el papel del avestruz y se avergonzaba de confesar su ciudadanía norteamericana. Audrey quería que los Estados Unidos acudieran en ayuda de quienes tanto la necesitaban. Miró a Charles asustada—. ¿Qué ha pasado?

—Hoy hemos hundido a la flota francesa en Orán.

—Eso está en Argelia, ¿no? —Charles asintió en silencio—. ¿Por qué?

—Porque ya no son nuestros aliados. Se encuentran en poder de los alemanes, Aud, y nosotros no queríamos que los alemanes se apoderaran de aquellos barcos. Ha sido algo horrible. No lo hemos reconocido, claro está. La noticia decía tan sólo que los barcos se han hundido. Pero es que, en realidad, no teníamos otra alternativa.

—¿Han muerto muchos hombres?

Estaba cansada de oír que miles de hombres morían por doquier... Sin contar las personas como Karl... Y las que habían muerto en Varsovia en 1939.

—Aproximadamente, un millar —contestó Charles, mirándola fijamente a los ojos—. Quieren que vaya allí, Aud.

—¿A Argelia? —preguntó ella, sintiendo que se le revolvía el estómago.

—A informar sobre el hundimiento de la flota en Orán y, después, a El Cairo durante algún tiempo, ahora que empiezan a ocurrir cosas por allí —en realidad, no pasaba nada, pero Mussolini había amenazado con invadir Egipto hacía apenas seis días y los británicos querían tener allí un mayor número de corresponsales. Al ver el rostro de Audrey, Charles se preocupó—. No me mires así, Aud —le dijo.

Audrey se volvió de espaldas y rompió a llorar. Qué doloroso era intervenir directamente, pensó. Quizá los Estados Unidos hacían bien en no meter a sus hombres en aquella guerra. Charles se le acercó por detrás y apoyó las manos en sus brazos. Poco a poco, Audrey se volvió a mirarle mientras él le decía:

—No estaré ausente mucho tiempo.

—Eso es lo que tú querías, ¿verdad? —hacía diez meses que Charles deseaba hacer algo, pero ahora todo parecía distinto... Audrey se sintió físicamente enferma el pensar en los peligros—. ¿Cuándo volverás?

—Todavía no lo sé. Dependerá de lo que ocurra cuando llegue allí. Ser corresponsal de guerra no es como ser un soldado. Entras y sales cuando quieres y no se corre mucho peligro.

—Te pueden matar como a cualquier otro —dijo Audrey, mirándole con rabia—. Maldita sea, ¿por qué no podías hacer algo sensato desde aquí?

—¿Como qué? —preguntó Charles, levantando la voz sin querer—. ¿Hacer calceta? Por Dios bendito, Audrey, tengo que ir allí. Fíjate en James. Lleva seis meses arrojando bombas sobre los alemanes.

—Bueno, pues mejor para él. Pero, si le matan, Vi y los niños no lo pasarán muy bien, ¿verdad? —replicó Audrey, llorando a lágrima viva.

Tenía sus motivos para hablar como lo hacía, pero no se los podía confesar a su amante. No hubiera sido justo. Hacía apenas dos días que había descubierto que estaba embarazada y esperaba el momento adecuado para comunicarle la noticia.

—Volveré, Audrey, te lo prometo... En El Cairo estaré completamente a salvo...

De repente, Audrey soltó una carcajada y se apartó de Charles.

—¡Recuerda lo que te pasó la última vez que estuviste allí!

—Te prometo no volver a casarme —dijo él echándose a reír—. Te doy mi palabra.

Después levantó una mano como si hiciera un juramento y ella juntó la palma con la de Charles.

—Te quiero mucho. Júrame que tendrás cuidado ocurra lo que ocurra, de lo contrario, yo mismo vendré a cuidar de ti.

—Serías muy capaz de hacerlo —dijo él con aire risueño.

Audrey le miró muy seria, pensando en la pesada carga que tendría que soportar sin él.

—No me da miedo salir corriendo tras de ti. Por consiguiente, no vayas a olvidarlo, amor mío.

—Lo tendré en cuenta.

Aquella noche, ambos hicieron el amor por última vez. Charles se iba al día siguiente. No le habían dado mucho tiempo para prepararse, pero no importaba. Cuando se fue, le dijo a Audrey que probablemente estaría ausente uno o dos meses como mucho, y ella le prometió cuidar de sí misma y de Molly y escribirle todos los días. Charlie se alojaría en el Hotel Shepheard's en el que se ofrecían toda clase de lujos a los clientes; pero eso no se lo dijo a Audrey cuando la saludó por última vez con la mano y subió al jip que acudió a recogerle al amanecer. Tenía que tomar un avión militar antes de una hora y, mientras el vehículo se ponía en marcha, rezó para que a Audrey y Molly no les ocurriera nada. Ya habían pasado más de una noche en el refugio antiaéreo. La gente se había acostumbrado a ello, aunque no fuera una vida muy agradable. Siempre que salía de viaje, Charles se preocupaba por esta causa, y ahora todavía se preocuparía más pese a que en Orán y El Cairo tendría muchas cosas que hacer. Tras su partida, Audrey permaneció de pie en el salón, pensando en el hijo que iba a nacer.

Se preguntó si hubiera debido decírselo antes de que se fuera, pero no le parecía justo hacerlo. Pensó en el engaño del que Charlotte se había valido para obligarle a casarse con ella... Y ahora que era verdad, ella no le decía nada. De repente, se quedó paralizada por el miedo. ¿Y si le mataran? El terror le atenazó la garganta hasta casi ahogarla. Tardó unas horas en calmarse y aún estaba trastornada cuando, aquella noche, fue a cenar a casa de Violet. Se llevó a Molly consigo porque temía que otras personas no la llevaran a tiempo al refugio antiaéreo en caso necesario.

—¿Cómo lo soportas? —le preguntó Audrey a lady Vi mientras los niños jugaban en el piso de arriba.

La joven tenía una mirada más inquieta y preocupada que la víspera. El embarazo no estaba muy adelantado, pero ella se emocionó tanto cuando lo supo que hubiera querido regresar corriendo a casa para comunicárselo a Charles, aunque después decidió esperar un momento más oportuno. No quiso preocuparle. Y ahora...

—Cómo soporto, ¿qué? —le preguntó Vi sonriendo—. ¿Las incursiones aéreas? Una acaba acostumbrándose a ellas.

Los niños, desde luego, ya lo habían hecho y seguían jugando en el refugio a pesar de los bombazos. Audrey se ponía siempre muy nerviosa cuando los contemplaba. Qué triste manera de crecer. Sacudió la cabeza y miró a Vi.

—No me refiero a las incursiones aéreas, sino a la preocupación. ¿No te vuelves loca, pensando en James?

—Pienso constantemente en él —contestó Violet, muy seria—. Creo que no dejo de hacerlo ni un solo instante. Pero, qué remedio nos queda.

Audrey la miró con los ojos llenos de lágrimas y, de repente, no pudo resistirlo más. Tenía que decírselo a alguien.

—Oh, Vi, voy a tener un hijo... y Charlie no lo sabe —dijo mientras Vi la rodeaba con sus brazos—. Pensaba decírselo antes de que se fuera, pero no quería inquietarle. ¿Y si...?

—¡Cálmate! —Vi le oprimió los hombros con fuerza, medio alegrándose y medio entristeciéndose por ella. Era terrible estar sola y embarazada en aquellas circunstancias. Sin embargo, sabía lo mucho que Charlie deseaba tener un hijo—. Es una noticia maravillosa, Aud. Debes cuidarte mucho, comer todo lo que puedas a pesar del racionamiento y descansar.

Ambas pensaron en las incursiones aéreas de todas las noches.

—¿Crees que hubiera debido decírselo antes de que se fuera?

—Hiciste lo mejor —contestó lady Vi—. Se volvería loco pensando en ti y no prestaría atención a lo que hace. Yo hago lo mismo con James. Le digo que todo va bien para que, cuando esté arriba, con el avión, se pueda concentrar en lo que hace y vuelva a casa sano y salvo. No pueden permitirse el lujo de distraerse.

Les podía costar la vida, pensó Violet, aunque no se lo dijo a su amiga. Ambas se pasaron un buen rato hablando hasta que, al fin, Audrey se tranquilizó un poco. Violet no se sorprendió del embarazo, sino de que éste no se hubiera producido antes. Se preguntaba si, dadas las circunstancias, Charles volvería a presionar a Charlotte. No había tenido ocasión de hablar con él antes de que se fuera, pero había oído ciertos rumores sobre ella, aunque prefería no decirle nada a Audrey.

Cuando ésta se despidió, llevando a la pequeña Molly

dormida en los brazos, la alarma antiaérea empezó a sonar y Violet tuvo que subir corriendo a recoger a Alexandra y a James y reunir a la servidumbre para irse todos juntos al refugio. Después tomó a Audrey del brazo para que no tropezara con los adoquines sueltos. Tenían que proteger a aquella criatura que aún no había nacido y cuya existencia sólo ellas conocían.

—Me alegro de habértelo dicho, Vi.

—Y yo, de que me lo hayas dicho.

Ambas amigas se tomaron de la mano y se miraron sonriendo mientras las bombas estallaban a su alrededor.

35

Transcurrió casi una semana antes de que Audrey y Molly volvieran a ver a Violet. Ésta parecía muy preocupada. Mientras los niños se entretenían jugando, Violet le reveló a Audrey que la RAF efectuaba bombardeos nocturnos sobre Alemania. James realizaba constantes incursiones y, aunque había producido un elevado número de bajas entre las filas del enemigo, Violet se moría de miedo. Audrey trató de animarla y observó que su amiga había adelgazado mucho últimamente. De una vida cómoda y regalada había pasado de golpe a luchar contra el temor de las realidades cotidianas, sabiendo que no podía hacer nada para proteger a James como no fuera rezar.

—No le ocurrirá nada, Vi —dijo Audrey, confiando en que James tuviera suerte.

Violet la miró llorando. Esta vez era ella quien necesitaba el consuelo de Audrey.

—No podría vivir sin él, Aud.

Ambas amigas permanecieron largo rato abrazadas hasta que, al final, Vi se tranquilizó un poco y preguntó sonriendo:

—¿Cómo te encuentras?

—Muy bien —contestó Audrey.

Se mareaba constantemente, pero no se quejaba. Deseaba darle la noticia a Charlie cuando volviera. El niño nacería en marzo y ella sólo estaba embarazada de dos meses. Aún no se notaba nada, claro, pero le parecía que tenía el vientre un poco más abultado y, además, se cansaba mucho, aunque esto también podía deberse a la falta de sueño. Se pasaban casi todas las noches en el refugio, y las bombas no cesaban de llover sobre el barrio. Varias casas habían resultado destruidas y los objetos se caían de los estantes cuando estallaban las bombas. Todo el mundo estaba desquiciado, pero Audrey parecía resentirse más que nadie de la situación y a Violet no le gustaban las pronunciadas ojeras que le rodeaban los ojos.

—Procura cuidarte. Charlie se disgustaría mucho si te viera con esta cara.

—¿Tan mala pinta tengo? —preguntó Audrey, sonriendo.

Tenía más náuseas que nunca, pero lo peor era la falta de sueño.

—Se te ve cansada —contestó Violet, sin añadir que estaba muy pálida—. ¿Descansas por las tardes?

—Siempre que puedo —contestó Audrey. Pero Molly era una niña muy traviesa y a ella le gustaba trabajar de vez en cuando en el cuarto de revelado. Todavía no le había dicho nada a Molly sobre el hermanito que iba a tener, pero pensaba decírselo en cuanto se empezara a notar. Por la noche, en la cama, solía apoyar una mano sobre el leve bulto y sonreía para sus adentros, pensando en su dulce secreto. La espera se le haría interminable. Ahora miró sonriendo a lady Vi y le preguntó: —¿Es tan terrible como dicen? Me refiero a tener un hijo.

Lady Vi se encogió de hombros como para quitarle importancia al asunto. Ella lo había pasado muy mal, pero no quería asustar a Audrey. A Vi, cuando nació Alexandra tuvieron que hacerle cesárea y por esta razón ya no podían tener más hijos, pero les bastaba con dos.

—No es tan terrible. La gente exagera mucho, pero después una se olvida de todo.

Audrey la miró a los ojos y vio en ellos algo que la asustó. Sin embargo, era demasiado pronto para preocuparse. Por muy espantoso que fuera, merecería la pena tener aquel hijo. Sin saber cómo, acudió a su mente el recuerdo de Ling Hwei, cuando estaba en Harbin. Sin embargo, en aquellos instantes tenía otras cosas en que pensar y, por otra parte, aún le faltaban más de seis meses.

—A veces, me asusto cuando lo pienso.

—No te preocupes —le dijo lady Vi—. Ocurre todo con tanta rapidez que, antes de que te des cuenta, tendrás a un precioso niño en los brazos.

Audrey se encontraba más animada cuando regresó a casa, pero las incursiones aéreas de aquella noche fueron las peores de toda la guerra. Tuvieron que permanecer acurrucados en el refugio hasta el amanecer. Al día siguiente, Violet acudió a ver a Audrey a su casa.

—Me parece que tendríamos que enviar a los niños fuera, Aud. ¿A ti qué te parece?

Era como si ambas estuvieran casadas entre sí. No tenían a nadie que tomara decisiones por ellas y, a menudo, se consultaban mentalmente. Ya habían comentado otras veces aquella posibilidad, pero Audrey no sabía qué hacer.

—¿Crees que la situación se agravará?

—No me parece posible, pero... —Violet no se atrevía a decir lo que pensaba—. Nunca nos lo perdonaríamos si algo les ocurriera.

Muchas casas se habían venido abajo y en el barrio ya habían muerto algunas personas. Audrey ignoraba qué hubiera hecho Charles.

—Supongo que será mejor hacerlo —le dijo con determinación a Violet.

Ésta asintió en silencio. No le gustaba separarse de sus hijos, pero ya había hablado de ello con su suegro y con James la última vez que estuvo en casa. Éste quería que ella también se fuera.

—A mí no me apetece irme allí abajo todavía. Tengo muchas cosas que hacer aquí —dijo Vi.

Parte de su trabajo como voluntaria de la Cruz Roja

consistía en conducir un jip para distintos generales, siempre que podía. Audrey hubiera deseado trabajar asimismo como voluntaria, pero quería dejarlo para más adelante, para cuando ya se encontrara un poco mejor. Tomaba muchas fotografías de los escombros que veía por todas partes y de los rostros marcados por el dolor de la guerra. Algún día sería una colección extraordinaria, pero no pensaba en eso en aquellos momentos. Pensaba en la conveniencia de enviar a Molly al campo en compañía de Alexandra y James.

—¿Tú qué dices, Aud?

—Vamos a llevarlos esta semana.

—¿Y nos quedamos también nosotros? —preguntó Vi. Su suegro vigilaría a los niños y, además, ella enviaría a la niñera.

—Todavía no —contestó Audrey—. Quiero terminar el trabajo que empecé.

Aún tenía que fotografiar muchas cosas y, en el cuarto de revelado, se amontonaban cientos de fotografías.

—Llamaré a mi suegro. Los podríamos llevar este sábado. ¿Te parece bien?

—Me parece estupendo.

Cuando ya se disponía a marcharse, Violet miró a Audrey y frunció el ceño. Estaba perdiendo peso en lugar de ganarlo y parecía muy cansada.

—Procura descansar antes del viaje —le dijo.

—Sí, señora —contestó Audrey sonriendo.

El sábado emprendieron el viaje en la espaciosa «rubia» Chevrolet que James había comprado antes de la guerra. Los niños mayores se acomodaron en el asiento de atrás, con la niñera, y Molly se sentó delante entre ellas dos. Cuatro horas más tarde, ya estaban cruzando la campiña en la que no se advertía la menor señal de la guerra. Todo era hermoso y relajante. Cuando llegaron a la casa de lord Hawthorne, Audrey se alegró mucho de no haber tardado más tiempo en llevar a los niños allí. El aristócrata se mostró encantado de acoger a los pequeños en su mansión y expresó el deseo de que las dos jóvenes se quedaran también con él, más adelante.

Durante el camino de vuelta, Audrey le dijo a Violet que, en noviembre, le apetecería irse a vivir al campo. Para entonces, el embarazo ya estaría muy adelantado y en Londres le sería difícil correr todas las noches al refugio.

—Incluso podrías irte antes —le contestó Violet.

—Ya veremos —de todos modos, pensaban volver allí muy pronto para pasar unos días con los niños y descansar un poco. Era un alivio no tener que preocuparse constantemente por su seguridad—. Ahora me siento más tranquila. ¿Tú no, Vi?

Ésta sonrió sin apartar los ojos de la carretera. Todo iba a las mil maravillas hasta que se les pinchó un neumático y tuvieron que bajar para cambiarlo. Vi no quería que Audrey hiciera ningún esfuerzo y, por consiguiente, tardaron varias horas en ponerse nuevamente en marcha. Al llegar a Londres, empezaron a sonar las sirenas de alarma y tuvieron que abandonar el vehículo y correr al refugio más próximo. Caían bombas por todas partes y una llamarada estuvo a punto de alcanzarlas mientras cruzaban la calle; se oían los gritos desgarradores de un herido. Fue una noche de pesadilla. No pudieron salir hasta medianoche y tuvieron que circular con mucho cuidado para evitar que los escombros les pincharan otro neumático. Audrey estaba muerta de cansancio cuando llegó a casa. Al cabo de media hora, volvieron a sonar las sirenas y tuvo que irse corriendo al refugio. Buscó a Vi porque ambas solían acudir casi siempre al mismo sitio, pero no la vio. Pasadas las cuatro de la madrugada, la localizó durmiendo en un rincón con un pañuelo en la cabeza y un viejo abrigo de James que fue lo primero que encontró en el armario a oscuras. Audrey se sentó a su lado y, de repente, sintió un agudo dolor en la espalda. Pensó que se habría hecho un esguince al cambiar el neumático, aunque Vi casi no le permitió hacer nada. Al cabo de un rato, volvió a sentir la misma punzada y, cuando abandonó el refugio poco después del amanecer, notó que el dolor irradiaba hacia las piernas y se lo dijo a Vi mientras regresaban a casa entre los escombros.

—Creo que me he lastimado la espalda.

Estaba tan cansada que le costó un gran esfuerzo llegar hasta la casa de Violet.

—¿Y eso cuándo ha sido? —preguntó Violet, frunciendo el ceño.

—Cualquiera lo sabe. Entre el viaje y las carreras a los refugios, vete tú a saber.

Tenía un aspecto espantoso, pero Violet no se lo dijo.

—¿Por qué no descansas un rato aquí antes de irte a casa? Te prepararé una taza de té.

Audrey la miró sonriendo. Era la solución británica a todos los problemas. Una noche de bombazos, rematada por una taza de té. No se sentía con ánimos para llegar a su casa, pensó mientras se acomodaba en uno de los mullidos sillones de la biblioteca de Violet. Ésta regresó al poco rato llevando una humeante taza de té y unos bollos. Siempre procuraba ofrecerle a Audrey lo mejor que tenía en casa. Sabía lo mucho que lo necesitaba y, además, la veía muy delgada.

—¿Qué tal la espalda?

—Bien —contestó Audrey.

Pero esto no era cierto. Aún le dolía y ahora notaba, además, una extraña punzada en el bajo vientre. Violet veía algo en los ojos de su amiga, pero no sabía qué era. Se sentó y encendió un cigarrillo mientras Audrey se bebía el té en silencio.

—Convendría que hoy mismo fueras al médico. ¿Cuándo tenías que ir a verle?

—Dentro de una semana —ya estaba de tres meses y apenas se podía subir la cremallera de las faldas, pero eso no le importaba. Se sentía orgullosa de aquel bultito y soñaba con comunicarle la noticia a Charles. Quizá alcanzaría a verla embarazada cuando volviera del Norte de África—. Estoy bien, Vi. No te preocupes.

—¿Estás segura?

—Sí.

Sin embargo, cuando fue al lavabo antes de irse a casa, vio una mancha de sangre en las bragas y otra un poco mayor cuando utilizó el excusado. No era mucho, pero lo suficiente para asustarla. Al salir, se lo dijo a Vi.

—¿Te pasó a ti eso alguna vez?

Vi negó con la cabeza aunque sabía que a veces ocurría en embarazos que más adelante daban lugar a hijos completamente sanos.

—De todos modos he oído hablar de eso. Puede que no sea nada, pero convendría que el médico te echara un vistazo.

Llamaron inmediatamente al médico, el cual le dijo a Audrey que acudiera en seguida a verle. Violet la acompañó al hospital donde el médico tenía que pasar visita a las pacientes. Éste la examinó con la cara muy seria y le preguntó si notaba sensibilidad en el pecho y si advertía alguna sensación extraña.

—¿Calambres?

—No —contestó Audrey con la tez mortalmente pálida.

Entonces recordó los dolores en la espalda y se los comunicó al médico.

—Quiero que descanse, señora Driscoll —dijo el médico. No sabía que ella y Charles no estaban casados. En realidad, ni siquiera conocía a Charles—. La voy a mandar a casa con su amiga y *deberá* permanecer acostada con los pies elevados, salvo en el caso de que se produzca una alarma, claro.

Audrey prometió hacerlo y, en lugar de ir a su casa, se fue a la de Vi. Era consolador no estar sola. Ambas se pasaron un buen rato hablando y recordaron a mujeres a quienes les había ocurrido lo mismo sin que después les pasara nada, pero la hemorragia no cesaba. Por la noche, la pérdida de sangre se intensificó. Audrey rezó para que no se produjera ninguna alarma antiaérea y, cuando empezaron a sonar las sirenas, le suplicó a Violet entre lágrimas que la dejara allí.

—No va a pasar nada, Vi, y, si me levanto, la hemorragia se agravará.

—Y, si no te levantas, puede que estés muerta dentro de una hora.

Violet se mostró inflexible con Audrey. La ayudó a levantarse y le echó su abrigo de pieles sobre el camisón. Muchas personas acudían a los refugios medio vestidas. Nadie se escandalizaba por eso. Lo único que se necesitaba eran zapatos sólidos como los que llevaba Audrey.

Corrieron a la seguridad del refugio donde Violet cuidó de su amiga como una gallina de sus polluelos hasta que regresaron a casa. La hemorragia no se agravó. Es más, durante los dos días siguientes incluso se redujo, pero, al llegar al tercer día, Audrey empezó a experimentar fuertes dolores. Mientras hacía la siesta, por la tarde, se despertó y lanzó un grito.

—¿Qué te pasa? —le preguntó Violet en la estancia a oscuras.

—No lo sé... He tenido un... —no pudo terminar la frase porque otra punzada le atravesó las entrañas. Asió las mantas y trató de respirar hondo mientras Vi la miraba asustada—. Oh, Dios mío, Vi... Llama... al médico.

—¿Sangras mucho? —preguntó Violet; sabía que el médico se lo iba a preguntar.

Al retirar rápidamente las mantas, vieron un enorme charco de sangre en las sábanas.

—Oh, Dios mío...

—No te preocupes... Quizá no sea nada. No te muevas. Vuelvo en seguida.

Mientras corría al teléfono, Vi oyó los gemidos de Audrey. El médico le dijo que se la llevara en el acto, aunque tuviera que tomarla en brazos, lo cual no sería nada fácil. Vi regresó presurosa a la habitación, envolvió a Audrey en unas mantas y tocó el timbre para que subiera el mayordomo y la llevara en brazos hasta el automóvil. Éste la levantó con mucha delicadeza mientras ella se mordía los labios para no gritar. En medio del insoportable dolor, Audrey no hacía más que pensar en Ling Hwei, la noche que nació Molly. Comprendía ahora las angustias de muerte que debió de sufrir la niña, mucho peores que las suyas puesto que ya estaba de nueve meses. Sentía unas punzadas que le atravesaban el corazón y le desgarraban las entrañas. Estaba casi inconsciente cuando llegaron al hospital donde la colocaron rápidamente en una camilla y se la llevaron dentro.

Violet permaneció a su lado mientras el médico la examinaba. Audrey se retorcía y lanzaba gritos desgarradores. El médico habló en voz baja con lady Vi antes de que se llevaran a Audrey.

—Va a perder el hijo, lady Hawthorne. Ya casi lo ha perdido.

—¿No le pueden calmar un poco los dolores?

Era la misma pregunta que le hizo James cuando nació Alexandra.

—Me temo que no —contestó el médico, sacudiendo la cabeza—. Pero ya no va a durar mucho.

Transcurrieron otras cinco horas de intenso dolor antes de que Audrey expulsara el feto, cuyo aspecto era casi el de un niño normal. A Violet se le partió el corazón cuando vio cómo envolvían al niño muerto y se lo llevaban mientras Audrey sollozaba en sus brazos. En el transcurso de dos días, Violet no se apartó ni un solo instante del lado de su amiga. Audrey tenía fiebre y aún sufría molestias. Al cabo de unos días, miró a Violet con ojos apagados y le dijo:

—Gracias, Vi... Me hubiera muerto de no haber sido por ti.

—Te hubieras puesto bien de todas maneras... y has sido muy valiente —dijo Violet, oprimiéndole una mano—. Lo siento muchísimo... Sé cuánto deseabas tener un hijo —Audrey apartó el rostro y asintió en silencio. Había estado al borde de la muerte. Había sido la experiencia más aterradora que Violet hubiera presenciado jamás. No sabía qué podría decirle a Charles en caso de que le ocurriera algo a Audrey. Se alegraba de que ésta no hubiera muerto, pero no sabía cómo consolarla—. Tendrás otro. Puede que incluso diez —añadió, mirándola y sonriendo.

—Ha sido terrible, Vi —dijo Audrey.

Levantó instintivamente la cabeza en el momento de expulsar el feto y tuvo tiempo de verlo.

Hubiera deseado tener a Charlie a su lado y llorar en

sus brazos, pero se alegraba de la presencia de Vi, la cual permaneció con ella hasta que la dieron de alta y regresó a casa. La cuidó como si fuera una niña pequeña y la acostó en su propia cama hasta que se recuperó. Audrey tardó un mes en volver a ser la misma de antes; pero ahora, había en ella algo distinto, una sombra de tristeza e inquietud. Pensaba constantemente en Charlie y le echaba mucho de menos. Él le había escrito algunas cartas muy optimistas. Cuando, por fin, vio a su marido, Violet le contó la horrible historia y James se compadeció de las dos: de Audrey, que tanto había sufrido, y de Violet, que había permanecido constantemente a su lado en ausencia de Charlie.

—Eres una chica estupenda, Vi —le dijo James muy orgulloso. Tenía un fin de semana libre antes de incorporarse a filas—. Pobre Charles, qué golpe tan duro —Vi no le había dicho que Charlie no sabía nada cuando se fue—. Deseaba con toda su alma tener un hijo. Por eso se casó con aquella maldita chica.

—Por cierto —Vi estaba pensando en otra cosa que aún no le había comentado a Audrey—, he oído decir ciertas cosas sobre ella, James.

—¿Sobre Charlotte? —preguntó su marido—. ¿Acaso piensa concederle el divorcio? Es completamente absurdo que siga aferrada a él cuando todo el mundo sabe que este matrimonio es una farsa.

James lamentaba que aquella mujer le impidiera a Audrey casarse con Charlie, sobre todo ahora que había perdido el hijo que esperaba.

—Me parece que ahora lo comprendo todo. Creo que quería casarse con Charles para ocultar otra cosa.

—¿Ah, sí? —dijo James, muy intrigado—. ¿De qué se trata?

—Tengo entendido… —Violet no quería pronunciar la palabra, pero deseaba que él lo supiera—. Me han dicho que es lesbiana.

—¿Charlotte? —dijo James en tono burlón—. ¿Quién te lo ha dicho? —preguntó después muy serio.

—Elizabeth Williams-Strong —era la mayor chismosa

de la ciudad, pero, normalmente estaba muy bien informada—. Al principio, no quise creerlo, pero ocurrió algo muy curioso. Hace unas semanas, antes de que Audrey se pusiera mala, yo conducía el jip del general Kildare y la vi por la calle con un chico muy guapo... En realidad más parecía un niño —dijo Violet, ruborizándose—. E ignoro por qué, me los quedé mirando mientras aguardaba a que el general saliera de una tienda. ¿Y, sabes una cosa? No era un chico, sino una chica, estoy completamente segura de ello. Luego las vi besarse, pero no en la mejilla sino en los labios.

James soltó una súbita carcajada y se plantó de un salto junto a su mujer.

—¿Así, quieres decir? —preguntó, dándole un apasionado beso mientras ella se apartaba riéndose:

—¡Hablo en serio, James!

—Y yo también, qué demonios. ¡Llevo seis malditas semanas sin verte!

Poco después, ambos hicieron el amor y, más tarde, mientras James encendía un cigarrillo, Vi volvió a hablar de Charlotte.

—¿Tú qué piensas de este asunto?

—Creo que lo explica todo —a James acababa de ocurrírsele una idea—. ¿Sabes una cosa? Si Charles lo supiera, la podría someter a un chantaje para que le soltara. Creo que se lo voy a decir la semana que viene cuando le vea. ¿Te importa?

—¡Pues claro que no! ¡Sería maravilloso que pudiera librarse de ella! —de repente, Violet se sorprendió de las palabras de su marido—. ¿Cuándo le verás? ¿Es que ya le mandan a casa?

Charles no le había dicho nada a Audrey en la carta que ésta recibió la víspera.

—Me mandan a mí a El Cairo... Dos semanas.

—¿Será peligroso? —preguntó Violet, mirándole a los ojos.

Siempre adivinaba la verdad con sólo mirarle. James negó con la cabeza y ella comprendió que no le mentía.

—No lo será. Y, si quieres que te diga una cosa, será

un alivio no tener que seguir bombardeando a los muchachos de Hitler. Estoy empezando a cansarme un poco de todo eso.

A Violet le ocurría lo mismo.

—Le preguntaré a Audrey si quiere que le des algún recado.

—Dale un abrazo —se limitó a decir Audrey. Cuando James se fue, añadió, dirigiéndose a lady Vi: —No sabes cuánto le envidio el que pueda ver a Charles.

Se moría de deseos de verle, se encontraba bajo los efectos de la depresión producida por el aborto. Se sentía abrumada por la pérdida y se consideraba, en cierto modo, una fracasada. Incluso le daba vergüenza confesarle a Vi su tristeza por un hijo al que ni siquiera había llegado a conocer, habiendo tantas personas que perdían a diario a sus seres más queridos. Nada podía calmar su dolor, ni siquiera la visita que le hizo a Molly a la casa de campo. No obstante, mientras sostenía a la niña en su regazo, contemplando las verdes colinas punteadas de vacas, se alegró de que Molly estuviera allí y no en Londres.

—¿Volverá papá pronto a casa?

—Así lo espero, cariño. Tío James irá a verle esta semana y yo le he dicho que le diera un beso muy fuerte de tu parte.

Molly la miró muy contenta y saltó de su regazo para irse a jugar con Alexandra y James.

En aquellos momentos, James le dio a Charles una noticia que le dejó completamente anonadado.

—Dios mío, cuánto lo siento... Ellas no me dijeron que tú no sabías nada.

Mientras las lágrimas asomaban a los ojos de su amigo, James pensó que ojalá se hubiera mordido la lengua. Acababa de darla la noticia del aborto porque no quería que se engañara, pensando que el embarazo seguía adelante. Ignoraba que Audrey no le había dicho nada.

—¿Por qué no me lo dijo? —inquirió Charlie mientras James le miraba apenado.

—Probablemente, no quiso preocuparte. Pero ya se encuentra restablecida. Podrá tener otros —contestó James, repitiendo las palabras de Vi.

—¿Sufrió mucho? —preguntó Charlie.

James no sabía si decirle o no la verdad, pero ya era tarde para eso.

—Vi me dijo que fue algo horrible, pero Audrey resistió admirablemente. Ahora ya se ha recuperado. Yo mismo la vi la semana pasada. Está pálida y un poco más delgada, pero tan guapa como siempre.

Charlie exhaló un suspiro y, en menos de una hora, se tomó varias copas en el bar del Shepheard's.

James no se lo reprochaba. Por la noche tuvo que acompañarle a su habitación. Ni siquiera pudo contarle lo de Charlotte. Iba a permanecer en El Cairo dos semanas y tendrían tiempo de sobra para comentar los chismorreos de Londres.

36

James regresó de El Cairo con muchos mensajes de amor para Audrey. Decidió, de común acuerdo con Charlie, no decirle que éste sabía lo del aborto. Sería mejor que se lo dijera ella misma cuando lo considerara oportuno. Sin embargo, le reveló a Charlie el posible lesbianismo de Charlotte y éste deseaba regresar para meterla en cintura. Ya era hora de que dejara de torturarle. En caso de que no quisiera soltarle, la amenazaría con contárselo todo a su padre.

James regresó a sus incursiones aéreas en Alemania y lady Vi volvió a quedarse sola. Ella y Audrey fueron a ver a los niños varias veces. Un día, a la vuelta de uno de los viajes, Audrey la sorprendió entregándole un abultado sobre.

—¿Más fotografías? —preguntó, sorprendida, lady Vi.

Audrey había tomado muchas de los niños, y James y Violet se lo agradecían enormemente.

—No —contestó Audrey, sacudiendo la cabeza—. Es mi testamento. Quiero que me prometas que, si algo me ocurriera, tú te quedarás con Molly. Por lo menos, hasta que Charlie vuelva a casa. Y, si algo nos ocurriera a los dos... —añadió, mirando tristemente a su amiga.

—¿Por qué iba a ocurriros algo? —preguntó Violet.

—Nunca se sabe —respondió Audrey—. Me he inscrito en el Home Office como periodista gráfica. En realidad, lo hice en cuanto perdí... Bueno, eso ya no importa. Parece que les podré ser útil como fotógrafa y me marcho mañana por la noche, Vi —Audrey casi se arrepentía de tener que dejar sola a su amiga, pero necesitaba reunirse con Charlie y no podía dejar pasar la ocasión—. Me envían a El Cairo. Yo pedí que me destinaran al Norte de África.

—¿Lo sabe Charlie? —preguntó Vi mientras Audrey sacudía la cabeza sonriendo.

—Todavía no. Pero lo sabrá. Espero reunirme con él y colaborar en su trabajo. El funcionario del Home Office sabe que hemos trabajado juntos otras veces. Parece que la idea le gusta.

—¿Está loco? Tú eres una mujer. ¡Eso es muy peligroso!

—No más que permanecer aquí sentada entre las bombas que caen cada noche —dijo Audrey, lanzando un suspiro. James quería que Violet se fuera al campo durante cierto tiempo y ahora, sin Audrey, probablemente lo haría—. Lo siento, Vi —añadió Audrey, casi sintiéndose culpable—. Tengo que estar con él.

Al ver que se le llenaban los ojos de lágrimas, Violet la abrazó con cariño.

—Estás completamente loca, Aud —loca, sobre todo, por Charles. Quería estar constantemente a su lado y, en cierto modo, Violet lo comprendía. Aunque ella también amaba mucho a James, lo de Audrey y Charlie era distinto. Parecía que ambos respiraran al unísono el mismo aire y ella sabía lo mucho que Audrey echaba de menos a su amante—. ¿Podré ir a despedirte?

—Me van a mandar en un vuelo militar —contestó Audrey—, y ya sabes tú lo quisquillosos que son los militares en estas cosas.

—Sí, lo sé.

Violet comprendió de repente que todo había cambiado. La guerra había influido en las vidas de todos ellos y tal vez las cosas jamás volverían a ser como antes.

A la tarde del día siguiente, tras despedirse de su amiga, Audrey terminó de hacer el equipaje. Iba a dejar la casa tal como estaba, vacía y cerrada como tantos hogares de Londres.

Por la noche, cuando salió hacia el aeropuerto, sintió la misma emoción que antaño en el Orient Express y los trenes que subían por las montañas del Tíbet o en las calles de Changai o entre las maravillas de Pekín.

Se dirigía a un lugar con el que siempre había soñado para reunirse con el hombre al que amaba. Cuando el aparato despegó rumbo a El Cairo, Audrey esbozó una leve sonrisa.

37

El Douglas DC-3 tomó tierra en el aeropuerto de El Cairo a las seis de la mañana del día siguiente. Por el camino, hicieron tres escalas para recoger tropas, correspondencia y suministros y también para repostar. Audrey aún no había salido de su asombro, recordando lo amables que habían sido con ella en el Home Office.

Ya debían saber algo de ella a través de las investigaciones que tuvieron que llevar a cabo antes de nombrar a Charles corresponsal de guerra. A lo mejor, pretendían llamar la atención de la prensa norteamericana en la esperanza de que los Estados Unidos entraran en guerra, a pesar del escaso interés que tenía Roosevelt en ayudarles. Audrey se preguntaba a menudo cómo era posible que no lo hiciera. Sin embargo, no pensaba en su país cuando el aparato aterrizó bruscamente. Los soldados que habían viajado con ella recogieron sus pertrechos disponiéndose a bajar.

—¿Dónde se aloja? —le preguntó uno de ellos que no le había quitado los ojos de encima desde que salieron de Londres.

Audrey vestía una pantalones grises de *tweed*, un jersey y una chaqueta de cuero de Charlie. Incluso se había comprado unas botas para el caso de que tuviera que andar por un terreno accidentado.

—Intentaré encontrar habitación en el Shepheard's —contestó.

Allí se alojaba Charlie, pero Audrey no sabía si el hotel estaba reservado exclusivamente para uso militar. Charlie le decía en sus cartas que era precioso.

—Vendré a verla algún día —dijo el soldado, sonriendo.

Audrey le miró con simpatía, pero no le ofreció el menor estímulo. Quiso comprarse una alianza matrimonial para el viaje, pero después rechazó la idea porque no le gustaban las simulaciones. Tenía treinta y tres años y era una persona completamente independiente. No necesitaba estar casada para sentirse segura. Al fin y al cabo, había podido sobrevivir ella sola al suplicio del aborto. Aún estaba trastornada y no sabía qué le iba a decir a Charlie.

Tenía mil cosas de que hablarle, pero, primero, necesitaba encontrarle. Un jip militar la llevó al centro. Audrey se acomodó entre un australiano de enormes mostachos y sonora risa, y un corpulento sudafricano de cabello pelirrojo, muy aficionado a contar chistes verdes. Estaba en zona de guerra y Audrey sabía que tendría que acostumbrarse a esas cosas. Todo era preferible a permanecer en Londres y pasarse las noches en los refugios antiaéreos, esperando que cesara la alarma, sin saber si su casa aún estaría en pie.

—¿Tú qué haces aquí, cariño? —le preguntó el australiano mientras el conductor escocés le ordenaba que se callara al tiempo que le guiñaba un ojo a Audrey—. ¿Has venido a ver a tu novio? —añadió en broma.

Había visto su abultado morral y las dos cámaras colgadas alrededor de su cuello, una con película en blanco y negro y otra con película en color.

—Tal vez —contestó ella, sonriendo.

—¿O quizá a buscar otro? —sugirió el sudafricano. Todos llevaban uniformes de camuflaje con manchas amarillas, pardas y grises—. En tal caso, me ofrezco voluntario.

—Tengo un amigo aquí —dijo Audrey, riéndose—. Es corresponsal de guerra.

Los soldados empezaron a lanzar silbidos mientras el jip sorteaba mujeres, niños y camellos. Había cabras y ovejas por doquier y las mujeres se cubrían con velos, como en Turquía y Afganistán, cuando ella había atravesado aquellos países en su camino hacia China. Recordó vagamente aquel viaje, aunque la atmósfera era totalmente distinta. El hecho de encontrarse lejos de Londres le producía una extraña emoción. Por las calles se veían muchos rostros europeos, casi todos británicos, y militares por todas partes. Los había hindúes, neozelandeses, australianos, sudafricanos, franceses de la zona libre, griegos e incluso yugoslavos y polacos, muchos de ellos eran desertores del ejército alemán. Los australianos y los neozelandeses llevaban unos chalecos de cuero para protegerse de las frías noches del desierto. Se percibía en el aire una cacofonía de sonidos y olores muy semejante a la de los antiguos viajes de Audrey a través de medio mundo. Súbitamente, ésta se preguntó cómo era posible que hubiera podido permanecer quieta tantos años en San Francisco y en Londres. Aquello era lo que más le gustaba; lo distante y exótico, con sus mágicas visiones, perfumes y promesas.

—¿Me quieres sacar una fotografía, cariño? —le preguntaron dos sujetos que se acercaron al vehículo cuando éste se detuvo para permitir que dos camellos entraran en un bazar.

Audrey se agachó entre risas para evitar que uno de ellos la besara.

—Eres norteamericana, ¿verdad? —preguntó el sudafricano cuando el jip reanudó la marcha.

—Sí.

—¿Habías estado alguna vez fuera de casa? —le preguntó el soldado en tono paternalista mientras ella le miraba riéndose.

Aquél no era un lugar muy apropiado para los viajeros aficionados.

—Hace años viví en China, y resido en Londres desde hace cinco.

—¿En qué parte de China? —preguntó el soldado mientras los demás escuchaban con renovado interés.

—En Manchuria. Harbin. Dirigí un orfanato allí, durante la ocupación japonesa.

El conductor escocés soltó un silbido y los demás la miraron con curiosidad mientras el australiano tomaba el hilo de la conversación, lanzando una mirada de reproche a su compañero.

—No debió de ser fácil —observó en tono respetuoso—. ¿Qué dijo su marido de todo eso?

La respuesta a la pregunta les interesaba a todos, habida cuenta de que la chica iba a permanecer una temporada en El Cairo. Siempre era interesante conocer el estado civil de una mujer.

—No tengo marido —contestó Audrey echándose a reír. Luego decidió escandalizarles. Tendría que vivir con aquella gente un día sí y otro también, siempre y cuando Charlie se lo permitiera..., aunque ella no estaba dispuesta a volver a casa, por mucho que él se empeñara. Ya se hallaba preparada para librar la batalla—. Pero tengo una encantadora hija china —añadió.

Todos silbaron, menos el escocés.

—Una de las huérfanas de Harbin, ¿verdad? —le preguntó, mirándola a través del espejo retrovisor—. Buena chica. ¿Cuántos años tiene ahora?

—Seis —contestó Audrey, sacando una fotografía de Molly cuando aún no le habían salido los dientes.

Los hombres reaccionaron como era de esperar. Resultó que, a pesar de su interés por Audrey, dos de los soldados estaban casados y tenían un total de siete hijos, cuyas fotografías le mostraron con orgullo. Después se presentaron y estrecharon la mano de Audrey. Cuando llegaron al Shepheard's, ya se habían hecho todos amigos. En tiempo de guerra las amistades se hacían con mucha rapidez, pensó Audrey, alegrándose de haber tomado una decisión. Deseaba hacer algo útil, en lugar de perder el tiempo en Londres.

Entraron todos juntos en el hotel y Audrey se dirigió a recepción y preguntó por Charlie. El recepcionista buscó su llave, estudió las notas y le dijo que el señor Parker-Scott había salido.

—¿Está fuera de la ciudad o ha salido un rato? —preguntó Audrey.

El hombre tenía la tez aceitunada y unos hermosos ojos negros. Era curioso la cantidad de egipcios guapos que se veían por todas partes.

—Creo que estará fuera toda la tarde, señora —contestó el recepcionista con un impecable acento británico digno de ex alumno de Eton.

Audrey le dio las gracias y salió a la terraza para echar un vistazo. El panorama de la ciudad era increíblemente romántico. Abajo, en la calle, docenas de hombres enfundados en toda clase de uniformes iban y venían a sus distintas tareas. El Cairo era el centro de toda la actividad y el cuartel general de todas las operaciones de África y el Oriente Medio. Audrey permaneció varias horas en la terraza esperando a Charlie hasta que, al fin, se quedó dormida. Cuando volvió a abrir los ojos, el sol ya se ponía en el horizonte y ella notó que alguien la sacudía bruscamente por un brazo. Al principio, ni sabía dónde se encontraba. Los ojos del hombre le recordaban a alguien, pero no así el resto de su persona. De repente, reconoció a Charles y soltó una carcajada.

—¡Dios mío, menuda barba te has dejado!

Sin embargo, no era la barba lo que ahora le llamaba la atención, sino los ojos enfurecidos.

—¿Qué demonios estás haciendo aquí? —preguntó Charlie.

El recepcionista sólo le había dicho que una dama le aguardaba en la terraza. La encontró durmiendo en un rincón; el bolso estaba en el suelo, las fundas de las cámaras sobre el regazo, un sombrero le cubría los ojos, las cámaras le colgaban del cuello y llevaba un atuendo que a Charles le pareció de lo más ridículo. Por un instante, se alegró de verla, pero después se enojó. No quería que estuviera allí. Estaban en zona de guerra. Prefería que Audrey regresara a la relativa seguridad de Londres.

—He venido a verte, Charlie —dijo ella, extendiendo los brazos mientras esbozaba una sonrisa beatífica. Sabía que se iba a enfadar, pero confiaba en que pronto se le pasara la rabieta. No hubiera podido quedarse por más tiempo en Londres mientras él andaba por el mundo escribiendo reportajes para distintos periódicos—. ¿No me vas a decir hola? —estaba intentando reprimir la risa para que él no se enojara—. Me gusta esta barba.

—No te molestes siquiera en deshacer el equipaje, Aud —dijo Charlie, casi temblando de furia—. Te irás de aquí en el primer avión de mañana por la mañana. ¿Cómo te las arreglaste para que te dejaran venir?

—Les dije que era una fotógrafa libre y que siempre hemos trabajado juntos.

—¿Cómo? ¡Y te creyeron! ¡Qué insensatos! —exclamó Charlie, dirigiéndose a grandes zancadas al otro lado de la terraza.

Tarde o temprano se calmaría, pensó Audrey. Cuando Charlie regresó de nuevo junto a ella, sus ojos habían cambiado de expresión.

—Puesto que sólo me quedaré una noche, podríamos celebrarlo un poco —dijo Audrey, dirigiéndole una seductora mirada. Sin embargo, él se limitó a soltar un bufido mientras se acomodaba a su lado en la otra silla. Audrey no era una persona dócil y Charles no se fiaba ni un pelo de que estuviera dispuesta a marcharse—. Molly te envía muchos recuerdos.

—¿Cómo se encuentra? —preguntó Charlie, ablandándose un poco aunque sin bajar del todo la guardia.

—Muy bien. Está con Alexandra y James en la casa de campo del padre de James y parece que se lo pasa muy bien. El padre de James se dedica a la cría de perros San Bernardo y hay uno que a ella le encanta. Se lo quiere llevar a Londres cuando vuelva —contestó Audrey, esbozando una dulce sonrisa que él le devolvió por primera vez desde que la sorprendiera en la terraza.

—Tendremos que alquilar un apartamento sólo para el perro —dijo Charlie, riéndose pese a la inquietud que ya no podía ocultar por más tiempo y que era la principal razón de que no quisiera verla en El Cairo. Pensaba que Audrey necesitaba descansar—. Hay algo que no me dijiste, Aud..., antes de que me fuera.

Por un instante, Audrey no supo cómo se había enterado de lo ocurrido. Después, lo adivinó de repente... James.

—¿Ah, sí? —dijo con indiferencia mientras apartaba el rostro para pedirle otra copa al camarero—. Pues, francamente, no lo sé.

—Sí, lo sabes —dijo Charles, asiéndola fuertemente por un brazo—. ¿Por qué no me lo dijiste?

—No quería que te preocuparas —contestó Audrey con los ojos llenos de lágrimas. Súbitamente, Charlie la estrechó con fuerza en sus brazos mientras ella rompía a llorar—. Lo siento mucho. Yo tuve la culpa. Siempre pienso que, si no hubiera hecho esto o lo otro... tal vez...

No pudo seguir, pero Charlie comprendió el sentido de sus palabras.

—No puedes destrozarte de esta manera, amor mío. Ocurrió..., y yo lo lamento en el alma..., pero ya se presentará otra ocasión, te lo prometo. La próxima vez, espero que me lo digas.

Audrey sonrió y se sonó con el pañuelo que él le dio.

Charlie frunció el ceño y se alegró, a pesar de todo, de volver a verla. Estaba muy preocupado por ella desde la conversación que había sostenido con James.

—James me dijo que lo pasaste muy mal. ¿Cómo te encuentras ahora?

—Bien. Vi fue muy buena conmigo.

—Me lo imagino —dijo Charlie, acariciándole suavemente una mejilla con las yemas de los dedos—. Lo siento mucho, Aud... Siento no haber estado a tu lado.

—No hubieras podido hacer nada —dijo ella, exhalando un suspiro—. Fue muy difícil sin teneros ni a ti ni a Molly. Sólo podía pensar en eso. Tenía que venir —añadió, mirándole con tristeza.

Charlie comprendía perfectamente las razones de su amante. Pagó la cuenta y subió con ella a la habitación, llevándole él mismo el equipaje. Al llegar a la puerta, la tomó en brazos y la depositó sobre la cama.

—Bienvenida sea a casa la futura señora Parker-Scott —le dijo sonriendo.

—¿Acaso sabes tú algo que yo no sé? —preguntó Audrey, arqueando una ceja—. ¿Has tenido alguna noticia de Charlotte?

No se atrevía ni siquiera a soñarlo.

—No —contestó Charlie—. Pero James me ha facilitado una información muy interesante. ¿No te lo dijo? —Audrey negó con la cabeza—. Parece ser que mi encantadora esposa tiene un pequeño secreto.

—¿De veras? —dijo Audrey, intrigada.

Charlie se sentía muy optimista. Sería estupendo que pudieran casarse con sólo ejercer una ligera presión sobre Charlotte.

—Parece ser que la dama tiene gustos un poco especiales. Prefiere a las mujeres.

—¿Es lesbiana? —preguntó Audrey, no temiendo pronunciar la palabra a diferencia de lady Vi—. ¿Estás seguro?

—Bastante. Vi la vio besando a una mujer en una callejuela. Me sorprende que no te lo dijera.

—Debió ocurrir en un mal momento —así era, en efecto—. Qué sorpresa. Y ahora, ¿qué?

—La amenazaré con poner un anuncio en el *Times* de Londres como la muy bruja no me conceda el divorcio. ¿Qué te parece?

Ambos se echaron a reír mientras Charles se tendía en la cama al lado de su amante. Al cabo de unos instantes, se olvidaron de todo, de Charlotte, de James y de lady Vi, y sólo pensaron el uno en el otro y en la felicidad del reencuentro.

38

A la mañana siguiente, Charlie volvió a ponerse serio y le dijo a Audrey que no debía quedarse allí.

—Al fin y al cabo, estamos en zona de guerra y Mussolini ya ha iniciado la invasión de Egipto.

—Ya sabes cómo son los italianos, cariño —contestó ella, riéndose mientras apretaba una mano de Charles sobre la mesa—. Pueden tardar años en llegar hasta aquí.

Era evidente que Audrey no pensaba marcharse. Día a día, Charlie se fue acostumbrando a su presencia. Al cabo de un mes, el ataque italiano aún no se había producido y en todas partes reinaba una atmósfera de fiesta. Audrey se hizo amiga de muchos oficiales y Charlie se pasaba horas sentado en la terraza del Shepheard's, tomando copas con otros corresponsales. Todo el mundo se había acostumbrado a la presencia de Audrey y, por su parte, Charlie ya ni siquiera insistía en que regresara a casa. Le encantaba tenerla a su lado y, además, no había peligro. El único detalle desagradable eran las tormentas de arena con que se tropezaban a veces cuando salían al desierto. Algunas personas se habían perdido durante aquellas tormentas y por esta causa el comandante en jefe general Wavell les había hecho una seria advertencia. No les convenía perder a los corresponsales de guerra en el desierto. No obstante, la mayor parte del tiempo lo pasaban en El Cairo. Por lo demás, las escaramuzas con los italianos eran esporádicas. Todo parecía tan tranquilo que Audrey pensó incluso en volver brevemente a casa por Navidad para ver a Molly, aunque temía que después Charlie no le permitiera regresar a Egipto. Violet le había escrito que pasaría las Navidades con James, su suegro y los niños, y añadió que Molly estaba muy contenta, por cuyo motivo Audrey decidió al final quedarse con Charlie en El Cairo.

En diciembre, los británicos se enzarzaron en serios combates con los italianos a quienes pretendían expulsar definitivamente de Libia. El 21 de enero de 1941, las fuerzas británicas tomaron Tobruk, y el 7 de febrero los italianos se rindieron.

Sin embargo, en la zona ocurría algo mucho más interesante que ya se comentaba en los medios periodísticos y militares desde hacía varias semanas. Al parecer, los alemanes estaban descontentos de la forma en que los italianos habían llevado a cabo la campaña de Libia y pensaban enviar a un general y un cuerpo especial alemán para asumir el mando de las operaciones y darles una buena lección a los británicos. Cuando cayó Tobruk y los italianos se rindieron, todo el mundo empezó a hablar de la llegada de un general alemán, cuya identidad era un misterio para el Alto Mando británico. A los dos días de la rendición italiana, el general Wavell invitó a Charlie a cenar y, a la vuelta, éste contestó con evasivas a las preguntas que le hizo Audrey.

—¿Dijo algo sobre el general alemán que va a venir? ¿Ya saben quién es?

No se hablaba de otra cosa en toda la ciudad e incluso fue el tema principal de la cena que Audrey compartió aquella noche con otros corresponsales. Todo el mundo quería conocer la primicia, sobre todo los británicos.

—No, todavía no —contestó Charlie sin mirarla a los ojos mientras se desnudaba.

—¿Crees que Wavell está preocupado? —a Charlie le

parecía que sí, pero no quería decírselo a Audrey. Ahora tenía que decirle algo, pero no sabía cómo hacerlo. Entonces, ella se le plantó delante—. No me escuchas, Charlie —le dijo, mirándole a los ojos.

Le conocía muy bien y eso era exactamente lo que él más temía. Hubiera preferido mil veces enfrentarse con un general alemán que con ella.

—Sí, te escucho, Aud. Estaba pensando en la cena. Por una vez ha sido excelente. Nos han servido un postre egipcio delicioso.

—A otro perro con este hueso —dijo Audrey, sentándose en el borde de la cama y mirándole con recelo—. Tú te llevas algo entre manos. ¿De qué se trata?

—Maldita sea, Aud, estoy cansado, no me hagas preguntas esta noche. Si supiera algo de los alemanes, te lo diría —contestó Charlie, volviéndose de espaldas como si estuviera enojado.

Hizo lo mismo cuando se acostó, pero Audrey estaba muy juguetona aquella noche y no paraba de hacerle cosquillas mientras él se esforzaba por reprimir la risa. Hacía varios meses que vivían en el Shepheard's y ya se sentían allí como en su propia casa. Sin embargo, en aquel momento, Charlie estaba preocupado por lo que tenía que decirle a su amante.

—No estás muy cariñoso esta noche, Charlie —le dijo Audrey en voz baja mientras él se volvía a mirarla y le sonreía con tristeza.

—A veces, te pones muy pesada, ¿sabes? ¿Nunca te lo ha dicho nadie?

—Nadie tuvo jamás ocasión de hacerlo —contestó ella, casi rozándole la nariz con la suya.

Charlie la miró sonriendo. Sabía que él era el único hombre con quien Audrey se había acostado.

—¿No te apetece dormir un poco esta noche, Aud?

Tenía que levantarse temprano, pero no quería decírselo.

—Quiero saber lo que me ocultas. ¿Te has enamorado de alguien esta noche? Ya sabemos lo que suele ocurrirte en

El Cairo. ¿Qué pasa, Charlie? —preguntó Audrey, incorporándose sobre un codo para ver mejor la cara de su amante—. ¿Sabes una cosa? A tu lado, me he convertido en una espía de primera. Siempre adivino cuándo me mientes.

—No me parece correcto que digas eso, Aud —dijo Charlie, confiando en que jamás se le ocurriera contarles lo mismo a los del Home Office—. Yo nunca te miento.

—En cosas importantes, no. Pero, cuando dices mentiras, se te pone la nariz blanca. Un poco como a Pinocho.

Charlie cerró los ojos y apoyó la cabeza en la almohada. No había quién pudiera con ella. Después, abrió de nuevo los ojos y los clavó en el techo. Hubiera sido absurdo ocultárselo por más tiempo. Era su Mata Hari particular.

—Me voy unos días fuera, pero no puedo decirte adónde. Por consiguiente, no me lo preguntes.

—¡Charlie! —exclamó Audrey, incorporándose bruscamente en la cama—. Eso quiere decir que vas a hacer algo sobre lo que me has estado mintiendo —añadió, asombrándose de su propia perspicacia.

—No te he estado mintiendo.

—No lo niegues. ¿De qué se trata?

—Ya te lo he dicho, Audrey. No puedo confiártelo. Es un secreto oficial.

—¿Será peligroso? —preguntó Audrey, ligeramente desconcertada.

—No —contestó él para no preocuparla.

—Entonces, ¿por qué no puedes decírmelo?

—Se trata de una pequeña excursión que haré con el general Wavell. Le prometí no decir nada —dijo Charlie, tratando de aparentar indiferencia.

Entonces, Audrey le preguntó si el general Wavell tenía una amante.

—¿Es eso?

—Mira, Audrey..., es que no puedo decírtelo. Es una cuestión de honor entre hombres —contestó Charlie, haciendo todo lo posible por convencerla de que era eso.

Pensó que ojalá se le hubiera ocurrido aquella idea al principio. Para su gran alivio, Audrey mordió el anzuelo.

Tras hacer el amor, Audrey volvió a pincharle con sus preguntas.

—¿Cuánto tiempo estarás fuera, tú y el general?

—Sólo unos días... Pero, por favor, no se lo digas a nadie —pidió Charlie sonriendo mientras ella le daba un beso.

No era tan mal espía como Audrey pensaba. Confiaba en poder obtener la información que le habían pedido.

39

Mientras Charlie se vestía a la mañana siguiente, Audrey cargó las cámaras y se tomó un café. Siempre les servían el desayuno en bandeja, con unos bollos exquisitos que Audrey temía que la hicieran engordar. Mientras tarareaba una canción miró hacia la cómoda junto a la que se encontraba Charlie y éste se quedó petrificado.

—¿Qué haces con mi pasaporte? —le preguntó Audrey.

Siempre lo guardaba en un compartimiento cerrado de la funda de la cámara por si alguien se lo pedía. Tenía mucha más libertad de movimientos como norteamericana que como británica. Su pasaporte norteamericano era una ventaja para Audrey porque los Estados Unidos aún no habían entrado en guerra y, por consiguiente, ella a diferencia de Charlie era oficialmente neutral. Mientras se acercaba a la cómoda, extrañada de que lo hubiera dejado allí, Charlie trató de inventarse alguna excusa para distraerla y le pidió que le sirviera una taza de té, tras lo cual, tomó el pasaporte y cruzó la estancia como si quisiera meterlo en el bolso de Audrey. Entonces vio por el rabillo del ojo que ella miraba con la cara muy seria.

—Ése no es mi pasaporte, ¿verdad, Charlie? —preguntó Audrey, dejando la tetera sobre la mesa.

Le había descubierto en un santiamén, pensó Charlie, maldiciendo el día en que le permitió quedarse en El Cairo con él. Era demasiado lista y ahora Charlie ya no tenía escapatoria.

—No, Audrey, no lo es —le contestó.

—¿De quién es entonces?

Se miraron fijamente a los ojos y, por primera vez, Audrey empezó a comprender de qué se trataba. Intuyó de golpe que Charlie trabajaba en el servicio de espionaje del Home Office. A aquellas alturas, él no podía negarlo; confiaría en ella y ojalá no se equivocara. Una sola palabra imprudente por su parte podía significar la muerte de Charles.

—Es mi pasaporte.

—No tenía la menor idea —dijo Audrey, casi en un susurro—. ¿Figuras con otro apellido?

No sabía hasta qué extremo estaba metido Charles en aquellas actividades.

—Mi madre era norteamericana y me lo pudieron conseguir con relativa facilidad —contestó él.

Lo único que habían falsificado eran unos sellos de entrada y salida de las oficinas de inmigración de distintos lugares del mundo. Parecía un norteamericano bastante bien viajado, aunque no en exceso. Justo lo suficiente para un periodista. Además, sabía hablar con un acento norteamericano que pilló a Audrey totalmente por sorpresa cuando lo utilizó con ella. Lo había aprendido de su madre y a través de su convivencia con Audrey. Además, siempre había tenido mucha facilidad para imitar a sus amigos norteamericanos y aquello era más o menos lo mismo.

—Es una cosa muy seria, ¿verdad? —preguntó Audrey. Charlie asintió en silencio. Ambos sabían que sí—. ¿Te puedo acompañar?

—No.

—¿Puedo preguntarte adónde vas?

—A Trípoli —contestó Charles, cometiendo su primer error.

No quería decirle más, pero fue suficiente para que ella comprendiera instantáneamente la razón.

—Dios mío, vas a investigar, ¿verdad? —tenía que averiguar quién era el general alemán. Simularía ser un periodista norteamericano... y después regresaría e informaría a Wavell—. ¡Charlie, tienes que dejarme venir! —dijo Audrey, muy nerviosa—. Necesitarás fotografías.

—Las tomaré yo mismo —contestó él—. Audrey, tú no vas a ir a ninguna parte.

—Te seguiré si no me llevas.

—Estás loca.

—¿Quién podrá saber que nuestra misión es falsa? ¡Parecerá más auténtico si llevas a una fotógrafa! ¡Y, además, una chica! Nadie sospechará nada. Vamos, Charlie, ¡dame una oportunidad!

—Pero, ¿qué es eso? ¿Un concurso de inteligencia de la revista *Life?* Correrías un gran peligro si me acompañaras, insensata. Voy hasta Port-Said y después tomaré una pequeña embarcación de pesca para trasladarme a Trípoli. Pueden tirotearnos y hundirnos. Los italianos podrían pensar que soy un cuentista y fusilarme en el acto. Y no te digo los alemanes.

—No me dejes aquí —le suplicó Audrey, mirándole con ojos llorosos—. Mi vida está a tu lado, Charlie, siempre lo estuvo. Es mi destino. No puedes dejarme ahora.

Charles la miró en silencio sin querer escuchar sus palabras.

—No pienso poner en peligro tu vida —le dijo con aspereza, pero sólo porque la amaba.

—La decisión es mía, no tuya. Yo misma hice esta opción cuando decidí venir. Ignoraba qué iba a pasar —aquellos meses habían sido para ellos como una fiesta, pero, de repente, la fiesta había terminado—. En julio decidí seguirte a todas partes, Charles. Y pierdes una valiosa oportunidad de hacer bien las cosas, si no me llevas contigo. Tendrás más credibilidad si te acompaña una chica tonta con un montón de cámaras colgadas del cuello.

Eso era cierto, pero Charlie hubiera llevado a cualquier persona menos a ella.

—¡No quiero correr este riesgo! —le gritó, exasperado.

—¡Pues, yo lo correré, para que te enteres! —contestó Audrey, gritando a su vez—. Y, si no me llevas, me encontrarás allí. Tomaré un maldito jip y me iré sola.

Charlie comprendió que hablaba completamente en serio. Cruzó la habitación, la agarró por un brazo y la sacudió con tanta fuerza que le castañetearon los dientes.

—Ten un poco de sensatez, maldita sea. Quiero que te quedes aquí —al verla sacudir la cabeza, Charlie se sentó en un sillón y la miró a los ojos—. Me doy por vencido. Pero no sólo pones en peligro tu vida, sino también la mía. Por consiguiente, ten cuidado con lo que haces.

—Así lo haré... Te lo juro —dijo Audrey, mirándole agradecida.

—¿Sabes que eres un hueso muy duro de pelar?

—Procuro serlo, señor —contestó Audrey, sonriendo—. Siempre lo procuro.

40

Tardaron tres horas en cubrir en jip la distancia de El Cairo a Port Said donde el prometido barco de pesca ya les aguardaba. Charlie arrancó todas las etiquetas británicas de sus prendas de vestir y le dijo a Audrey que llevara cosas con etiquetas norteamericanas o que se viera a primera vista que eran de origen estadounidense. Audrey calzaba unas viejas zapatillas de lona que no eran muy cómodas y se había traído varios jerseys de San Francisco bastante usados, para que su historia fuera más creíble en caso de que alguien quisiera investigar. Él se haría pasar por periodista norteamericano y ella por fotógrafa independiente, aunque eso al propietario del barco le importaba un bledo. A él sólo le interesaba el dinero que ganaría llevándolos hasta Trípoli. La travesía en la apestosa embarcación duró dos días, e hicieron escalas en Beida, Bengasi, Al-Agheila y Sirte. El capitán les dijo que iban a buena velocidad. Audrey tuvo que luchar valerosamente contra el mareo, pero no se atrevió a decirle nada a Charlie. Tomaba algunas fotografías cuando se sentía con ánimos de hacerlo y pensaba constantemente en la aventura que les aguardaba. La realidad apareció crudamente ante sus ojos cuando arribaron a puerto y vieron los buques de guerra alemanes e italianos. Se encontraban ahora en territorio enemigo y estaban en posesión de un pasaporte falso. Como uno de ellos cometiera un error, estarían perdidos. El propietario del barco de pesca hubiera podido delatarles, pero llevaba un año trabajando por cuenta de los británicos y no tenía el menor interés en perder aquella rentable fuente de ingresos. Los dejó en el muelle y se fue de nuevo a Port Said. Tendrían que arreglárselas como pudieran para volver. Audrey pensó que prefería hacerlo por tierra, mientras seguía a Charlie, abriéndose paso por entre la gente. Encontraron a un hombre dispuesto a llevarles en su automóvil hasta el Hotel Minerva. Al llegar a éste se dirigieron al bar para tomar unas copas y después alquilaron dos habitaciones en el mismo piso. Ignoraban si merecía la pena dar una vuelta por la ciudad.

—¿Qué tienes que hacer? —preguntó Audrey, alegrándose de encontrarse nuevamente en tierra.

—Creo que ya nos enteraremos cuando llegue el momento. Aquí se va a armar un gran revuelo.

Audrey así lo creía también. Sin embargo, ninguno de ellos pensaba que se iban a enterar tan pronto. Al día siguiente supieron, gracias a dos italianos que lo comentaban muy excitados en el bar, que el general había llegado la víspera y se alojaba en otro hotel situado a escasas manzanas de distancia. No conocían su nombre, pero era uno de los mejores, les dijeron muy contentos a Audrey y Charles. Se alegraban de que fueran periodistas norteamericanos porque ansiaban proclamar la noticia a todo el mundo.

—¡Los ingleses ya pueden empezar a temblar! —exclamaron mientras Charles los miraba sonriendo.

—Ya sabía que nos enteraríamos —dijo Charlie con aire triunfal.

Sin embargo, aún no conocían el nombre del general. Tenían que averiguarlo en el acto y, para ello, se encaminaron audazmente hacia el hotel y entraron en el bar, rebosante de uniformes alemanes e italianos. En el vestíbulo un agente de las SS conversaba animadamente con un hombre. Los oficiales se percataron en seguida de la presencia de Audrey y dos de ellos le dirigieron una sonrisa lasciva.

Charlie la empujó hacia la barra con aire indiferente y, tras pedir un trago, empezó a beber a pequeños sorbos. No quería emborracharse ni que Audrey lo hiciera tampoco, tal como le advirtió mientras simulaba reírse y hablar vivamente con ella.

—Parece que hay mucho movimiento, ¿eh? —añadió sonriendo.

Las cosas iban a ser fáciles ahora, siempre y cuando nadie se fijara demasiado en ellos, pensaron mientras el sudor les resbalaba por la espalda y los brazos. Al cabo de una hora, cuando se hallaban comentando dónde irían a comer, entraron una docena de oficiales alemanes, entre los cuales destacaba un fornido y musculoso hombre de ojos intensamente azules con los que pareció abarcar a todo el mundo. Todo en él era pulcro, militar y disciplinado. Parecía que los estuviera supervisando a todos como si formaran parte de su nuevo mando, y no cabía duda de que era el hombre que ellos esperaban. Se oían constantes taconazos y saludos y los italianos le miraban impresionados mientras los oficiales le llamaban *Mein General*. Sin embargo, no parecía un hombre presuntuoso y más tarde Audrey comentó que tenía una mirada muy inteligente. Cuando él la miró, Audrey casi estuvo tentada de cuadrarse. Sintió que a Charlie se le cortaba la respiración y confió en que nadie lo advirtiera. Finalmente, el general abandonó el bar y Audrey miró a Charlie a los ojos, preguntándose si le habría reconocido.

—¿Sabes quién es? —le preguntó en voz baja mientras él movía la cabeza despacio.

Creía haber visto su fotografía en alguna parte, pero no estaba seguro de ello.

—Voy a preguntar por ahí. Apuesto a que todo el mundo lo sabe.

Hablaron con algunas de las personas que estaban en el bar, pero nadie lo sabía. Al final, un joven oficial alemán se burló abiertamente de ellos.

—¡Americanos! ¡Tienen que conocer el nombre del más grande general de Alemania! —exclamó, tomándoles por imbéciles. Todos los alemanes conocían su nombre, si bien a los italianos no les ocurría lo mismo—. ¡Es el general Rommel, naturalmente!

La misión había sido un éxito, pensó Audrey, reprimiendo el impulso de lanzar un grito de júbilo y batir palmas de alegría cuando, poco después, ambos salieron del bar. Charlie le oprimió la mano y paró un taxi para regresar al hotel. Cenarían allí y regresarían inmediatamente a El Cairo. Todo había sido facilísimo. Sin embargo, Audrey no se daba por satisfecha con saber tan sólo su nombre.

—¿Por qué no le entrevistamos? —preguntó durante la cena; Charlie la miró, horrorizado.

—¿Estás loca? ¿Y si nos descubren?

—Descubrir, ¿qué? Somos norteamericanos. Tú eres un periodista y yo una reportera gráfica. Por preguntar no se pierde nada... —dijo Audrey—. ¿No te parecería estupendo, Charlie?

A éste se le indigestó la comida. Audrey debía de haber perdido el juicio.

—Mira, no te entusiasmes demasiado —le contestó.

Sin embargo, mientras lo pensaba, comprendió que ella tenía razón. Ya que estaban..., tal vez pudieran averiguar algo más. Lo discutieron mientras tomaban el café y lo organizaron todo aquella misma noche. Al día siguiente, regresarían al hotel de Rommel y le dejarían una nota, solicitándole una entrevista. Luego, esperarían. Audrey notó que el corazón le latía apresuradamente en el pecho cuando a la mañana siguiente se dirigieron al hotel en el que se hospedaba Rommel y dejaron la nota que ella y Charlie habían redactado. Sabían que la carta pasaría por las manos de varios ayudantes antes de llegar a las del general, por lo que se limitaban a decir en ella que eran dos periodistas norteamericanos en Trípoli y solicitaban el honor de que les concediera una entrevista con el general Rommel.

El hombre a quien entregaron la carta les dijo que regresaran a las cuatro de la tarde de aquel día para conocer la respuesta. Cuando volvieron, un joven ayudante de ojos azules les miró inquisitivamente y les preguntó si ya conocían al general.

—No —contestó Audrey con aire inocente—, pero nos gustaría mucho. Publicamos en varios periódicos y revistas norteamericanos y sabemos que los lectores norteamericanos se sentirán fascinados por el jefe del nuevo Afrika Korps —dijo sonriendo con dulzura mientras el oficial la miraba como si fuera una idiota.

—Les daremos la respuesta mañana a las diez, *Fräulein*.

El joven saludó a Charlie con una leve inclinación de cabeza y ambos se alejaron charlando animadamente, para despistar. Durante el camino de vuelta al hotel, apenas dijeron nada. Dedicaron la tarde a pasear por las calles de Trípoli donde los italianos silbaron repetidamente al pasar Audrey. La tensión de encontrarse allí bajo identidades falsas era agotadora. Charlie temía que el proyecto de entrevistar a Rommel fuera excesivamente ambicioso. Ahora, ya tenían la información que necesitaban. No hacía falta conocer otros detalles, y Charlie no quería demorar mucho la partida, so pena de que la información perdiera valor para los británicos.

—¿Qué quieres que hagamos esta noche? —preguntó Charlie mientras paseaban por el puerto.

—Rezar —contestó Audrey sonriendo.

Regresaron al hotel, cenaron allí mismo, se fueron a la cama temprano y se presentaron en el hotel en el que vivía Rommel a las diez en punto de la mañana siguiente. El mismo ayudante de la víspera les miró con recelo mientras se acercaban al mostrador. Audrey contuvo la respiración cuando el joven oficial le entregó a Charlie un sobre cerrado que éste abrió mientras atravesaban el vestíbulo. La nota indicaba tan sólo el nombre del hotel en el que ellos se alojaban y una inscripción: 13.00.

—¡Dios mío, lo conseguimos! —exclamó Charlie en un susurro, mirando emocionado a Audrey mientras la acompañaba al bar pese a que era muy temprano.

Pidió dos cervezas y le pasó la nota mecanografiada a Audrey. No sabía qué iban a hacer ahora. Llevaba un cuaderno de notas para la entrevista y Audrey llevaba, como siempre todas sus cámaras para evitar que se las robaran.

—¿Qué haremos hasta la una? —preguntó Audrey, más nerviosa que una novia en el día de su boda.

Las tres horas pasaron volando mientras ambos paseaban y discutían lo que iban a preguntarle al general Rommel. Sin embargo, no estaban en modo alguno preparados para lo que les aguardaba cuando, por fin, el general los recibió. Las habitaciones en las que éste tenía instalado su cuartel general eran tan lujosas como el resto del hotel, aunque se habían retirado algunos cortinajes y otras cosas. Cuando Rommel entró en la estancia donde Audrey y Charles le aguardaban, éstos comprendieron en el acto que se encontraban ante un personaje singular. Aunque hubiera estado completamente desnudo, cualquiera hubiera podido adivinar, a través de su porte, que era un hombre importante. Tenía unos ojos intensamente azules y una sonrisa extraordinariamente cordial. Pareció alegrarse mucho de verles y se refirió en términos sumamente elogiosos al presidente norteamericano, señalando que había visitado los Estados Unidos antes de que estallara la guerra, cosa que en aquellos momentos le hubiera sido imposible hacer a causa de sus ocupaciones. Se rió de su propio chiste mientras Audrey contemplaba la fotografía de una mujer que había sobre un cercano escritorio.

—Es mi esposa Lucy —explicó el general al ver la dirección de la mirada de la joven.

Se adivinaba, por su tono de voz, que le tenía un gran cariño. Audrey se sorprendió de que, con sólo pedirlo, hubieran conseguido una entrevista con el general Rommel, haciéndose pasar por periodistas norteamericanos. Tampoco Charlie salía de su asombro. El general les habló de Alemania antes de la guerra y les mencionó al *Führer* en tono casi tan admirativo como el que había utilizado para referirse a su mujer. Era un militar de la cabeza a los pies, pensó Charlie mientras tomaba rápidas notas. Dijo que le encantaban volar y que le interesaba mucho lo poco que había visto de África. Puso especial empeño en explicarle a Charlie que el Afrika Korps iba a ser un extraordinario brazo del ejército. Después, sin dejar de hablar, extendió una mano para que Audrey le mostrara su cámara. Ella se la entregó muy sorprendida, confiando en que no hubiera nada que les delatara. Lo habían examinado todo minuciosamente antes de salir de El Cairo y creía que no había peligro. Ni cuadernillos de fósforos o tarjetas con el nombre del hotel ni llaves de habitaciones ni, mucho menos, el pasaporte británico de Charles, que éste había ocultado en su hotel de El Cairo, fijándolo a la parte inferior de la alfombra y debajo del escritorio.

—¿Ocurre algo? —preguntó Audrey mientras el general examinaba minuciosamente la cámara.

—Yo tengo una igual —contestó él; la miró sonriendo—. Sólo que utilizo una lente distinta. Verá, se la voy a enseñar —añadió, levantándose. Cruzó la estancia en dos zancadas, abrió un cajón y sacó tres cámaras idénticas a la de Audrey, cada una de ellas con lentes sutilmente distintas. Audrey mostró mucho interés por ellas y ambos se pasaron varios minutos comentando sus características y las razones por las cuales él utilizaba tres cámaras diferentes. Al parecer, era muy aficionado a la fotografía y, al término de la entrevista, posó con mucho gusto para ella. Conversaron durante casi dos horas y, por fin, el general les estrechó cordialmente la mano y ellos le agradecieron su amabilidad.

—Oirán ustedes grandes cosas del Afrika Korps, amigos míos —les dijo Rommel a modo de despedida.

—No me cabe duda —contestó Audrey sin dudarlo demasiado.

Mientras abandonaba el hotel, tuvo que hacer un esfuerzo por recordar que aquéllos eran los asesinos de Karl Rosen.

—Siento decir que este hombre me gusta —le dijo a Charlie, una vez en la calle.

—A mí también —contestó él, borracho todavía por el éxito obtenido.

Le sorprendía la naturalidad del general. Cierto que no les dijo nada sobre los planes que tenía con respecto al

Afrika Korps, pero contestó con locuacidad en todo cuanto le preguntaron y se mostró muy simpático con ellos. Quedó claro a través de la entrevista que Rommel estaba loco por su mujer, por el ejército y por las cámaras fotográficas, muy probablemente en este orden. Era un militar de cuerpo entero y Charlie temía que no hubiera ningún militar británico capaz de darle la réplica.

Regresaron al hotel, recogieron sus cosas, pagaron la cuenta y se dirigieron al puerto. Charlie pensó que sería demasiado peligroso regresar a El Cairo por tierra y prefería alquilar alguna pequeña embarcación. Tuvieron que discutir con los capitanes de los barcos durante horas hasta que, al fin, encontraron uno dispuesto a llevarles a Alejandría a cambio de un precio exorbitante. Zarparon a la puesta del sol. Charlie rezaba en su fuero interno para que Rommel no les hubiera mandado seguir, aunque no era raro que, desde allí, se fueran a Egipto. Al fin y al cabo, eran unos periodistas norteamericanos a la caza de noticias bélicas interesantes. Rommel incluso había elogiado su valor, sobre todo, el de Audrey, «tan lejos de casa», dijo, «y en un lugar tan peligroso para una joven atractiva». Sin embargo, sus comentarios no escondían una segunda intención. Se le iluminaban los ojos cada vez que hablaba de su querida Lucy. Era un hombre honrado y Audrey sentía mucho que perteneciera al otro bando. Había oído decir que sus hombres le tenían un profundo respeto. Era un valiente comandante que luchaba codo con codo junto a sus hombres. Al parecer, estaba trasladando cientos de tanques al norte de África.

La travesía les llevó tres días. Una vez en Alejandría, tomaron un jip para regresar a El Cairo y, cuando el hotel Shepheard's apareció de nuevo ante sus ojos, creyeron que se trataba de un espejismo. Audrey lanzó un grito de júbilo al llegar y le arrojó a Charlie los brazos al cuello y soltó una carcajada nerviosa.

—*¡Lo conseguimos! ¡Lo conseguimos!* —gritó mientras él le pedía que bajara la voz.

Sin embargo, Charlie estaba tan entusiasmado como ella. Al cabo de una hora se irían a ver al general Wavell.

Primero, se ducharon y cambiaron de ropa y Charlie sacó el pasaporte de su escondrijo de debajo de la alfombra. Todo parecía un sueño. Casi no acertaban a creer que hubieran podido entrevistar nada menos que al general Rommel.

Se dirigieron en automóvil al Gezira, un club deportivo en el que Wavell se había pasado toda la tarde jugando al golf. El general se alegró mucho de ver a Charles y se sorprendió de que Audrey le acompañara. Charlie le confesó que habían viajado juntos a Trípoli. Wavell se puso colorado de rabia y miró a Charles con furia hasta que éste le entregó en silencio los dos carretes de fotos diciéndole:

—Creo que le gustarán, señor.

—No sabía que trabajaban ustedes en equipo, Parker-Scott —Charlie estaba a punto de contestarle «Ni yo tampoco», pero pensó que al general no le haría gracia. Ambos le siguieron a un saloncito privado donde él cerró la puerta y les dijo: —Han tenido suerte de regresar con vida. Hubieran podido retener a la chica como rehén, ¿sabe? —añadió dirigiéndose a Charlie.

—Conseguimos la información —contestó Charlie, mirando al general con expresión compungida.

—¿Y bien? —dijo Wavell, tras una embarazosa pausa.

—El general Rommel.

—Vaya, pues, menuda sorpresa —exclamó el general, esbozando una leve sonrisa—. ¿Le pudo ver? —preguntó, entornando los ojos—. ¿Seguro que era él?

Audrey sonrió, apartando el rostro. Deseaba que Wavell viera las fotos.

—Sí, señor —contestó Charlie sin apenas poder reprimir la risa—. Incluso le entrevistamos, señor.

—*¿Cómo?*

—En realidad, todo fue idea de la señorita Driscoll —contestó Charlie, respirando hondo—. Nos hicimos pasar por periodistas norteamericanos y le entrevistamos en su hotel.

El general les miró fijamente y después se sentó en un

sillón sin soltar los carretes que sostenía en la mano como si temiera que éstos se le pudieran escapar.

—¿Y éstas son las fotografías que le tomaron a Rommel durante la entrevista?

No podía creer que aquellos insensatos hubieran llevado a cabo semejante hazaña.

—En realidad, fue la señorita Driscoll quien las tomó, señor —contestó Charlie—. Yo hice la entrevista.

—¿Tomó usted notas?

—Sí, señor.

El general Wavell sonrió de oreja a oreja y estrechó primero la mano de Charlie y luego la de Audrey.

—Son ustedes extraordinarios —les dijo; y añadió que pronto volverían a tener noticias suyas.

Pasara lo que pasara, quería verles en su despacho a las ocho en punto de la mañana del día siguiente. Deseaba examinar las notas de Charlie, pese a que éste ya le había advertido de que Rommel no les reveló en ningún momento lo que pensaba hacer con el nuevo Africa Korps. Aun así, Wavell y sus ayudantes querían conocer todos los detalles y revelar las fotografías aquella misma noche. El general les estrechó la mano una vez más antes de abandonar apresuradamente el club y los invitó a quedarse a tomar unas copas si así lo deseaban; sin embargo ellos prefirieron regresar al Shepheard's y reunirse con sus amigos, cómodamente repantigados en los grandes sillones de mimbre de la terraza del hotel.

41

A lo largo de las semanas siguientes, los británicos averiguaron, a través de otros contactos, que, exactamente al cabo de un mes de su llegada a Trípoli, el general Rommel había pasado revista a sus tropas, exhibiendo varias veces con orgullo ante los presentes el nuevo Afrika Korps para gran alegría de los contactos británicos. Con el fin de confundir a los que vendían información al enemigo, utilizó un ardid de lo más sutil. Mandó que muchos de los tanques desfilaran una y otra vez y todo el mundo se tragó el anzuelo. Era un hombre brillante y todos los observadores quedaron favorablemente impresionados. Los británicos le respetaban muchísimo y les estaban muy agradecidos a Charlie y Audrey por haber logrado descubrir su identidad. Las fotografías que Audrey le tomó podían competir con las mejores que jamás se hubieran tomado a cualquier componente del Alto Mando alemán. Más de una vez el general Wavell le gastó bromas a Audrey al respecto.

—Lástima que no pueda enviárselas a su mujer. Son auténticamente preciosas y ella estaría muy contenta de verlas.

Audrey se sentía muy satisfecha de su labor. En las imágenes, Rommel aparecía tal como era en la realidad;

un hombre inteligente, considerado, extremadamente hábil, perspicaz y probablemente muy honrado. Audrey nunca hubiera imaginado poder decir semejantes cosas de un hombre de Hitler y, sin embargo, Rommel le gustó en cuanto le vio.

A los doce días de haber pasado revista a sus tropas en Trípoli, Rommel empezó a desplazarlas hacia el este y atacó con sus tanques Al-Agheila, en la costa, consiguiendo que los británicos se retiraran cincuenta kilómetros al nordeste. Fue la primera victoria de Rommel en la que éste echó mano de dos de sus armas preferidas: la velocidad y la sorpresa. Incluso sobrevoló el escenario de la batalla en sus fases iniciales para obtener una mejor perspectiva de la situación y, al mediodía, decidió combatir personalmente con sus tropas en su propio tanque. Los alemanes ganaron la batalla hacia el atardecer. El diez de abril, los británicos tuvieron que retirarse a Tobruk, plaza ésta que no estaban dispuestos a perder. En El Cairo, Charlie y Audrey empezaron a temer que Rommel ganara la partida. Era un gran soldado, cuya leyenda se agigantaba día a día. Utilizaba las gafas protectoras de un oficial británico —«botín» recogido del suelo tras una de sus batallas victoriosas— y sobrevolaba constantemente el territorio, luchando codo con codo con sus hombres, en tanques, en tierra y también en el aire. Parecía estar en todas parte y era evidente que el Afrika Korps, integrado por soldados de excepción, daría mucho que hablar en el futuro.

Las batallas contra Rommel duraron unos meses; mientras, los británicos trataban de resistir en Tobruk. Charles estuvo allí una vez, introduciéndose en un jip a última hora de la noche con un pequeño destacamento enviado por el general Wavell. Tenían que tomar muchas precauciones. Borraban las huellas que hacían en el desierto e incluso retiraron los parabrisas para que no hubiera reflejos, siguiendo el ejemplo de Rommel que conocía todos los trucos habidos y por haber. A Charlie le sorprendió la dureza de los combates, el elevado número de bajas que se producían. A veces la situación parecía desesperada, pero los británicos estaban firmemente decididos a no rendirse ante Rommel.

Y lo peor era que el tiempo ya no estaba de su parte. Habían pasado los suaves meses invernales y ahora las lluvias dificultaban las maniobras de los tanques. Las terribles tormentas de arena levantaban murallas de fina arena que penetraba en todas partes, cegando a británicos y alemanes por igual. Esas tormentas eran a veces tan fuertes que incluso volcaban los camiones militares. Los hombres se quitaban los cascos y se cubrían la cabeza con trozos de tela, el agua escaseaba más que nunca y había por doquier unas molestas moscas negras. El campo de batalla era terrible, los soldados se perdían en el desierto y vagaban sin rumbo hasta morir o bien se morían de hambre en los tanques. A principios de abril, seis generales británicos, extraviados en medio de las nubes de arena, entraron inadvertidamente en un campamento alemán y fueron hechos prisioneros.

Rommel llegó con el Afrika Korps a cien kilómetros de Alejandría. Ahora utilizaba constantemente aparatos de reconocimiento, pero los británicos seguían resistiendo en Tobruk. Charlie se alegró de regresar a El Cairo donde Audrey le aguardaba con ansia. Al verle subir los peldaños del hotel, desde la terraza, Audrey se arrojó en sus brazos y le cubrió de besos.

—Pero qué loca eres. ¿Qué has estado haciendo desde que me fui?

—Sólo esperarte, amor mío —contestó ella, sonriendo—. Me moría de miedo.

—Soy tan invencible como la flota británica, cariño.

Sin embargo, parecía que esto último no era enteramente cierto. Los submarinos alemanes habían causado grandes estragos entre los buques británicos.

—Estaba muy preocupada, te lo aseguro.

—No había por qué, Aud —dijo Charlie subiendo con ella a la habitación—. Hemos sobrevivido a todo y también sobreviviremos a esto. Piensa en la suerte que tenemos.

Nosotros estamos juntos mientras que la pobre Vi apenas ve a James.

—Lo sé..., pero yo prefiero que lo más peligroso que hagas en todo el día sea pedir un whisky doble con soda a las cinco de la tarde en la terraza —dijo Audrey sonriendo mientras Charlie la levantaba y la depositaba en la cama.

Aquella noche ya no volvieron a bajar.

Permanecieron tendidos en la cama mientras Charlie le contaba a Audrey lo que había visto en Tobruk. Luego hicieron el amor y durmieron hasta el amanecer. Entonces Charlie se levantó para ducharse y después regresó a la habitación donde Audrey seguía durmiendo como un ángel, y se acostó nuevamente a su lado mientras le acariciaba suavemente la piel. Ella se agitó, abrió un ojo y le dirigió una soñolienta sonrisa.

—Qué dulce manera de despertarme, amor mío... —le dijo, extendiendo un brazo para atraerlo hacia sí y besarle el cuello con los ojos cerados.

Los británicos contraatacaron en junio de 1941, esperando rechazar a los alemanes, pero el general Wavell falló estrepitosamente y fue sustituido por el hombre a quien todo el mundo llamaba cariñosamente *el Auch*. El general Auchinleck reorganizó las Fuerzas Occidentales del Desierto y puso al mando de las mismas al general Cunningham, el cual tardó cuatro meses en adiestrar a los hombres para que pudieran rechazar a Rommel con quien finalmente trabaron combate en Fort Maddalena el dieciocho de noviembre. Al cabo de una semana, se vio con toda claridad que Cunningham no podría triunfar donde Wavell había fracasado. El 26 de noviembre, *el Auch* destituyó también a Cunningham. El 30, Rommel puso nuevamente sitio a Tobruk, dispuesto a tomarla a toda costa. Esta vez, Charlie comprendió que tenía que trasladarse allí para informar. La batalla era demasiado importante como para que se pudiera relatar desde la terraza del Shepheard's o el Sporting Club de Gezira. Hasta cierto punto, su vida había sido muy tranquila hasta entonces. Salía a cenar todas las noches con Audrey y muchas veces ambos acudían a las salas de fiesta en compañía de sus amigos. Pero, ahora ya no podía hacerlo. Audrey le miró con tristeza cuando le vio llenar el pequeño talego que siempre solía llevar consigo.

—Vuelves a Tobruk, ¿verdad? —le preguntó mientras él asentía en silencio. Mil hombres habían caído aquel día y *el Auch* había prometido enviarle allí por el medio que fuera—. No quiero que vayas —susurró.

—No tengo más remedio que hacerlo, Aud. Para eso estoy aquí.

—Es estúpido morir en una batalla que ya hace meses que dura. Los ingleses llevan defendiendo Tobruk desde la primavera pasada. Y tú ya estuviste allí una vez.

—Sabes que tengo que ir, Aud.

—Pero, ¿por qué no va otro, maldita sea? Aquí hay muchos corresponsales y eso no es una misión de espionaje que nadie más pueda llevar a cabo. Cualquier imbécil puede informar sobre un asedio.

—Pues creo que este imbécil voy a ser yo —dijo Charlie tomándola de una mano—. No te preocupes, Aud. No me pasará nada; volveré sano y salvo dentro de unos días.

—¿Y si te hacen prisionero? —preguntó Audrey, que se había asustado de repente.

Algo le decía que, esta vez, Charlie no debía ir a Tóbruk.

—Yo no le intereso a nadie más que a ti, muchacha.

—Hablo en serio —dijo Audrey con los ojos llenos de lágrimas.

Sus temores estaban más que justificados porque no era la primera vez que eso ocurría.

Charlie se mostró inflexible y se marchó bien entrada la noche mientras ella dormía. Le iba a ser muy difícil trasladarse hasta Tobruk y más todavía cruzar las líneas enemigas, pero lo consiguió y pudo informar ampliamente sobre la batalla. Llevaba allí unos cuatro días cuando, al volverse para ofrecerle a un herido su cantimplora, oyó una súbita explosión que le derribó al suelo y le produjo un horrible dolor en la espalda. Quedó tendido de bruces y oyó unas voces a su alrededor. Después perdió la visión y sintió, primero, calor y, después, frío mientras le transportaban por un terreno accidentado hasta que llegaron a una tienda situada en la retaguardia. Alguien dijo que había beduinos cerca y Charlie se preguntó si éstos les habrían atacado o secuestrado o bien si le habrían hecho prisionero los alemanes. Ya no sabía nada. Le pareció que transcurría una eternidad antes de que oyera pronunciar su nombre. Creyó oír la voz de Audrey, pero no estaba seguro de ello. Sólo estaba seguro del terrible dolor que, desde la espalda, irradiaba hacia las piernas...

—¿Charlie...? Charlie, cariño...

Cuando pudo abrir los ojos, vio a Audrey y supo que se hallaba en el Hospital Británico de El Cairo. A su lado se encontraba una enfermera enfundada en un uniforme almidonado y, cerca de él, varios heridos gemían sin cesar.

—Ya todo pasó, cariño. Ahora estás a salvo...

Audrey tardó varios días en poder contarle lo ocurrido. Le habían herido con metralla cuando se volvió a ofrecerle la cantimplora a un soldado.

—¿Podré volver a andar alguna vez? —preguntó Charlie tendido boca abajo en la cama mientras Audrey le miraba sonriendo.

—Sí. Pero quizá no podrás sentarte —Charlie comprendió de repente de dónde procedía el dolor y no le hizo ni pizca de gracia, por muy divertido que a los demás les pareciera. Le habían herido en las posaderas—. Por lo menos, no se notará en las fiestas.

Charlie esbozó una leve sonrisa, pese a su cansancio y debilidad.

—¿Qué tal marchan las cosas?

—Estupendamente bien. Obtuvimos una importante victoria. Ayer conseguimos rechazar a Rommel —sin embargo, había ocurrido entre tanto algo todavía más importante—. Charlie... —dijo Audrey, tratando de despertarle del letargo en el que le sumían los medicamentos y la fiebre—. Ayer los japoneses bombardearon Pearl Harbor.

—Y eso, ¿dónde está? —preguntó él, tratando de concentrarse.

—En Hawai. Los Estados Unidos han entrado en la guerra. Roosevelt ha declarado la guerra a los japoneses. Dice que es un «día de infamia» y tiene razón.

Hawai era el lugar donde ella había nacido y, de sólo pensarlo, Audrey se ponía enferma. Charlie volvió a dormirse. Estaba demasiado grave para comprender la situación y aún tardó una semana en poder hablar con su amante, tendido de lado en su cama de hospital.

—Bueno, ahora ya estás con nosotros —le dijo.

—Lo estuve siempre —contestó ella, y le miró con reproche.

—Puede que tú sí, pero tus paisanos desde luego que no —dijo Charlie—. Recuerda el maldito discurso que pronunció Lindbergh en Des Moines, en septiembre, instando a los Estados Unidos a no intervenir. Roosevelt tampoco hubiera tenido mucho interés en entrar en guerra si no le hubiesen arrojado una bomba en la puerta de atrás. No nos hubiera venido nada mal su ayuda hace unos años.

—Por lo menos, ahora la vais a tener. O la tendrán otros —dijo Audrey sonriendo.

Regresarían a casa en cuanto pudieran tomar un vuelo y Charlie estuviera en condiciones de viajar. Audrey aún tenía algo que decirle. Ya habían accedido a visitar a Vi en la casa de campo y pasar allí las Navidades con Molly, siempre y cuando hubiera sitio para ellos. Sería un lugar ideal para la recuperación de Charlie. Sin embargo, éste lamentó tener que irse. Hubiera querido quedarse en el Norte de África hasta el final. Una vez a bordo del aparato, se tranquilizó un poco y empezó a pensar en los placeres del regreso a casa y en la alegría de volver a ver a James, Vi y Molly. Cuando se volvió a mirar a Audrey y le sonrió se percató por primera vez de lo pálida que estaba. Tenía muy mala cara. Se había pasado unas semanas cuidándole sin apartarse ni un solo momento de su lado, y se la veía completamente exhausta.

—¿Desde cuándo tienes esta cara? —le preguntó Charles, avergonzándose de no haberse dado cuenta antes.

—¿Qué cara? —dijo Audrey aparentando indiferencia.

Menos mal que, finalmente, Charlie lo había notado. Audrey llevaba mucho tiempo ocultándole el secreto. Estaba embarazada de casi tres meses.

—Estás pálida. ¿Te encuentras bien?

Audrey sonrió, pensando que ya podía decírselo. Ambos regresaban juntos y ya no había peligro de que él la mandara a casa sola.

—Me encuentro bien..., teniendo en cuenta...

—Teniendo en cuenta, ¿qué? —preguntó Charlie, perplejo.

—Teniendo en cuenta que estoy embarazada de casi tres meses.

—¿*Cómo*? —exclamó Charlie, aturdido—. ¡Y no me habías dicho nada! Dios mío, hubieras tenido que quedarte en la cama —ambos recordaban el aborto del año anterior. Sin embargo, Audrey había ido a un médico de El Cairo y éste le dijo que procurara descansar, cosa que efectivamente hizo aunque sin quedarse en la cama—. ¿Estás loca? —le dijo Charlie, cuya cólera se esfumó de repente al pensar en la venturosa nueva—. Qué bien guardaste el secreto, mi pequeña bruja —añadió, besándola mientras apoyaba una mano sobre su vientre y la miraba tiernamente a los ojos—. ¿Ya sientes a este pillastre?

—¿Cómo sabes que es un niño?

El primero lo era, pero Audrey no quería recordarlo.

—Molly necesita un hermanito.

Entrelazaron las manos mientras el aparato aterrizaba. Por la noche, tomaron un tren para trasladarse a la mansión de lord Hawthorne, donde Vi les aguardaba ya con bocadillos y chocolate caliente. Después entraron a ver a Molly y Audrey se sentó en el borde de la cama de la niña y le acarició el cabello mientras las lágrimas le rodaban lentamente por las mejillas y Charlie se inclinaba para besarlas a las dos. Era agradable estar de nuevo en casa. Sobre todo, ahora que sabía que iba a tener un hijo.

42

En cuanto estuvo en condiciones de viajar solo, Charlie insistió en volver a Londres a pesar de la alegría que le había deparado el reencuentro con Molly, Vi y los niños.

—¿Por qué? ¡No tienes nada que hacer allí! —se aproximaba la Navidad y Audrey no quería separarse ni un minuto de Charlie, sobre todo, en aquellos momentos. Aún no le habían dicho a Molly que iba a tener un hermanito. Les parecía que era demasiado pronto para ello y querían estar seguros de que Audrey no perdería al hijo que esperaba, para que la niña no sufriera una decepción—. ¿Adónde vas, Charlie?

—A resolver ciertos asuntos —contestó Charlie. No quería decirle nada hasta que hubiera hablado con Charlotte. Teniendo en cuenta la delicada situación en que se hallaban, no quería hacerle concebir vanas esperanzas—. Vigílala bien, Vi. No le dejes hacer nada.

—No te preocupes por ello.

Violet ya había pasado por ese trance una vez y haría todo lo posible para evitar que ocurriera un desastre, pensó mientras agitaba un dedo en dirección a su amiga en un gesto de amonestación. Audrey se rió, preguntándose qué se llevaría Charlie entre manos. Sentado en el tren, éste pensó en lo que iba a decir. Le resultaba incómodo permanecer tanto rato sentado, pero hubiera sido capaz de caminar sobre brasas encendidas con tal de conseguir su propósito.

El tren llegó a la estación exactamente a las cuatro menos cinco. Caminando con la ayuda de muletas, Charlie salió a la calle y tomó un taxi para dirigirse a su editorial. Estaba tan nervioso pensando en lo que iba a hacer que ni siquiera notaba el dolor de la herida. Entregó una generosa propina al taxista y se dirigió hacia la entrada con toda la rapidez que le permitían las muletas. Se encaminó al despacho que tan bien conocía y se detuvo ante la mesa de la secretaria. Había decidido no llamar de antemano para concertar una cita. La chica, que era nueva, le miró sin saber quién era, pese a que su rostro le resultaba familiar. Cuando él solicitó ver a Charlotte, la muchacha le preguntó por su nombre.

—Dígale, por favor, que está aquí su marido —contestó Charlie, sonriendo mientras la muchacha le miraba perpleja.

Nadie le había dicho que la señora Parker-Scott tuviera marido. Suponía que era viuda o divorciada. Entró rápidamente en el despacho de Charlotte para decirle que su marido había regresado de la guerra. Su emoción al comunicar la buena noticia fue superior a la que sintió Charlotte al recibirla. Al poco rato, la secretaria volvió a salir colorada como un tomate y le dijo a Charlie que la señora Parker-Scott estaba ocupada y que, por favor, tuviera la bondad de llamarla otro día para concertar una cita.

—No faltaba más —dijo Charlie sonriendo mientras se encaminaba hacia el despacho de Charlotte y la chica le gritaba:

—¡No! ¡No...! ¡No puede!

—No se preocupe —le contestó Charlie, cerrando la puerta a sus espaldas y plantándose delante de Charlotte.

—Hola, Charles —le dijo ésta fríamente, mirándole primero las muletas y después la cara de su esposo—. ¿Te han herido?

—No has tenido suerte. Sólo he recibido heridas leves.

—Nunca te deseé ningún mal —replicó Charlotte, tan bien peinada y vestida como siempre.

—De eso no estoy muy seguro —Charlie se acercó y se sentó frente a ella al otro lado de la mesa sin quitarle en ningún momento los ojos de encima—. He venido a hablar de un pequeño asunto contigo.

—No servirá de nada si te refieres a lo que yo supongo —dijo Charlotte, encogiéndose de hombros en un gesto de hastío—. ¿O acaso vienes a hablarme de tus libros?

—No. Como ya sabes, eso lo trato con tu padre. No, más bien quería hablar de nuestro divorcio.

—No pierdas el tiempo, Charles. Nunca te lo concederé.

—Ah, ¿no? —dijo él, mirándola con malicia—. ¿No se sienten molestas tus amistades, Charlotte? Yo creo que no les debe gustar que estés casada.

—¿Qué tienen que ver mis amistades con eso? —preguntó ella, mirándole con recelo.

—No lo sé. Tú me dirás. Es curioso que quieras ocultar tu homosexualidad tras la fachada de un matrimonio respetable.

Al oír esas palabras, Charlotte se quedó sin respiración. Después empezó a levantarse del sillón con la cara primero blanca como la cera y después roja como un pimiento.

—¿Cómo te atreves a decir eso? —gritó, volviéndose a sentar—. ¡Cómo te *atreves*! Tú y esta horrible mujer con la que has vivido todos estos años, ¿cómo os atrevéis a calumniarme de esta manera?

—No es una calumnia y tú lo sabes muy bien —contestó Charlie sin perder la calma—. Yo no lo considero escandaloso y me sorprende que no hayas sido sincera a este respecto. Aunque eso no es muy propio de ti, ¿verdad, querida?

—¡Sal de mi despacho! —gritó Charlotte, levantándose y señalándole la puerta con un dedo.

—Me temo que no voy a hacerlo, mi querida Charlotte —contestó Charlie sin moverse—. No pienso ir a ninguna parte hasta que no resolvamos este asunto.

—No tienes ninguna prueba...

Charlotte ya empezaba a desmoronarse y Charlie decidió rematarla con una mentira mucho más grande que las que ella solía contar.

—Me temo que sí. Te mandé seguir el año pasado y... bueno, ya te imaginas el resto... —dijo Charlie, mirándola a los ojos mientras ella extendía un brazo sobre el escritorio como si quisiera abofetearle.

Charlie esquivó el golpe y la asió fuertemente del brazo.

—¡Cerdo asqueroso! —gritó Charlotte, echándose a llorar.

Charlie la miró sin experimentar la menor compasión. Aquella chica había querido destrozarle la vida, pero ahora, él no permitiría que destrozara la de Audrey.

—¿Por qué no vamos al grano, Charlotte? Esta situación me gusta tan poco como a ti. Quiero el divorcio. ¡*Ahora mismo*!

—¿Por qué?

—Ése no es asunto de tu incumbencia, pero te aseguro que corres un gran peligro. Si no colaboras, empezaré por decírselo a tu padre y tendré mucho gusto en mostrarle los informes que obran en mi poder. Después, los divulgaré por todo Londres.

—¡Eso es una difamación!

—Sólo en el caso de que fuera una mentira... ¡Pero no lo es!

De repente, Charlotte se desinfló como un globo y le dirigió a Charlie una mirada de odio desde detrás de su mesa.

—Eres un maldito hijo de puta —dijo mientras Charlie sacudía la cabeza.

—Creo que me he portado bien todos estos años, pero ahora el juego ha terminado, Charlotte —replicó Charlie levantándose en las muletas—. ¿Me he explicado bien? ¿Puedo enviarte a mis abogados?

—Ya lo pensaré —contestó ella, echándose un farol.

—Te doy de plazo hasta mañana por la mañana. Después, iré a ver a tu padre... y le enseñaré mis informes...

—¡Sal inmediatamente de mi despacho! —gritó Charlotte, temblando de pies a cabeza.

—Con mucho gusto —contestó Charlie, inclinando ceremoniosamente la cabeza.

Al salir, Charlie miró sonriendo a la secretaria y regresó a su casa vacía que llevaba un año y medio sin ver. Por la noche llamó a Audrey y le prometió regresar a la tarde del día siguiente. Durmió como un tronco hasta que empezaron a sonar las sirenas. Las incursiones aéreas eran constantes. Varias manzanas de casas habían sido destruidas y la pérdida de vidas humanas era sumamente alta. Cuando regresó a la casa, descubrió que los cristales de varias ventanas se habían roto. Las cubrió con tablas, se bañó, se vistió y se fue a ver a Charlotte.

La secretaria le miró aterrada cuando le vio acercarse. Cualquiera sabía las instrucciones que le habría dado Charlotte. Charlie conocía muy bien todos los trucos de su esposa.

—La señora Parker-Scott me está esperando —le dijo a la chica, mintiéndole sólo a medias.

—No puede recibirle —le comunicó la secretaria.

—Estoy seguro de que sí puede hacerlo —dijo Charles, dirigiéndose a la puerta mientras la chica se levantaba rápidamente.

—No puede entrar —dijo la secretaria—. El señor Beardsley está en el despacho.

—Me parece muy bien. Es mi suegro —le informó Charlie sonriéndole mientras abría la puerta y entraba renqueando.

Sabía que la presencia del padre pondría nerviosa a Charlotte, induciéndola a aceptar con mayor rapidez sus condiciones. Llevaba una cartera bajo el brazo para hacerle creer que tenía los informes.

Sin embargo, no estaba preparado para presenciar la escena que apareció ante sus ojos en el despacho de Charlotte. Ésta no se encontraba allí y en el sillón del escritorio vio al propio Beardsley, sosteniéndose la cabeza con las manos. Charlie se preguntó por un instante si ella se lo habría confesado todo por temor a que él se lo revelara. Beardsley le miró desesperado y Charlie se compadeció de él.

—Hola —dijo Charles sin saber qué otra cosa decirle.

—No sabía que mi hija tuviera una cita contigo —dijo el editor, echando un vistazo al calendario como si eso tuviera importancia—. Mandé avisar a todos los demás.

—¿Está enferma? —preguntó Charlie, sorprendido.

—Pero, ¿es que no lo sabes? —Charlie negó en silencio—. Murió anoche durante el bombardeo. El perro se escapó de casa y ella salió corriendo en su busca y fue alcanzada por una bomba —Beardsley rompió a llorar y Charlie le miró apenado. Charlotte se había portado muy mal con él, pero su padre la adoraba—. La llevaron al hospital en cuanto pudieron, pero... esta mañana ha fallecido.

—Lo siento muchísimo —dijo Charles.

—¿Qué querías? —preguntó Beardsley, asintiendo—. Pensaba que ya no os hablabais.

—Ahora, eso carece de importancia —contestó Charlie, súbitamente turbado...— No es nada, vine para chantajear a su hija, señor... —Estaba avergonzado y deseaba marcharse. Quería cortar los lazos que le unían a ella, pero ya todo le daba igual. No le tenía ningún cariño, pero en otros tiempos le había gustado, y era este recuerdo el que ahora acudía a su mente—. Lo siento en el alma. ¿Le puedo ayudar en algo?

Beardsley negó con la cabeza y miró a Charles mientras las lágrimas le resbalaban por las mejillas.

—Nunca comprendí qué ocurrió entre vosotros. Al principio, me enojé mucho contigo, pero mi hija siempre insistió en que tú no tenías la culpa. Pensé que eso decía mucho en su favor.

—Es cierto —convino Charlie—. Fue un asunto muy personal —Beardsley asintió en silencio—. Dígame, por favor, si hay algo que pueda hacer. Dejaré mi número a la secretaria.

El editor le miró sin decir nada y Charlie salió muy pálido del despacho.

—Intenté decírselo... —se excusó la secretaria.

—No se preocupe —dijo Charles, anotando en un papel el número de teléfono de lord Hawthorne.

Después tomó un taxi para regresar a la estación y, al anochecer, ya estaba de vuelta en el campo. Al entrar en el señorial salón, lo encontró vacío. En el transcurso del viaje de vuelta en tren, recordó su boda con Charlotte y el engaño del embarazo. En aquel momento ya no sentía el menor rencor. Sólo quería olvidarla y casarse con Audrey, pero le daba mucha pena Beardsley.

—Charles, ¿eres tú? —dijo Vi, saliendo de la biblioteca con un adorno navideño en la mano—. Los niños han adornado el árbol y ha quedado precioso. ¿Ocurre algo? —preguntó asustada al ver la expresión de los ojos de Charlie.

Siempre andaba preocupada por James, temiendo que alguien se enterara de algo antes que ella.

—El viaje desde Londres ha sido muy largo —se apresuró a contestar Charles.

Vi lanzó un suspiro de alivio y le ofreció una taza de té.

—Gracias. ¿Cómo está Audrey?

—Muy bien. En realidad, esta tarde se fue a hacer la siesta. La amenacé con decírtelo en caso de que no lo hiciera.

Charlie la siguió a la cocina, donde Audrey le miró a los ojos y comprendió inmediatamente que algo había ocurrido.

—¿Qué ha pasado? —le preguntó.

—Nada. ¿Por qué?

—Te veo cansado.

—Lo estoy —dijo Charlie, sentándose—. Las muletas no me facilitan mucho las cosas —añadió.

Tardaría meses en poder prescindir de ellas. La metralla le había afectado el nervio ciático y, aunque la lesión no era permanente, tardaría mucho tiempo en curar. En cierto modo, Audrey se alegraba porque necesitaba tenerle a su lado hasta que naciera el niño.

—¿No me lo vas a decir, Charles? —le preguntó ésta, mirándole inquisitivamente mientras se tomaba el té.

Temía que le hubieran encomendado otra misión de espionaje aunque, teniendo en cuenta su estado, ello no parecía probable.

—Mata Hari —dijo él, soltando una carcajada. De repente, decidió decírselo. Vi estaba ocupada con los niños y a ella se lo diría más tarde—. Charlotte murió anoche.

—¿Cómo lo sabes?

—Fui a verla ayer.

—¿Para qué?

—Para lo que ya sabes. En pocas palabras, quería someterla a chantaje para que me concediera el divorcio. Le dije que la había mandado seguir, el año pasado.

Aunque Charlie no se enorgullecía de su conducta, hubiera sido la única forma de librarse de aquella atadura en caso de que Charlotte no hubiera fallecido.

—¿Qué dijo ella? —preguntó Audrey, todavía conmovida por la noticia.

—Se puso furiosa y hubiera accedido sin duda a concederme el divorcio. Dijo que necesitaba pensarlo, lo cual era una pose, claro. Y, cuando regresé esta mañana, me encontré a su padre en el despacho y él me lo dijo —Audrey le tomó una mano, intuyendo que Charles se avergonzaba de su comportamiento, aunque en realidad no le cupiera otra opción. Las cosas, vistas retrospectivamente, parecían distintas. ¿Quién hubiera podido adivinar que Charlotte moriría aquella noche?—. Estaba completamente deshecho y yo me sentí una basura.

—Tranquilízate, Charles —le dijo Audrey—. No podías hacer otra cosa. ¿Por eso fuiste a Londres?

—Sí —contestó él, exhalando un suspiro—. Sea lo que fuere, el resultado final es el mismo y, aunque suene horrible, así es mejor. Y más rápido. Quiero casarme contigo en seguida.

—¿Te parece correcto? —preguntó Audrey, sonriendo.

—¿Lo dices en serio? Dadas las circunstancias, sería absurdo que yo simulara estar de luto. Apenas la conocía y ella hizo todo lo posible por destrozarme la vida. No le debo nada —aun así, lamentaba la muerte de su esposa y se compadecía del padre—. ¿Querrás casarte conmigo, Aud? —le preguntó, mirándola a los ojos.

—Sabes que sí.

—¿Cuándo?

Charlie no quería esperar ni un momento más.

—Ahora... Mañana... La semana que viene... Cuando tú quieras —contestó Audrey, sonriendo.

Esperaron a que James regresara y se casaron al día siguiente de Navidad. Lord Hawthorne y James fueron los padrinos de Charles y Vi fue la dama de honor. Molly llevó el ramo y Alexandra y James participaron en el banquete de bodas.

Fue una boda deliciosa en un soleado día invernal. Audrey lucía un elegante vestido blanco de Vi que le estaba un poco grande y disimulaba a la perfección el abultamiento del vientre.

Por la noche, Audrey y Charles permanecieron tendidos en la cama el uno al lado del otro, pensando en lo lejos que habían llegado y en lo mucho que se querían.

Hicieron el amor en la oscuridad y después Charlie rodeó a Audrey con un brazo y contempló la luna a través de la ventana; se alegraba de encontrarse lejos de los bombardeos de Londres.

—Quiero que permanezcas aquí hasta que haya nacido el niño.

—¿Es que no vas a quedarte? —preguntó Audrey, preocupada.

—Me quedaré hasta que pueda. Pero, tarde o temprano, querrán enviarme de nuevo a El Cairo o a cualquier otro sitio.

—Diles que esperen seis meses.

—Tranquilízate. Estaré aquí, pase lo que pase —dijo Charlie, esperando poder cumplir la promesa. No quería que ella volviera a vivir aquella experiencia sin estar presente él. Con un poco de suerte, el niño nacería coincidiendo más o menos con el término de su baja por enfermedad. No le apetecía prolongar demasiado su estancia en casa—. Por cierto, ¿cómo le llamaremos?

—¿Qué te parece Edward, como mi abuelo?

—Me gusta —contestó Charlie, atrayéndola hacia sí—.

¿Y si le pusiéramos también Anthony, como el mío? Edward Anthony Parker-Scott.

—Edward Anthony Charles —añadió Audrey; y se quedó inmediatamente dormida en los brazos de su esposo.

Qué maravilloso era estar casada.

43

Pasadas las Navidades, los días parecieron eternizarse, pero Audrey se sentía más fuerte que nunca y daba largos paseos por el campo en compañía de Charlie, el cual también se encontraba muy mejorado, y acudía una vez por semana al hospital militar donde estaban muy satisfechos de sus progresos. El embarazo iba por buen camino. Audrey estaba cada vez más voluminosa y, en primavera, Charlie le dijo en broma cuán gorda estaba. Toda la ropa se le había quedado pequeña y Charlie la llevó a Londres una o dos veces para buscar en su casa o la de Vi algo que ponerse y comprar algunas prendas para más adelante. Cuando volvían, siempre llevaban algún regalito para Molly y los otros niños. Molly era una niña preciosa y estaba muy emocionada con el niño que iba a nacer aquel verano.

—¿Cómo vendrá, mamá? ¿La soltará un hada en el jardín?

—Bueno, no exactamente... Papá y yo iremos a recogerla al hospital. Pero puede que sea un niño, ¿eh? —Molly pensaba que iba a tener una hermanita, mientras que Charlie estaba seguro de que sería un niño—. Un niño tampoco estaría mal.

—Hum... —dijo Molly en tono dubitativo—. Puede.

¿Tendrá papá que volver a la guerra cuando nazca el niño? —preguntó, preocupada.

—Sí, cariño —contestó Audrey, abrazándola—. Lo mismo que tío James.

—¿Y tú también?

—Yo me quedaré contigo y con el niño —contestó Audrey.

Molly lanzó un suspiro de alivio. Sobrevivió bien a su ausencia, pero, lógicamente, prefería tenerlos a los dos en casa. Audrey veía lo mucho que Alexandra y James echaban de menos a su padre. Charlie trataba de compensarlo jugando con ellos, llevándose al pequeño James a dar paseos en automóvil e incluso dándoles clases de conducir con la «rubia» Chevrolet, pero nada era comparable a la alegría que experimentaban cuando James regresaba a casa para pasar con ellos algún fin de semana.

James volvió por Pascua y Vi organizó una caza de huevos para todos, escribiendo cosas divertidas en las cáscaras y ocultando pequeños premios y golosinas en varios lugares accesibles. Audrey ya estaba de más de seis meses y Charlie le dijo en broma que la podría esconder en alguna parte en calidad de gran premio. Estaba enorme y a él le gustaba sentir los movimientos del niño cuando apoyaba una mano sobre el estómago de su esposa.

—¿Estás segura de que no serán gemelos? —le preguntó.

—¡Charlie, eso no tiene ninguna gracia!

Sin embargo, ella misma reconocía que estaba muy gorda. James solía tomarles el pelo, decía que era una vergüenza que, en su luna de miel, Audrey se encontrara en semejante estado. Todos se alegraban mucho de que, al fin, ella y Charlie se hubieran podido casar.

Fue un período muy sereno, sólo turbado por la carta que Annabelle le envió a su hermana, comunicándole la muerte de su marido en el Pacífico. Audrey le escribió una larga carta, pero, apenas dos semanas después, Annabelle volvió a escribir, anunciando que se había casado en San Diego con un oficial de la marina. Annabelle era una muchacha muy extraña, pensó Audrey, quien ya se imaginaba su comportamiento con el personal militar de San Francisco. Todo esto la disgustó mucho, pero Charlie le recordó que ella no podía hacer nada y, además, llevaba mucho tiempo apartada de su hermana. Su vida estaba en Inglaterra y era absurdo pensar en las casas de Tahoe y San Francisco donde Annabelle seguía viviendo. El flamante marido ya se había incorporado a la guerra, y ella había decidido regresar a la casa de California Street con los pequeños Winston y Hannah a los que Audrey apenas conocía.

—Es curioso, ¿verdad?, lo distintos que pueden ser los miembros de una misma familia —le dijo a Charlie, tendida a su lado sobre la hierba bajo un gigantesco árbol mientras él acariciaba suavemente su melena cobriza y la miraba con ternura. Nunca le pareció más adorable. Cuando volvieron a entrar en la casa tomados de la mano, oyeron sonar el teléfono. Vi había salido de compras y Charles se puso al aparato mientras Audrey pelaba una manzana para los dos. Lord Hawthorne no se encontraba en casa y los niños estaban haciendo los deberes con la niñera, incluida la pequeña Molly.

—¿Sí...? Sí... No, soy Charles Parker-Scott, ¿me puede dar el recado? —hubo una larga pausa mientras él se volvía de espaldas a Audrey—. ¿Seguro? —preguntó, bajando la voz—. ¿No hay ningún error...? ¿Cuándo lo sabrán...? Comprendo... Por favor, vuelva a llamarnos.

Tras colgar el teléfono, Charlie se quedó petrificado mientras Audrey le miraba en silencio. De repente, se le llenaron los ojos de lágrimas y no pudo disimular.

—Oh, Charlie... ¿Qué ha pasado? —preguntó Audrey, aunque ya lo sabía. Lo supo en su fuero interno cuando Charlie contestó al teléfono. Era James—. ¿Qué ha ocurrido?

—El aparato de James fue derribado tras una incursión sobre Colonia. Ha desaparecido en combate. Puede estar muerto o pueden haberle hecho prisionero, no lo saben. Volverán a llamar en cuanto sepan algo. Algunos aparatos aún no han regresado.

—¿Están seguros de que el suyo no es uno de ellos?

—Vieron la caída del avión —contestó Charlie, sacudiendo la cabeza.

—Oh, Dios mío… —exclamó Audrey, sosteniéndose el vientre mientras se sentaba en una silla.

—Tranquilízate, Aud —dijo Charlie, ofreciéndole un vaso de agua que ella tomó con temblorosa mano.

Ambos pensaban sobre todo en Vi. La segunda llamada se produjo dos horas más tarde, en el preciso momento en que Violet abría la puerta y corría hacia el teléfono.

—Ya voy yo, Vi —dijo Charlie, adelantándose y volviéndose de espaldas a ella, tal como hiciera con Audrey la primera vez—. Aquí, Parker-Scott —contestó en tono muy británico y oficial.

Audrey ignoraba cómo se lo iban a decir a Vi. Hubiera podido ser Charlie en lugar de James, pero ella no quería que le ocurriera nada a ninguno de los dos. Se le llenaron los ojos de lágrimas y tuvo que apartar el rostro para que Vi no lo advirtiera. Charlie colgó rápidamente el teléfono y las miró muy serio.

—Vamos a sentarnos —dijo.

—¿Qué sucede, Charles? —preguntó Violet, contrayendo todos los músculos del cuerpo—. Dímelo ahora mismo —añadió con voz temblorosa mientras él la tomaba del brazo y la hacía sentar en una silla de la cocina.

—Te diré lo que sé, Vi. El aparato de James fue derribado mientras regresaba de una incursión aérea sobre Alemania. Sobrevolaron Francia dentro de las líneas de ocupación. Nadie sabe con certeza si le mataron. No hay forma de saberlo hasta que nos digan si le hicieron prisionero o no… O hasta que termine la guerra, pero eso no me lo han dicho. Los hombres que le vieron caer creen que puede haber sobrevivido.

Violet se estremeció de la cabeza a los pies y jadeó, como si experimentase un dolor físico.

—Comprendo. ¿Cuándo ha ocurrido?

—A primera hora de esta mañana.

—¿No tendrían ya que saber algo a esta hora?

—No necesariamente. Puede que tarden semanas o incluso meses en averiguarlo. Tienes que esperar... y rezar.

Sería terrible tener que decírselo a los niños, pensó Charles.

La propia Vi se encargó de comunicarles la noticia. James trató de comportarse como un hombre, pero después salió al jardín y se echó a llorar en brazos de Charles mientras las mujeres consolaban a Alexandra y Molly, hablándoles de la bondad de Dios y de lo mucho que amaba a papá. Molly las miró con los ojos muy abiertos.

—¿Se reunirá ahora tío James con mis primeros mamá y papá? —preguntó.

Sabía que había nacido en China, de otros progenitores.

—Tal vez, cariño —contestó Audrey, estrechándola en sus brazos mientras las lágrimas le resbalaban lentamente por las mejillas—. Pero puede que vuelva a casa.

O puede que no. Lo peor era la incertidumbre.

Una vez acostados los pequeños, Vi permaneció inmóvil, sentada frente al fuego de la chimenea. Decirles a los niños que su padre podía haber muerto fue lo más difícil que hubiera hecho en su vida, pensó mientras Audrey le tomaba una mano.

—Sigo pensando que volverá a casa —dijo Violet—. ¿Te parece una locura? —le preguntó llorando a su amiga. Audrey le contestó que ella también lo creía—. Puede que le ayuden los de la Francia Libre. Habla muy bien el francés... —añadió.

Más tarde, Vi se empeñó en subir a llevarle un brandy a lord Hawthorne. Éste se había retirado a su estudio porque era demasiado orgulloso para llorar ante el resto de la familia, pero Charles sabía lo mucho que estaba sufriendo.

Se acostaron pasada la medianoche, esperando que sonara el teléfono con alguna noticia sobre James: que había regresado... Que todo había sido un error... Pero el teléfono no volvió a sonar aquella noche.

44

Los últimos días del embarazo fueron una auténtica pesadilla para Audrey. Charlie ya estaba casi completamente restablecido y el hecho de permanecer en casa sin hacer nada le ponía nervioso. La desaparición de James había espoleado su interés por volver a la guerra y hacer algo de provecho. Violet se mostraba mucho más inquieta que al principio pese a empeñarse en creer que James estaba vivo en alguna parte. No quería abandonar la esperanza hasta que alguien le dijera con certeza que su marido no había sobrevivido a su misión. Sin embargo, esta posibilidad le parecía cada vez más remota.

Los niños se habían adaptado poco a poco a la realidad, aunque la incertidumbre también pesaba sobre ellos. Era un poco difícil decirles que su padre estaba provisionalmente ausente de sus vidas. Todos le echaban muchísimo de menos.

Audrey estaba tan gruesa que apenas podía moverse y, para empeorar las cosas, en junio tuvieron que soportar una terrible ola de calor. Se sentía como una montaña con dos patas y por la noche le costaba respirar. El niño daba patadas y la empujaba desde dentro. Cuando ya pasaban dos semanas de la fecha de julio prevista para que se produjera el parto, aún seguía esperando. El médico dijo que eso no tenía nada de extraño y le aconsejó que diera largos paseos y durmiera mucho, cosas ambas bastante difíciles en su estado, aunque Charles y Vi la obligaban a salir.

—No pienso dar ni un solo paso más, ¿os habéis enterado? —les dijo Audrey cuando ya pasaban diecisiete días de la fecha prevista, un día en que los tres daban un paseo por las verdes colinas. La inminente llegada del niño era lo único que equilibraba el terrible dolor que todos sentían por James—. ¡Me vais a tener que llevar a rastras! ¡Primero, me hacéis comer como una bestia y, después, me sacáis a dar un paseo muy largo! ¡Ya me he cansado! —exclamó, sentándose sobre una roca—. Tendréis que ir por un camión si queréis llevarme a casa —añadió, y Charles se reía.

—Tendrá que ser un camión gigante —dijo éste mientras Audrey le daba un manotazo.

Sin embargo, estaba muy cansada y le dolía mucho la espalda cuando volvieron a casa. Vi le ofreció una botella de agua caliente y ella le dijo que se le había indigestado la comida y le dolía mucho la espalda como cuando uno tiene la gripe.

—¿De veras? —dijo Violet, mirándola con aire triunfal.

Más tarde, ésta le comunicó a Charles el inminente nacimiento de su hijo.

—¿Ahora mismo quieres decir? —le preguntó él, aterrado—. ¿Ya ha empezado el parto?

—No, no... —contestó Violet sonriendo, aunque sus ojos ya nunca sonreían como antes—. Pero reconozco algunos de los signos precursores. No falta mucho.

—Ya era hora —exclamó Charlie, exhalando un suspiro de alivio.

Sin embargo, se inquietó un poco cuando Audrey empezó a reorganizar aquella noche el cuarto del bebé en lugar de acostarse, señalando que faltaban algunas cosas. Finalmente, Audrey se fue a la cama pasada la una de la madrugada, cuando Charles ya estaba durmiendo. Sin embargo, no encontraba una posición cómoda y tuvo que levantarse y empezar a pasear por la habitación. El dolor de espalda se había intensificado y sentía molestias en todo el cuerpo. Decidió tomarse un baño caliente, pero no le sirvió de nada. Mientras permanecía sentada en la bañera, sintió una fuerte contracción que la dejó sin aliento. Ella creía que todo empezaría con suavidad, tal como decían los libros. Cuando desapareció el dolor, pensó que lo había imaginado. Pero cuando ya se encontraba mejor y estaba a punto de salir de la bañera, experimentó una fuerte punzada que la obligó a agarrarse a los grifos para no gritar o para no perder el equilibrio. Salió rápidamente de la bañera y se envolvió en una toalla para llamar a Charles, pero entonces rompió aguas sobre el suelo del cuarto de baño y el pánico se apoderó de ella. Las cosas no hubieran tenido que ocurrir de aquella manera, pensó. Todo tenía que suceder con orden y tranquilidad, en un *crescendo,* cuya culminación sería el nacimiento de un niño que colocarían inmediatamente en sus brazos. Procuró no pensar en el terror que experimentó cuando abortó.

En cuanto pudo, fue a despertar a Charles. Eran más de las cuatro de la madrugada.

—Creo que ya ha llegado el momento —le dijo, asustada—. Charlie..., tengo miedo... —añadió, tendiéndole una mano.

—No hay por qué tenerlo —Charlie se incorporó y la miró con dulzura—. Todo irá bien, cariño. Ahora mismo me visto. Tú quédate aquí sentada y después te ayudaré a vestirte —en aquel momento, Audrey sintió otra contracción y se asió de un brazo de su marido, tratando de respirar hondo para contrarrestar los efectos del dolor. Charlie se sorprendió de ver lo mucho que sufría—. ¿Desde cuándo te ocurre? —preguntó, sorprendiéndose de que no le hubiera despertado antes.

—Sólo he tenido unos cuantos dolores como éste, pero son... ¡Oh, Dios mío, Charlie...! —dijo Audrey, que apenas podía hablar mientras su esposo la ayudaba a acostarse, mirándola con inquietud.

—Avisaré al médico.

—No me dejes.

Audrey acababa de experimentar una nueva contracción.

Parecía increíble que ya estuviera con los dolores del parto al cabo de tan sólo media hora.

—Llamo al médico y vuelvo en seguida.

Por el camino, Charlie llamó a la puerta de Vi y le explicó lo que pasaba. El médico contestó con voz adormilada y le dijo que se reuniría con ellos en el hospital. Al regresar a la habitación, Charlie vio a Audrey incorporada en la cama con las piernas dobladas y separadas, asiendo con fuerza las manos de Vi.

—Tenemos que llevarla al hospital —dijo Charlie, mirando a Vi, quien lo consideraba buena idea, aunque no dijo nada. Charlie corrió al cuarto de baño con los pantalones, la camisa y los calcetines y volvió a salir lo suficientemente vestido como para poder acompañar a su mujer al hospital. Se puso los zapatos y añadió—: Voy a poner el automóvil en marcha —Audrey le hizo señas de que no se fuera. Charles se acercó de nuevo a la cama y la miró a los ojos, compadeciéndose de su dolor—. Vuelvo en seguida, te lo prometo...

—No... No te vayas... No puedo ir.

—Me parece que ya es demasiado tarde —dijo Violet sin querer asustarle—. Llama al médico y dile lo que pasa. Quizá pueda venir aquí.

—¿Y que nazca el niño en casa? —preguntó Charlie, horrorizado—. ¿Y si ocurriera algún percance?

Prefería llevarla al hospital, pero algo en los ojos de Vi le dijo que era mejor hacerle caso. Una hora más tarde de que se hubieran iniciado los dolores del parto, Audrey empezó a gritar. Charlie corrió al teléfono y pilló al médico en el preciso momento en que iba a salir. El médico dijo que salía inmediatamente hacia la mansión Hawthorne. Cumplió su palabra y se plantó allí en quince minutos. Para entonces, Audrey tenía el rostro bañado en sudor y había perdido totalmente el control; asía las manos de Charlie y de Vi mientras la cabeza del niño empujaba hacia abajo.

El médico entró en la habitación, se acercó a la cama y miró a Audrey a los ojos con la cara muy seria. Después le habló en un tono enérgico no exento de suavidad.

—Escúcheme bien. Su hijo está a punto de nacer. ¡Escúcheme! Quiero que respire hondo... —le dijo, estudiando sus ojos mientras se iniciaba la siguiente contracción—. ¡Ahora! ¡Respire! —añadió, tomando una mano de la parturienta—. ¡Respire! Jadee... Jadee... Como un perro... ¡Eso es! —gritó el médico mientras Charlie le observaba fascinado. Audrey hizo lo que le mandaban y esta vez, al finalizar la contracción, se sintió mejor. El médico le ordenó que respirara hondo y cerrara los ojos y, cuando vio que se iniciaba una nueva contracción, le pidió que hiciera lo mismo que antes. Audrey parecía más tranquila—. Ahora la voy a examinar —anunció el médico, rogándole a Charles que la sostuviera por los hombros. El dolor que le produjo la exploración hizo que Audrey volviera a perder el control de sí misma—. No tardará mucho en nacer el niño —le dijo el médico a Charles.

Audrey se pasó cinco minutos jadeando, empujando y gritando hasta que, de repente, el médico se inclinó hacia ella y, al término de uno de sus gritos más desgarradores, soltó un gruñido de satisfacción y miró brevemente a Charlie. La cabeza del niño ya estaba empezando a asomar entre las piernas de su madre.

—¡Oh, Dios mío! —exclamó Charlie—. ¡Ya está aquí, cariño! ¡Es precioso! —dijo, llorando de emoción mientras el médico daba la vuelta a los pequeños hombros para extraer el resto del cuerpo.

Al cabo de unos instantes, la criatura ya se encontraba sobre el vientre de su madre. Charlie acarició suavemente al hijo que tanto deseaba y él y Audrey se echaron a llorar, mirando a Vi que también lloraba y reía a la vez. Era la criatura más bonita que jamás hubiera visto, y así se lo comunicó al médico.

—Nuevos métodos... para un arte muy antiguo —dijo el médico, mirando con una sonrisa a Audrey y al pequeñuelo—. Lo ha hecho usted muy bien, señora Parker-Scott. El doctor Dick-Red estaría muy orgulloso de usted.

El médico llevaba algún tiempo utilizando con enorme éxito los métodos de aquel investigador.

Audrey les dirigió una radiante sonrisa de felicidad mientras Charlie le acercaba el niño al pecho para que empezara a mamar. Una hora más tarde, Audrey ya estaba limpia, peinada y arreglada en la cama, mientras Charlie, sentado a su lado, contemplaba el milagro que acababa de nacerles. El niño tenía un suave cabello rojizo, muy parecido al de su madre, y unos ojos enormes, pero, en conjunto, se parecía más bien a Charlie. La escena era tan tierna que Vi prefirió retirarse discretamente. Casi no podía soportar verles tan encariñados..., ahora que James estaba ausente. Se avergonzó inmediatamente de pensarlo porque, en realidad, se alegraba mucho por ellos. Eran las seis de la mañana de un azul y soleado día de julio en el que los pájaros del jardín parecían cantar con más entusiasmo que nunca.

Vi salió por la puerta de la cocina y vio alejarse el automóvil del médico. Después observó que se acercaba un viejo vehículo con un hombre al volante. Se preguntó quién sería y, de repente, le dio un vuelco el corazón. ¡No era posible! ¡No era posible! Audrey y Charlie la oyeron gritar desde el dormitorio. Charles bajó a toda prisa para ver qué ocurría. Vio la puerta de la cocina abierta y descubrió a Violet inmóvil en el jardín, tapándose la boca con una mano mientras James descendía del automóvil y se la quedaba mirando como si fuera una aparición..., la mujer con la que había soñado durante tres meses cuando consiguió huir de Francia con la ayuda de la Resistencia. Lloró sin poderlo evitar mientras se acercaba a ella renqueando. Había perdido un brazo, pero a ninguno de los dos le importaba. ¡Estaba vivo! *¡Vivo!*

Charlie contempló la escena en silencio y dio media vuelta para regresar junto a Audrey. Entró en la habitación con los ojos llenos de lágrimas y ella intuyó en el acto que había ocurrido algo.

—Charlie, ¿qué ha pasado? —preguntó, incorporándose en la cama.

Charles no tenía palabras para expresarlo. Su hijo y su amigo más querido habían llegado casi al mismo tiempo.

—Es James... —dijo llorando de emoción—. Está aquí.

Audrey apoyó la cabeza en la almohada y empezó a sollozar muy quedo, sosteniendo al niño en los brazos. Sus plegarias habían sido escuchadas. Vi tenía razón. James estaba vivo... y había vuelto a casa.

—Gracias a Dios —dijo, tomando una mano de Charles mientras ambos agradecían en silencio los dones recibidos.

James tardó un buen rato en subir a verles. Los cuatro rieron y lloraron a la vez en medio de una emoción indescriptible. Más tarde, despertaron a los niños y éstos lloraron, brincaron y gritaron alrededor de James mientras el pequeño James y Alexandra abrazaban a su padre, y Molly danzaba a su alrededor y miraba después a hurtadillas a su hermanito recién nacido. Fue un día inolvidable para todos en el que Charles y Audrey decidieron añadir un nuevo nombre a su hijo. Era un niño precioso... y se iba a llamar James Edward Anthony Charles Parker-Scott.

45

Charlie aún tardó un mes en recuperarse por completo de sus heridas e inmediatamente se presentó en el Home Office. Aún experimentaba algunas molestias de vez en cuando, pero ya no aguantaba más estar en casa sin hacer nada. Llevaba unos ocho meses de baja y deseaba volver a entrar en acción. Sus jefes tenían nuevos planes para él; querían que regresara al Norte de África, pero esta vez a Casablanca. Allí tendría muchas cosas que hacer. Audrey le miró casi con envidia cuando se fue. Envidiaba las emociones que viviría allí... y se sentiría desesperadamente sola sin él. Iría de nuevo como corresponsal, pero le habían destinado en secreto a la que se llamaba Operación Antorcha. Era un esfuerzo conjunto británico-norteamericano en el que se consideraba el desembarco de las fuerzas aliadas en el Norte de África, en otoño, con el fin de controlar el Mediterráneo. Era exactamente el tipo de trabajo que Charles deseaba. Más adelante, incluso participaría en las reuniones con el general Eisenhower. Le enviaban a Casablanca para que obtuviera información previamente al desembarco de las tropas aliadas en otoño. Casablanca, al contrario que Egipto, no se encontraba en manos aliadas, sino que pertenecía técnicamente al Gobierno francés de Vichy, junto con Argel y Orán;

pero las intrigas eran constantes. Había también alemanes, aunque no de manera organizada, franceses de la Resistencia, británicos y norteamericanos, y todos se vendían información mutuamente, robaban mulas y vendían droga. Era un lugar extraordinario en el que podían ocurrir las cosas más imprevisibles. Lo más curioso era que los alemanes se encontraban demasiado ocupados más hacia el este y no prestaban una excesiva atención a aquellas ciudades, por cuyo motivo el desembarco tenía muchas posibilidades de alcanzar el éxito.

Audrey escuchó las explicaciones de Charles con gran interés, pero ahora no tenía más remedio que quedarse en casa con el niño y pagarle a Vi todo cuanto había hecho por ella. Ahora ambas habían intercambiado los papeles. Audrey se pasaba casi todo el rato cuidando de los cuatro niños y Vi salía a dar largos paseos con James a pie y en automóvil, saboreando cada momento. Audrey compartía con ellos las cartas que recibía de Charles. Casablanca debía de ser una ciudad fascinante y Charles se sentía muy a gusto en ella.

A juzgar por lo que escribía, era un lugar rebosante de intrigas, confusión y decadencia, un poco como el Changai que ellos habían conocido. No distaba mucho de El Cairo y, sin embargo, no se le parecía en absoluto. Había suciedad y mugre por doquier y a Audrey se le puso la piel de gallina cuando leyó la descripción de la habitación del hotel en el que se hospedaba su marido. Sin embargo, lo más importante era que el desembarco de las tropas aliadas en el Norte de África dependería en buena parte de él. Claro que Charlie no mencionaba eso en sus cartas, por lo que Audrey se moría de deseos de saber lo que ocurría.

No ignoraba que la Resistencia se hallaba fuertemente atrincherada allí, aunque el Gobierno de Vichy ostentara oficialmente el poder. Los funcionarios gubernamentales se pasaban el rato bebiendo o visitando a las prostitutas, sin importarles lo más mínimo lo que ocurría ante sus mismas narices. Italianos, alemanes, británicos y norteamericanos recorrían las calles, comprando y vendiendo sus mercancías. Charlie escribió varios reportajes interesantes y le envió a

Audrey fotografías de niños vendiendo cigarrillos y de prostitutas callejeras haciendo tratos con los soldados. Viajó también varias veces a Orán, Rabat y Argel, aunque Casablanca era el centro neurálgico de la zona.

En septiembre, octubre y noviembre, las fuerzas de desembarco se adentraron en el Mediterráneo. Los alemanes tenían conocimiento de la presencia de las mismas, pero no imaginaban qué se proponían. Aún estaban ocupados en Libia y Egipto, y todos se llevaron una sorpresa cuando los aliados desembarcaron simultáneamente en Casablanca, Orán y Argel el 7 y el 8 de noviembre de 1942. Hubo unas pequeñas escaramuzas entre los británicos y las guarniciones de Vichy que rápidamente quedaron neutralizadas. Poco después, los hombres de Eisenhower ocuparon la zona. La ciudad no sufrió ninguna alteración. Rebosaba todavía de actividad, intriga y misterio entre los distintos bandos y era una especie de centro de distribución para la Francia Libre que pasaba información entre las fuerzas de la Resistencia y la Francia ocupada, y viceversa.

En enero, Churchill, Roosevelt y los generales Giraud y De Gaulle llegaron a Casablanca para participar en una célebre conferencia en cuyo transcurso Eisenhower fue nombrado jefe de las Fuerzas Aliadas en el Norte de África. Poco después, Trípoli cayó en poder de los británicos. A partir de aquel instante, Charlie dependió directamente de los norteamericanos, tal como le explicó a Audrey en una de sus cartas. Ésta comunicó a su vez la noticia a Vi y James. No sabía hablar de otra cosa más que de Charlie y sus misiones en el Norte de África.

—Pobrecilla, se encuentra tan sola sin él —le dijo Violet, una noche, a James.

Bien sabía ella cuán difícil era eso, aunque, afortunadamente, Charlie estaba a salvo; por lo menos, de momento. Además, a juzgar por lo que decía en sus cartas, las misiones que le encomendaban no eran muy peligrosas.

James estaba a la espera de que le destinaran a un puesto administrativo y Vi pensaba regresar a Londres con él, dejando a los niños en la Mansión Hawthorne junto con su suegro y con Audrey que se quedaría allí con Molly y Edward, tal como todo el mundo llamaba al niño. Hubiera sido un rompecabezas tener a tres James en la casa.

—Al fin —dijo James, padre—, alguien me acusará de ensuciarme en los pañales y a él le echarán en cara que beba demasiada cerveza.

Audrey se rió, contenta de que hubiera recuperado el sentido del humor. Violet ya volvía a ser también la misma de antes, aunque en sus ojos se observaba una sombra de dolor. Había sufrido mucho, esperando recibir noticias de James cuando todo el mundo le daba por muerto. La historia de su huida de Francia era extraordinaria. Lo peor fue cuando perdió el brazo. Se pasó dieciocho días delirando en un granero de Provenza. Audrey se estremeció de sólo pensarlo. Pero ahora ya todo había pasado.

En abril, Charles escribió que Rommel había regresado a Alemania, derrotado y enfermo, y Audrey recordó la «entrevista» que le habían hecho. Hubiera deseado volver a vivir aquellas emociones, pero ya no era posible. En mayo, James y Violet regresaron a la ciudad y abrieron de nuevo la casa. James vivía en su casa aunque se pasaba casi todo el día trabajando en el despacho. Vi no quería apartarse ni un momento de su lado y Audrey comprendía perfectamente esa actitud. Por su parte, ella esperaba el regreso de Charlie con un pequeño permiso, pero, cuando faltaban unos días para el cumpleaños de Edward, él envió un telegrama, diciendo que no podría ir.

VENDRÉ EN CUANTO PUEDA. SIENTO NO PODER VENIR AHORA. DEFIENDE LA PLAZA CON CARIÑO. CHARLIE. Audrey ya empezaba a cansarse. Había destetado al niño hacía unos meses y había tomado tantas fotografías de todo el mundo que ya no se le ocurría qué otra cosa podía hacer. Exceptuando a Edward, todos eran bastante independientes. Molly tenía una vida muy ocupada y montones de amigos, Alexandra y James habían crecido mucho y el pequeño Edward era tan feliz con la niñera o con lord Hawthorne como lo era con ella. Así se lo dijo a James y Violet una noche en que cenó con ellos en Londres y, al fin, todos tuvieron que correr otra vez al refugio. Nada había cambiado.

—Tengo la impresión de que estás tramando algo, Aud —le dijo James—. ¿Me equivoco?

—En realidad, no pensaba en nada concreto —contestó Audrey sin ser todavía consciente de sus inquietudes internas.

Llevaba en casa un año y medio y quería volver al Norte de África, tanto si lo reconocía como si no, sobre todo, para reunirse con Charlie. De repente, miró a sus amigos y comprendió que James tenía razón. Eso era exactamente lo que quería hacer. Al día siguiente, se presentó en el Home Office y les explicó sus circunstancias. No le costó demasiado esfuerzo convencerles. Había hecho un buen trabajo para ellos y les podría ser muy útil en el Norte de África. Prometieron llamarla al cabo de unos días y Audrey decidió esperar sus noticias en casa de James y Violet. Cuando la llamaron, dio un salto de júbilo y aquella misma noche tomó el tren para el campo. Mientras lo pensaba, temió no haber obrado correctamente. El niño todavía la necesitaba, y Molly también... Y, sin embargo, ansiaba reunirse con Charlie. Los niños estaban a salvo en la casa de campo y ella podía volver cuando quisiera. Aún se debatía en la duda cuando tomó el único taxi del pueblo para dirigirse a la mansión. Cuando entró, vio al niño en brazos de lord Hawthorne y a Molly y James jugando en el suelo. Los pequeños la miraron sonriendo mientras ella se preguntaba cómo le iba a decir a Molly que volvía a marcharse. Sin embargo, esta vez Molly la sorprendió.

Aquella noche, Audrey se sentó en el borde de la cama de la niña, acarició el sedoso cabello negro que tanto le recordaba a veces el de Ling Hwei, y le dijo que pensaba marcharse.

—Esta vez, procuraré no permanecer ausente mucho tiempo.

—¿Han vuelto a herir a papá? —preguntó la niña, preocupada.

—No, cariño, no le ha pasado nada, pero necesito estar

con él para que no se sienta tan solo —era un impulso irreprimible del que no se sentía demasiado orgullosa. Sin embargo, formaba parte de su vida y era auténtico... Era el mismo gen que llevó a su padre hasta los confines de la tierra y que tal vez algún día se manifestaría asimismo en Edward—. Pero también quiero estar aquí. A veces, una no sabe lo que es mejor.

Molly lo entendía muy bien. Tenía nueve años y, aunque no le gustaba que su madre se fuera, comprendía los motivos de que lo hiciera. La madre de Alexandra y de James también se había ido, aunque no tan lejos. Sin embargo, ellos se tenían el uno al otro y tenían también al abuelo.

—¿Me escribirás? —preguntó, mirándola con sus grandes ojos negros mientras a Audrey se le encogía el corazón de angustia. Al día siguiente, ésta lo pasó todavía peor cuando el pequeño Edward empezó a dar sus primeros pasos. No sabía qué hacer, pensó aquella noche, sentada frente a la chimenea en compañía de lord Hawthorne y con una copa de oporto en la mano. Si se marchaba, iba a echarlos de menos a todos, pero, si se quedaba, echaría de menos a Charlie.

—Tienes que ir adonde el corazón te lleve, Audrey —le dijo lord Hawthorne.

En cierto modo, el anciano le recordaba a su abuelo, aunque no tuviera tan mal carácter. Al igual que su abuelo, era un hombre sensato y comprensivo.

—A veces, es difícil adoptar una decisión. Quiero estar aquí con ellos y allí con él, y no sé lo que debo hacer.

—Yo te los cuidaré bien —dijo el anciano, sonriendo. A Audrey no le cabía la menor duda de ello.

—Lo sé muy bien, de otro modo, ni siquiera lo hubiera pensado.

En su fuero interno, Audrey sabía que tenía que irse, por muy difícil que le fuera. Lo comprendió con toda claridad, cuando, unos días más tarde, estrechó en sus brazos al niño y se lo devolvió a lord Hawthorne, y después abrazó a Molly por última vez. Les pidió a todos que no fueran a despedirla a la estación: no hubiera podido soportarlo. Mientras se alejaba en automóvil, volvió la cabeza y vio a

Molly persiguiendo a James por el césped con su negra melena volando al viento, seguida del pequeño Edward, que, al final, acabó en el suelo entre risas. Sólo la saludaron una vez con la mano y en seguida volvieron a sus juegos. Eso le hizo comprender que estarían perfectamente bien sin ella.

46

Audrey sólo vio a Violet unos instantes antes de marcharse. Vi la acompañó hasta la base de la RAF y la dejó en la entrada. Después, descendió del automóvil y la abrazó.

—Cuídate mucho, Aud. Y vuelve sana y salva —le dijo.

—Volveremos los dos. Y tú cuídate tú y cuida a James. Te voy a echar muchísimo de menos —contestó Audrey con los ojos llenos de lágrimas.

Ambas habían pasado muchas penalidades juntas y Audrey se sentía en cierto modo culpable por dejarla. Y, sin embargo, el hecho de seguir al hombre al que amaba dondequiera que éste fuera era un acto de valentía.

—Eres una chica maravillosa y te admiro muchísimo.

—¿Por qué? —preguntó Audrey, sorprendida.

—Por tener el valor de seguirle. Es lo que debes hacer, no te preocupes por los niños.

Era justo lo que Audrey necesitaba oír. Ambas amigas se abrazaron por última vez y, después, Violet se alejó en su automóvil mientras Audrey la saludaba con la mano.

Audrey se presentó ante los responsables de la base y aquella noche subió a bordo de un aparato. Una vez en el aire, recordó su viaje a El Cairo, cuando se trasladó allí sin previa advertencia. Esta vez, Charlie tampoco la esperaba, pero ella no creía que le importara.

Fue un vuelo muy largo e incómodo, hasta que el aparato aterrizó bruscamente. Audrey llevaba casi un año sin ver a Charlie y de sólo pensar en él, se le desbocó el corazón. Se preguntaba qué diría cuando la viera. A lo mejor, se pondría furioso porque ahora estaban casados y tenían un hijo. Tomó la cámara al descender del avión y, tal como hiciera en El Cairo, utilizó un jip para dirigirse al hotel. La atmósfera era allí completamente distinta. Aquello se parecía más bien a Estambul, con sus mezquitas y bazares, su suciedad y sus olores, aunque se aspiraba en el aire un perfume embriagador. Sus ojos miraban a derecha e izquierda, abarcándolo todo. Instintivamente, sacó la cámara y empezó a tomar docenas de fotografías cada vez que el vehículo se detenía. De repente, se alegró de su decisión. Aspiró hondo y se llenó los pulmones de los acres olores del aire, pensando que aquello era lo suyo. Se sentía una persona distinta cuando descendió del vehículo frente a la entrada del hotel de Charlie y entró lentamente, dirigiéndose al mostrador de recepción. El recepcionista le contestó en francés. Conocía muy bien a Charlie.

—*Oui, mademoiselle, il est là* —está allí—. *Dans le bar.*

Audrey esbozó una sonrisa. El bar. Donde probablemente se cerraban todos los tratos. Entró en el local con el corazón en un puño como tantas otras veces a lo largo de los años... Como en Venecia, aquella vez... Y después, en Estambul, Changai y Pekín... Como cuando le vio partir de Harbin... y le volvió a ver en San Francisco... Y en Antibes y en Londres... como cuando se reunió con él en El Cairo la primera vez. Habían recorrido juntos todo el mundo, rodeándolo con sus corazones y sus manos. Se situó a su espalda y le pasó suavemente un dedo por el cuello.

—¿Me invitas a un trago?

Charlie pegó un brinco y se volvió de golpe con cara de pocos amigos para gran deleite suyo.

—Pero, bueno... —exclamó asombrado—. ¿Qué haces tú aquí?

Al parecer, no estaba enojado. La echó mucho de menos,

pero nunca se atrevió a decirle que se reuniera con él, ahora que tenía al niño.

—Quise ver qué te llevabas entre manos..., ya que no venías a casa...

—¿Todo bien por allí? —preguntó Charlie, sonriendo mientras llamaba al camarero y pedía una botella de champán.

—En casa todo bien. Y todos te envían recuerdos —contestó Audrey.

Charlie apartó una silla para que se sentara y, mientras el camarero les servía el champán, se inclinó hacia su esposa para besarla con el ardor que le tenía reservado desde hacía un año. Después, levantó la copa sonriendo y brindó:

—Por la pasión viajera que te ha llevado hasta mí..., que siempre te llevó... y que espero te siga llevando en el futuro.

—Por nosotros, Charlie —contestó Audrey, mirándole con ternura mientras levantaba la copa.

—Amén —dijo Charlie, inclinándose de nuevo hacia su esposa para darle un beso.